读客外国小说文库

熊猫君激发个人成长

ARTHUR & GEORGE

亚瑟与乔治

[英] 朱利安·巴恩斯 著　　赵安琪 译

JULIAN BARNES

文汇出版社

献给P. K.

目录

开　始

亚瑟

一个孩子总想看看外面的世界。事情往往是这样开始的，当年的事也正是这样开始的。

他学会走路，并可以够到门把手的时候，便想要出去看一看。他并没有什么目的，只是出于一种婴儿本能的好奇。他推开门，走进去，停下来观察一切。没有人在看他，他便小心地关上身后的门，转过身走开了。

他看到的一切便成了他最初的记忆：一个小男孩、一个房间、一张床，午后的阳光透过窗帘漏进屋子。而当他向别人描述起这一切时，已是六十年后。他已经在心中重演了许多次，又把措辞调整了许多次，才成了最终的版本。一切都仿佛清晰如昨：门、房间、灯、床，还有床上那苍白的东西。

一个小男孩与一具尸体——这样的邂逅在当时的爱丁堡并不稀奇。高死亡率和狭小的生活空间让小孩子早早对死亡有所了解。这是一个天主教家庭，死者是亚瑟的奶奶，名叫凯瑟琳·派克。也许这扇门是故意留的，为了向孩子展现死亡的恐怖，或者更乐观一点说，向他展示死亡没什么可怕的。奶奶的灵魂已经被带去了天堂，只留下了一具躯体。男孩对尸体很好奇，那就让他看吧。

这是一个外来者闯入窗帘紧闭的房间的故事，也是一个小男孩与一具尸体相遇的故事。这个小孩子从获得记忆起，便开启了人生的旅程；而奶奶，正在失去她的孙子即将获得的所有，并退回生命的静止状态。男孩正注视着这一切，五十年后，长大了的他依然在注视着这一切。一个人怎么成为人，或者更确切地说——在那个巨变的时刻究竟发生了什么，成了亚瑟生命中最关注的事。

乔治

乔治并没有什么最初的记忆。当人们说起正常人都会有最初的记忆时，已经太迟了。他也并没有什么超前于别人的回忆，无非是慢慢长大、被人拥抱、遭遇嘲笑、接受惩罚……他明显地意识到，自己曾经是家里唯一的孩子，但现在有了霍勒斯。但他并没觉得弟弟的到来干扰了他，或者让他远离了幸福。他不仅不记得自己第一眼看到了什么，对嗅到的气味——比如母亲身上的香气或全职保姆身上的炭味儿也毫无印象。

他是个害羞、诚恳的男孩，对别人的想法很敏感。他常常觉得自己让父母失望了，因为一个正常的小孩子应该记得自己被悉心照料的最初时刻。然而他的父母并未因此责难他。当其他小孩刻意弥补记忆的欠缺——努力把母亲宠爱的神情或父亲伸开的双臂塞进他们记忆时，乔治并没有这样。从一开始，他就没有什么想象力。由于他没有这方面的记忆，他的成长是否受到了父母某些行为的影响，便成了心理学某一分支上尚未解出的难题。乔治很擅长理解别人的故事，比如诺亚方舟、大卫和歌利亚[1]、三王的旅程[2]等，却没法理解自己。

他并不为此感到愧疚，因为他的父母也不认为这是他的错。当他们说村子里某个小孩"很有想象力"时，这自然是贬义的。更严重一点的，他们会说那孩子"说大话"或者"爱撒小谎"，最糟糕的便是"整天撒谎"了，这是无论如何也不能发生在自己孩子身上的。乔治并没有被要求说实话，这相当于认为他需要被鼓励才能这样做。情况要比这简单得多：他们认为他就该说实话，因为在牧师面前没有别的选择。

"真实就是我的生命。"这句话他听父亲说过很多次。真实便是生命的方式。我们倾其一生，只为真实而活。乔治知道，这并不是《圣经》真正的意思，但在他的成长历程中，这些话就是这样的意思。

亚瑟

对亚瑟来说，教堂离家并不远，但在那里到处都充斥着神、典故和寓意。在那块他每周一次跪在上面祈祷的冰冷石头上，刻着上帝、耶稣基督、十二门徒、十诫和七宗罪。一切都井然有序，按数字排列，就像圣歌、祷告词和《圣经》里的章节一样。

他知道自己在那里学会了真实，但他却更爱那些在家中获得的纷繁多样的想象力。母亲总是给他讲些远古的故事，也会精心教他辨别是非。她常常站在厨房里，一边盯着粥，一边把头发掖到耳后，而亚瑟就等在一边，看着她用木棍敲打平底锅，然后停下来，将那张圆圆

[1] 指大卫击败传说中的巨人歌利亚的故事，出自《圣经·撒母耳记》。——编者注（本书中注释如无特殊说明，均为编者注）
[2] 指三博士来到耶稣出生地的故事，出自《圣经·马太福音》。

的、微笑着的脸转向他。她灰色的眼睛望着他，语调起起伏伏，在空气中泛起波纹。她讲到故事的结局时，会渐渐慢下来，几乎要停下，让亚瑟快等不及。故事中那些最痛苦的折磨，或是最极致的喜悦，不仅仅属于男女主人公，也属于听故事的人。

"骑士被困在蛇窝里，看着蛇缠绕着的身体和它们从前捕获的、已变成白骨的猎物瑟瑟发抖……"

"那个黑心的恶棍嘴上发着毒誓，从靴子里取出一把匕首，走向手无寸铁的人们……"

"女仆从头顶摘下一根头针，金发开始从窗子上落下来，越落越多，直到覆满城堡的墙壁，快要落在他站的那片青草上……"

亚瑟是个有活力、机灵的男孩，平时很难坐住。但每当母亲煮粥时，他便沉浸在一种安静的喜悦中——就像是母亲故事里的某个坏蛋把神秘的药片丢进了他的食物里。骑士们和他们的公主开始在狭小的厨房中活动，他们迎难而上，奇迹般地解决难题，盔甲和锁链一阵哗啦作响后，便满载荣誉而归。

起初他并不知道，这些故事与父母床边那个旧羊绒箱子有着千丝万缕的联系。箱子里放着各种关于他家族史的文件。那是另一种故事，有点像学校的家庭作业：有关布里塔尼的公爵房屋、诺森伯兰郡珀西家族的爱尔兰分支、曾在滑铁卢战役中统领帕克少将军队的人、被誉为白人之父的人，等等。与这些联系起来的是母亲通过纹章教给他的事。母亲常从厨房壁橱里拿出大张的纸板，上面是他伦敦的一个叔叔画的纹章。她为他讲述那些军装的含义，并对他说："给我讲讲这块纹章。"他便一一描述起形臂章、星形章、梭形章、梅花章、新月银章的样子和光辉。

在家中，他学到了十诫之外更多的规矩，如"对强者无所畏惧，对弱者保持谦卑""对待任何阶层的女性都要有骑士精神"等。他认为这些规矩更加重要，同时也更加实用，因为是母亲直接教给他的。亚瑟的视野还没有超出他当前的活动范围。他们的公寓狭小，又很穷，母亲过度辛劳，父亲性情古怪。他在孩童时代许的愿望无外乎如此："母亲，当你老了，就穿着天鹅绒外套、戴着金丝边眼镜，舒服地坐在火堆旁。"亚瑟可以看见故事的开始——便是此时——以及美好的结局，却看不见中间还缺失着的部分。他从自己喜欢的作家梅恩·里德上尉[1]的书中寻找答案。他读《步枪队员：或一个南墨西哥文员的冒险》，也读《青年旅客》《战争之路》和《无头骑士》。在他脑子里，水牛、印第安人已经和戴锁链的骑士、帕克军团的步兵混在了一起。他最爱的一本是《头皮猎人：或南墨西哥人的浪漫冒险》。他还不知道要怎样才能得到金丝边眼镜和天鹅绒外套，便猜想也许这些都藏在一场前往墨西哥的冒险之旅中。

乔治

　　母亲每周会带他去拜访康普顿叔祖。他离得并不远，就在一排家人不允许乔治翻越的花岗岩围栏后面。每周他都会带一瓶新鲜的花。康普顿叔祖在大威利教区担任教职长达二十六年，他的灵魂现已升入天堂，躯体仍保存在教堂中。母亲向他解释这些时，正丢掉枯萎的花茎，倒掉有味道的水，重新插上些新鲜的花。有时乔治在一旁帮她灌上干净的水。她说过度的哀悼不符合基督徒的信仰，乔治并不明白为什么。

---

[1] 托马斯·梅恩·里德（Thomas Mayne Reid，1818—1883），苏格兰-爱尔兰裔美国小说家。

康普顿叔祖去世后，乔治的父亲继承了他的职务。那是他和妻子结婚一年之后，接着便是乔治的出生。这便是乔治所知道的故事，简洁、真实、幸福，一切都很如愿。母亲一直陪伴在他身边，教他识字、向他问晚安；而父亲常常是缺席的，因为他在忙着问候病弱之人，或写布道词，或为人们祷告。乔治的世界里只有牧师宅邸、教堂、母亲执教的主日学校、花园、猫和鸡、家与教堂间的草地、教堂院子。他很了解他的世界。

在牧师宅邸中，一切都是安静的，到处充斥着祈祷、书本和针线活儿，不能大声讲话、不能乱跑、不能尿裤子。有时火声很吵，有时没摆放好的刀叉会发出声音，还有弟弟霍勒斯到来的时候。这是这个平静、可靠的世界里少有的意外。而在乔治眼里，牧师宅邸之外的世界充满了意想不到的噪声和事故。他四岁时外出散步，遇见了一头奶牛。奶牛并不大，不足以吓到他，奶牛在他眼前摇晃的肿胀乳房也没有让他却步，反而是那因为不悦而发出的嘶吼给他带来了恐惧。他认为奶牛的脾气很差。乔治哭了起来，于是父亲用木棍打了奶牛以示惩罚。奶牛转去一边，抬起尾巴扬了乔治一身土。乔治对它排出的粪便，以及粪便落在草地上发出的声音，还有粪便不受控制倾泻而出的状态大吃一惊。但是母亲在他来不及想更多的时候把他拉走了。

并不仅仅是奶牛——奶牛的朋友们如马、羊、猪，都让乔治对牧师宅邸墙外的世界产生了怀疑。他听到的大部分事情都让他感到焦虑。那些老人、病人、穷人身上发生的多半是坏事，他是从父亲回来时说话的态度和压低的嗓音判断出的。还有些被叫作"可怜的寡妇"的人，他也不知道是怎么一回事儿。墙外有许多爱撒谎的孩子，有些一次又一次地撒谎。附近还有一口矿，壁炉里的煤来自那里。他不知道自己喜不喜欢煤，翻煤的时候又脏又吵，大人们总让他离火远点。

而且煤是由一些高大健壮、戴着皮革头盔的人运来的，他们把煤从背上卸下来。每当有外来者敲开乔治的家门，他总会吓得跳起来。他觉得还是待在家里比较好，和母亲、弟弟霍勒斯还有新出生的妹妹莫德一起，直到最终升入天堂，与康普顿叔祖见面。但是他怀疑这是不可能的事。

亚瑟

　　亚瑟总是在搬家，在他十岁以前就搬了六次。随着家庭的逐渐扩大，公寓显得越来越小。除了亚瑟，家里还有姐姐安妮特，妹妹洛蒂、康妮，小弟弟英尼斯，后来又有了两个妹妹艾达和小名叫多多的朱莉娅。他们的父亲很擅长生孩子——还有两个没能活下来的，却不大擅长养孩子。当开始意识到父亲不会照顾年老的母亲时，亚瑟便下定决心要自己养家。

　　他的父亲不仅拥有布里塔尼伯爵的身份，还出生在一个艺术家庭。他有天分和良好的宗教修养，却很容易激动，身体也不大健康。他十九岁时从伦敦来到爱丁堡，在苏格兰工部担任助理测量员。他进入社会太早，虽然心地善良，却难免养成了坏脾气和嗜酒的恶习。他在工部没能得到晋升，在制造打印机的乔治·沃特曼家族集团也没有。他是那种温和的失败者，满脸胡子后掩藏着一张柔和的脸。他好高骛远，却失去了人生的方向。

　　他从不喜欢暴力，也没有攻击性，喝醉时便多愁善感，自怨自艾，顾影自怜。他常常被那些受雇叫孩子起床的车夫醉醺醺地送回家，胡子上还滴着酒，第二天一早，便会为自己无力照料好深爱的家人而悲痛不已。亚瑟被送到寄宿学校读过一年书，于是没有亲眼看见父亲的衰颓上升到一个新阶段。但见到的这些已经足以让他形成某些观点——关于一个男人要怎样度过一生。在母亲那些骑士和浪漫的故事中，醉鬼是没有一席之地的。

亚瑟的父亲擅长画水彩，并常常指望卖画赚钱。但是慷慨的天性阻断了他的财路——他总是免费送人画，或是只收一点钱。他的画风狂野、粗犷，体现了自己的天性。但他最爱画的，或者说在所有作品中给人印象最深的，却是小精灵。

乔治

乔治被送到了乡村学校。他穿着浆得很硬的假领，戴着一个松垮的领结以遮挡喉结，马甲的扣子直系到领结下，外罩一件高翻领夹克。其他的男孩并没有穿得这么整洁：有些穿着自家织的运动衫，有些穿着哥哥传下来的不合身夹克。也有少数穿着假领，但系领结的只有乔治和哈利·查尔斯沃思。

母亲教过他怎么写名字，父亲教过他简单的算术。上学的第一周他发现自己坐在教室后排。到了周五，他们要做一个测验，并根据智力重新排座：聪明的孩子坐前面，笨的坐后面。努力带来的好处便是坐得离老师更近，听课更清楚，离知识和真理仿佛也更近。博斯托克先生穿了一件花呢夹克、一件羊毛马甲，他的衬衫领用金色的别针固定在领结后。他总是拿着一顶棕色的毡帽，上课时便放在桌上，仿佛不放心帽子离开自己的视线。

课间休息时，孩子们便到外面的"花园"里去，实际上那只是一块被踩烂了的草坪，在那里可以望见远处煤矿方向的空地。男孩们刚一互相认识，便开始打架了，其实只是为了找点事做。乔治正看着别人，却发现锡德·亨肖——其中一个鲁莽的男孩，正站在他面前。亨肖做了个鬼脸，用拇指向前拉耳朵，其他手指拽着嘴边。

"你好，我叫乔治。"他按照大人教的和同学打招呼。但是亨肖却只是拽着耳朵发出怪声。

有些孩子来自农庄，乔治觉得他们身上有牛的味道。还有些来自矿区，说话方式不大一样。乔治记住了一些同学的名字：锡德·亨肖、亚瑟·阿拉姆、哈利·博阿姆、霍勒斯·奈顿、哈利·查尔斯沃思、沃利·夏普、约翰·哈里曼、艾伯特·耶茨……

父亲说他会交到朋友的，但他并不知道要怎么做。有天早上，沃利·夏普跟着他走到花园，对他小声说：

"你不是好人。"

乔治只是转过身，重复道："你好，我叫乔治。"

第一周结束时，博斯托克先生测试了大家的阅读、拼写和算术。他在下个周一早上公布了结果，并宣布开始换座。乔治很擅长阅读，但他的拼写和算术拖了后腿，于是只能留在后排。下周、下下周，他并没有什么改善。他发现自己周围都是那些不在乎自己坐哪儿的农家和矿区子弟。他们甚至觉得离老师远一点比较好，因为可以胡作非为。乔治觉得自己开始以这种方式，慢慢被真理和人生抛弃了。

博斯托克先生用一支粉笔指着黑板问："乔治，这道题得多少？"

他脑子里一片混乱，只能随便猜测。"12，"他说，"或7.5。"前排的男孩们都笑了，后排的农家孩子得知他算错后也跟着笑。

博斯托克先生叹了口气，去问哈利·查尔斯沃思。他一直坐在前排，每个问题都举手。

"8，"哈利说，"或13.25。"博斯托克先生转向乔治，以示他有多蠢。

一个下午，乔治在回到牧师宅邸的路上尿裤子了。母亲脱下他的衣服，让他站在浴室里，擦洗干净、换上新衣服后，把他带去了父亲那儿。乔治却没法和父亲解释，为什么他都快七岁了，却还像个襁褓中的婴儿一样。

这种事又发生了好几次。父母并没惩罚他，却表现出明显的失望——儿子在学校很愚蠢，回家路上又像个婴儿一样尿裤子。这种失望和惩罚一样糟糕，他们常常当着他的面议论。

"这孩子被你弄紧张了，夏洛特。"

"不管怎样，不可能是换牙反应。"

"也不是因为冷，现在是9月。"

"不是饭的关系，霍勒斯就没事。"

"那还有啥原因？"

"书上说唯一的可能是'害怕'。"

"乔治，你害怕什么吗？"

乔治看着他父亲。他穿着牧师亮色的领子，脸上没有一丝笑容，口中总是讲着讲坛上那些让人难以理解的真理。他那双黑色的眼睛正要求他讲出事实。他能说什么呢？他害怕沃利·夏普、锡德·亨肖，还有其他一些人。这些可能是他父母在意的，但并不是他最害怕的。最终他说："我害怕自己是个愚蠢的人。"

父亲回答道："乔治，我们知道你并不蠢。我和母亲教过你拼写和算术。你是个聪明的孩子。你在家里会算数，到了学校却不会。你能告诉我们为什么吗？"

"不知道。"

"老师教的不一样吗？"

"一样。"

"你没有认真算？"

"不是，我在书上算得出来，到了黑板上就算不出。"

"夏洛特，我觉得我们应该带他去伯明翰。"

亚瑟

亚瑟的叔叔们为自己兄弟的家道衰落感到痛心。他们想了一个办法——送亚瑟去英格兰的耶稣会学校读书。九岁那年，亚瑟坐上火车一路到普勒斯顿。接下来的七年，他都将在斯托尼赫斯特学院度过，除了每年六周的暑假会回到父母身边。

学校的教士们来自荷兰，带来了一些本国的课程和规章。课程共有七门——化学、数学、科学原理、文法、语句、诗歌和修辞，每年集中学习一门。普通公立学校中几何、代数、古典文学的重要性在这里也受到重视，只不过重视的方式是体罚。体罚工具是一块印度橡胶，大小和厚度与靴底相当，也来自荷兰，被称作"托里"。教士们用力打上一下，足以让学生手掌肿胀、变色。大些的学生平时的惩罚是每只手九下。被打后，他们的伤手连书房的门把手都拧不开。

亚瑟说，"托里"取自拉丁文中的双关。"Fero"在拉丁文中是"忍受"的意思，而"Tuli"[1]是"Fero"的第一人称完成时，即"我忍受过"。"托里"不就是我们每个人都忍受过的痛苦吗？

教士们的幽默也和惩罚一样严苛。当亚瑟被问未来想做什么时，他回答他想成为一名土木工程师。

---

[1] 音"托里"。——译者注

"你可能会成为工程师。"牧师说，"但不一定是个文明的[1]工程师。"

亚瑟长成了一个高大勇猛的少年。他在图书馆找到了安慰，在板球场上获得了快乐。每周一次，男孩们要给家里写信。这对其他人来说是一种更严苛的惩罚，亚瑟却觉得是一种奖赏。在这一小时里，他可以把所有的事情讲给母亲听。也许这里有上帝、耶稣基督、《圣经》、教士，还有"托里"，可他眼中最权威的依然是他那平凡却能做好一切的母亲。母亲是万能的，懂得从穿衣到永恒地狱在内的所有事情。母亲建议他："贴身要穿法兰绒的衣服，不要相信有永远的惩罚。"

母亲还在不经意间，让他成了一个受欢迎的人。他很早便给同伴们讲过在厨房里听到的骑士和浪漫故事。在下雨的半天假日，他便站在桌前，身旁围满了听众。他还记得母亲讲故事的技巧，知道怎样降低语调、怎样引出悬念、怎样在最抓人心的地方停下，让人期待第二天的下文。处于成长期的亚瑟常常很饿，便用故事来换油酥饼。但有时，他专门停在最激动人心的时刻，只给他一个苹果他才肯继续往下讲。

他因此发觉了讲述是可以得到回报的。

乔治

眼科医生不建议小孩子配眼镜，认为最好是让他们在成长期中自己调节视力。另外，乔治需要被调到教室的前排。他离开了后排的农家男孩，坐在了成绩一直很好的哈利·查尔斯沃思旁边。学校现在对

---

[1] "civil"在英语中有"土木的"和"文明的"两种含义。——译者注

乔治有了意义。他能看见博斯托克先生的粉笔点在哪儿，也没再在回家路上尿过裤子。

锡德·亨肖依然总是做鬼脸，但乔治很少留意。他不过是一个身上有牛味的农家蠢男孩，也许连拼写都不会。

一天亨肖在花园里追上乔治，用膝盖绊了他一下，趁他没站直，抢走了他的领结。他听到了周围的笑声。回到教室，博斯托克先生问他领结去哪儿了。

这是乔治面临的一个难题。他知道给同学带来麻烦是不对的，但是他认为撒谎更不对，因为父亲是这样认为的。一旦开始撒谎，你便走到了罪恶的路上。当刽子手把绳索套在你脖子上时，一切都无法阻止。没有人给他讲过这些，但他就是这样理解的。所以他不能对博斯托克先生撒谎。他想找个办法——也许是撒个谎，却还是说了实话。

"锡德·亨肖拿走了。"

博斯托克先生拽着亨肖的头发出了教室，把他打得嗷嗷直叫，然后拿着乔治的领结回来，向全班讲了偷窃可耻的道理。放学后，沃利·夏普在路上堵着他，在他绕开时说："你不是好人。"

乔治没有感觉自己缺少些什么。他的家人并不参与当地的社交，乔治不知道那是什么，更不知道他们为什么不愿或不能参与。他自己也从未去过同学家，无法判断别人的生活是怎样的。他的生活处于一种自足的状态。他没有钱，也不需要钱，更不懂得对钱的追求是万恶之源。他没有玩具，也不太想要。他不大会玩游戏，从未玩过跳房子，扔过来的球让他害怕。他很喜欢和霍勒斯一起玩，对莫德也很温柔，和家里的鸡一起玩的时候更温柔。

他知道大部分孩子都有朋友——《圣经》里也有大卫和乔纳森生

死之交的故事[1]。他也看到博阿姆和亚瑟·阿拉姆在花园中凑在一起，从口袋里拿出各种东西给对方看。但是这件事从未发生在他身上。他需要主动做些什么，还是等着别人来做呢？毕竟，他尽管想要取悦博斯托克先生，却并未对哪个坐在他身后的男孩有什么特别的兴趣。

每个月的第一个周日，斯托纳姆叔祖母会来家里喝茶。她边用茶杯和杯托摩擦，发出恼人的声音，边张开满是皱纹的嘴，问他关于朋友的事。

他总是回答："我的同桌哈利·查尔斯沃思。"

当第三次听到同一个答案时，她便把茶杯放回杯托上，皱起眉头，问："还有别的朋友吗？"

"其他都是些脏兮兮的农场男孩。"他答道。

从叔祖母看向父亲的目光中，他便知道自己说错了什么。晚饭前，他被叫到书房。父亲坐在桌前，神色威严。

"乔治，你多大了？"

"七岁。"

"在你这个年纪，该有一定的智力和判断力了。我问你，你觉得在上帝眼里，你就比那些农场的男孩重要吗？"

乔治知道，正确答案是"不"，却不愿立刻说出来。一个住在牧师宅邸，父亲是牧师、叔祖也曾是牧师的男孩，在上帝眼里真的比一个从不上教堂、和哈利·博阿姆一样愚蠢粗鲁的男孩重要吗？

"不。"他回答。

"那你为什么说那些孩子脏兮兮？"

他不知该怎么回答了，便思考着。父亲曾教给他，最真实的答案

---

[1] 指《圣经》中扫罗之子乔纳森帮助大卫逃难的故事。

便是最正确的。

"因为他们就是很脏。"

父亲叹了口气，问："如果他们很脏的话，是为什么呢？"

"什么为什么？"

"为什么身上有味道？"

"因为他们不洗澡。"

"不，身上有味道，是因为他们很穷。我们有足够的钱买香皂、好的衣料，有浴室，而且不用和牲畜住得那么近。他们是这世界上比较卑微的人。现在你怎么想，上帝是更爱卑微的人，还是更爱某些拥有不该有的骄傲的人？"

这次的问题简单些，尽管乔治并不完全同意这个答案："上帝更爱卑微的人。"

"上帝爱恭谦者。乔治，你知道这条教义吧？"

"知道。"

但是乔治心中对这个答案有些抵触。他并不认为哈利·博阿姆和亚瑟·阿拉姆是恭谦者。他也并不相信依据上帝永恒的造物原则，这两个人会继承这个世界。这不符合乔治对公平的认知。他们毕竟只是脏兮兮的农场男孩。

亚瑟

斯托尼赫斯特学院承诺，如果亚瑟答应接受培训、担任教职，就把学费退还给他。但是他的母亲拒绝了这一提议。亚瑟很有雄心，也有一定的领导能力，已经是板球队队长的有力候选人。但母亲并不认为她的任何一个孩子会成为精神领袖。对亚瑟本人来说，他明白自己如果顺应这一道路、坚守贫穷，便永远也无法实现让母亲戴着金丝边眼镜、穿着法兰绒上衣，坐在火炉边的承诺。

他觉得教士们并不是坏人。他们把人的天性视为弱点，这种对人的不信任在亚瑟眼中是可以理解的：只需看看他父亲的样子便知道了。他们还认为罪恶在很早的年龄便形成了，于是不允许学生单独待在一起。散步的时候有老师陪着，每晚都有一个黑影般的人物巡视宿舍。他们频繁的监视影响了学生的自尊、自助意识，但却把那些在其他学校频出的不道德、恶意事件的概率降到了最低。

亚瑟大致相信了上帝的存在。学生被罪恶诱惑，神父们用"托里"惩罚他们。然而当谈到具体的信仰时，他也会私下和朋友帕特里奇争论。帕特里奇作为第二外场员，能敏捷地接住亚瑟的高速运球，在所有人看见前把球装进口袋，然后转过身，假装看着球消失远去。亚瑟对此印象颇深。帕特里奇欺骗同伴的本领不仅仅是在板球场上。

"你有没有注意到，圣灵感孕说[1]在1854年才成为教义？"

"我想过这事，是有点晚，帕特里奇。"

"想想吧，教会已经为这条教理辩护了数个世纪，一直也没有异端站出来反对，却到了那时才突然成功。"

"嗯。"

"那么为什么罗马教会决定，要贬损玛丽亚生父的作用呢？"

"别刨根问底了。"

但是帕特里奇已经开始追问教皇五年前新颁布的教义。为什么人们认为过去数个世纪的教皇都不可靠，现在和未来的却可靠？究竟为什么呢？亚瑟思索着。帕特里奇又说，这已经不是神学研究，而是教

---

[1] 指圣母玛利亚从怀孕起，就是无罪的。

会政治了。一切都要看在罗马教廷中哪些教士更有影响力。

"你这是在诱导我放弃信仰吗？"亚瑟有时会问。

"不，正相反。我是在帮你坚定信仰。想想我们自己，我们走这条路就只有顺从。教会一旦感到威胁，就会制定更严苛的教规，虽然短期有效，却无法长久。就像你今天挨了'托里'的打，明天、后天可能就不会违反规定。但你不会因为挨打这件无聊的事，就一辈子不违反规定，对吗？"

"如果'托里'还在，可能就不会吧。"

"但我们在一两年内都会离开，'托里'便不在了。我们需要通过理性来远离罪恶，而不只是出于对体罚的恐惧。"

"我不觉得所有人都拥有理性。"

"所以才会有'托里'啊。外面的世界也是一样，需要有监狱、苦力、绞刑。"

"那么教会受到了什么威胁呢？我觉得它很强大啊。"

"受到了科学的威胁。人们开始学会质疑，教皇不再高高在上，不再有政治影响力。20世纪的愿景与现在也大不相同。"

"20世纪，我还想不到那么远。"亚瑟笑了，"到时候我已经四十岁了——"

"——四十岁的英格兰板球队队长。"

"不好说，但肯定不是四十岁的牧师。"

亚瑟并没有清楚地意识到他信仰的缺陷。但每当他想到与教会相关的事，思绪总会不由自主地跳到其他无关的事上。他发现自己的理智和意识并不总能接受眼前的一切。他在校的最后一年，墨菲神父来布道。神父站在高高的讲坛上，面红耳赤，激烈地诅咒着所有教徒以外的人。尽管他最初将这些人划为恶者、偏执者和愚者，但结果都是一样：被永生诅咒。接下来，他便详细描述了地狱的恐怖场景，故意让学生毛骨悚然。但亚瑟并没在听。母亲告诉过他这是怎么一回事。他只当墨菲神父是一个不可信的讲故事的人。

乔治

母亲就在牧师宅邸隔壁的房子里教主日学校[1]。那栋房子的砖块像是钻石的形状，母亲说会让她想起费尔岛的圣灵。乔治并不明白这是什么意思。他每周都期待主日学校的日子。那些野孩子不会参加：他们在地里随风奔跑、捕捉野兔、撒谎，在长满报春花的路上直跑到失去踪影。母亲对他说，在课堂上她会对他和其他人一视同仁。乔治知道为什么——母亲要一视同仁地为大家指明通向天堂的路。

母亲给大家讲的故事乔治已经耳熟能详：但以理被投入狮子窝、烈火炉[2]等。但其他故事更复杂些。基督教喜欢讲寓言，但乔治并不喜欢寓言。就拿麦子和稗子的比喻来说吧，乔治明白敌人把稗子种在麦子中间的用意，也明白不拔掉稗子是因为担心连麦子一起拔掉。但他并不确定这是对的，因为他经常看见母亲在花园里除草，除草不就是趁两者长大前把稗子拔掉、留下麦子吗？就算不想这个，他也想不通。他知道这个故事另有寓意，却又猜不到，这便是他读不懂寓言的原因。

他把这个故事讲给了霍勒斯，可霍勒斯连什么是稗子都不知道。霍勒斯比乔治小三岁，莫德比霍勒斯又小三岁。莫德作为最小的孩

---

[1] 又称"星期日学校"。盛行于18、19世纪，为在工厂做工的青少年在星期日提供免费教育。

[2] 两则故事均出自《圣经·但以理书》。

子，又是女孩，自然不如两个哥哥强壮。父母告诉他们保护妹妹是哥哥的责任，却没说过具体要做什么。通常，他们只是被要求不许做一些事：不能用棍子打妹妹、不能拽她头发、不能对她大吼大叫——这是霍勒斯最爱做的。

但是乔治和霍勒斯并没有保护好莫德。医生来访，他的常规检查让一家人都陷入了焦虑。乔治感觉很愧疚，无论医生怎么叫他都躲得远远的，怕自己被当作妹妹生病的原因。霍勒斯倒没怎么愧疚，还开心地问医生要不要帮忙把包拿上楼。

莫德四岁的时候，大家觉得她太小了，晚上不能一个人睡，也没人相信乔治、霍勒斯，或者让两人一起能照顾好她。于是她便睡在母亲的房间里。同时，还商定让乔治和父亲睡、霍勒斯自己睡。乔治十岁了，霍勒斯七岁，或许已经到了滋生恶意的年龄，所以父母不愿让他俩单独住在一起。没有人为此做出什么解释。乔治不知道，让他去父亲房间住究竟是惩罚还是奖励。事情就是这样的，而且已然如此。

乔治和父亲并排跪在洗衣板上，一起祈祷。然后父亲去锁门、关灯，他先爬上床。入睡时，他偶尔会看向地板，想着自己的灵魂会不会和洗衣板一起被洗掉。

父亲睡眠并不好，会在梦中发出呻吟和喘息声。有时清早，晨光刚刚从窗帘的边缘照进来，父亲便问他：

"乔治，你住在哪儿啊？"

"大威利教区的牧师宅邸。"

"那是在哪儿？"

"斯塔福德郡。"

"斯塔福德郡又在哪儿？"

"英格兰的中心。"

"那英格兰在哪儿？"

"英格兰是帝国的心脏。"

"嗯。那帝国的血脉里流淌的是哪里的血呢？"

"英格兰教会。"

"很好。"

过了一会儿，父亲便又开始呻吟和喘息了。乔治则呆望着窗帘的轮廓。他想象着血脉在世界地图上映出一道道红线，联结着英国和其他粉色的部分：澳大利亚、印度、加拿大，还有各处的岛屿。他想象着输血管像电缆线一般沿着大洋伸出，想象着血液随着输血管流到悉尼、孟买、开普敦。他想到自己在哪里听过"血统"这个词。随着耳朵里的脉冲，他再次睡着了。

亚瑟

亚瑟以优异的成绩通过了大学入学考试。但由于只有十六岁，所以他被送到奥地利的教会待上了一年。在费尔德基希，他发现管理要宽松许多，可以喝啤酒、在宿舍生火。他们会花很多时间散步，英国学生被安排和德语学生一起，以练习语言。亚瑟创办了《费尔德基希公报》——一本手写的文艺、科学期刊，并成为编辑和唯一的投稿者。他学着踩高跷踢足球，还学会了低音大号——一种绕胸两圈、声音像审判日哨声的乐器。

回到爱丁堡，他发现父亲住进了疗养院，并时常癫痫发作。家里没有什么收入，甚至连精灵题材的水彩画都卖不出去。于是他的长姐安妮特去葡萄牙当女家庭教师。洛蒂很快也会和她一起去，她们会寄钱回家。母亲的另一个经济来源是招租。亚瑟对此有些尴尬和抗拒。

他认为母亲或者任何人都不该以租房为生。

"但是亚瑟，如果不是因为招租，你父亲就不会过来和你奶奶一起住，我也就不会遇见他。"

这让亚瑟对招租这件事更反感了。他知道自己没有权力批判父亲，所以保持了沉默。但他也不愿假装承认母亲无法找到更好的人。

"如果没有那件事，"她用那双灰色的眼睛看着他，笑着，让他无法反驳地说，"岂止是不会有亚瑟呀，安妮特、洛蒂、康妮、英尼斯、艾达全都不会出生了。"

这当然是毋庸置疑的事实，也是不可解决的形而上的难题。他希望帕特里奇能在这里，与他辩驳这个问题：如果换一个父亲，你还是你自己吗，或者还会保留部分的自己吗？如果不是的话，那姐妹们也不是她们自己了——尤其是洛蒂，他最喜欢的一个妹妹。虽然似乎康妮更漂亮些。他只能想象出自己变得不同，却想象不出洛蒂会变成什么样子。

如果没有遇见母亲的第一个房客，亚瑟或许尚能容忍他们日益下降的社会地位。房客名叫布赖恩·查尔斯·沃勒，只比亚瑟大六岁，却已经是一位有资质的医生。他同时还是个诗人，他的叔叔接受过《名利场》作者的赠书。亚瑟讨厌这个人，并不因为他博学多识，也不因为他是个狂热的无神论者，而是因为他在家中格外亲切、平易近人。亚瑟讨厌他对自己说"亚瑟来啦"并笑着握手的样子，他不时展现出自己比亚瑟位高一等的样子，他穿着那两套伦敦套装、高谈名言警句的样子，他和洛蒂、康妮说话的样子，还有他和母亲相处的样子。

他对亚瑟也是同样平易、亲切，让这个高大、别扭、笨拙，刚从奥地利回来的毕业生很是尴尬。即使亚瑟表现出连自己都不理解的样子，独立在火炉边，感觉自己就像胸前环绕着低音大号一样荒唐时，沃勒也是一副很懂他的神情。他很想出声反抗，尤其是沃勒窥视他的内心时。这才是最烦人的地方——他好像很认真地发现了什么，却又很不认真地笑着走开了，仿佛他发现的一切都在意料之中，而且没什么大不了的。

亚瑟真是烦透了他的平易和亲切。

乔治

在乔治的记忆中，牧师宅邸一直有一位全职女仆，每天默默忙碌着，擦拭地板、整理房间、磨光家具、生火、打扫壁炉、烧煤等。大概一年便会换一个，因为有些女仆会嫁人，有些去到坎诺克、沃尔萨尔，甚至伯明翰去。乔治从未注意过她们，现在他在鲁奇利学校上学，每天下课才回来，就更少注意了。

他很开心自己离开了乡村学校，远离了粗鲁的农场男孩和言谈怪异的矿工子弟。他很快就忘记了他们的名字。在鲁奇利，由于老师们认为聪慧是有意义的事，他可以和一些更好的男孩交往。虽然没有亲密的朋友，但他和自己同类的男孩相处很好。哈利·查尔斯沃思去了沃尔萨尔的学校，他们现在见面时只会彼此点点头。乔治认为学业、家人、信仰，和与此有关的一些事是最重要的，之后才是其他的事情。

一个周六下午，他被叫到父亲的书房。父亲的桌上放着厚厚一本《圣经语词索引》和一些第二天布道的笔记。父亲看起来和在讲道坛上一样严肃。至少乔治可以猜到他的第一个问题：

"乔治，你多大了？"

"十二岁。"

"在你这个年龄，应该有一定的智力和判断力了。"

乔治并不知道这是不是问题，于是他保持了沉默。

"乔治，伊丽莎白·福斯特说，你看她的眼神很奇怪。"

他很困惑。伊丽莎白是新来的女仆，刚来几个月。她穿着女仆制服，和之前的女仆没有什么区别。

"她是什么意思呢？"

"你觉得她是什么意思？"

他思考了一会儿："是说我哪里有错吗？"

"如果是这样的话，你做了什么？"

"我唯一有错的地方，就是没怎么注意过她。我知道她也是上帝创造的世界的一部分。但我没和她说过一两句话——除非在她把东西放错位置的时候。我没有什么看她的理由。"

"没有理由吗？"

"没有。"

"那我会告诉她，她是一个愚蠢又恶毒的女孩。如果她再胡乱抱怨，我就解雇她。"

乔治很在意自己的拉丁文动词有没有学好，却并不在意伊丽莎白·福斯特的下场。他不知道，不在意她的下场是不是一种罪过。

亚瑟

亚瑟被安排到爱丁堡大学学习医学。他很负责、努力，并且能表现出让病人信任的稳重。亚瑟虽不知这是谁提出的，却很赞同这一看法。最初是母亲寄到费尔德基希的信中提到了医学——就在沃勒医生来家的一个月之内。这只是巧合吗？亚瑟希望如此。他并不想让母亲和这个无关者讨论自己的未来。尽管人们都说他是一位有资质的医生，还是一位诗人，他的叔叔接受过《名利场》作者的赠书。

更烦的是，沃勒决定亲自辅导他，帮助他获得奖学金。亚瑟有些不情愿地接受了，私下被母亲训了几句。现在母亲已经没有他高了，发色也不再漂亮，鬓角的部分生出了一些白发。但是她灰色的眼睛、沉静的声音，以及这一切中隐含的道德权威依然和从前一样坚定有力。

沃勒确实是一个很好的老师。他们一起补习经典，目标是格里尔森奖学金——每年40英镑，共计两年。这笔钱会帮亚瑟家很大的忙。当他收到信时，一家人坐在一起，他觉得这是自己获得的第一个成就，也是第一次成功地回报了为他付出多年的母亲。大家都和他握手、吻他，洛蒂和康妮格外激动，甚至像小时候那样哭了起来。亚瑟也大度地放下了之前对沃勒的不满。

几天后，亚瑟前往为他提供奖学金的大学。一个瘦小、有些尴尬的职员接待了他，他并不知道这人的职位是什么。情况让人非常遗憾，而且不知为什么会出现这样的事务性错误：格里尔森奖学金只针对艺术专业的学生。亚瑟被告知本不该被接收，并被承诺他们后续会采取措施。

亚瑟指出，还有其他的、一整个列表的奖励和奖学金，或许他们可以帮他换一个。的确，这在理论上是可行的，列表中的下一个奖学金便是接受医学生的申请。不幸的是，这个以及其他所有的奖学金都被其他人申请过了。

"这简直是白日抢劫！"亚瑟叫道，"白日抢劫啊！"

对于这件不幸的事，学校本应采取某些措施，但并没有。亚瑟发现自己获得了7英镑的抚恤金，存放在某个不显眼的基金账户中，校方客气地表示这是对他损失的弥补。

这是他第一次遭遇不公。当他被"托里"惩罚时，总是有某些特定理由的。当他的父亲被带走时，作为儿子他非常痛苦，却承认父亲确实有问题。这些事都很悲惨，但并不是不公平。但这次不同！他可以通过法律去起诉学校，控告他们，索要回自己的奖学金。沃勒医生花了很长时间，才说服他：控告一所自己即将就读的学校是不理智的。除了像个男子汉一样，放下骄傲忍受失望，他并无其他可做的。亚瑟接受了劝导，认为自己应该拥有这种男子汉气概。但他只是让自己表面上平静了下来，内心却依旧怒火中烧，痛苦不已，就像他不再相信的地狱中一个小小的角落一般。

乔治

做过祷告、关上灯后，乔治的父亲通常不和他说话。他们本应回味着刚刚的祈祷，在上帝的怀抱中进入梦乡。事实上，乔治更喜欢想着第二天的课程入睡。他觉得上帝不会把这当成一种罪过。

"乔治，"父亲突然开口，"你有没有注意到谁在我们家附近闲逛？"

"今天吗？"

"不是今天，就最近。"

"没有啊，怎么了？"

"我和你妈妈收到了一些匿名信。"

"是那人放的吗？"

"不知道，你想想有没有什么奇怪的事。比如有人把什么东西塞进门、有人出现在附近之类的。"

"信是谁寄来的？"

"是匿名的。"即使在黑暗中，乔治也能感受到父亲的不耐烦，

"没有名字，先是希腊语，后来是拉丁语。"

"信上说什么呢？"

"说些不好的话，关于我们大家的……"

乔治知道他本应担心，却莫名非常兴奋。他这次可以做侦探了，而且在不耽误学习的情况下，可以一直做下去。他躲在树干后观察，藏在楼梯下的架子后观望前门，研究每个来客的行为举止，他幻想自己拥有一台很酷的放大镜或者望远镜。然而他什么也没发现。

他也并不知道是谁在哈里曼家仓库和阿拉姆家外屋用粉笔写他父母的坏话。每次擦掉后，很快就又有新的字。没有人告诉乔治上面写了什么。一天下午，他像其他厉害的侦探一样，迂回着爬上了哈里曼家的仓库，却只看到一面有许多湿渍的墙。

"爸，"那天熄灯后他小声叫道，他觉得这个话题可以在此时说，"我知道了，是博斯托克先生。"

"他怎么了？"

"他有很多粉笔。"

"嗯，但我觉得不是他。"

几天后，乔治的母亲扭伤了手腕，用棉布包着。她让伊丽莎白·福斯特帮她写了一份屠夫名册，但她并没有让伊丽莎白把名册送去格林赛尔那里，而是把它给了乔治的父亲。经过和一个上锁抽屉里内容的比对，伊丽莎白被开除了。

很快，父亲被邀请到坎诺克的法院去说明情况，乔治暗中期待自己也能去做证。父亲回来告诉他，那个坏女孩说这只是一场愚蠢的恶作剧，事情就此平息了。

伊丽莎白·福斯特没再在这个地区出现过，一个新的女仆很快上任。乔治觉得他这个侦探本该做得更好些。他还觉得，如果自己知道哈里曼家仓库和阿拉姆家外屋的粉笔字是什么就好了。

亚瑟

　　亚瑟的祖先是爱尔兰人，他在苏格兰出生，由荷兰教士教导过罗马信仰，但他更像是一个英格兰人。英格兰的历史吸引着他，英格兰的自由让他自豪，英格兰的板球让他感到荣耀。在英格兰的许多段历史中，他觉得最棒的一段是14世纪：当时英格兰弓箭手统治着这片土地，法国和苏格兰的国王都被关进了伦敦的监狱中。

　　他也从未忘记过在粥锅边听到的故事。对亚瑟而言，英格兰的精神体现在逝去已久却被人始终铭记、不断演化的骑士精神中。没有比凯伊[1]更忠诚的骑士，没有比兰斯洛特[2]更多情的骑士，没有比加拉哈德[3]更高洁的骑士，没有比特里斯坦[4]和伊索尔特[5]更忠贞的爱人，没有比格吉尼维尔[6]更美却更不忠的妻子。当然也没有比亚瑟王更勇敢高贵的国王。

　　基督教教义可以由每个人来实践，无论高低贵贱。但骑士精神却是有力量者的特权。骑士保护着他们的情人，强者帮助弱者，荣誉对他们来说是一种可以为之而死的东西。不幸的是，对一个新上任的医生来说，圣杯和使命真是少之又少。在这个充斥着伯明翰工厂和小礼帽的现代社会，骑士精神只体现为一种体育精神。但是亚瑟却在尽可

---

[1] 圆桌骑士之一，亚瑟王的理事。

[2] 圆桌骑士之一，被誉为第一勇士。

[3] 圆桌骑士之一，独自一人找到圣杯。

[4] 圆桌骑士之一，被誉为多愁善感的骑士。

[5] 特里斯坦的爱人。

[6] 亚瑟王的王后。

能地践行着。他言而有信，救助穷人，保持对低级情感的警惕，尊敬女士，拥有照顾母亲的长期计划。他知道，14世纪已经遗憾落幕，他不是威廉·道格拉斯[1]、不是利德斯河谷领主，也不是骑士精神之花，他只能做最好的自己。

他最初接触异性，遵循的是骑士精神而非心理学教材上的内容。他很英俊，足以吸引异性，又很擅长调情。有一次，他骄傲地告诉母亲，自己同时和五个女孩坠入了爱河。恋爱和在学校里交朋友不大一样，却又基本相通。比如你喜欢一个女孩，就会给她取个昵称。埃尔莫尔·威尔顿是一个美丽、健壮的女孩，曾与他热恋数周。他叫她艾尔摩，取自圣艾尔摩之火——那是水手们在风暴中看到的奇迹之火。他喜欢把自己想象成水手，是她点亮了他昏暗的天空。他都快要和艾尔摩订婚了，可过了一段时间却没有。

他也从那时起，开始担心自己遗精的问题，这在《亚瑟王之死》的故事里并没有提及过。清晨湿漉漉的床单贬损了他的骑士梦，也贬损了他全心全力想要做一个男子汉的感觉。亚瑟试图通过增加体力运动控制自己的睡眠，于是他打拳击、玩板球、踢足球。他还开始打高尔夫。当别人讨论污秽的话题时，他在读《板球年鉴》。

亚瑟开始给杂志投稿。他再次成了那个站在课桌前的男孩，构建着他的文字游戏，成为众人瞩目的焦点，他讲的故事让人们惊讶得张大了嘴。他写的故事都是自己最爱的类型——这是写作对他最大的吸引力。他写遥远土地上的冒险。那里常常有隐藏的宝藏，当地人都是些黑胡子的恶霸和需要拯救的少女。只有一种人可以在他的故事中成为英雄。那些信念不坚定的、自怜的、嗜酒的人都不符合条件。他的

---

[1] 苏格兰贵族，曾指挥军队攻打英格兰边境。

父亲没有尽自己骑士的义务保护好母亲，这个任务便落在了他身上。他不能用14世纪的方式拯救她，所以只能在年轻时用其他的方式完成梦想。他可以通过写故事来实现：通过描述别人的拯救来拯救她。这些故事为他带来收入，收入可以让他做想做的事。

乔治

还有两周就是圣诞节。乔治已经十六岁了，不再像从前那样为季节的变化感到兴奋。他知道，每年大家都要庆祝一次救世主的生日，可他不再像霍勒斯和莫德那样激动。他也不像鲁奇利学校的同学那样公开地谈论自己的期待，因为牧师宅邸是不会有各种礼物的。那些同学每年还会期盼下雪，甚至会降格自己的信仰为此祈祷。

乔治对滑冰、滑雪橇、堆雪人都没有兴趣。他已经开始为未来的职业生涯做准备了。他离开了鲁奇利学校，在伯明翰的梅森大学学习法律。如果申请并通过第一次考试，他将成为见习律师。五年见习后，便是最终的考试，他将正式成为律师。他时常想象着自己坐在桌前，面前是一摞法律书籍，穿着马甲口袋间挂着金线般链子的制服，头戴律师帽，备受尊敬的样子。

12月12日那天，他回家很晚，天已经快黑了。他走到前门时，发现台阶上有什么东西。他低下头，蹲下身，想看得更清楚些。那是一把很大的钥匙，托在手里很冷、很重。家里的钥匙要比这小很多，教室的也是。教堂的钥匙不是这样的，它也不像是农场的。但是钥匙的重量显得它很重要。

他把钥匙拿给父亲，父亲也很惊讶。

"从台阶上捡的？"父亲再次明知故问。

"是的。"

"你没看到是谁放的？"

"没有。"

"你从车站来的路上，有没有看见有人从这儿出来？"

"没有。"

钥匙和一张字条一起，被送到了汉德尼斯佛警察局。三天后，当乔治正要回学校时，厄普顿警官正坐在他家厨房里。父亲还在教区巡查，母亲不安地走来走去。乔治想，或许拾到钥匙是有奖赏的。这是鲁奇利学校的同学们最喜欢的故事——钥匙可以打开一个保险柜，或是宝箱，主角便会得到一张破烂的地图，上面有一个X形标记。乔治并不喜欢这类冒险故事，因为他觉得这些故事太不真实了。

厄普顿警官是一个铁匠身材的红脸男人，深色的制服对他来说有些紧，也许这是他一直喘着粗气的原因。他上下打量了乔治一番，并点了点头。

"你就是发现钥匙的小伙子？"

乔治还记得伊丽莎白·福斯特在墙上写字时自己扮演侦探的事。现在又一起神秘事件出现了，这次有警察和未来的律师参与其中，一定会非常刺激。

"是的，就在台阶上。"警察并未回答，还是自顾自地点头，他似乎有些紧张。于是乔治想要帮他一下："有奖赏吗？"

警察看起来很吃惊："为什么你会觉得有奖赏？现在人人都这么想吗？"

乔治原本并未指望有奖赏的，也许警察只是来祝贺他们成功帮忙物归原主。"您知道这是哪里的钥匙吗？"乔治问道。

警察还是没回答，而是拿出了本子和笔。

"姓名？"

"您知道我的名字。"

"问你呢。"

乔治觉得，警察应该再温和一些。

"乔治。"

"然后呢？"

"欧内斯特。"

"然后呢？"

"汤普森。"

"接着说。"

"您知道我的姓，和我父母的一样。"

"别啰唆，你个小屁孩儿。"

"埃德尔吉。"

"好吧，"警察说，"帮我拼一下这个词。"

亚瑟

亚瑟的婚姻，和他最初的生命记忆一样，是从死亡开始的。

他正式成了一名医生，先是在谢菲尔德、什罗普郡和伯明翰担任代理医师，后又在"希望号"蒸汽船上担任外科医生。船从彼得黑德出发，直至北极冰川，猎捕海豹及其他一切可猎捕的生物。亚瑟的工作不多，作为一个正常的青年，他沉浸在饮酒和偶尔的斗殴中，很快便赢得了船员们的信任。他总是掉进海里，所以船员们给他取了个"北方潜水员"的绰号。和大部分英国人一样，他热爱捕猎，狩猎袋里共有五十五头海豹。

当他们在冰面上与海豹搏斗时，亚瑟体会到了些许拼搏的感觉。一天，他们捕获了一头格陵兰鲸，他发现这种体验和从前所有的都有所不同。猎捕鲑鱼可能像是一种贵族游戏，但当你的猎物像一栋房子那么大时，任何比喻都黯然失色。亚瑟近距离看了一眼鲸鱼的眼睛，让他惊讶的是，那双濒死的眼睛并不比牛眼大多少。

见证那场神秘的捕猎让他的某些想法改变了。他依然在雪天里猎捕鸭子，并为自己的箭法而骄傲。然而他却产生了一种可以控制却不该拥有的感觉。因为每一只被打落在石头上的鸟，都会前往一片地图上没有的土地。

接下来他又到南方航行，从利物浦郊外的马永巴出发，直至加纳利群岛和非洲西海岸。他们依然在船上喝酒，却只会在玩牌时打架。亚瑟如果换掉捕猎的靴子和衣服，穿上有镀金纽扣的哔叽制服，便会引起姑娘们的注意。一天晚上，姑娘们在他床边放了一只苹果派，第二天他在其中一个的舞裙中藏了条飞鱼作为回报。

他回到陆上时，增长了不少经验和见识。他搬到了南海城，加入了共济会，成为凤凰会257号的三级会员。他担任朴次茅斯板球队队长，并加入了汉普郡最好的协会之一。南海城保龄球俱乐部的派克医生常为他介绍客人，格雷沙姆保险公司雇用他从事体检工作。

一天，派克医生让亚瑟帮他诊断一位年轻的病人。病人最近才和寡母以及姐姐一起搬来南海城。这种二次诊断只是出于礼节，很明显杰克·霍金斯得了脑膜炎，整个医疗界都无法治愈，亚瑟自然也无能为力。霍金斯很穷，住不起旅店或出租屋，于是亚瑟让他住进了自己家。霍金斯只比他大一个月，尽管喝了上千瓶缓和剂，他还是很快恶化，变得神志不清，弄坏了屋里的一切物品。几天后，他便去世了。

这一次，亚瑟比孩童时代更仔细地观察了面前的尸体。他发现在自己的医学生涯中，人们常常会在死亡面前生出安慰——仿佛生前的痛苦和煎熬在死后都化作了安宁。事实上，这是因为人死后肌肉会变得松弛，但他依然觉得不止如此。人的死亡也意味着他将前往一片地图上没有的土地。

当他坐着葬礼上唯一的马车，从自己家前往高地墓地时，他望着死者一身黑衣的母亲和姐姐，骑士精神重新燃起。她们在这座陌生的城市里，没有男性的照顾。每当露易莎掀起面纱时，便会露出那张少女害羞的脸，一张圆脸上嵌着一对蓝绿色、如海洋般清澈的眼睛。过了一段时间后，亚瑟便开始拜访她。

这位年轻的医生给姑娘讲起这座岛——南海城确实是一座岛，只是看起来不像——和中国的九连环有多么相像。中间是开放的，里面的环是城镇，外面的环是大海。他还讲到了由此造成的沙土分层和快速排水，以及弗雷德里克·布拉姆韦尔相应的卫生措施，还有这座城市有益健康的美誉。最后一个话题让露易莎想起了自己的伤心事，为了掩饰她随口问起布拉姆韦尔，亚瑟便给她讲了很多关于这个优秀工程师的故事。

根基已经奠基，这段感情便正式开始。他们一起去了两处码头，那里的军乐队整天在演奏。他们欣赏了州长办公区的五彩斑斓，也见证了普通人的喜怒哀乐。他们用望远镜围观了斯皮特黑德中部的国家骑射比赛。他们走到克拉伦斯，亚瑟为她讲述所有展出的奖杯和战争纪念物。这里有一杆俄国枪，那里有一架日本炮，从每一个弹片、墓碑到每一个在帝国各个角落里死去的水兵或步兵，他们得的黄热病、遭遇的海难，还有印度反叛者的不忠行为。她暗中揣度，这位医生是否有某些病态的喜好，但却更乐意认为他不仅体力强大、不知疲倦，还拥有强烈的好奇心。他甚至带她坐马车去皇家克拉伦斯食品园，去看船上供应的饼干是怎么生产出来的，从一袋袋面粉变作面团，再进行加热，最后变成旅客们纷纷品尝的纪念品。

露易莎小姐并未想到亚瑟的追求如此热烈，就像是一场旅行。他们后来又到南边的怀特岛去。亚瑟把维克特阶岛碧蓝的群山指给她看，这诗一般的美好打动了她。他们还远远地看了一眼奥斯本大院，亚瑟告诉她当皇后住在这里时，水上交通会骤然大增。他们乘船穿过索伦特海峡并环岛航行，她看到了尼德尔斯、阿勒姆湾、卡里斯布鲁克城堡、山洪暴发和断崖，直到她太累了，亚瑟给她拿来躺椅和毛毯。

一天晚上，当他们在南巡游码头看海时，亚瑟讲起了他在非洲和北极的冒险，当他讲到冰川上的猎物让他开始控制自己的捕猎欲望时，露易莎难过地流下了眼泪。亚瑟发现，露易莎有着那种女性天生的温柔，一旦开始了解她便会感觉到。她总是面带微笑，却无法忍受建立在残忍基础上的幽默，或是幽默者的优越感。她性格开朗、天性慷慨，长着一头可爱的卷发，却家境贫寒。

从前与女性交往时，亚瑟是很擅长调情的。现在，当他们一起漫步在中心度假村，当她学着挽起他的胳膊时；当他口中她的名字已经不再是露易莎，而是图伊时；当他发现自己开始在她转过身的时候偷瞄她的臀部时，他知道自己不只是想调情。他也认为，她可以让他成为一个更好的男人，毕竟这是步入婚姻的原则之一。

首先，他需要获得母亲的同意。母亲来到汉普郡与露易莎见面。她发现露易莎是个羞怯、顺从的姑娘，虽然出身平常，却家教良好。她为人不粗俗，也没有什么配不上她宝贝儿子的毛病。她也并不虚荣，不会在未来损毁亚瑟的名誉。女孩的母亲霍金斯太太也很亲和有礼。母亲表示了支持，还承认——她看见露易莎站在灯光下的那一刻，依稀想起了少女时代的自己。还有什么比这更让一位母亲满意呢？

乔治

从进入梅森大学以来，乔治便养成了一个习惯：每次回伯明翰，他大部分夜晚都会在小巷里散步。这并不像是他在鲁奇利学校时那样，是为了锻炼，而是为了使头脑清醒，然后继续投入学习。这个办法通常不管用，因为他发现自己会陷入合同法的一些细枝末节。这个1月的夜晚有些冷，天空挂着半轮明月，昨夜结的霜还未散去，乔治正念叨着他第二天的讨论——案例是关于谷仓面粉污染的。这时一个人从树后跳出来。

"是要去沃尔萨尔吗？"

是厄普顿警官，那个红脸爱喘粗气的家伙。

"有什么事吗？"

"你听到我问什么了吧？"警官站得离他很近，盯着他的目光让乔治警觉起来。他觉得警官有些不正常，这会儿最好说点轻松的话。

"您问我是不是要去沃尔萨尔。"

"原来你能听见啊。"他喘气的声音像是一匹马，或是一头猪。

"我只是好奇您为什么这么问。这又不是去沃尔萨尔的路，我们都知道。"

"我们都知道。"厄普顿警官朝前一步，抓住了乔治的肩膀，"我们都知道什么？你知道去沃尔萨尔的路，我也知道去那儿的路。你正要去沃尔萨尔搞鬼呢，是不是？"

警官现在真的不大正常了，差点伤到他。他是不是该告诉警官，自从两年前他去给霍勒斯和莫德买圣诞礼物后，他从来都没去过沃尔萨尔。

"你到沃尔萨尔去，然后把钥匙拿到了学校，又带回家，放在自家的台阶上，对不对？"

"您弄伤我了。"乔治回答。

"我没有，没有弄伤你，根本没有。你想让我弄伤你吗？那你说啊！"

乔治现在的感觉，就和当年从最后一排看着黑板，却不知道正确答案一样。他产生了和那年尿裤子时同样的感受。不知为何，他说道："我将来是要做律师的。"

警官松开手，后退了一步，对他大笑，然后朝乔治的靴子吐了口口水。

"你想什么呢！当律师？小屁孩儿还真是有理想呢。我要是不让你当，你觉得你能当成律师吗？"

乔治并没有解释，决定他律师生涯的是梅森大学的考官和律师联合会。他觉得自己要赶快回家，把一切告诉父亲。

"我问你个问题。"厄普顿警官的声音温和了一些，所以乔治决定再搭理他一次，"你手里拿的什么？"

乔治抬起手，在手套中伸了伸手指。"这个吗？"他问，并心想这个人肯定精神不正常。

"对。"

"手套啊。"

"你是个聪明小孩，以后还想当律师。你应该知道手套是一种作案装备吧？"

他又吐了口口水，然后沿着小路走开了。乔治的眼泪流了出来。

回到家时，他有些难为情。他已经十六岁了，不该流眼泪的。霍勒斯八岁就不再哭了，莫德总是哭，可她是个女孩，而且身体不好。

父亲听了他的讲述，决定要给斯塔福德郡的警察局局长写一封信。一个警察不该在马路上威胁自己的儿子，还指控他偷窃。这样的警察应该被开除。

"我觉得他可能疯了，他朝我吐了两下口水。"

"吐你口水？"

乔治又想了想，他依然很害怕，却认为自己不该言过其实。

"我也不是很确定。他离我很近，口水都吐在了我靴子旁边。也许他只是想吐痰，但是那样子像是在对我发脾气。"

"你有足够的证据吗？"

乔治喜欢被这样问，他感觉自己被当成了未来的律师。

"好像没有。"

"我也觉得，那我就不提吐口水的事了。"

三天后，沙帕吉·埃德尔吉牧师收到了一封来自斯塔福德郡警察局局长乔治·A.安森上尉的回信。写信的日期是1893年1月23日，信中并没有他们期待的致歉和采取措施的承诺，而是写道：

> 请您询问您的儿子乔治，那把12月12日放在您家台阶上的钥匙是从哪里得来的？如果这只是无聊的恶作剧或玩笑，我并不打算让任何警察介入此事。然而，牵涉此事的几个人并不肯做出任何解释，我只能当作一起盗窃事件严肃处理。我不会相信您儿子对于这把钥匙做出的任何无辜解释，我的信息并非来自警方。

牧师知道自己的儿子是个正派的孩子。他需要克服从母亲那里遗传来的神经紧张的毛病，而且已经在克服了。从现在开始，需要教他像个成年人一样处理事情。他把信拿给乔治，问他怎么想。

乔治读了两遍，又花了些时间整理思路。

"在小巷里，"他缓慢地开口，"厄普顿警官指控我在沃尔萨尔学校偷了钥匙。而局长却指控我伙同他人，或者众人，其中一个人偷了钥匙，我获得赃物后把它放在了台阶上。也许他们已经查到我两年都没去过沃尔萨尔了，于是改变了想法。"

"有道理，我赞同你的推断。你还有别的想法吗？"

"我觉得他们可能都疯了吧。"

"乔治，别乱说话。在我们基督教的教义中，即使是精神有问题的人，我们也要同情。"

"对不起。那我只能想到……他们因为某些我并不知道的理由指控了我。"

"你觉得他这句话是什么意思：'我的信息并非来自警方。'"

"他应该收到了某人写给他的举报信。要不然就是在撒谎，假装知道自己并不知道的事，来吓唬我。"

沙帕吉对儿子笑了："乔治，以你的视力可能当不了侦探，但是你的头脑会让你成为一个好律师。"

亚瑟

亚瑟和露易莎并没有在南海城结婚，也没在新娘的教区——格洛斯特郡的明斯特沃思，或者亚瑟的出生地结婚。

当亚瑟作为一个新晋医师离开爱丁堡时，他告别了母亲、弟弟英尼斯，三个妹妹康妮、艾达和朱莉娅。他也告别了公寓里的另一个人——布赖恩·沃勒医生，传说中的诗人、长久的房客、一个太过随心所欲的家伙。虽然亚瑟感激他对自己功课上的辅导，但还是对他有些怨愤。他依然有些偏颇地质疑房客制度存在的合理性，尽管这一制度给他带来了众多他未曾察觉的好处。

他离开时，以为沃勒会很快在爱丁堡开始行医、结婚，获得一些名声，然后渐渐消失在他的记忆中。然而他的期待落空了。亚瑟为了保护自己的家人选择了远行，却发现沃勒承担起了和自己并无关系的、亚瑟应该承担的职责。他给母亲写信时，开始故意回避沃勒的名字，不提这个破坏他家庭的人。每次回到家，他都以为这个家就像是在他离开那一刻按下暂停键般，和上次回来时没有什么区别，却发现一切都变得不一样了。他从话语中、目光中、各种暗示和小事中，意识到自己已不再是这里的主角。生活还在继续，而且这生活似乎是由那个租客主导的。

布赖恩·沃勒既没有继续行医，也没有把写诗发展成自己的职业。他在约克郡西部的英格尔顿继承了一块地，过上了英格兰乡绅的荒唐日子。他现在拥有二十四亩林地，中间是一栋灰石屋，叫作玛逊吉尔宅邸。本来这是件好事，可亚瑟却收到母亲的信，说她和两个小女儿也要离开爱丁堡，到玛逊吉尔去，沃勒在那里为她们准备了住处。妈妈并没有解释什么——那里空气清新，或许对病弱的孩子有好处等——只是告诉他事实已经如此。不，还是有一句解释的：那儿的房租非常低。

亚瑟觉得自己遭遇了绑架和背叛。他无法说服自己沃勒的行为是出于骑士精神。真正的骑士应该为母亲和她的女儿们安排某处神秘的住所，自己却远走他乡，开始一场漫长而危险的旅程。真正的骑士不该抛弃洛蒂和康妮，无论发生了什么。亚瑟并没有什么证据，也许是姑娘们对沃勒的调情寄予了过高的期待，但是他从某些暗示和妹妹们的沉默中猜到，曾经一定发生过什么。

亚瑟的怀疑并未就此终止。他是一个认为一切都该清晰明了的小伙子，却发现自己陷入了某些不清不楚的境地，某些事让他无法接受。沃勒并不仅仅是一个房客，大家都把他当作这家人，甚至家里每个人的朋友。亚瑟却不这么认为，他可不喜欢有个兄长忽然出现在家中，而且母亲对他的笑容很特别。沃勒比亚瑟大六岁，比母亲小十五岁。为了捍卫母亲的荣誉，亚瑟甚至愿意把手伸进火堆中。他的人生准则、家庭观念以及责任感都源自母亲。他有时会想，如果自己把沃勒告上法庭会怎样？有什么证据吗？法院会做出怎样的裁决？想想家里的情况：父亲是个病弱的酒鬼，常被送进疗养院；母亲养育着年幼的妹妹；沃勒是公寓中的成员之一，并为妹妹取过四个教名，后三个是玛丽、朱莉娅、约瑟芬，还有个叫多多的小名。多多的第一个教名是布赖恩，除去其他偏见，亚瑟觉得这个名字不太像女孩名。

在亚瑟追求露易莎期间，他的父亲在疗养院里酗酒，打碎玻璃逃了出来，于是被转去了蒙特罗斯皇家精神病院。1885年8月6日，亚瑟与图伊在约克郡桑顿-朗斯代尔的圣奥斯瓦尔德教堂结婚。新郎二十六岁，新娘二十八岁。亚瑟理想的生活并不是成为南海城保龄球俱乐部的一员，或朴次茅斯文学科学会、凤凰会257号等的一员。既然母亲已经安顿好了，他的理想便是成为布赖恩·沃勒那样的人，将来可以穿着天鹅绒外套、戴着金丝边眼镜，舒服地坐在火堆旁。

乔治

乔治拉开窗帘时，发现道路中央有一个空的牛奶瓶。他指给父亲看，两人穿好衣服，出门一探究竟。牛奶瓶没有盖子，乔治细看时，发现里面有一只死去的画眉。他们把画眉埋在了堆肥堆的后面，把牛奶瓶放回了远处，并决定告诉母亲，但不提里面鸟儿尸体的事。

第二天，乔治收到一张明信片，上面的图案是布鲁德教堂一位有两个妻子的男性的墓碑。内容是："怎么不玩你的老把戏了？往墙上写字啊！"

他的父亲收到了同一个混乱字迹的来信。"每日每夜，每时每刻，我对乔治·埃德尔吉的恨与日俱增。我还恨你那该死的太太，还有恶心的小女儿。真是个伪君子，你以为做牧师就能掩饰罪恶吗？"他并未把信拿给乔治。

父子俩还收到一封共同的信：

哈哈，厄普顿好样的！他做得对！力挺厄普顿！声援厄普顿！支持厄普顿！厄普顿万岁！
支持厄普顿，
你是国家的守卫者。
高举旗帜，
捍卫正义。

牧师和妻子决定，他们要亲自收取所有寄来的信件，不能因此影响乔治的学业。所以乔治没有看到过这封信："我向上帝发誓，我会报复某个人。这世界上我唯一在意的便是复仇，我期待已久的复仇。我情愿下地狱。"他也没看到过这封："到今年底，你的孩子要么死去，要么身败名裂。"但他读到过这一封："你卑鄙地指控了伊丽莎白·福斯特，把她从你和你那该死的太太身边赶走了。"

信越来越频繁。每封信都是用从笔记本上扯下来的廉价横格纸写的，寄件地址却各不相同：坎诺克、沃尔萨尔、鲁奇利、伍尔弗汉普顿甚至大威利当地。牧师不知道要怎么办。想到厄普顿警官和警察局局长的表现，他们似乎无法求助警方。随着信件越来越多，他总结了一些关键内容：为伊丽莎白·福斯特的辩护；对厄普顿警官及整个警察局的赞赏；对埃德尔吉一家的疯狂憎恨；以及若有似无的宗教狂热。笔迹风格各不相同，他觉得应该是有人在刻意伪装。

沙帕吉为光明祈祷，也为家人祈祷，甚至带着某些不情愿的心情为写信者祈祷。

清晨的邮递员还未到时，乔治就去上学了，但他回到家后，可以推测出这一天是否有匿名信寄来。母亲在此时总会佯装喜悦，一个话题又一个话题地聊天，仿佛只要沉默下来，一家人就会跌落谷底，永远陷入泥沼。父亲不大会伪装，便只沉默着坐在桌子一端，像是一尊石像。父母的状态会彼此影响。乔治试着和父亲多说些话，和母亲少说些。霍勒斯和莫德倒是可以不受管教地喋喋不休，他们暂时成了匿名信事件的受益者。

继钥匙和牛奶瓶后，牧师宅邸又出现了其他的东西。窗台上的蜡勺、路边插着一把园艺叉的兔子尸体、台阶上三个碎了的鸡蛋等。每天早上，乔治和父亲都要巡视一圈，然后才让母亲和弟弟妹妹出门。有一天，他们在过道拾到20.5便士，牧师决定将其当成对教堂的捐赠；还有一些鸟的尸体，通常是被勒死的；最显眼的一次竟放了些粪便。有时在晨光中，乔治感觉自己看到了什么，那个人应该刚刚离开。但是他们没有看到和抓到任何人。

恶作剧上升成了骗局。一个周日礼拜后，农场的贝克沃思和牧师握了握手，然后眨眨眼，耳语道："我看你开始做新生意了。"沙帕吉正纳闷儿，对方递来一张《坎诺克邮报》的剪报，是一则圆框广告：

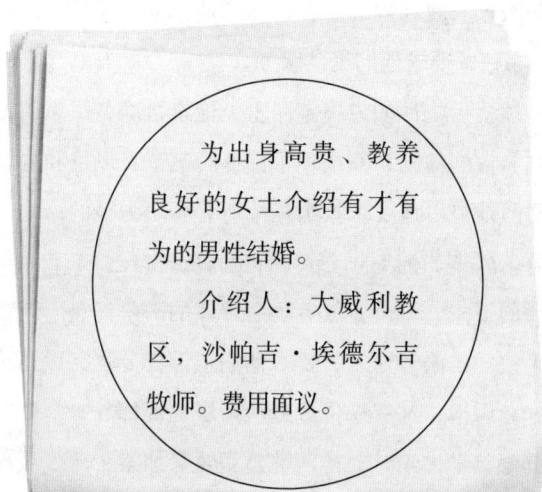

为出身高贵、教养良好的女士介绍有才有为的男性结婚。

介绍人：大威利教区，沙帕吉·埃德尔吉牧师。费用面议。

牧师拜访了报社，他们说还有三则这样的广告登了出来。没有人知道是谁出的钱，写信人匿名寄来了汇票。商务经理很同情他，答应撤掉还未登出的广告。如果写信人提出异议或要求索赔，警方自然会介入。但他觉得此事对报方不利。一家名声不错的报纸，公开宣称自己被耍弄，无疑会降低其其他内容的可信度。

他回到家，发现有一位来自诺福克的红发助理牧师正在等待他，而且脾气很不好。他想知道为什么自己的基督教同僚紧急召唤他到斯塔福德郡来，却要讨论些关于驱魔的问题，牧师的妻子对此也是一头雾水。"这是您的信，上面有您的签名。"沙帕吉为此解释并道歉，对方索要了一笔损失费。

接下来，家里的全职女仆被召往伍尔弗汉普顿指认一具公房里的尸体，有人说那是她姐姐，可她根本没有姐姐。大量的物品被寄来：五十条亚麻毛巾、十二棵梨树苗、许多牛肉、六箱香槟、十五加仑黑油漆，他们要寄还回去。报纸上登出牧师宅邸低价出租的广告，许多租客闻信而来。未曾订购的畜舍和马粪被送来。还有人以牧师的名义给私家侦探写信，要求他们提供服务。

数月的烦扰后，沙帕吉决定回击。他亲自准备了声明，解释了租房事件和匿名信的情况，并描述了信件的笔迹、风格和内容，逐一列出邮寄的时间地点。他要求报纸拒绝所有署名为他的请求，希望读者们如有任何线索都提供给他，并警告犯人反省自己。

两天后的下午，一个盛放着画眉尸体的破碎汤盘出现在厨房台阶上。第二天，一位法官前来，要求他们抵押部分物品以还清某笔并未欠下的债务。后来，又有一位裁缝从斯塔福德郡赶来，要给莫德量体裁衣。当莫德被带过来时，他问她是否要参加某个印度庆典。在这期间，又有五件油布夹克寄给了乔治。

一周之后，三家报纸登出了对牧师申诉的回应。公告名为"致歉"，刊登在黑框中：

> 我们两人都住在大威利教区，在此声明：过去十二个月内，不同人收到的多封匿名信都由我们所写。我们为此感到抱歉，同时也向厄普顿警官、警察局局长及伊丽莎白·福斯特致歉。我们已经反省了自己的行为，并乞求所有涉事者的原谅。我们愿意接受精神和法律上的惩罚。
>
> 乔治·欧内斯特·汤普森·埃德尔吉
> 和弗雷德里克·布鲁克斯

亚瑟

亚瑟喜欢观察濒死的鲸鱼蓝绿色的眼睛、被射杀的鸟儿的内脏，还有那个没来得及成为他内弟的小伙子死去时平静的脸。这种观察是不带偏见的，是一个医生的必要行为，也是一个人的道德使命。

他喜欢告诉别人，在爱丁堡医院他学会了细致的观察。那里的一位外科医生约瑟夫·贝尔很喜欢这个高大热情的小伙子，于是让他为自己的病人初步看诊。他召唤病人进来，做初级的记录，并指引他们进入贝尔的病室——医生和他的护士们一起坐在那里。贝尔会和每个病人打招呼，然后默默观察他们，尽可能推断出他们的生活状况和病情。他可以看出这个人是一位法国抛光师，那个人是一位左撇子鞋匠。他的猜测不仅让病人惊讶，也让在场所有人震惊。亚瑟还记得那一次：

"你是个军人。"

"是的。"

"退役没多久？"

"不太久。"

"高地军团的？"

"对。"

"在巴巴多斯服役？"

"是的。"

这本是个玩笑，却全部说中了。乍一听可能很神秘，解释起来却很简单。

"你看，他是个体面的人，却没有摘下帽子。这是军队的规矩，但如果他退役很久，就不会这样做。他很有气场，而且明显是苏格兰人。至于巴巴多斯，他得的是象皮病，这个病在西印度才有，在英国没有。"

在可塑性最强的年龄，亚瑟在学校学到了医学上的唯物主义。他不再信仰任何宗教，却对此保留着形而上的尊重。他认同人的头脑控制一切的说法，却无法究其成因，也不明白为什么一切表现得如此迂回，并往往表现为可怕的方式。随着心灵的变化，亚瑟开始相信科学的解释，认为思想是头脑发出的，就像肝脏分泌胆汁一样——只是某种生理现象。而灵魂如果存在，则是遗传和个人心理活动的全部反映。他也承认，知识不是静止的，今天确凿的事情到了明天可能就变成了迷信。因此，心智的责任便是不断地探索这个世界。

朴次茅斯文学科学会的会员隔周周二见面，亚瑟在这里见到了这座城市里最有头脑的人。他们常常谈论心灵感应。一个下午，亚瑟和一位当地的建筑师斯坦利·鲍尔一起坐在一个拉着窗帘、没有镜子的房间中，他们背对背，相隔一段距离。亚瑟的膝盖上放着一块画板，上面画着一个图形，他试图集中注意力，用意念把信息传递给鲍尔。建筑师便在画板上画出他感应到的图形。然后反过来，建筑师画图，乔治接收感应。让人震惊的是，他们展现出惊人的一致。他们试验多次后，得出了科学结论：当信息的发送者和收取者自由感应时，思想是可以传递的。

这意味着什么？如果思想真的可以在没有任何交流的情况下跨越空间传递，那亚瑟的老师们所认同的纯粹唯物主义未免太片面了。亚瑟和斯坦利·鲍尔的画图试验并未成功唤回宗教的地位，但至少提出了一个难以解决的问题。

与此同时，其他人也在试图推翻唯物主义的坚固围墙。据朴次茅斯报纸报道，著名的催眠研究者梅耶穿过整个欧洲来到这里，寻找多位健康的年轻人进行试验。这些年轻人中，有些被要求张着口，即使观众大笑也不能闭嘴。有些被要求蹲下身，未得到教授的允许不能起来。亚瑟也参加了试验，却未被催眠成功。这次活动看起来更像是一场闹剧，而非科学实验。

他和图伊开始参加集会。斯坦利·鲍尔也经常在场，还有当地的天文学家德雷森上将。他们从心理学周报《光》中寻找话题，以阅读《以西结》[1]的第一章作为开头："他们的精神去到哪里，他们就去到哪里。"他们接受了先知的思想：旋风、云朵、光芒、火焰，以及四天使——每人都有四张脸、四只翅膀。然后他们在闪烁的烛光下、在昏暗的环境里集中心智、放空自己，一起等待着。过一会儿，一个自称亚瑟叔祖的灵魂出现在他身后，下一次又是一个拿着枪的黑人。过了几个月，他觉得自己可以看见灵魂的影子了。

亚瑟并不确定这些参会者是否可信。他更信任的是一位在德雷森上将家中见到的老巫师。经过各种神秘的准备后，老巫师陷入长久的恍惚，并与这位年轻的客人进行了精神交流，提供了建议。亚瑟一开始也很怀疑，直到巫师用那双模糊的眼睛望向他，用微弱的声音说出这句话：

"不要读利·亨特[2]的书。"

这真的很神奇。这些天，亚瑟一直在暗中思考要不要读他的《王朝复辟时期的喜剧作家》。他没和任何人说起这件事，甚至和图伊也没说。能对这个问题给出如此确切的回答，说明这不是个玩笑。唯一的可能是，一个人的思想可以通过某种不可解释的方式进入另一个人

---

[1] 指《圣经·以西结书》。

[2] 利·亨特（Leigh Hunt，1784—1859），英国记者，散文家。

的头脑中。

亚瑟被这段经历说服，并给《光》投了稿。这便是心灵感应有效的新证据，但仅此而已。他想的是，由此可以推断的最基本结论是什么呢？如果更多的证据出现，那么就有可能做进一步的推论。为什么他从前非常相信的事情变得这么不确定？在这件事上，最终的结论又会是什么呢？

对于亚瑟在心灵感应和精神世界的研究，以及对体育的热情，图伊表示支持，并偶尔表现出了解的兴趣。对她来说，心理学现象的法则和板球的规则一样艰深难懂。但她相信，一切总会有个结论，亚瑟也会在得出结论时告诉她。她的更多精力放在他们的女儿玛丽·露易丝身上，她的诞生是一件与那些艰深的心理学法则完全不同的事情。

乔治

报纸上乔治所谓的"致歉"给牧师带来了更多的疑问。他拜访了威廉·布鲁克斯，村里的五金商人——传说中乔治的同伙弗雷德里克的父亲。商人矮小、圆胖，穿着绿色围裙，把沙帕吉带进了一间挂满拖把、水桶和镀锌槽的储藏室。他脱下围裙，拉开抽屉，拿出半打自己家收到的谴责信。这些信也是用笔记本纸写的，但是笔迹很不同。

最上面一封笔迹幼稚潦草。"你要是不搬走，我就杀了你和你太太。我知道你们的名字。"其他的字迹似乎是伪装的，显得更有力些："你家孩子和威恩的孩子在沃尔萨尔车站朝一个老太太吐口水。"作者要求他寄钱到沃尔萨尔邮局作为赔偿费。下一封信与这一封钉在一起，声称如果不寄钱就告他们。

"你没有寄钱吧？"

"当然没有。"

"你把信给警察看了吗？"

"警察？这点事不值得浪费他们时间，也不值得我费劲。不就是小孩犯错吗？《圣经》上说，棍棒可以折断我们的筋骨，但话语伤害不了我们。"

牧师并没有更正布鲁克斯的话。他觉得这人有些蠢："你就只是把信放在抽屉里？"

"我在周围问了一圈，又问了问弗雷德。"

"威恩是谁？"

威恩是一个住在布洛克斯威奇的布商，他的儿子和布鲁克斯的儿子一起在沃尔萨尔上学。他们早上在火车上见面，也常常一起回家。一段时间前——五金商并没说清是多久，有人说两个孩子打碎了马车的车窗，但他们都说是一个叫斯佩克的男孩干的，最终铁路局并没有正式起诉。这事大概发生在收到第一封信几周前，也许和信有关系，也许没有。

牧师发现布鲁克斯对这事并无兴趣。"我不认识威恩。""威恩没收到信啊。""他俩不是乔治的朋友。"最后一点牧师并不意外。

他决定晚饭前和乔治谈一谈，并告诉他自己有了些信心。

"为什么有信心？"

"涉及的人越多，坏人越容易被发现。他捉弄的人越多，越容易出错。你认识一个叫斯佩克的孩子吗？"

"不认识啊。"乔治摇了摇头。

"通过布鲁克斯家的事，我发现这并不只是种族偏见。"

"这算好事吗？我们因为好几个原因遭人恨。"

沙帕吉笑了，这个温顺的孩子很少说话，表现出的智慧却时常让他欣喜。

"我再说一次，你会成为一个很优秀的律师。"但是说这话时，他想起了一封没有给儿子看过的信："到今年底，你的孩子要么死去，要么身败名裂。"

"乔治，我希望你记住一个日子，1892年7月6日，也就是两年前。达达拜·瑙罗吉被选为伦敦芬斯伯里中部地区的议员。"

"好的。"

"他在伦敦大学担任古吉拉蒂语教授多年。我和他偶有联系，他还赞扬过我的《古吉拉蒂语语法》，这让我很自豪。"

"我知道。"乔治不止一次看见过教授的来信。

"他的选举是这个糟糕时代的荣耀。首相，也就是索尔兹伯里勋爵说黑人不应参选议员，女王却不同意。四年后，芬斯伯里中部地区的选举站在了维多利亚女王这边。"

"但我不是帕西人。"乔治的脑海中回荡着这些词：英格兰中心、如跃动心脏般的英国皇室、如血脉般的英国教会。他是英格兰人，学的是英格兰法律，他相信自己某日会遵从上帝的意愿在英格兰教堂结婚。这是父母一直教给他的。

"乔治，你确实是一个英格兰人，但其他人未必这样认为。我们住在——"

"英格兰中心。"乔治回答，这个答案他已经烂熟于心。

"英格兰中心，我已经在这里任职近二十年了。尽管上帝平等地保佑所有人，但在这里，有些人还是会有旧思想。你总会遇到这样的人，他们坚持着等级社会的思维。但既然瑙罗吉可以成为大学教授和议员，你就能成为律师，得到社会的尊敬。无论发生什么不公平的事、什么坏事，你都要记住1892年7月6日这一天。"

乔治思索了一会儿，再一次平和却坚定地说："可我不是帕西人，是您和妈妈这样教我的。"

"记住这一天吧，乔治。记住这一天。"

亚瑟

亚瑟开始了更专业的写作。当他在故事中加入文学色彩，便成了小说。他最好的故事是那些14世纪的英雄传奇。每写完一页，他便会在晚饭后大声读给图伊听，并把完稿寄给母亲以求评价。他也有了自己的秘书兼助理——阿尔弗雷德·伍德。他毕业于朴次茅斯学校，是一位严谨踏实的药剂师，还是个全能运动员，板球打得非常好。

但是亚瑟依然靠医学维持生计。他知道自己如果要在专业上精进，就需要努力钻研。他以自己在生活各方面的观察力为荣，所以他并不需要什么灵魂上的指引便做出了选择——做一名眼科医生。他不是个拖沓的人，也知道最好应该接受训练。

"去维也纳？"图伊有些惊讶地问，她从未离开过英格兰。现在是11月，冬天就要来了。小玛丽正在学习在他人帮助下走路。"我们什么时候走？"图伊问。

"现在。"亚瑟说。

图伊只是从她的针线活儿中抬起头，嘟囔道："那我可得快点了。"

他们变卖家产，把玛丽留给霍金斯太太，决定到维也纳待上六个月。亚瑟报名了医院的眼科课程，但他的德语是跟两个奥地利学生学的，他发现他们的用语并不规范，让他无法适应充满术语的快速教学。然而这里的冬天很适合滑冰，蛋糕也很好吃，他还写了一篇短篇小说《莱佛士的所作所为令人发指》。这些让他们花光了所有的钱。

几个月后，他觉得还是在伦敦学习比较好。图伊一如既往平静地接受了他计划的变更。他们经由巴黎，回到伦敦。亚瑟在巴黎和兰多尔特学习了一段时间。

由于拥有两个国家的学习资历，他在德文郡医院获得了行医资格，并成为眼科医生协会的一员，开始等待病人上门。他希望能得到业界权威的聘用，因为他们没有时间亲自给病人检查，有时这种聘用只是为了廉价劳动力。但亚瑟觉得他在这一领域很有竞争力，盼望着大量工作的出现。

德文郡医院有一个等候室、一个问诊室。几周后，他便开玩笑说两个都是等候室，然而等候的是他自己。他不想干等，便坐在桌前写作。他现在写作水平很高，并转向了一个当时盛行的领域：杂志文学。喜欢自寻烦恼的亚瑟遇到了这样的烦恼。杂志刊登两种故事：周更或月更的长篇连载、独立的小故事。小故事的缺点在于稿费与付出不成正比；连载的缺点在于，只要有一章没更新，你就不能接着写下去了。亚瑟切实地想了想，决定把两者的优点结合起来：他要写系列故事，每个故事有自己的结局，又能以贯穿始终的人物引起读者的同情或憎恶。

因此他需要一个可以不停地尝试各种冒险的主角，大部分职业都不符合要求。他在医院里反复思考这件事时，想到或许可以从自己从前的作品中取材。他写过一些不大成功的侦探小说，取材于爱丁堡医院的约瑟夫·贝尔——细致的观察和准确的推断不仅可以用于医学诊断，也可以用来破案。他一开始给侦探取名为谢里登·霍普，后来变成雪林福特·福尔摩斯，最终才确定为夏洛克·福尔摩斯。

乔治

匿名信和骗局仍在继续。沙帕吉要求犯人反省自己的声明让他们变本加厉起来。报纸上宣称牧师宅邸现在成了低价公寓，牧师兼职牲畜屠宰工作，还免费派送女性紧身衣。乔治被说成是眼科医生，还提供免费法律咨询，并帮助印度和远东旅客订票和安排住宿。大量的煤、许多百科全书，还有很多鹅被运到牧师家。

这家人不再像起初那么紧张，他们建立了一套处理这些事情的流程。每天一早便巡视一圈，送来的物品要么拒收要么退还，并为前来寻求服务的顾客解释情况。夏洛特已经能够熟练地安抚那些远道而来、以为是沙帕吉在寻求他们援助的牧师的情绪。

乔治从梅森大学毕业，就职于伯明翰一家律师事务所。每天早上搭火车时，他都会为离开家人感到愧疚；每天夜晚他都无法放松，陷入另一种焦虑。沙帕吉常用一种特殊的方式帮他缓解心情：给他讲些帕西人受到英国人尊敬的事迹。乔治由此得知，第一个来英国旅行的印度人是帕西人；第一个在英国学校学习基督教教义的印度人是帕西人；牛津大学的首个印度男学生和女学生都是帕西人；第一个出席庭审的印度男人、女人也都是帕西人；第一个印度公务员同样是帕西人。沙帕吉还告诉乔治，有很多帕西外科医生和律师在英国接受培训，帕西慈善组织还曾在爱尔兰饥荒和兰开夏郡工人运动中出力。在第一支出访英国的板球队中，全体成员都是帕西人。乔治对板球并无兴趣，他觉得父亲的开导只会让他更绝望。当全家在一起庆祝第二位帕西人——东北贝思纳尔格林的曼切尔吉·博恩格雷当选议员时，乔治感到有些讽刺。为什么不给这位新议员写信，让他帮忙处理家中奇特的事呢？

相比寄来的东西，沙帕吉更在意的是那些信。信似乎是一位宗教狂热者写来的，署名是"上帝""魔王""魔鬼"等，作者不是声称自己在地狱中迷失，就是表示对地狱的渴望。信中还写了一些涉及暴力的内容，牧师因此很担心自己的家人。"我相信上帝很快就会杀了乔治。""如果不弄死你们，就弄死我吧。""我会在地狱诅咒你们，直到你们死去。""你的生命快到头儿了，我是上帝选中处死你的人。"

经受了两年多的烦扰后，沙帕吉决定再次去找警察局局长。他列出全部事件，附上信件样本，恭敬地指出写信人表达出了杀人的欲望，希望警察保护他们这无辜的一家人。安森警官并未理会他的请求，而是回信道：

> 我并不知道犯人的名字，但是有我自己的怀疑。在得到证实前我不会说出来。虽然犯人非常小心地避免了所有可能造成刑事处罚的行为，但我相信罪犯会遭受数年的劳役监禁，因为他在信中的一些措辞非常过火，应施以严重惩戒。我相信犯人会被抓到的。

沙帕吉把信拿给乔治并询问他的看法。乔治说："一方面，局长指出犯人利用自己的法律知识，巧妙地避开了所有违法行为。另一方面，他又说他犯的错逃不掉严厉的惩戒。这证明犯人也没那么聪明。"他停下来看了看父亲。"他指的犯人应该是我。他之前认为是我拿了钥匙，现在又认为是我写的信。他知道我是学法律的。我觉得，警察局局长是在威胁我，而不是威胁犯人。"

　　沙帕吉不知道要怎么办。有人威胁要给儿子严厉的惩戒，另一些人威胁要让儿子死。他发现自己忍不住开始怨恨警察局局长，但还用不着把最卑劣的信拿给儿子看。安森局长真的认为信是乔治写的吗？如果是这样，他应该解释清楚，为什么一个人会给自己写匿名信，威胁让自己去死。他日夜为自己的长子担忧，睡眠变差，经常无缘无故地下床检查门是否锁好。

　　1895年12月，黑潭的报纸上登出一则广告，声称牧师宅邸的一切正在公开拍卖。拍卖没有底价，因为牧师夫妇急于变卖一切，搬去孟买。

　　黑潭市距这里至少一百里远。沙帕吉猜想，这则广告将会在全国范围传播，先是黑潭市，之后是爱丁堡、纽卡斯尔、伦敦，然后是巴黎、莫斯科、廷巴克图。一定会的。

　　然而，这件忽然开始的事情又忽然终止了。匿名信不再寄来，奇怪的货物和虚假广告不再出现，也不再有愤怒的外地牧师上门拜访。一天、一周、一个月、两个月。时间流逝，一切都没再发生。

以结束开始

乔治

就在一切终止的那个月，沙帕吉·埃德尔吉迎来了在大威利教区工作二十年的纪念日，随后便是牧师宅邸的第二十个——不，第二十一个圣诞节。莫德收到了一枚织锦书签，霍勒斯收到了父亲关于《圣保罗致加拉太书》的讲义，乔治收到了霍尔曼·亨特[1]《世界之光》的影印版，可以挂在办公室墙上。乔治很感激父母，却也能猜到老员工们怎么想：一个才工作两年的实习律师，除了誊写文件几乎做不了什么，哪有权利装点办公室呢？另外，律师们有自己的工作准则，会觉得亨特的画让他们分心。

新年过后的第一个月，每天早上拉开窗帘，一家人都会进一步确认，外面除了清晨的露珠什么都没有。邮递员的到来也不再让他们担惊受怕。牧师开始觉得，之前的一切是对他们的考验，而信仰帮助他们渡过了难关。他们什么也没告诉敏感的小莫德。霍勒斯现在已经是一个健壮耿直的十六岁少年，了解到了更多情况，并私下和乔治说，之前以眼还眼的老办法并不能换回公正，他如果看见是谁往篱笆里扔

---

[1] 威廉·霍尔曼·亨特（William Holman Hunt，1827—1910），英国画家。

画眉尸体，准会扯断他们的脖子。

乔治并没有如父母所愿，在桑斯特-维克里-斯佩特事务所拥有自己的办公室。他的桌椅被放在一个没铺地毯的角落里，只能远远地接收到微弱的光线。他还没有得到表链以及属于自己的法律书籍。但是他有一顶律师帽，是花3.6便士在格兰奇街的芬东衣帽店买的。尽管他依然和父亲住一个房间，却感觉自己正在独立。他还结识了两个一起实习的律师，格林韦和斯泰森，他们带他出去吃饭。那家餐厅的酸牛肉其实很难吃，但他却假装喜欢。

在梅森大学时，乔治并没太留意自己所处的大城市。他感受到的不过是车站与学校之间的嘈杂街道，并对此有些恐惧。但现在，他开始更多地注意到自己周围的环境，也对其产生了好奇。如果不被城市的活力碾压的话，他有一天可能也会成为这里的一部分。

他开始仔细了解这个城市。一开始他觉得这里很庸常，到处充斥着刀匠、铁匠、金属工厂。接着他便了解了内战、瘟疫、皇权教权之争、宪章运动。而不到十年前，伯明翰又开始了现代市政管理。乔治感觉到自己置身于真实的历史中，他还意识到，自己或许见证了伯明翰最伟大的时刻——1887年女王为维多利亚法院奠基。从那以后，城市中多了许多新的建筑和机构：综合医院、仲裁院、肉市等。政府开始筹钱建设大学，并计划建一座新的禁酒会堂。人们认真地讨论，伯明翰将成立自己的教区，而不再属于伍斯特。

女王来访那天，五十万人前来看望她，虽然人潮拥挤，却未造成任何混乱和伤亡。乔治觉得很好，但也在意料之中。人们对城市的固有印象是吵嚷拥挤，而乡下却平静美好。他的经验却刚好相反：乡下混乱而原始，城市有序而现代。当然伯明翰也有混乱和犯罪——否则律师就失去生计了——但是对乔治来说，这里的人更加理性，更加遵守法律，更加文明。

乔治把日常进城想成一件严肃而愉悦的事。这是一场有终点的旅程。他这样理解自己的生活：在家中，生活的终点是天堂；在律所，工作的终点是公正，也就是说，为客户更好地服务。但是每段旅程都有敌人设计的荆棘和陷阱。理想化的旅程本应和坐火车一样，平稳匀速地到达终点，并将旅客按等级分为一、二、三等车厢。

所以，当有人想要破坏铁路时，乔治感到很愤怒。有人——不知道是不是小伙子，用小刀刮火车的皮革气窗；还有人破坏座位上的画框；或在桥上闲逛，朝火车头烟囱扔砖块。乔治完全无法理解。如果说往铁轨上放一个硬币，看它被过往车辆压碎，还能算是无害的游戏——但乔治觉得这样也会引发事故。

这些行为自然被列入了刑法。乔治发现自己很在意旅客与铁路公司间的沟通。在旅客购票时，一纸合约便在买卖之间诞生了。但是乘客知道他签了什么条约吗？知道他们有什么义务吗？知道铁路公司会针对晚点、故障和事故做出什么补偿吗？没人知道。这并不是旅客的错，车票上确实包含合同，但细则只在干线站点和铁路公司办公室呈现。忙碌的旅客怎么会有时间研究这些呢？乔治觉得，英国人为全世界发明了铁路，却只把它当作一种便捷的交通工具，忽视了其中各种权利和责任。

他让霍勒斯和莫德扮演克拉珀姆公交车上的乘客，或者沃尔萨尔、坎诺克、鲁奇利火车的乘客。他用教室作为自己的法庭，让弟弟妹妹坐在桌前，向他们讲述他最近在外国法律报告中看到的案例。

"一天，"他边说边踱步，仿佛这样才能把故事讲好，"有一个很胖的法国人。他叫帕耶勒，有二十五英石[1]重。"

---

[1] 1英石约等于6.3503公斤。

霍勒斯笑了。乔治朝弟弟皱了皱眉，职业化地整理了衣领。"在庭上不能笑。"他接着说，"这位先生在法国火车站买了一张三等座票。"

"他要去哪儿？"莫德问。

"去哪儿并不重要。"

"他为什么这么胖？"霍勒斯说。这位"陪审员"似乎认为什么问题都可以问。

"我不知道，也许他比你还贪吃吧。因为太胖了，他进不了三等座的车厢门。"霍勒斯听了又笑起来，莫德接着说，"于是他试了二等座，还是进不去，只能再试一等座——"

"他还是进不去！"霍勒斯笑道，好像这是整个笑话的结尾。

"不，陪审员们，他发现这扇门能进得去，于是便找了个座位。火车出发了，前往……不知道是哪儿。过了一会儿，检票员来了，检查了车票并让他补差价。他拒绝了，便受到了铁路公司的起诉。你们现在知道问题是什么了吗？"

"问题是他太胖了。"霍勒斯说着，又笑了起来。

"问题是他太穷，付不起票钱。"莫德回答。

"都不是。他付得起，只是不想付。我来解释一下，帕耶勒的律师认为他有购买火车票的合法权益，车厢门太窄，导致他只能进入一等车厢，这是铁路公司的错。但铁路公司辩解说，既然他进不去某些车厢，便只能按要求补票，坐进他能进去的车厢。你们觉得呢？"

霍勒斯很坚定："他坐了一等座，就要付相应的票钱。他不该吃那么多蛋糕，是他太胖了，不是铁路公司的错。"

莫德却站在被告这一边，认为过于胖的人属于弱势群体。"他胖不是他的错，也许是因为生病，或者因为失去母亲这样的伤心事暴饮暴食，或者有别的原因。而且他并没有把别人赶走，让人家坐到三等车厢去。"

"法庭上并未提及他肥胖的原因。"

"法律就是个狗屁!"霍勒斯骂道,他最近刚学会这个词。

"他以前这样做过吗?"莫德问。

"这是重点。"乔治像法官那样点了点头,"这一点可以看出他的意图。他到底是通过从前买票,知道自己太胖了,进不了三等车厢的门,却还是买了三等座票,还是并不知情,只是觉得自己坐在穷人间比较合适呢?"

"是哪一种啊?"霍勒斯不耐烦地问。

"我也不知道,记录里没有写。"

"那结果是什么?"

"结果是,陪审团意见不一,你们各自支持一方。所以你们要互相辩论。"

"我不想和莫德辩论。"霍勒斯说,"她是个小姑娘。真正的结果是什么?"

"里尔的法院站在铁路公司这边,帕耶勒必须补偿铁路公司。"

"我赢了!"霍勒斯叫道,"莫德错了。"

"谁也没有错,"乔治回答,"这起案子有两种可能,所以才会到法庭解决。"

"我还是赢了。"霍勒斯说。

乔治很高兴的是,他成功激起两个小陪审员的兴趣,于是在每个周六下午,他便给他们讲最新的案件。购买隔间票的旅客有权关上车门,不让平台上的旅客进来吗?在座位上捡到某人钱包,和在垫子下捡到一枚硬币有什么法律差异吗?如果你乘坐的末班车在那一站没有停,导致你在大雨里走了五公里,应该怎么办?

当乔治发现小陪审员们兴致减弱时，便给他们讲一些有趣或奇怪的案件。他给他们讲比利时的狗。英国规定，狗必须戴口套或待在货车厢里，但在比利时狗也有车票，可以享受乘客地位。他举了一个案例：一个猎人申诉，他把自己的猎犬带上了火车，却不能让狗坐在他旁边，因为旁边的座位已经卖给了他人。法庭的判决让霍勒斯很满意，却让莫德不满。原告获胜，因为在比利时，一个十座车厢如果坐了五个人和五只狗，十位都买了票，那么车厢视为满员，不能再出售车票。

霍勒斯和莫德都为乔治的表现而惊讶。他在教室里展现出了不一样的权威，当然在讲与知识无关的笑话时，则很放松。乔治也觉得两个小陪审员对他很有用。霍勒斯对问题反应很快，通常站在铁路公司这边，而且不愿改变看法。莫德做决定慢一些，会询问更多问题，并更能体谅乘客遇到的各种麻烦。尽管他的家人并不能展现出公共交通乘客的多样性，但乔治认为他们有一个共同点——常常忽视自己的权利。

亚瑟

他把写侦探小说提上了日程，并未按照旧套路写那些慢节奏的故事，也不写那些根据简单线索解谜便能获得赞赏的普通案件。他描绘的是一个很酷、很聪明的侦探，能从衣服的毛球或一碟牛奶中看出线索。

福尔摩斯给亚瑟带来了突如其来的名声，也带来了英格兰上尉身份无法给予他的某些东西——财富。他在南诺伍德买了一栋房子，有带围墙的花园，花园中还有网球场。他把祖父的半身像放在正厅，把自己在北极得到的勋章放在了书架顶上。他让伍德找了一间办公室，准备长期在那里办公。洛蒂已经从葡萄牙回来，不再当家庭教师。康妮虽然很爱打扮，但却在打字上很有天分。亚瑟从南海城买了一台打字机，但自己却一直弄不明白。他更擅长操控载图伊出门的那辆双人自行车。在图伊再次怀孕后，他把自行车换成了一台纯人力的三轮车。天气好的下午，他就陪着图伊在萨里山间骑上三十里路。

他已经习惯了成功，以及被认可和尊敬的感觉；也习惯了带来各种有趣或尴尬问题的报纸采访。

"这上面说你是一个乐观、聪慧、朴实的人。"图伊笑着放下杂志，"说你很高、肩膀很宽，见面时非常热情地握住他的手表示诚挚欢迎，甚至握得有些疼。"

"这是哪里的报道？"

"《海滨杂志》。"

"哦，我想起来了，是那个豪先生。是个没啥运动细胞的家伙，手就像狗爪子。他说你什么了？"

"他说……我不好意思读出来。"

"快读吧，你知道我就喜欢看你脸红。"

"他说……我是'非常有魅力的女子'。"她说着红了脸，忙转移话题，"豪先生说，道尔医生总是在开头便铺垫好了结尾。亚瑟，你没和我说过呢。"

"我没说过吗？这就是正常的写法吧。如果不知道结尾，开头要怎么写呢？故事的构思总是要符合逻辑的。他还说什么了？"

"说你的灵感产生于各种日常的时间——散步、玩板球、骑车，或者打网球的时候。是这样吗？那你在球场上会不会走神？"

"我接受采访时，可能有点装腔作势了。"

"看，这有一张小玛丽站在这张椅子上的照片。"

亚瑟凑过来说："你看，这是从我的照片里拿的。他们应该把我的名字写在下面。"

　　亚瑟成了文学界的一员。他和杰罗姆、巴里成了朋友，也见过梅雷迪斯和威尔斯。他还和奥斯卡·王尔德一起吃过饭，发现他是个很文雅随和的人，他这么说并不是因为王尔德读过他的《弥迦·克拉克》[1]并表示赞赏。亚瑟认为，福尔摩斯的故事他只能写两年，最多三年，然后他就让这个角色死去，并专注于自己最擅长的历史小说。

　　他为自己的所作所为感到自豪。他有时会想，如果他按照帕特里奇的预言成了英格兰板球队队长，会不会更自豪。不过，这些都不会发生了。他曾是一位优秀的右手击球手，能完成迷惑性的慢速击球。也许他会成为玛丽勒本板球俱乐部的一员，但是他当时的终极目标——自己的名字印在《板球年鉴》上，现在看起来并不值得一提。

　　图伊为他生了个儿子，叫作阿莱恩·金斯利。他一直都希望亲人满堂。但可怜的安妮特在葡萄牙死去了。母亲比从前更加固执，更愿意住在那家伙提供的小屋里。不过他还有妹妹、儿女和妻子。他的弟弟英尼斯住在不远处的伍尔维奇，正准备从军。亚瑟是一家之主，也是养家的人，他对大量的开销和各种空白支票乐在其中。每年一次，他装扮成圣诞老人为大家送礼物。

　　他知道正确的排序应该是妻子、子女、妹妹。他和图伊结婚多久了？有七八年了吧。图伊是那种让人非常满意的妻子，也确实像《海滨杂志》上写的那样，是个很有魅力的女子。她为亚瑟生了一儿一女，支持亚瑟的所有写作和冒险行为。他想去挪威，就陪他去挪威；想开派对，就开一场他喜欢的派对。无论好坏、无论贫富，他都会一直和她在一起，何况他们的生活并没有多糟糕，也并不贫穷。

----

[1] 柯南·道尔创作的历史小说。

然而现在，如果诚恳地面对自己，他会发现情况和之前不同了。他们刚相识时，他年轻、羞怯、无知，她毫不介意地爱上了他。现在他依然年轻，却功成名就，能够吸引萨维尔俱乐部才子们的兴趣。他在婚姻的帮助下站稳了脚跟，释放了潜能。他的成功是努力的结果。那些未成功的人总是幻想结局是什么样的，亚瑟却还未为自己的故事写出结局。如果生命是一场骑士之旅，他拯救了美丽的图伊，攻陷了城市，获得了金币。但他离成为一族的老者还有很多年的距离。当一个骑士回到位于南诺伍德的家，面对妻子和两个孩子，他能做些什么呢？

也许这个问题并不难：保护他们，以身作则，把正确的生活方式教给孩子们。他还会继续其他的冒险，但不再是那些拯救其他女士的冒险。在他的写作、社交、旅行和政治生涯中，还有许多挑战。谁知道他的力量会把自己带向何方呢？他会给予图伊她所需要的全部照顾和安慰，不让她有一丝的不幸。

然而事实并非如此。

乔治

格林韦和斯泰森喜欢一起出去，乔治并不介意。午餐时他不喜欢去酒馆，更愿意坐在圣菲利普教堂的大树下，吃母亲准备的三明治。他很高兴他们问他些关于运输的问题，但在他们聊到赛马、赌博、女孩、舞会等话题时却插不上嘴。他们最近迷上了贝专纳，那儿的首脑们正到伯明翰来做公务访问。

不过，乔治和他们一起出去时，他们总会问些问题逗他。

"乔治，你家是哪儿的？"

"大威利。"

"具体呢？"

乔治想了想："我住在大威利的牧师宅邸。"两个人笑了。

"你有女朋友吗？"

"什么？"

"我们问的你听不懂吗？"

"你们不该管闲事。"

"挺能装呀，乔治。"

他们老是为了逗乐问起这个问题。

"她很漂亮吧？"

"长得像玛丽·劳埃德吗？"

只要乔治不回答，他们便把头凑在一起，把帽子拨到一边，对着他唱道："我爱的男孩坐在画廊里。"

"喂，乔治，她叫什么名字啊？"

"说吧，乔治。"

过了几周，乔治忍不下去了。他们不就是想要个名字。"她叫多拉·查尔斯沃思。"乔治回答。

"她是哈利·查尔斯沃思的妹妹，我和她哥哥是朋友。"

他以为这总算可以让他们闭嘴了，没想到反而助长了他们的兴致。

"她头发是什么颜色的？"

"你吻过她吗？"

"她家是哪儿的？"

"我是问具体是哪儿的。"

"你们公开了吗？"

他们总是有没完没了的问题。

"还有个事我们想知道。多拉是黑人吗？"

"和我一样，是英格兰人。"

"和你一样？乔治，和你一样？"

"我们什么时候能见她？"

"我猜她是个贝专纳姑娘。"

"我们找个私家侦探来调查怎么样？像那种离婚时用的侦探，跑到宾馆去，抓住和女仆在一起的丈夫。乔治，你想不想这样被抓住？"

乔治认为他所说的一切，或者任由他们推断的一切并不算是撒谎，这只是让他们相信自己愿意相信的事，和撒谎还是有区别的。庆幸的是，他们住在伯明翰的另一边，所以每次乔治的火车从新街出发，他便成功摆脱了这个故事。

2月13日清晨，格林韦和斯泰森看起来很高兴，乔治并不知道为什么。他们给斯塔福德郡大威利的多拉·查尔斯沃思寄了张情人节卡片。这给邮递员造成了很大困扰，也让哈利·查尔斯沃思非常困惑，虽然他一直渴望有个妹妹。

乔治坐在火车上，叠好的报纸放在膝盖上，公文包放在头顶高一些、宽一些的置物架上，礼帽放在较低的，用来放帽子、雨伞、手杖和小包的架子上。他思考着每个人都在经历着的人生旅程。比如父亲的人生从遥远的孟买开始，那几乎是帝国血脉的尽头了。他长大后，皈依了基督教。然后他写了一本《古吉拉蒂语语法》，这本书的稿费支撑他来到英国。他在圣奥古斯丁大学读书，然后在坎特伯雷被玛卡尼斯主教任命为牧师，又在利物浦做副牧师，后来才到大威利任职。乔治觉得这真是一段精彩的旅程。他自己的阅历就没有这么丰富，也许和母亲的更像些。母亲从出生地苏格兰来到什罗普郡，她的父亲在凯特里任教职长达三十九年。然后她来到了附近的斯塔福德郡，如果上帝保佑，她的丈夫也会任职同样长的时间。他自己呢，会一直待在伯明翰吗，还是只是暂时落脚？他并不知道。

乔治开始不再把自己看成一个用季票乘车的乡下人，而是伯明翰未来的公民。为了适应自己的新身份，他开始留胡子。胡子长得比他想象的慢很多，格林韦和斯泰森总是开玩笑要凑钱给他买一瓶生发水。当他的胡子终于覆盖上嘴唇，他们又开始叫他"大胡子先生"。

他们每厌倦一个玩笑，便会寻找另一个。

"斯泰森，你知道乔治让我联想到什么吗？"

"给点提示嘛。"

"好吧，他在哪儿上的学？"

"乔治，你在哪儿上的学？"

"我说过啊，斯泰森。"

"再跟我说一遍。"

乔治从《1879年土地转让法》和其关于地产遗嘱的条例中抬起头："鲁奇利。"

"这回想想吧，斯泰森。"

"鲁奇利，哦，我知道了。是威廉·帕尔默吗——"

"是鲁奇利监狱！"

"乔治，你在哪儿上的学啊？"

"不是告诉你们了吗。"

"他们教每个人配毒药吗，还是只教聪明的学生？"

帕尔默在为母亲和弟弟上了保险后杀害了他们，随后又杀了一位向他讨债的出版商。可能还有其他的受害者，但是警察查出这些杀害至亲的案子就心满意足了。作为投毒者，他的罪行足以让他在斯塔福德郡五万人的见证下被公开处刑。

"他也有这样的胡子吗？"

"和乔治一模一样。"

"格林韦，你根本不了解那个人。"

"我知道他是你们学校的。他在光荣榜上吧，是不是知名校友？"

乔治假装用手指堵上了耳朵。

"斯泰森，那个投毒的家伙真是不一般地聪明。警方完全查不出他用的是什么毒药。"

"那可真厉害。你觉得这个帕尔默是东方人吗？"

"也许是从贝专纳来的吧。从名字也看不出来啊，是不是乔治？"

"你知道吗，鲁奇利后来还派代表团去了唐宁街的帕莫尔顿。因为受投毒的家伙影响，那个镇想要改名。总统考虑了他们的要求，然后问：'你们想改成什么，帕莫尔斯顿吗？'"

斯泰森没答话："我没懂你的意思。"

"帕莫尔斯顿，音译不就成了'帕莫尔的家乡'[1]了吗？"

"哈哈，真好笑！"

"看，我们的'大胡子先生'都笑了，隔着胡子看不出来。"

这一次，乔治真的受够了："格林韦，你把袖子卷起来。"

格林韦笑道："怎么，你想给我拔火罐啊？"

乔治也卷起了袖子，把他的手臂放在格林韦的手臂旁边。格林韦刚从阿伯里斯特威斯回来，手臂和乔治是一样的颜色。他正厚脸皮地等着乔治解释，乔治却觉得这样就够了，于是把袖子放了下来。

"乔治是什么意思？"斯泰森问。

"他想证明我也是个犯人吧。"

---

[1] 帕莫尔斯顿（Palmerston），音译可拆解为帕莫尔的家乡（Pal-mers-town）。

亚瑟

他们带康妮在欧洲玩了一圈。她是个很健康的姑娘，是女性中唯一一个在穿越挪威时毫不眩晕的。这样的体质让其他女孩很是嫉妒，也许她健美的身材也同样让人嫉妒吧。杰罗姆对康妮说，她可以去扮演布伦希尔德女神[1]。在这次旅途中，亚瑟发现他妹妹凭借轻盈的舞步，还有那一头披在背后、如海盗船缆线般的栗色长发，总会吸引某些不靠谱儿的男子：浪子、骗子、中年离婚男等。亚瑟真想找一根棍子，把他们都打走。

回家后，康妮似乎选中了一个不错的男子——欧内斯特·威利·霍宁，二十六岁，身量很高、打扮整洁、热爱运动；是一个不错的守门员，偶尔也打保龄球；举止得体，平时讲话不多不少。亚瑟知道，他很难对某个追求洛蒂或康妮的人表示支持，但是作为一家之主，为她们把关是他的义务。

"霍宁？这个霍宁，一半是蒙古人，一半是斯拉夫人。你不能找一个纯英国人吗？"

"他出生在米德尔斯堡，父亲是一位律师。之后他又在阿平厄姆生活。"

"我总觉得他有些奇怪。"

"为了治哮喘，他在澳大利亚生活过三年。你觉得奇怪，也许是因为他身上有棕榈树的气味。"

亚瑟无奈地笑了。康妮是最懂他的妹妹。虽然他更喜欢洛蒂，但康妮总能看透他，并给他以惊喜。幸好她没有嫁给沃勒。更好的是，

---

[1] 北欧神话中的女武神。

洛蒂也没有嫁给他。

"他是做什么的呢，那个霍宁？"

"是个作家，和你一样。"

"我没听说过他。"

"他写过十二本小说。"

"十二本？可他很年轻啊。"亚瑟觉得他很勤奋，但写作质量可不好说。

"如果你想看的话，我可以借你一本。我手里有《两个天空下》和《塔鲁巴的老板》。他的很多书写的都是澳大利亚的事，我觉得很好。"

"你的评价客观吗？"

"不过他发现写小说维生很困难，于是便当了记者。"

"哦，这个职业还不错。"亚瑟嘟哝道。他答应康妮让她带霍宁来家里。到时候，他会装作自己只是没来得及读他的书。

那年的春天来得很早，4月底网球场便开了。亚瑟在书房可以远远听见击球的声音，以及康妮没有接到球时那熟悉的抱怨声。有时，他也会出去看看，便会看见康妮穿着飘逸的网球裙，霍宁戴一顶草帽，穿着白色法兰绒萝卜裤，两人一起打球。他注意到霍宁并没有给她放水，每次也都全力回击。他认为这才是男人陪女孩打球的正确方式。

图伊坐在一旁的帆布躺椅上，初夏微弱的阳光并未给她带来多少暖意，倒是这对恋人的热情让她感觉暖融融的。他们隔着球网的欢笑、相处时的羞怯都让她很开心。于是亚瑟也赞成了他们的恋情。其实，他还是更喜欢装出严厉家长的样子。霍宁给他一种很聪明的感觉——有点太聪明了，不过这或许是他年轻的缘故。亚瑟在一页体育报纸上看到，有一个运动员仅用十秒便跑了一百码。

"你觉得这是怎么回事，霍宁？"

霍宁很快回答："肯定是那个选手有问题。"

那年8月，亚瑟被邀请到瑞士讲课。图伊因为生了金斯利有些病弱，但还是和他一起去了。他们一起去了雷申巴克瀑布，那里风景很棒，是安葬福尔摩斯的适宜之地。这个角色现在成了架在他脖子上的负担。现在，他想要借助某个"魔头"之手，卸下这一重担。

9月底，亚瑟和康妮一起走在小路上，她一直拉着他的胳膊，不让他走得太快。当他停下来，把她留在圣坛前时，他知道自己应该为她感到自豪和开心。尽管婚礼现场花团锦簇，大家纷纷喜悦而半开玩笑地祝福着"保龄球小姐"，他还是觉得自己关于"圆满大家庭"的梦想破灭了。

十天后，他得知父亲死在敦夫里斯郡精神病院，死因是癫痫。亚瑟许多年没有见过他，也没有出席葬礼。他的家人都没有出席葬礼。查尔斯·道尔辜负了母亲，又让自己的孩子们陷入贫穷。他太过软弱，没能打赢自己与酒精之间的战役。或许都算不上战役吧，也许他只是在恶魔面前抬了抬手。他总是有借口，但亚瑟觉得他的借口毫无说服力，不过是自我放纵和辩解的手段。的确有这样的艺术家，但还有很多艺术家是健康、负责的。

图伊从入秋开始长期咳嗽，并常常抱怨难受。亚瑟根据症状觉得没什么事，但还是请来了当地的道尔顿医生。他现在不再是医生，而是患者的丈夫，身份的转变真的很奇特。他在楼下，等待着自己的命运被他人裁决的时候，总觉得有些怪怪的。卧室门关了很久，道尔顿出来时一脸悲戚。这个表情亚瑟很熟悉，因为他自己就做过无数次。

"她的肺部感染很严重，急性肺痨的症状全都有。给我讲讲她的状况和家族病史……"道尔顿并未多言，最后只是说，"再找人看一遍吧。"

亚瑟不仅再次找了医生，而且找了最好的。道格拉斯·鲍威尔是布朗普顿医院胸肺疾病科的顾问医生，他在一周后的周六来到南诺伍德。他面色苍白、为人严谨、一丝不苟。道格拉斯遗憾地宣布了诊断结果。

"我想您也是学医的吧，道尔先生。"

"嗯，我真是太大意了。"

"您不是胸肺专科的吧？"

"我是眼科的。"

"那就不要太自责了。"

"不，我还是很自责。我没有仔细观察，没有发现那该死的病菌，没有对她足够在意。我一直忙于自己的事。"

"您是眼科医生，没发现也是正常的。"

"三年前，我到柏林去记录了科赫对于这种病的诊断。还投稿给斯特德的《评论》。"

"我知道。"

"可我却没看出自己的妻子就得了急性肺痨。我甚至还陪她做了很多会加重病情的事。我们无论在什么天气都会外出骑车，还在冷天出去旅行。她常在户外看我运动……"

"不过，"鲍威尔医生说，"在病原附近有一些良好的纤维生长迹象。也许另一边的肺可以帮助缓解病情，但这是我能想到的最好可能了。"他的话让亚瑟重新燃起一些希望。

"我难以接受。"亚瑟低声说，他无法大声讲出这些话。

鲍威尔没有回答。他早已习惯了温和体贴地宣布他人的死刑，也熟知这可能给病人家属带来的反应。"当然，如果您还想找别的医生——"

"不，我接受您的诊断，但我又不愿接受。您应该告诉我她还能多活一段时间。"

"您心里和我一样清楚吧，时间是很难预测的——"

"我和您一样清楚，鲍威尔医生。有些话，是我们用来安慰病人和他们家属的。在为他们鼓劲时，我们心里想的往往不是这些。她还能活三个月？"

"我觉得差不多。"

"好吧，我还是无法接受。如果让我亲自见到病魔，我会和它打一仗。只要病魔不带走她，让我去哪儿、做什么都可以。"

"祝您好运。"鲍威尔说，"作为您妻子的医生，我还有两件事需要说清楚。也许这并不必要，但这是我的义务。我希望您不要介意。"

亚瑟挺直了背，仿佛正要接受军令的士兵。

"您有孩子吧？"

"儿子一岁，女儿四岁。"

"您知道，您妻子不再有——"

"我知道。"

"我不是说她的生育能力——"

"医生，我又不傻。都这时候了，我也不关心这个。"

"我只是需要说清楚。还有一件更难预测的事，是道尔太太将来的状态。"

"状态？"

"以我们的经验，肺痨和其他的绝症不同。病人遭遇的痛苦并不严重，还没有牙疼和消化不良厉害。于是这种病不会对患者的心理造成什么影响，病人往往很乐观。"

"你是说病人会有些疯疯癫癫的，认为自己没有病？"

"不是，我是说他们会很乐观，心情平静、愉悦。"

"因为吃了你开的药？"

"不，这种病就是这样的。病人如果不知道自己的病有多严重，就不会有什么感觉。"

"这让我轻松了不少啊。"

"也许一开始是这样，道尔先生。"

"什么意思？"

"我的意思是，如果病人不痛苦，也不抱怨，在重病面前依然很乐观，可能难受的便是她的家人。"

"您不了解我。"

"确实，不过我希望您能有足够的勇气。"

他曾承诺无论好坏，无论贫富，都会和她一直在一起。他忘记了，还有一句是"无论健康还是疾病"。

精神病院寄来了亚瑟父亲的画集。查尔斯·道尔的晚年很悲惨，因为在病情最重的时候，他躺在病床上，无人探望。但他死前是清醒的。这个本子足以证明，他还在坚持画水彩和记日记。让亚瑟震惊的是，经过同行的评估，他的父亲是一位很出色的画家，可以在爱丁堡举办一场逝者画展，甚至在伦敦也可以。亚瑟忍不住对比着他们的命运：当他开始拥抱名利时，父亲却只能穿着紧身衣躺在精神病院。但他并无愧疚，只是出于孝心有些同情。他父亲的日记里有一句话让他印象深刻。他写道："我被当成疯子，完全是因为苏格兰人误解了我的玩笑。"

那年12月，福尔摩斯死在了莫里亚蒂的怀抱里，两人都被不耐烦的作者推下了深渊。伦敦报纸并未登出查尔斯·道尔的讣告，却登满了对这个不存在的侦探之死的反对和抗议。福尔摩斯实在太有名了，大家甚至因此讨厌起作者来。对亚瑟而言，这个世界正在疯狂变化：父亲尸骨未寒，妻子罹患绝症，年轻的市民们却纷纷把绉带系在帽子上，哀悼他笔下的福尔摩斯。

另一件事发生在这一悲惨年份的年底。父亲去世一个月后，亚瑟加入了精神疾病研究协会。

乔治

在律师终极考试中，乔治获得了二等荣誉，伯明翰法律协会授予他一枚铜质奖章。他凭借最初在桑斯特-维克里-斯佩特的工作经验，在纽霍尔街54号开了一家事务所。他今年二十三岁，世界正在顺着他的步伐而改变。

尽管身为牧师家的孩子，尽管出于孝顺他常常在圣马克教堂听父亲布道，他还是觉得自己对《圣经》并不了解，至少不是全部了解，而且了解得并不多。事实和信仰之间、知识和理解之间，总是有一定距离的，他也无能为力。因此他觉得自己像个骗子。英格兰教会的准则似乎离他很遥远，他并未用切实的感受感知它们，也没有在每日的生活中看到它们。当然，他没有对父母说起过此事。

在学校时，他常会听到各种例子和阐释。如"科学是这样的""历史是这样的""文学是这样的"……他很擅长回答这类考试的问题，尽管他的脑海中并没有什么鲜活的印象。但是现在他才发现法律和生活的真实样貌。各种联系——人与人、事与事、想法与规则之间的联系，正在向他揭示这个世界真正的样子。

此时，他正坐在从布洛克斯威奇到伯奇尔斯的火车上，望向窗外的树篱。其他旅客只看到微风吹拂着灌木，鸟儿在树上筑巢，可他却看到树篱可以作为不同人家土地间的正式边界，通过合同或长期使用而划定，作为维持友好或解决纠纷的有效凭据。回到家中，他开始留意擦玻璃的女仆，而不是只把她当作一个弄乱他书本的粗俗笨拙的姑娘。他从中看出了雇佣关系和相关的义务,这是一种在数个世纪的法律支持下,双方达成的复杂合约,然而双方却都对此并不了解。

他对法律的发展表现出信心。在《税务法》中,有很多用来解释情况为何不同、有何不同的注释。而且法律领域的书籍就和关于《圣经》的书籍一样多。然而法律的进步还有很长的路要走。最终,人们需要了解自己签署合同时做出的是什么决定,并理解每一个条款的用意。从模糊了解到明确知情需要一个过程。好比一个喝醉的水手在鸵鸟蛋上写下了自己的遗嘱,水手落水身亡,蛋却留了下来,法庭要怎么确定那些被水模糊的字迹究竟是什么呢?

其他的年轻人会把生活划分为工作和娱乐两部分,并利用前者的时间幻想后者。乔治认为法律本身便包含了工作和娱乐。他不喜欢运动、划船,也不喜欢去剧院,对酒、美食和赛马都无兴趣,也并不热爱旅行。他每日工作,并把铁路法作为自己的娱乐。让他震惊的是,那些成千上万每日乘火车通勤的人,竟没有一个能提出有效建议,帮助乘客们与铁路公司确立自身权利。他给《威尔逊法律手册》的出版商埃芬厄姆·威尔逊写信,他们看了他的样章后,接受了建议。

乔治相信努力的力量,也坚持诚信、节俭、慷慨、热爱家庭,并相信善有善报。另外,作为家中的长子,父母希望他为霍勒斯和莫德树立榜样。乔治日益认识到,父母虽然对三个孩子的爱是平等的,但对他的期待更高。莫德常常是他们担心的对象。而霍勒斯尽管在任何方面都表现不错,却没有成为学者的打算。他在母亲一个表亲的帮助下离开家,进入行政部门,担任初级职员。

但是,乔治发现自己有时会嫉妒霍勒斯。他现在住在曼彻斯特,偶尔会寄来一张海滨风景的明信片。他有时也想象多拉·查尔斯沃思真实存在,但是他并不认识什么女孩,也没有女孩来家里玩。莫德并没有什么他熟悉的女性朋友。格林韦和斯泰森总喜欢在这类事上吹牛，乔治常常怀疑他们，并且很乐于甩开他们独来独往。但他坐在圣菲利普教堂的长凳上吃三明治时，常常会看着路过的女孩们。有时他会记住其中一张脸，并在夜里父亲不远处的呼噜和呻吟声中想起。乔治对《加拉太书》第五章的肉体之罪很熟悉——罪行起自通奸、乱伦、不洁和淫乱。但他并不觉得自己这种安静的冥想属于后面两种。

有一天他会结婚的。他也将不再是初级职员，而会拥有自己的合伙人甚至助理，之后还会有妻子、孩子，以及一栋利用自己所有房产知识买下的住所。他已经在想象午餐时间与伯明翰其他的高级律师一起讨论《1893年货物买卖法》的场景。他们听他讲述这一法律是如何形成的，并在他去买单时赞扬道："不错啊，老乔治！"他并不确定自己的人生具体是什么样的，是先买房后结婚，还是先结婚后买房。他幻想着这一切，但依然有很多困惑。结婚和买房都会让他离开大威利吧。他没和父亲聊起过这些，也没问过他为什么每晚还要锁卧室门。

霍勒斯离开家时，乔治希望自己能搬到空出的房间去。他父亲书房里的小书桌是他刚进梅森大学时买的，已经不适合他了。他渴望在霍勒斯的房间里有自己的床、书桌，有一定的隐私。但乔治和母亲提起时，母亲温和地解释说，莫德现在已经够大，可以一个人睡了。乔治并不想剥夺妹妹的机会。他觉得现在再说出父亲打呼噜越来越严重，有时吵得他睡不好有些太迟了。所以他依然和父亲同屋工作、睡觉。不过，父亲奖给他一台小桌子，摆在他的书桌旁，可以用来放多余的书。

他依然保持着原来的习惯，这种习惯现在已经成了必需。每天从办公室回来，他都会在小路上散步一小时。这是他生活中一个不成文的规矩。他穿着一双旧靴子从后门出发，无论阴晴雨雪都如此。他并不在意沿途的风景，也不在意路边那些高大吵嚷的动物。至于路上的人，他有时会认出某个博斯托克乡村学校时代的同学，却不大确定。农家的孩子现在自然长成了农民，矿工子弟都去下井了。有时，乔治会对遇到的每个人打个随意的招呼——侧抬起头示意，有时却和谁也不打招呼，即使他前一天还认出了那个人。

一天，他没有出去散步，看见厨房桌上有一个包裹。根据包裹的大小和重量，还有上面的伦敦邮戳，他立刻知道了里面是什么。他希望拆包裹的时间尽可能长一些。他小心地解开绳子，仔细地缠绕在指尖，把棕色的蜡纸拿开并放好，以备再用。莫德非常兴奋，母亲也有些迫不及待。他把书翻到封面一页：

写给乘客的铁路法

本书作为公共交通乘客指南，

旨在帮助乘客解决各类与铁路公司沟通的问题

作者：乔治·欧内斯特·汤普森·埃德尔吉

律师

1898年11月获律师终极考试二等荣誉

1898年获伯明翰法律协会铜质奖章

伦敦

埃芬厄姆·威尔逊

皇家交易所

（1901年）

【进站时发放】

他又翻到目录页：细则和有效性；季票；火车不准时的情况；关于行李；运输周期；事故；其他。他给莫德看那些他们和霍勒斯一起在教室里讨论过的案例。这是胖先生帕耶勒的例子，那是比利时人与狗的例子。

这是他生命中最自豪的一天。晚饭后，他的父母也表现出某些在基督教徒容许范围内的骄傲。他已经完成学业、通过考试，建立了自己的事务所，并在某一法律领域表现出充分的权威，实际帮助了很多人。他已经走上正途，感觉人生的旅程真正开始了。

他到霍尼曼广告公司去印传单，并与老板霍尼曼本人从专业角度探讨页面、字体、数量等事宜。一周后，他收到了四百张关于自己书的广告。他并不打算声张，并把三百张带到办公室，剩下一百张带回了家。广告上说，感兴趣的买主可以寄汇票到伯明翰，纽霍尔街54号，其中三分之二是书费，三分之一是邮费。他把一部分广告给了父母，告诉他们可以发给要去坐火车的人。第二天早上，他拿了三份广告给大威利-教堂桥站的站长，并把剩下的发给了很多乘客。

亚瑟

他们变卖家具，把孩子留给了霍金斯太太，从潮湿多雾的伦敦搬到了空气清新、干冷的达沃斯。图伊带着一些被褥住进了疗养所。正如鲍威尔医生所预测的，这种病让她格外乐观，再加上平时就很温和，她更显出一种超乎寻常的好心态。很显然，在几周内她已经从亚瑟的妻子和伙伴变作了他的病人和负担，但她并未因此懊恼，也没有像亚瑟之前那样生气。亚瑟只能独自沉默地对自己发两人份的脾气，并隐藏起自己的不安。每一声不含任何怨气的咳嗽，并未给图伊带来什么痛苦，却让亚瑟痛苦万分。她每咳出一点血，他的愧疚之痛便增长几分。

无论亚瑟曾经做错什么，如何忽视了图伊的病情，一切都已经过去了。现在能做的只有一件事：与侵袭图伊身体的可恶病菌搏斗。当医生不允许他在场时，他便用力量型运动来分散精力。他把自己的挪威雪橇带到了达沃斯，并向布兰格兄弟学会了滑雪。当认为他已掌握他们教授的技能后，他们便带他去雅各布肖恩的山坡去。他在山顶转过身，看见低处远远的旗帜在欢呼中降下来。到了深冬，布兰格兄弟带他去九千英尺[1]高的富尔卡山口。他们凌晨四点出发，中午抵达阿罗萨。亚瑟成了第一个滑雪穿过阿尔卑斯山的英国人。在阿罗萨的宾馆，托拜厄斯·布兰格为三人登记入住，在亚瑟名字旁的职业一栏，他写的是"运动员"。

在阿尔卑斯山的新鲜空气、最好的医生、高额费用，以及洛蒂的良好护理和亚瑟战胜病魔的决心共同作用下，图伊的病情开始稳定，随后好转。到了春末，医生同意她回到英格兰，于是亚瑟离开她去美国处理出版的事宜。下一个冬天，他们又来到了达沃斯。之前关于三个月的诊断被推翻，所有的医生都认为病人的状况更加稳定。再下一个冬天他们来到开罗城外的沙漠，住在一家中东酒店，那是一栋低矮的白色建筑，背后就是金字塔。亚瑟不大喜欢这种干燥的天气，但打台球、网球、高尔夫也不错。他开始计划每年冬天外出旅行，每次都比上一次长一些，直到……不，他不该去想下个春天、夏天之后的事。至少，他现在还能在宾馆、船上、火车上写作。不写作的时候，他便走到沙漠上，把一个高尔夫球打得尽可能远。这里除了一个巨大

[1] 1英尺约等于0.3048米。

的沙洞什么也没有，无论朝哪里走，都处在沙洞之中。他认为这就像是他的人生。

回到英国，亚瑟联系了格兰特·艾伦。他和亚瑟一样是个小说家，也和图伊一样是个肺病患者。艾伦告诉他，这种病症即使不去远行也可以稳定，并表示自己就是个例子。办法便是去他所在的地方——萨里的欣德黑德定居。那里地处南海城和伦敦之间，却有独特的气候，海拔很高，多风、干燥，多沙质土壤和杉树。人们把这里叫作萨里的"小瑞士"。

亚瑟立刻被说服了，并宣布马上行动，准备搬家。他痛恨等待，也不再想要远行。于是他决心搬到欣德黑德去，买一块地，建一座房子。他选中了一处地方，那儿有四亩地，树木繁多，位置隐蔽，附近有一个小山谷。吉比山和"魔鬼的酒碗"都离那里很近，汉克利高尔夫球场距那里只有五英里。他匆忙定下了主意。家里需要有台球室、网球场、马厩；还有洛蒂的房间、霍金斯太太的房间，以及伍德与他长期签约的房间。房子要建得漂亮些，既是著名作家的房舍，又是一处普通的住所，同时还要利于养病。光线必须充足，图伊的房间要有最好的视野。每扇门都要有推拉把手，因为亚瑟觉得开关传统的门很浪费时间。房屋还需要有自己的电力系统；鉴于他现在是一位公众人物，用有色玻璃建一堵家族勋章墙也是适宜的。

亚瑟画了一张平面图，交给了建筑师。这个人不仅是建筑师，还是他在南海城练习心灵感应术的老朋友——斯坦利·鲍尔。于是那些早期的实验便成了如今合作的演练。他还是会带图伊去达沃斯，并通过书信与鲍尔联系，必要时也会发电报。不过，谁知道那些建筑风格的事宜会不会通过头脑感应，在两个相隔千里的人之间传递呢？

他用有色玻璃建起了一个双层的大厅，屋顶是英格兰的玫瑰和苏格兰的蓟标志。下面十三排有纹章的盾牌。第一排是弗克斯·拉斯的珀塞尔、基尔肯尼的派克、切弗尼的马洪；第二排是诺森伯兰郡的珀西、奥蒙德的布尔特、廷顿的科尔克拉夫。与视线等高的是布里塔尼的柯南（每一个红色或银色的狮子体态都不同）、德文郡的霍金斯（给图伊的）。手臂同高的位置有三个牡鹿头和阿尔斯特的红手。道尔真正的座右铭是"坚毅战胜一切"，但是在房间里，他在盾牌下刻的是"耐心战胜一切"。这正是这座房子想要告诉全世界，告诉邪恶的病魔的——他会以耐心应战。

斯坦利·鲍尔和他的建筑工人们从中充分地看到了亚瑟的耐心。他就住在附近的宾馆，时常开车过来，和他们讨论事情。最终建成的房子很特别：长条的，类似仓库的结构；红色贴面砖墙，墙壁很厚；坐落在山谷的颈部。亚瑟站在新建的平台上，注视着新近翻土和播种过的宽阔草坪。远处的地面渐渐合拢，形成一个"V"形，延伸向树林中。这番风景有些野性和神秘的感觉，第一眼亚瑟便觉得仿佛德国童话中的场景。他想要种一些杜鹃花。

在正厅的玻璃被掀开那天，他邀请图伊与他一同见证这一时刻。她站在玻璃前，看着那些五彩缤纷的盾牌和上面的名字，最终把目光停在了这栋房子的箴言上。

"母亲会很高兴的。"他说。但图伊在露出微笑前，却怔了一下。这让他觉出某些不对劲。

"你说得对。"他赶忙说，尽管图伊什么都没有说。他怎么能这么蠢呢？把自己的族谱供奉在墙上，却偏偏忘了母亲的家族？有那么一阵，他甚至想命令工人把整面玻璃拿下来。但愧疚地思索了一会儿后，他决定在楼梯转角处再加一块朴素些的玻璃。在那一块中间，会加上那个被忽视的盾牌和名字——伍斯特郡的福里。

在附近种了许多树后，亚瑟为这栋房子取名"森林小屋"。这个名字让这栋现代建筑有了些盎格鲁–撒克逊时代的风采。只要他们小心谨慎，这里的生活和从前并没有什么两样。

每个人说起"生活"这个词，总是那么轻松，亚瑟也是如此。每个人都认为，生活总要继续。很少有人问起，生活究竟是什么样的，为什么是这样的，这是生命唯一的样子或人生唯一的舞台吗？亚瑟常常为他人的自我满足感到困惑。为什么说起生活，他们总是这么漫不经心呢，这个词以及这件事本身对他们有意义吗？

他在南海城的朋友德雷森上将现在相信了唯心主义的观点，因为他在一场通灵会上听到了死去的哥哥对他说话。于是，这位天文学家相信死后的生活不是一种假设，而是真实的存在。亚瑟礼貌地反驳过他，并在当年的书单中列入了七十四本关于唯心主义的书。他把这些书全都翻了一遍，记下他印象深刻的字句。比如海伦巴赫的那句："有一种怀疑主义，其愚蠢程度超过了笨人的迟钝。"

在图伊得病之前，亚瑟觉得自己的一切都非常让人满意。他目前还依然认为，自己的成就只是一个小小的开始，他还能做成更多的事情。但他要做些什么呢？他回到了对世界宗教的研究上，却发现自己学到的并不比学生时代多。他加入了宗教协会，但认为他们的工作虽然必要，却非常具有破坏性，所以很难发展起来。对人类来说，古老信仰的崩塌有利于进步和发展，但如果这些古建筑都被铲平，人们怎么才能在一片废墟中找到庇护呢？谁又能说人类千百年来呼唤灵魂的历史就这样走到了尽头呢？人类会持续发展，他们的内心自然也会持续发展。即使一个绝对的怀疑论者也能看到这一点。

亚瑟在开罗城外，陪图伊呼吸沙漠的空气时，也读了一些埃及文明的历史，并探访了古墓和法老。他认为尽管古埃及在艺术和科学上达到了毋庸置疑的新高度，但他们的理性思辨能力并不是很强。这体现在他们对死亡的态度上。他们认为人的尸体是包裹灵魂的外衣，所以无论多么破旧腐烂，都应被保留下来，这一点是很可笑的，是最低级的唯物主义。在墓中，常常有一些用篮子装着的食物，用来给旅途中的灵魂提供补给，这也很可笑。埃及人的文明如此复杂，为什么在这方面心智如此简单？将信仰和唯物主义混为一谈，简直是不伦不类。而这种不伦不类，出现在每个由牧师文化统领的国家和文明中。

回到南海城后，他发现德雷森上校的论证并不充分。但现在超自然现象已经取得了一些高水平、有名望的科学家的关注，如威廉·克鲁克斯、奥利弗·洛奇、阿尔弗雷德·拉塞尔·华莱士等。这意味着这个世界上最懂得自然科学的人——伟大的物理学家和生物学家们，也将成为我们在超自然领域的向导。

以华莱士为例。他和达尔文一起提出了进化论，并一同在林奈学会宣布了自然选择的原理。那些恐慌而缺乏想象的人宣称，达尔文和华莱士引领我们进入了一个无神的、机械化的世界，让我们陷入一片黑暗。但是想想华莱士自己的信仰吧。这个最伟大的现代人认为自然选择只适合人类肉体的发展，因此进化论在某些层面需要由超自然理论的介入来补充：要为简单粗暴的自然选择注入某些灵魂的火花。那么谁还敢宣称科学是灵魂的敌人呢？

乔治与亚瑟

这是一个清冷的2月夜晚，天上挂着半轮明月，繁星点缀。远方，大威利矿区的轮廓在天色掩映下模糊显示出来。附近是约瑟夫·福尔摩斯的农场：房屋、仓库、外屋都没有一丝光亮。人们都在沉睡，连鸟儿也还未醒来。

但是，当那个人从远方的田野上来，穿过树篱的缺口时，马儿醒来了。他很快便意识到马注意到了他，于是停下来，开始小声说话。他说的话含混不清，重要的是那语气像是窃窃私语。过了一会儿，他开始慢慢前行。当他走出一段距离后，马摇了摇头，鬃毛变得凌乱了些。那个人再次停了下来。

他继续说起那些无意义的话，却一直朝马的方向看去。结霜的夜晚过后，他脚下的土地很坚固，所以靴子并未在地上留下脚印。他走得很慢，每次只走几步，只要马有一点活动的迹象便停下来。整个过程中，他看起来很显眼，并且总是挺直脊背，让自己显得尽量高些。他肩上的饲料袋并不是重要的细节。重要的是他那平静而持久的声音、精准的行动、直率的目光，以及默默掌握着一切的状态。

他花了二十分钟，以这种方式穿过了田野。现在他站在不远处，观察着那匹马。他并没有贸然行动，而是和刚才一样低语、观察、挺直腰板等待着。最终如他所愿，马儿一开始并不情愿，但还是低下了头。

即使现在，他也没有立刻行动。他等了一两分钟，然后跨过最后一道院门，悄悄把饲料袋挂在了马脖子上。那个人开始边继续嘟哝、边击打马，于是马的头越来越低。他击打马的鬃毛、侧腹和背部。有时，他把手放在马温暖的肌肤上，确定它是否还活着。

他一边打着，一边嘟哝，并把饲料袋从马脖子上取下来，背在自己的肩膀上。接着，他依然边打边嘟哝着，把手伸进口袋掏些什么。最后，他还是边打边嘟哝着，将一只胳膊穿过马背，伸向马的肚子。

马几乎一动不动。他最终不再嘟哝那无意义的话，沉默着，从容地走开，穿过树篱的缺口离去了。

乔治

每天早上，乔治乘最早那班列车到伯明翰去。列车时刻表他已烂熟于心，并很喜欢这个时间安排。列车7∶39停在大威利-教堂桥站，7∶48停在布洛克斯威奇，7∶53停在伯奇尔斯，7∶58停在沃尔萨尔，8∶35停在伯明翰新街。他觉得自己不再有必要藏在报纸后面，事实上，他多次猜测乘客们已经知道他就是《写给乘客的铁路法》（已售出237册）的作者。他和检票员、站长打招呼，他们都会回应。他留着体面的胡子、拿着公文包、戴着朴素的表链，冬天戴礼帽，夏天换成草帽。他还随身带一把雨伞。他很喜欢自己的雨伞，所以无论是否有下雨的迹象都会带着。

他在火车上读报，希望了解这个世界上发生着什么。上个月，张伯伦在伯明翰大礼堂发表了一场重要演讲，探讨了关于殖民地和关税优惠的事宜。虽然没有人询问乔治对于此事的看法，但他持谨慎的认可态度。下个月，坎大哈的罗伯特勋爵将接受那座城市给他的自由，这是一种无可争辩的荣誉。

报纸还带来了其他的新闻，多是些本地的小事：在大威利地带，又有一只动物被虐杀了。乔治很好奇这种行为触犯的是什么法律。这属于《盗窃法》中破坏财产的行为吗？还是说对于某些特定的动物，有专门的法律？他很高兴自己现在在伯明翰工作，以后还会住在这里。他知道自己需要做出决定，忍受父亲的皱眉、母亲的眼泪、莫德的暗中沮丧。但每天早上，当车窗外跑满牲畜的田野变作秩序井然的郊区时，他都会觉得精神明显地振作起来。多年前，父亲就告诉过他，农家孩子和务农者是上帝挚爱的谦卑者，他们将继承我们的世界。也许其中有些是吧，乔治想，而这不符合任何他所了解的遗产继承法。

火车上常常有学生，通常到沃尔萨尔，他们在那里的文法学校上学。他们的校服有时会让乔治想起被指控偷取学校钥匙的悲惨时光。当然，那都是几年前的事了。大部分火车上的学生也都很有礼貌。有一群孩子常和他同车厢，他便也顺便听到了他们的名字：佩奇、哈里森、格雷托雷克斯、斯坦利、费里迪和奎贝尔。三四年后，他甚至与他们成了点头之交。

他在纽霍尔街54号的大部分时间都花在运输法上。这些内容被一位杰出的法学专家称作"缺乏想象力和自由发挥的工作"。这样的蔑视乔治毫不在意，对他来说这份工作需要精确、负责，同时也非常必要。他还起草了一些计划，并开始为他的铁路法工作雇用员工。他接手的案件通常包含行李丢失、不必要的晚点等。还有些如火车乘务员在车头不小心洒上油脂，导致一位女士在雪山站滑倒，并扭伤手腕。他还处理过一些撞击案。伯明翰市民被自行车、摩托车、电车甚至火车撞到的事件比他想象的要多很多。只要哪个市民被某种交通工具吓到，他们都会想到去找律师乔治·埃德尔吉。

乔治回家的火车在5：25离开新街。回家的路上就很少有学生。倒是有时会有更多粗俗的人，这让乔治很厌烦。他总会听到一些无关紧要的议论，关于漂白衣服、母亲忘了烧炭以及今天是否下井等事。通常他不会理会这些话，但如果某个小伙子太吵嚷，他会提醒那人他正在面对一位律师。他并不算勇敢，但在这些时候会表现出惊人的冷静。因为他了解英国的法律，知道自己可以寻求法律的援助。

列车5：25从伯明翰出发，5：55到达沃尔萨尔。这辆车在伯奇尔斯不停，乔治并不知道为什么。6：02列车停在布洛克斯威奇，6：09停在大威利-教堂桥站。6：10他和站长梅里曼点头示意——这一刻常常让他想起他的荣誉法官培根1899年在布卢姆斯伯里郡法院关于非法持有过期季票的判决。随后，他左手腕上挎着自己的雨伞，走回牧师宅邸。

坎贝尔

自从两年前加入斯塔福德郡警察局，检察官坎贝尔在很多场合见过安森局长，却从未被唤至格林大宅。这位局长的家坐落在市郊，位于河对岸的水草之间，是斯塔福德和斯卡伯勒之间最大的一处住宅。他走在利奇菲尔德的碎石路上时，便可以看见那座建筑，于是他开始思量利奇菲尔德究竟有多大。这栋房子是安森局长哥哥的财产，他作为次子，只分到一间朴素的白漆房子：三层高、七八面窗子宽，入口处是四根柱子撑起的宽敞门廊。右边是一个平台和一座玫瑰花园，远处是避暑屋和网球场。

坎贝尔边走，边留意着这一切。当客厅女侍者召唤他进门时，他努力克制自己的职业习惯：细数住户的财产，估量收入，记住那些可能被偷窃的物件——在某些案子中，物品可能已经被偷走了。尽管尽力控制自己，他还是注意到了抛光的红木家具、洁白的镶嵌墙壁、豪华的大厅，楼梯在他右侧，栏杆以奇特的形状扭曲着。

他直接被带到了正厅左侧的一间屋子。这里是安森的书房。两个高脚皮椅分别摆放在炉火两侧，炉火上面是一只麋鹿头或驼鹿头的标本，总之是某种带角的动物。坎贝尔并不打猎，所以无法辨别。他来自伯明翰，搬离那里是因为妻子厌倦了城市，她渴望童年时代的慢节奏生活和广阔空间。他住的地方离伯明翰不过十五英里，却觉得自己搬去了另一个地方：当地的贵族并不在乎你，农民们各行其是，矿工和铁匠们粗俗不堪。他对于乡村的浪漫印象消失殆尽。那里的人似乎比城里人更讨厌警察。他时常觉得自己很多余。当犯罪出现并实施调查时，受害者总是表现出一副他们更相信自己判断的样子。他们根本不愿信任一个警服和礼帽上散发着虚伪气味的警官所做的一切。

安森匆忙走进来，和来者握手并邀他就座。他四十多岁，身材矮小，穿着一件双排扣西装，留着坎贝尔见过的最整齐的胡子：那胡子边缘就像是鼻子轮廓的延伸，整个三角形与上嘴唇相得益彰，就仿佛是量好尺寸从商店里订做的。他的领带上别着一只金色别针，纹样是斯塔福德郡的徽章。这一点昭示出某些众人皆知的事：尊贵的乔治·奥古斯都·安森局长，从1888年便开始担任郡警察局局长，1900年担任县副局长，是一个彻头彻尾的斯塔福德人。坎贝尔作为一名新晋的职业警察，不明白为何警察局只有局长是位业余爱好者，但在他看来，局长们在社会运作中表现出的蛮横跋扈，更多是基于旧时偏见，而非现代意义。然而，安森还是受到了手下人的尊敬，被称为"全力支持手下"的局长。

"坎贝尔，你猜我为什么叫你来。"

"应该和动物谋杀案有关吧。"

"是的，我们现在接到几起报案了？"

坎贝尔事先了解过，但还是翻开了笔记本。

"2月2日，约瑟夫·福尔摩斯家的马被杀死。4月2日，托马斯先生家的马用同样方式被杀。5月4日，邦吉太太的牛也被杀了，方式相同。两周后的5月18日，巴杰先生的马被残忍杀害，另外还有五只羊也死于那一晚。上周6月6日，洛克伊尔先生的两头牛也死了。"

"都是夜里吗？"

"都是。"

"有什么明显的线索吗？"

"全部的事件都发生在大威利方圆三英里之内。我不知道这算不算线索，而且除了5月18日那一起，都是在每个月的第一周。"坎贝尔知道安森正盯着他，于是接着说，"谋杀的方法，就是用刀使劲捅。"

"这种行为真的很恶心。"

坎贝尔看了看局长，不确定他想不想知道细节。局长用沉默表示了默许。

"他都是从肚子下面，在一侧横着切。奶牛还被切掉了乳房，动物们的性器官也都受到了损伤。"

"真让人难以相信。是不是，坎贝尔？对无力反击的动物，竟然这么残忍！"

坎贝尔只能假装忘记，他们两人正坐在一头麋鹿或驼鹿的标本下方，头顶是标本的玻璃假眼和切断的头。"是的。"

"所以我们要寻找一位持刀的疯子。"

"也许并不是刀。我和参与后面几起案件的兽医聊过。福尔摩斯先生的马当时被当作一次单独的意外。兽医不知道凶手使用的是什么工具，虽然很尖锐，却只能割破皮肤最表层的肌肉，无法割到更深的位置。"

"为什么不是刀？"

"因为一把刀，比如说屠宰刀，会割得更深。不管怎么操作，刀总会割裂内脏。但所有的动物都不是当场或当时死亡的，它们要么流血过多而死，要么被发现时已经没救了。"

"如果不是刀，会是什么？"

"某种只能割得更浅的东西，比如剃刀。但这东西又比剃刀厉害。也许是皮革店里的某种工具，或者是某种农具。我觉得那个人对付动物很有经验。"

"可能是一个人，也可能是团伙。一个恶鬼，或者一群恶鬼。这真是个可怕的案子。你以前遇到过这种事吗？"

"没在伯明翰遇到过。"

"确实没有。"安森苍白地笑了笑，然后陷入了沉默。坎贝尔想起了斯塔福德郡警察局里的警官用马：它们那么警惕，总能及时响应人的召唤；它们的鬃毛暖融融的，带着一种特别的气味；它们摇耳朵，对人低下头时的样子那么可爱；它们呼吸时就像是冒热气的暖水壶。什么人会伤害这样的动物呢？

"巴雷特主管想起了一起几年前的案子。那家伙欠了债，杀了自己的马来换取保险。但是这次的凶手如此疯狂地残杀动物，情况又不同了。当然在爱尔兰，深夜割掉地主的牛的踝骨是一种社会活动。毕竟芬尼亚会[1]的人做什么我都不惊讶。"

"嗯。"

"一定要赶快弄清楚。这些行为抹黑了我们整个郡的形象。"

"是的，报纸上——"

"我还没向报纸透露消息。我很在意我们斯塔福德郡的名誉，不希望它成为恶人频出的地方。"

"知道了。"但是检察官觉得，局长一定知道最近报纸上有很多文章都没说什么好话，有些个人偏见很严重。

---

[1] 爱尔兰民族主义组织，致力于推翻英国对爱尔兰的统治。

"我建议你深入研究大威利教区的犯罪史，以及近些年的状况。总会有些……特殊事件的。最好和最了解那儿的人一起工作。有一个说话声很大的警察，名字记不住了。高个子，红脸的家伙……"

"厄普顿吗？"

"就是他了。他对当地情况总是很了解。"

"好的。"

"我也会派出二十位特警，他们向帕森斯警官汇报。"

"二十位！"

"对，又要花一大笔钱。如果需要，我可以自掏腰包。我希望每个树篱底下、每处灌木丛后面都能有一个警察，尽快抓住罪犯。"

坎贝尔担心的倒不是成本。他只是好奇在一个流言传得比电报还快的地方，如何掩藏那二十位特警的行踪。二十位特警大部分对当地并不熟悉，他们的对手是个本地人，他只要待在家里，尽情嘲笑他们就可以了。再说，二十个特警能保护多少牲畜？四十只？六十只？八十只？那儿一共有多少牲畜呢？可能成百上千吧。

"还有什么问题吗？"

"没……我能问一个不相干的问题吗？"

"说吧。"

"外面那种有柱子的门廊叫什么？我的意思是，这是什么风格？"

安森的表情很惊讶，仿佛这是一名警员可能问出的最特殊的问题一般。"门廊？我完全不知道，是我太太弄的。"

接下来的几天，坎贝尔回顾了大威利教区和邻近地区的犯罪史。

他的发现超出了曾经的期待。他发现了很多牲畜盗窃案，很多袭击案，很多流浪汉与酒鬼的案件；一起自杀未遂；一个女孩因为在农场墙上写诽谤话语被指控的案件；五起纵火案；大威利牧师宅邸收到恐吓信和莫名货物的案件；一起强暴案和两起侮辱猥亵案。他查找尽可能久远的历史，却发现在过去十年中，并没有袭击动物的案件。

厄普顿警官也记不起来，虽然他已经在这里执勤二十年了。但是这件事让他想起了一个农民。"他已经死了，去过更好的生活了，当然也可能是更糟的生活。人们说他太爱自己的鹅了，你明白我的意思吧？"坎贝尔打断了他的喋喋不休，他觉得厄普顿是从前那个时代的典型。那时候警察局除了智障、瘸子、独眼龙，谁都愿意雇。你可以咨询他当地的流言和恶语，却不能像信任《圣经》那样信任他。

"所以你明白我的意思了吗？"厄普顿喘着粗气。

"你有什么想告诉我吗？"

"没有。不过俗话说：'以其人之道，还治其人之身。'你最后肯定会明白的。你是伯明翰的警察，最后当然会明白。"

厄普顿时而狡猾地奉承他，时而说些模糊的话扰乱他的思绪。某些农民也是这样的。坎贝尔觉得，对付伯明翰的小偷更轻松些，至少他们只是直接撒谎。

6月27日早晨，检察官被召唤到昆廷煤矿上，那里的两匹公用马在夜里被杀害了。一匹流血过多而死，另一匹母马遭受了更多折磨，正濒临死亡。兽医证实，犯人依然使用了和之前一样的工具——或者至少是有同种效果的工具。

两天后，帕森斯警官拿给坎贝尔一封信，收信地址是"斯塔福德郡，汉德尼斯佛警察局"。信是从沃尔萨尔寄来的，寄信人自称威廉·格雷托雷克斯。

"我不怕危险，跑得又快，所以他们在大威利组成团伙时，就让我加入了。我很了解马匹和牲畜，知道怎么抓住它们。他们说如果我退缩，就杀了我，于是我就照做了。我在三至十分钟之内抓住了两匹马，但它们站了起来。于是我就刺向马肚子，却没流多少血，一匹逃跑了，另一匹摔倒了。现在我告诉你团伙的成员，但没有我做证你们也无法指认。一个是大威利的希普顿，还有一个是叫作李的门房，他是望风的。还有一位叫埃德尔吉的律师。现在我还不能告诉你他们幕后的支持者是谁，只有你答应不惩罚我，我才能说。我们并不是只在新月之时做事，埃德尔吉4月11日做的那次就是满月之时。我现在还没有被抓捕，其他人应该也没有，除了'队长'，所以我想他们会逃的。"

　　坎贝尔重读了这封信。"于是我就刺向马肚子，却没流多少血，一匹逃跑了，另一匹摔倒了。"从这段看，此人对现场有一定的了解，但任何人都有可能查看过动物尸体。最后两起案件过后，警察加强防卫，直到兽医解剖完毕，才允许目击者入内。另外"三至十分钟之内"这么精确的时间也很奇怪。

　　"你们认识这位格雷托雷克斯吗？"

　　"应该是利特尔沃思农场的格雷托雷克斯的儿子吧。"

　　"他有什么理由给汉德尼斯佛警察局的罗宾逊警官写信吗？"

　　"没有啊。"

　　"你觉得他提到的月相是怎么一回事？"

　　帕森斯警官是一位健壮的黑发男子，思索时嘴唇总是在动。"有人这样说，新月时分是异教徒行动的日子。我也不了解，不过我知道4月11日并没有动物被杀。如果我没记错的话，那一周内都没有。"

　　"你没记错。"相比厄普顿，检察官觉得帕森斯要好得多。他属于年青一代，接受过良好训练；虽然做事不算敏捷，但经过深思熟虑。

威廉·格雷托雷克斯确实是一个十四岁的学生，但他的笔迹和信上很不一致。他并未听说过李或希普顿，却承认自己认识埃德尔吉，并有时在早晨和他坐同一辆火车。他从未去过汉德尼斯佛警察局，也不认识收到信的警察。

帕森斯和五位特警搜查了利特尔沃思农场和外屋，却没有找到任何奇怪的尖锐物品，也没有找到沾血或刚刚擦干的物件。他们离开时，坎贝尔把自己对乔治·埃德尔吉的了解告诉了帕森斯警官。

"他是印度人？半印度人吧。个子不高，长得有些奇怪。是位律师，住在家里。每天去伯明翰工作。不怎么参与乡下的生活，你懂的。"

"所以不可能参与团伙作案？"

"应该根本不会。"

"有什么朋友吗？"

"不大清楚。他们一家人很亲密，妹妹应该身体不怎么好吧，有些残疾，或脑子不大好使的那种。人们说他每晚都会在小路上散步。他不养狗，也不养别的动物。几年前，他们家遇到过一些事。"

"我在笔记上看到了。原因是什么？"

"谁知道呢？牧师刚来的时候，就有一些反对意见。人们表示不愿意让一个印度人来教给他们原罪之类的教义。但那已经是好多年前的事了。我本人也信教，我觉得我们现在开放了很多。"

"那个家伙——我是说儿子，你看他像会杀死马的人吗？"

帕森斯咬了咬嘴唇，回答道："警官，这么对您讲吧。我在这里执勤的时间越长，越觉得谁都不像是干坏事的人。至少在这事上谁都不像，您明白了吧？"

乔治

邮递员把信封上的邮戳指给乔治，上面印着：邮资不足。这封信是从沃尔萨尔寄来的，上面整齐干净地写着他的名字和办公地址，于是乔治决定亲自收下。他为此付了两倍的邮费，共计2便士。他看到信中的内容是《写给乘客的铁路法》的订货单，因而感到很高兴，但并没有随寄支票或相应的邮资。寄信人想要订三百本，并署名"魔鬼"。

三天之后，又有信寄来。还是同样的内容：充满诽谤、亵渎神灵的话及疯言疯语。这些信都寄到他办公室，他觉得这是一种傲慢的侵犯，因为这里本是让他感到安全、体面、有序的场所。他随手扔掉了第一封，但把其余的放入一个底层抽屉留作证据。和上次遭遇迫害时不同的是，乔治已经不再是个忧心忡忡的少年，他现在是个成年人，又是一位从业四年的律师。如果他想，他自然可以忽略掉这些事，或者妥善地处理。伯明翰警察局也要比斯塔福德郡警察局高效和现代得多。

一天晚上，刚过6点10分，乔治把季票收进口袋，正在把雨伞往自己的胳膊上挂。他发现有人走在他身边。

"你还好吧，小伙子？"

是厄普顿，比当年胖了些，脸色更红，可能也更蠢了。乔治并未停下来。

"晚上好。"他简单地应答。

"过得还不错吧？睡得还好吗？"

如果是从前，乔治可能会警惕起来，或停下来等厄普顿接着说。但现在他不会。

"我可没在梦游。"乔治下意识加快了脚步，厄普顿警官不得不喘着粗气跟上说："哎，你看，咱们这个地方都是怪人，到处都是。所以就算是有个律师在梦游也没什么，不过还是挺糟糕的。"乔治并未停下脚步，只是讽刺地看着这个大吼大叫的傻瓜。"你是个律师。你应该觉得这个职业很有用吧，小伙子。常言道，万事有备无患，可是物极必反啊。"厄普顿接着说。

乔治并没有把这件事告诉父母。他还有更值得担忧的事：那天下午，邮局寄给他一封来自坎诺克的信，字迹熟悉。收件人是乔治，寄件人署名"挚爱正义之人"：

> 我并不认识你，但有时会在火车上见到你。我并不觉得如果自己认识你，会有多喜欢你。我不喜欢印度人。但是我觉得每个人应该被平等相待，于是写信给你，因为我觉得你和那些人人都在讨论的恐怖事件没有关系。人们都说，那事一定是你做的，你血统不纯，就应该做那种事。所以警察在监控你，但是他们什么也没有发现，于是去监控其他人了……如果又有一匹马被杀，他们一定会认为是你干的。所以出门度个假吧，下次案件发生时不要在场。警察说，下起事件应该和上次一样发生在月底。你赶在这之前离开吧。

乔治很平静。"是诽谤。"他说，"我可以初步判定自己遭到了诽谤。"

"又开始了。"母亲说着，眼泪就要流下来，"又开始了，他们不把我们赶走绝不罢休。"

"夏洛特，"沙帕吉坚定地说，"不会的。在升入天堂和康普顿叔叔团圆之前，我们是不会离开这里的。我们人生的旅途遇到困难，是上帝的旨意。但我们不能质问上帝。"

然而现在，乔治有时确实有一些问题想要责问上帝：为什么他的母亲如此善良，并时常救助教区里的穷人和病人，却要遭受这样的痛苦？另外，如果如父亲所说，上帝会对一切负责，那么他也要为斯塔福德郡警察局的不作为负责。但是乔治无法说出来，甚至连暗示都不行。

他也开始意识到，自己对这个世界的理解要比父母深刻些。虽然他只有二十七岁，但作为一位伯明翰律师，他对于人性的洞察是乡村牧师难以企及的。所以当父亲提议再次向警察局局长申诉时，乔治提出了反对。安森由于从前的事对他们有成见。他们应该向执行调查的检察官反映。

"我会给他写信。"沙帕吉说。

"不，父亲。这是我的任务，而且我应该去面见他一次。如果我们两个人去，他会觉得是在委托他。"

牧师的意见遭到了反对，但他很高兴。他很喜欢儿子性格中坚毅的部分，于是任由他按照自己的想法去做。

乔治写信并申请会面——他不想在牧师宅邸与检察官会面，而是让他选择一处警察局。坎贝尔觉得这有些奇怪，但他选了汉德尼斯佛警察局，并邀请帕森斯警官参加。

"检察官，感谢您答应见我。我很感激您百忙之中到来。我有三件事要说，但是首先我想请您收下这个。"

坎贝尔警官年约四十，姜黄色头发，毛发茂密，上身很长，坐着比站着显高。他走到桌子对面，审视着乔治带给他的礼物：一本《写给乘客的铁路法》。他缓慢地翻了几页。

"共印刷了238本。"乔治说，这个数字听起来并没有他想要表达的那么厉害。

"您的心意我领了。但恐怕警察局规定我们不能接受公众的礼物。"坎贝尔把书推到桌子另一边。

"这算不上贿赂吧，检察官。"乔治随意地说，"您就当是……给图书馆增添一本书？"

"图书馆。咱们有图书馆吗，警官？"

"嗯……我们可以建一个。"

"好吧，既然这样，我非常感谢您，阿德吉先生。"

乔治想，他们是不是在和他开玩笑。

"我的名字不读'阿德吉'，读'埃德尔吉'。"

"阿德吉。"检察官读不好，于是苦笑了一下，"如果您不介意，我就叫您先生好了。"

乔治清了清嗓子。"第一件事是，"他拿出那封署名"挚爱正义之人"的信，"还有另外五封信，也寄到了我工作的地方。"

坎贝尔读过后，把信拿给警官看，然后又拿回来再读了一遍。他不知道这封信究竟是在告发乔治，还是声援他。两种态度都很隐晦。如果意在告发，为什么乔治会把它带到警察局呢？如果是声援，乔治并没有被指控，为什么要把它拿出来呢？坎贝尔觉得乔治的想法和信本身一样有趣。

"你知道是谁写的吗？"

"没有署名。"

"我知道。我想问问您，您会听从这个人的建议，外出度假吗？"

"检察官，您关注的点不太对吧。您会把这封信作为犯罪诽谤吗？"

"事实上，我也不知道。法律是像您这样的律师决定的。从警察的角度，我只能说有人埋伏在您身边。"

"埋伏？您不觉得这封信更像是公开声明，他通过指控假意否定，说我并不会受到当地农民和矿工的报复？"

"我真的不知道。我只能说，我在这里从没见到过上升到这种高度的匿名信。你呢，帕森斯？"警官摇了摇头。"您怎么看这句话，中间这句他们觉得'你血统不纯'？"

"您怎么看呢？"

"您看，并没有人对我说过这样的话。"

"检察官，我的理解是这是在暗指我父亲是帕西人。"

"我认为可能如此。"坎贝尔低下姜黄色的头，再次看信，仿佛要找出什么更深的含义。他决定无论乔治只是来抱怨此事，还是有更复杂的来意，他都要搞清楚他的冤屈。

"可能？那还有可能是什么意思？"

"意思是，您没有参与当地的生活。"

"您的意思是，因为我没有加入大威利板球队吗？"

"您没有加入吗？"

乔治有些生气地提高了语调："还是因为我没有捐助当地的房舍。"

"您没捐助吗？"

"还是因为我吸烟？"

"您吸烟吗？好吧，我们只能等写信人自己告诉我们他是什么意思了，如果我们能抓住他的话。您说还有别的事？"

乔治的第二件事是以言行不当和话语讽刺的理由投诉厄普顿警官。然而，他把那些话重复给检察官时，又觉得似乎不算讽刺。坎贝尔认为，厄普顿警官确实不大礼貌，但乔治并非如实举报，而是夸大其词，过分敏感。

乔治现在有些混乱。他原本期待检察官对他的赠书表示感激，对匿名信感到震惊，对他在厄普顿警官面前的窘境也有所关心。检察官虽然没什么错，但反应很慢，他那训练有素的礼貌在乔治看来是一种无礼。然而无论如何，他都要提出第三件事。

"我有一个建议想要提供给您。"乔治如之前预想的一样停了一下，想要引起他们的注意。

"您有什么建议？"

"用猎犬。我想您也知道，猎犬的嗅觉非常灵敏。您可以召来两只猎犬，它们会指引您去下一场犯罪事件的地点。它们能够非常准确地追踪气味，而且这里没有大江大河，罪犯也没办法通过涉水来摆脱猎犬的追随。"

斯塔福德郡警察局从不采取公众提出的建议。

"猎犬，还是两只。"坎贝尔重复道，"听起来倒是有点吓人呢。'福尔摩斯先生，那儿有巨大的猎犬脚印！'"帕森斯笑了起来，坎贝尔也没有命他停下。

一切都很糟糕，尤其是最后一部分。这部分是乔治自己想出来的，并未和父亲讨论。乔治非常沮丧。他离开时，两个警察站在台阶上看着他。他听到警官说："或许我们可以把猎犬养在图书馆里。"

那些话一路上都在他的脑海中回响，直至他回到牧师宅邸，简单地把这次会面情况告诉了父母。尽管警察们并不想采纳他的建议，但他还是想要帮助他们。他在《利奇菲尔德报》和其他一些报纸上刊登公告，讲述了匿名信重新出现的来龙去脉，并提供25英镑作为犯罪目击者的悬赏。他还记得父亲多年前的公告只起到了一些煽动作用，但他希望这次赏金会带来真正的收效。他还声明了自己是一名律师。

坎贝尔

五天后，检察官再次被唤至格林大宅。这一次他发现自己不再羞于四处张望。他注意到一座展现月相的长鸣钟、一幅铜版印刷的《圣经》场景、一张褪色的土耳其地毯，壁炉中放满原木，等待秋天的到来。他来到书房，这次没有被玻璃眼睛的驼鹿标本吓到，并注意到皮边的法律卷宗：《土地法》和《刺杀》。餐具柜上摆着一只玻璃缸，里面是吃得很饱的金鱼，旁边还有一个三脚酒瓶架。

安森上尉朝坎贝尔挥手，让他坐在椅子上，自己却站着。检察官很清楚，这是一种矮个子向高个子彰显权威惯用的方式。但他并未来得及思虑这些，这一次安森上尉的态度并不友好。

"人们开始嘲弄我们了。那些匿名信，我们收到几封了？"

"五封。"

"昨晚的这一封是桥城站的罗利先生写来的。"安森戴上眼镜开始读信。

先生，您所知道的那个团伙的发起人周三晚上会从沃尔萨尔乘火车带一个新的挂钩回家。他会把挂钩藏在外套的内袋中，如果您和您的同伴能把他的衣服稍微拉开一点，便会看到。今早，他听见有人在他身后尾随，便扔掉了原来的挂钩。但这个比那一个还要长1.5英寸。他五六点回来，如果明天不回，那就是周四。您没有把所有的便衣警察都留在他身边，真是个错误，您太早把他们都遣散了。您想想，在他今早扔东西的地方，几天前还有警察暗守。不过，他有一双鹰眼，耳朵和刀子一样尖，跑得和狐狸一样快而无声，他爬到那四只可怜的动物身边，稍微爱抚它们一下，便用挂钩割破了它们的身体。它们还没反应过来，就已经五脏六腑横飞了。想要现场抓住他，您大概需要一百个侦探，但他太敏捷了，知道所有的藏身之处。您知道他是谁，我也可以证明。但是如果您不提供100英镑作为目击赏金，我便不会透露更多。

安森望向坎贝尔，等他说出自己的看法。"我的警员们并没有找到任何被扔掉的东西，也没有发现什么类似钩子的物品。他也许是这样杀害动物的，也许不是，但我们知道，那些动物的五脏六腑并没有横飞。你想让我监控从沃尔萨尔来的火车吗？"

"我觉得在这封信之后，不会有什么人在盛夏穿着长外套出来，等着被我们搜查。"

"确实不会。您觉得他向我们索要100英镑，是在故意回应那个律师的悬赏吗？"

"也许吧，真是通篇的胡说八道。"安森停了下来，从桌上拿起另一张纸，"不过这一封，给汉德尼斯佛郡的罗宾逊警官的更糟糕。你自己看看吧。"他把信递了过来。

> 11月在大威利会发生美好的事。他们将要对小女孩动手。至明年3月前，他们会像杀害马儿那样杀害二十个女孩子。别想着在残害动物的现场抓到他们，他们非常安静，可以躲藏数小时，直到你派的人离开……人们说，埃德尔吉先生的动向已经锁定了，他周日夜里要到伯明翰的诺思菲尔德附近去见上尉，探讨如何应对这么多的侦探。所以我认为他们应该会白天动手杀害一些奶牛，而非晚上……他们很快就会开始杀这附近的动物，我知道十字钥匙农场和西坎诺克农场在名单上位列最前……你这个死流氓，要是你来找我，或者偷偷找我的伙伴，我就用你父亲的枪打穿你的头。

"真糟糕。真是糟透了，最好不要泄露出去，要不然每个村的村民都会很恐慌。二十个女孩子……光是牲畜都够大家担心的了。"

"你有孩子吗，坎贝尔？"

"有一个儿子和一个小女儿。"

"这封信唯一好的地方是，他威胁要打死罗宾逊警官。"

"这是什么好事吗？"

"对罗宾逊来说可能不是。不过这说明我们的人走在了他前面，所以他们才会威胁要射杀警官。把这个写进起诉书，他会被判处终身劳役。"

坎贝尔想，那我们得找到写信的人："诺思菲尔德、汉德尼斯佛郡、沃尔萨尔——他想要给每一处都寄一封信。"

"确实如此，检察官。现在我来总结一下，你如果没有异议就听着，如果有就告诉我。"

"好的。"

"你是一位很有能力的检察官。不。不要否认这个。"安森很淡然地笑了笑，"你是一位非常有能力的检察官。但是这次调查已经进行了三个半月，其中有三周你还指挥了二十位特警的行动。然而没有任何人受到指控、逮捕，甚至没有人被带走并监视起来。是这样吗？"

"是这样。"

"我知道相比你在大城市伯明翰的工作，我们当地的警力协作不怎么样，不过已经比平时好多了。大家为警方提供线索的兴趣也比平时大得多。我们现在受到的最大干扰来自那些匿名信。比如这个神秘的'上尉'，不巧住在伯明翰的另一边。我们要为他冒险吗？我觉得不要。一个住得很远的上尉，连这里的人都不认识，会对动物虐杀有什么兴趣呢？尽管不去诺思菲尔德，我们的侦探工作也同样很糟糕。"

"确实如此。"

"所以我们一直想着要在当地人中找。哪怕一个人呢，不过我觉得不止一个，或许是三四个，就更合理些。假设一个是写信人，一个作为送信人到不同地方去，一个擅长虐杀动物，还有一个人指挥他们。换句话说，就是一个团伙。那些人讨厌警察，并且以误导我们为乐，而且还很爱吹牛。

"他们编了一堆名字来迷惑我们，不过还是有一个名字一直在反复出现，就是埃德尔吉。埃德尔吉要去见上尉。埃德尔吉的动向已经确定了。律师埃德尔吉是团伙的一员。我早就有所怀疑，但一直都没有说。我让你看过文件吧。以前也有一次匿名信事件，主要是针对他父亲的。有恶作剧，有骗局，还有些小偷小摸的行为。我们那时差点就逮捕他了。最后我给牧师写了一封信，严厉警告他我们知道谁是幕后黑手，没过多久行动就停止了。你也许会说，虽然很遗憾，但他的行为确实够不上犯罪。他没有坦白，但至少我阻止了那场风波。已经七八年过去了。

"现在在同一个地方，事情又开始了。又有人提起了埃德尔吉的名字。第一封署名格雷托雷克斯的信提到了三个名字，但是那个小孩唯一知道的便是埃德尔吉。埃德尔吉也知道格雷托雷克斯。他和上一次做的一样——把自己也归在谴责对象里。这次他长大了，不再满足于捉画眉并扭断它们的脖子。他的目标是些更大的东西，比如牛、马。因为自己的体力不够，他就雇其他人帮忙。现在他又变本加厉，用二十个女孩来威胁我们。二十个女孩的性命啊，坎贝尔。"

"确实如此。我可以问一两个问题吗？"

"可以。"

"首先，他为什么要谴责他自己呢？"

"混淆我们的视听吧。他把自己的名字混入一些我们觉得和此事毫无关系的人中。"

"然后他还设置悬赏，让人指控他自己？"

"那是因为他知道除了他自己，并没有人会站出来说话。"安森干笑了一下，但坎贝尔似乎觉得并不好笑，"当然，这是对警方进一步的挑衅。看那些警察都在瞎忙些什么，于是一个诚实可怜的市民只能自掏腰包清除犯罪。你想想，那份公告用意就是谴责我们……"

"不过，恕我直言，一个伯明翰律师为什么要集合一伙当地粗人来虐杀牲畜呢？"

"你不是见过他吗，对他印象怎样？"

检察官回忆起来："人很聪明，有些紧张。一开始想要讨我欢喜，后来有些着急地为自己辩护。他还为我们提了些建议，我们并没在意。他建议我们养猎犬。"

"猎犬？他说的不是当地侦探？"

"确实是猎犬。奇怪的是，他的声音听起来真的是一个受过教育的、律师的声音。我一直在想，如果闭上眼睛，就会把他当成英格兰人。"

"即使睁开眼睛，你也不会把他当成保安之类的？"

"您可以这么理解。"

"嗯，似乎——无论睁眼还是闭眼，你都觉得他是个自我感觉良好的家伙。我说得对吧，他觉得自己属于某个更高的阶层？"

"也许吧。不过这样的人为什么要去杀害马呢？他想证明自己聪明、优秀，怎么不去挪用巨款？"

"你怎么知道他不会挪用巨款？坦白说，坎贝尔，相比他为什么这么做，我更关心他是怎么做的，什么时间做的，到底做了什么。"

"的确。不过，如果您想要逮捕这个人，动机方面的线索或许有帮助。"

安森并不喜欢这样的问题，他觉得在如今的警务工作中，这类问题被问得太频繁了。人们总是热衷于研究罪犯的内心。其实该做的是：抓住那个家伙，逮捕他、指控他，把他送去流放多年，越久越好。当一个坏蛋拿枪打人，或是敲碎你家窗户时，没有必要探讨他的内心动机。局长正要说这些，坎贝尔抢先说道：

"至少我们可以排除获利这一动机。毕竟他毁坏的不是自己的财产，也没办法通过保险获得赔偿。"

"一个人把邻居家的火堆点着并不是为了财产，而是出于恶意。他喜欢看空中漫天的火焰和人们恐慌的样子。在埃德尔吉的案子中，他可能特别地痛恨动物，你应该从这个角度切入。另外，谋杀的时间似乎有些规律，如果大部分案件都发生在月初，其中或许有某些祭祀意义。也许我们正在寻找的神秘工具是印度的仪式用具，比如反曲刀什么的。你知道，他的父亲是帕西人。他们拜火吗？"

坎贝尔知道用专业的手段什么都无法发现，但他并不想采取这种过于随意的调查方式。如果帕西人拜火，就要认为这个人是个纵火犯吗？

"另外，我并不是要你逮捕那个律师。"

"不逮捕他？"

"不，我只是要求你、命令你把所有的资源都集中在他身上。白天暗中观察牧师宅邸。在车站跟踪他，派一个人到伯明翰去——以防他和神秘的上尉共进午餐。到了夜里，就完全包围他们家。这样的话，他只要出门，就会遇到特警。他肯定会做些什么的，我就知道他会做些什么。"

乔治

乔治试图继续自己正常的生活，毕竟这是他身为一个自由的英格兰人的权利。然而，当他发现自己被监控，当牧师宅邸夜晚被黑影包围，当各种需要瞒着莫德和母亲的事情不断发生时，他觉得生活很难恢复正常。父亲一如既往地努力祈祷，家里的女性们也在一旁焦虑地重复着。乔治不再相信自己处在上帝的保护之下。他唯一觉得自己安全的时刻，便是在父亲锁起卧室门时。

很多时候，他想要拉开窗帘，推开窗户，对那些他知道一直在外监视的家伙说些嘲讽的话。他想，这么浪费警察局的公款，真是可笑。不过让他惊讶的是，他发现自己能够控制情绪，甚至因此感到自己真的成熟了。一天晚上，他和往常一样在小路上散步，一位特警就跟在他不远处。乔治忽然转过身，看见跟他的人是一个面色狡猾、穿着花呢衫的家伙，如果让他待在低等公房里，或许更合适。他对那人说起话来。

"需要我帮你带路吗？"乔治保持着应有的礼貌问道。

"我自己能找到，谢谢您。"

"你不是这附近的人？"

"既然您问了，我是从沃尔萨尔来的。"

"这不是去沃尔萨尔的路啊。现在已经这么晚，你为什么还在大威利的小路上走？"

"我也要问您同样的问题呢。"

乔治觉得这家伙很傲慢："你听从坎贝尔检察官的指挥，一直在跟踪我。这也太明显了。你觉得我是个傻子吗？我唯一好奇的是，是坎贝尔警官让你表现得显眼一点，最好能阻塞公共交通，还是他让你尽量隐蔽些？这样的话，你可不是什么合格的特警。"

那人只是笑了笑："这是我们之间的事，和您有什么相干？"

"好家伙，不和我相干。"乔治的变得更加愤怒，"你和你的同伴完全是在浪费公共开支。你们已经在村子里徘徊很久了，却什么都没发现。几乎什么都没发现吧。"

特警还只是笑笑："您别生气，别生气嘛。"

那天晚饭时分，牧师建议乔治带莫德到阿伯里斯特威斯去玩一天。牧师的语气中透着命令的意味，乔治却平静地拒绝了：他工作很多，并不想去度假。莫德也加入父亲，一起恳求，他才勉强答应。周二那天，他们一早出发，直到夜里才回来。那天阳光明媚。他们乘火车沿大西铁路行驶一百二十四英里，旅途愉快而平静，兄妹俩感到一种久违的自由。他们在海边散步，参观大学校园，一直漫步到码头尽头。那是一个美好的8月天，微风吹拂。他们都不想坐船绕海湾一圈，也不想在海滩上和众人一起捡贝壳。他们选择了乘电车从步道北面出发，直上宪法山上的悬崖花园。随着电车上升，随后又下降，他们好好地欣赏了这座城市和卡迪根湾。在这里，和他们说话的人都很文明，包括制服警察。他建议他们在美景餐厅用午餐，当然如果他们是严格的禁欲者，也可以去滑铁卢餐厅。他们在享用烤鸡和苹果派时，聊的都是些安心的话题，比如霍勒斯、斯托纳姆叔祖母、其他桌的客人等。午餐后，他们爬上了城堡，乔治温和地为《商品销售法》辩护，认为这只是一些被毁掉的废墟而已。一个路人说，宪法山的左边便是斯诺登峰。莫德很高兴，但乔治却完全看不清。莫德说，以后要给他买一架双筒望远镜。回家的火车上，莫德问乔治阿伯里斯特威斯的电车是不是也受铁路法的管制，并央求乔治像曾经在教室里那样给她出些题目。出于对妹妹的爱，他尽量满足了她的要求。他虽然努力表现得很高兴，却有些心不在焉。

第二天，有人往纽霍尔街寄了一张明信片。明信片上恶意地指责他与坎诺克的一位女士有不当关系："先生，以您的身份，您明知某某的妹妹即将嫁给社会主义者弗兰克·史密斯，还每晚与她私会，这不大妥当吧？"无须多言，这些人他都不认识。他看了一眼邮戳：1903年8月4日下午12：30，伍尔弗汉普顿。这讨厌的流言刚好是在他和莫德于美景餐厅用餐时编造出来的。

这张明信片让他嫉妒起霍勒斯来，他现在是一个在《曼彻斯特收入法》保护下从事文字工作的人，幸运而又无忧无虑。他的一生似乎都平稳无恙，日复一日工作，名声如攀爬阶梯般缓慢增长，而且如他暗示的，在异性关系中也能得到满足。最重要的是，霍勒斯逃离了大威利。乔治前所未有地感觉到，作为长子，受到太多期待并不是什么好事，而他相比弟弟虽然更聪明，却不够自信。霍勒斯比他更有理由怀疑自己，却从不这样做。乔治虽然在学术和职业生涯中都很成功，却囿于羞怯。他坐在书桌后解释法律条文时，谈吐清晰，非常自信。但他缺乏大侃肤浅话题的能力，也不知道怎样与他人轻松交流。他知道有些人认为他长相奇怪。

1903年8月17日，星期一。乔治和往常一样乘7点39分的火车到达纽霍尔街，他也和往常一样在5点25分回来，6点30分之前到家。他工作了一会儿，然后穿上外衣去见靴匠约翰·汉兹先生。他9点30分之前回到了家，吃了晚餐，然后回到和父亲一起住的房间。牧师宅邸的大门上了锁，并用螺栓加固。卧室的门也上了锁，但乔治最近一直都睡得断断续续，那天也是如此。第二天早晨他6点起床，6点40分打开卧室门，7点39分乘车前往纽霍尔街。

他没有意识到这是他生命中最后一个正常的二十四小时。

坎贝尔

17日夜里雨下得很大，风声呼啸。到了清晨雨停了下来，当大威利矿区的矿工们出发上早班时，空气里弥漫着夏日雨后清新的气息。一个叫哈利·加勒特的矿工小伙子走在出工下井的路上，正经过一片田野，他发现矿区里的一匹马状态不大对劲。他凑近过去，发现那匹马流血不止，几乎难以站立。

小伙子的喊叫引来了一群矿工，他们穿过田野，开始检查马儿腹部那条极长的伤口，并查看它身下被染上血迹的泥土。一小时内，坎贝尔和六个特警一起赶来，兽医路易斯先生也来到现场。坎贝尔询问谁负责巡视这里。警员库珀说他大约11点时经过这里，这匹马还没有问题。但是由于夜深了，他也没有靠近，所以没看清。

这是六个月以来的第八起案件，也是被虐杀的第十六只动物。坎贝尔并不太在意那匹马，以及粗鲁的矿工们对这些牲畜的特殊喜爱；他也不是很在意安森上尉对斯塔福德郡荣誉的顾虑；他此时看着鲜血溢出、摇摇晃晃的马，脑海中浮现出的是局长给他看的信。"11月在大威利会发生美好的事。"他回忆着，"至明年3月前，他们会像杀害马儿那样杀害二十个女孩子。"

正如安森所说，坎贝尔是一个有能力的警官。他认真负责，做事冷静，不会对犯罪类型有某些先入之见，不会过于仓促地给出结论，也不会随意凭直觉判断。即使如此，案发的这片田野正位于矿区和大威利之间，如果在田野和村庄间画一条直线，经过的第一栋房子便是牧师宅邸。按照常理，应该到那里去看一看，安森局长也这么说。

"昨晚有人监视牧师宅邸吗？"

贾德警官说是他在监视，但他大谈起糟糕的天气，以及雨水遮挡了视线，于是他半个晚上都在一棵树下躲雨。坎贝尔并未指望警察不受任何影响。不过贾德警官说，他没有看到有人出门和进门。10点半，牧师宅邸的灯便关了，和往常时间相同。不过那真是一个狂风咆哮的夜晚……

坎贝尔看了一眼时间：7点15分。他让认识律师的马库到车站拦住他，让库珀和贾德等着医生检查并禁止人们围观，然后带着帕森斯和其他特警走最近路线到达牧师宅邸。他们需要挤进树篱，还要从一处小道穿过铁路，但是他们在十五分钟内便赶到了。8点之前，坎贝尔已经在房屋每个角落各安排了一位刑警，他和帕森斯开始狂按门铃。不仅仅二十个女孩子的生命危在旦夕，罗宾逊警官的头还被某人的枪抵着呢。

女仆把两位警官带到厨房，牧师的妻子和女儿刚刚用过早餐。看见帕森斯，那位母亲面露恐惧，他们的混血女儿也很害怕。

"我想和您的儿子乔治谈谈。"

牧师的妻子身量苗条纤瘦，大部分头发都白了。她讲话很平和，带着一些苏格兰口音："他刚刚出发去上班了，坐的是7点39分的火车。他是律师，在伯明翰工作。"

"我知道，女士。我需要您把他的衣服拿给我看。全部拿来，所有的都算。"

"莫德，去叫你父亲来。"

帕森斯转过头，询问他是否需要跟着那个女孩，但坎贝尔说不用。没过一会儿，牧师进来了：他是一个矮小、强壮、肤色较浅的男子，长相并不像他儿子那样奇怪。坎贝尔想，虽然他头发白了，却是个挺英俊的印度人。

检察官重新提出了他的请求。

"我首先要问您您搜查的目的是什么，以及您是否有搜查证。"

"矿区的一匹马……"坎贝尔想到有女士在场，稍微犹豫了一下，"在一片田野里……被害了。"

"所以您怀疑是我的儿子乔治做的。"

母亲用手臂环住了女儿。

"这么说吧，我们需要通过调查排除他的嫌疑。"坎贝尔再次使用了他那老套的谎言，甚至觉得有些不好意思。

"但是您没有搜查证？"

"我只是没带。"

"好吧，夏洛特，让他看看乔治的衣服。"

"谢谢您。如果我让特警们搜查您的房子和周围地带，您不会拒绝吧？"

"如果能帮助我的儿子排除嫌疑，我就接受。"

坎贝尔心想，这家人真好。在伯明翰的贫民窟里，他遇到过用拨火棍打他的父亲，大吵大闹的母亲，威胁要把他眼睛挖出来的妹妹。尽管也许在那种状况下，他更轻松些，因为不需要感到愧疚。

坎贝尔要求特警们搜查全部的菜刀、剃刀，以及任何可能用在袭击中的农具和园艺工具，然后和帕森斯一起上了楼。母亲把乔治的衣服放在一张床上，如他们要求，连衬衫和内衣都涵盖在内。所有的衣服都干净且干燥。

"这就是他全部的衣服吗？"

母亲顿了一下，才回答道："是的。"又过了一会儿，她补充说："只差他穿的那身。"

帕森斯想，当然，他又不能裸着去上班，何必专门强调一下。他随口说："我需要看看他的刀。"

"他的刀？"她有些纳闷儿地看着他，"您是说他吃饭用的刀吗？"

"不是，是随身带的那种。每个年轻男人都有一把刀。"

"我儿子是律师，"牧师有些焦躁地说，"他在办公室里工作，又不是木匠。"

"您说了不知多少次了，您儿子是律师。我已经知道了。但正如我说，每个年轻男人都有一把刀。"

他们的女儿不知小声说了些什么，然后走出去，没多一会儿又回来，有些不情愿地递过来一个短小的物件，说："这是他种花用的锄刀。"

坎贝尔看了一眼，这种工具并不能造成他刚刚目击的那种伤害。然而，他假装很感兴趣，把锄刀举到窗边，对着阳光。

"我们找到了这些。"一位特警拿着一个盒子，里面有四把剃刀。其中一把是湿的，另一把背后有些红色的印记。

"这些是我的剃刀。"牧师很快说道。

"其中一把是湿的。"

"因为我一小时前才刚刚剃过胡子。"

"那您儿子呢——他用什么剃胡子？"

他停了一下："这里面一把吧。"

"所以严格地说，它们不算是您的剃刀吧？"

"不，一直都是我的。我已经用了二十多年了，所以当我儿子到了剃胡子的年龄，我就允许他用我的剃刀。"

"他现在还在用吗？"

"对。"

"您不信任他，所以不让他自己买剃刀？"

"他没必要自己买啊。"

"那为什么您不允许他自己买一把剃刀呢？"坎贝尔觉得这算是一个问题，也可以不算是问题。他想知道有没有人接话，他觉得应该没有吧。这个家庭有些奇怪，但他又感觉不到是哪里奇怪。他们都很配合，但他又觉得他们并不够坦率。

"您的儿子昨晚出门了？"

"是的。"

"出去了多久？"

"我不大确定。一小时吧，可能更久一些。夏洛特？"

又一次，对于一个简单的问题，她思虑得似乎有些过久了。"一个半小时，或者一小时四十五分钟。"她最终答道。

这么长的时间对于到田野那边去再返回来说是很充足的，坎贝尔刚才的行动就证明了这一点。"是什么时段？"

"8点到9点半之间。"尽管帕森斯的问题指向他妻子，牧师却代为回答，"他去靴匠那里了。"

"我说的是那之后。"

"那之后没出过门。"

"但是我问你们他夜里有没有出去过，你们说有。"

"不，检察官。您问的是昨晚，不是夜里。"

检察官点了点头，承认这个牧师并不傻："好吧，我想看看他的靴子。"

"靴子？"

"对，他出门时穿的靴子。还有，请告诉我他穿的是哪一条裤子。"

裤子是干的，但坎贝尔又仔细地观察了一遍，发现裤脚处有些泥点。靴子上也沾了泥点，而且还有些湿。

"我还发现了这个。"那位拿来靴子的警官说道，"也有些湿。"他递过来一件蓝色的哗叽外套。

"你在哪儿找到的？"检察官伸手摸了摸外套，"的确很湿。"

"就挂在后门旁边，在这双靴子顶上。"

"我摸一摸。"牧师说，他用手摸了摸袖子，"是干的。"

"湿的。"坎贝尔说，他想不管怎样，我才是警察，"那么这件衣服是谁的？"

"乔治的。"

"乔治的？我不是让你们把他所有的衣服都拿过来吗？"

"我们确实拿了。"母亲回答，"说到他的衣服，我想到的便是这些。那只是一件旧家居服，他也不穿。"

"从来不穿？"

"从来不穿。"

"其他人会穿吗？"

"也不会。"

"真是奇怪啊。一件没人穿的衣服，居然挂在后门旁边。我们从头想一遍，这是您儿子的衣服，他最后一次穿是什么时候呢？"

父母两人对视了一下。最终母亲开了口："我也不知道。这件衣服太旧了，没法穿出门，在家又没有必要穿。可能在花园干活儿的时候会穿吧。"

"好吧，让我看看。"坎贝尔把外套拿向窗边，"看，这儿有根头发，这儿还有一根。嗯……又有一根。帕森斯你看？"

警官看了一眼，点点头。

"让我看看，检察官。"牧师拿过来看道，"不是头发，我没看见什么头发。"

母亲和女儿也来看了，她们像在市场买衣服般，仔细拽着打量。他把她们赶开，把衣服放在桌子上。"这儿。"他边说，边指着最明显的一根头发。

"那是粗纱。"女儿说，"那不是头发，是粗纱。"

"粗纱是什么？"

"一种线，很宽的线。谁都知道，缝过衣服的人都知道。"

坎贝尔这辈子都没缝过衣服，但是他从这个小姑娘的声音中听出了恐惧。

"警官，再来看看这些污渍。"右边袖子上有两处斑点，一处发白，一处是深色的。他和帕森斯都没有说话，但两个人的想法相同：发白的是马的唾液，深色的是马的血迹。

"我不是说过吗，这是他的旧家居服，他不会穿着出门，去靴匠那儿也不会穿这个。"

"那为什么衣服会湿？"

"并没湿啊。"

女儿又想出了一个对哥哥有利的解释："或许因为它挂在后门边上，你们才会觉得湿。"

坎贝尔不为所动，把外套、靴子、裤子和家人说乔治昨天穿过的其他衣服收了起来。他还拿走了那些剃刀。他告诉乔治的家人，在警方允许前不许联系乔治。他把一位特警留在牧师宅邸门口，让其他人去搜查周围地带。他和帕森斯回到田野上，此时路易斯医生已经完成了检查，正寻求批准杀死那匹马。医生的检查结果第二天会送到坎贝尔那里。他要求医生从尸体上割下一片马皮。库珀警官拿着马皮和乔治的那些衣服，一起送到了坎诺克的巴特医生那里。

马库说律师在大威利车站草草拒绝了他的要求，并未留下等候。于是坎贝尔和帕森斯乘坐最近的一辆9点53分的列车准备到伯明翰去。

"这家人真奇怪。"检察官说道。他们正经过布洛克斯威奇与沃尔萨尔之间的运河。

"确实很奇怪。"帕森斯警官咬了一会儿嘴唇，接着说，"如果您不介意的话，我想说他们看起来非常诚实。"

"我明白你的意思，这个品质真该让罪犯们学学。"

"什么品质？"

"除了在必要的事上，其他从不撒谎。"

"大概确实如此吧。"帕森斯笑了，"所以某种程度上，你还会为他们感到遗憾。这种事情竟然发生在这样的家庭。真是个败家子，原谅我这么说。"

"哈，没关系。"

11点刚过不久，两位警察便来到了纽霍尔街54号。那是一栋不大、有两个房间的办公室，律师房间门口有一位女秘书迎接。乔治·埃德尔吉呆坐在桌边，看起来状态不怎么样。

坎贝尔边警惕着这个人的一举一动，边说："我们并不想在这里调查你，但你要先把手枪交出来。"

埃德尔吉茫然地看着他："我没有手枪。"

"那是什么？"检察官指着他面前桌子上一个长条状、有些闪光的东西。

律师的声音听起来很疲惫："检察官，那是火车车厢的钥匙。"

"开个玩笑罢了。"坎贝尔说，但他想到了什么：钥匙。多年前沃尔萨尔学校的钥匙事件，现在又出现了钥匙。这个家伙真的很奇怪啊！

"我用它来压着纸。"律师解释道，"您可能还有印象，我在铁路法方面是权威。"

坎贝尔点了点头。随后，他向乔治发出警告并逮捕了他。当乔治坐在一辆锁着的、开往牛顿街的车上时，他对警察们说："我完全不惊讶，我早就预料到会发生这样的事。"

坎贝尔看见，帕森斯正在同步记录下乔治说的这句话。

乔治

在牛顿街，他们拿走了他的钱、手表和一把随身小刀。他们还想拿走他的手帕，以防他勒死自己。乔治表示他的手帕根本勒不死人，他们才准许他留了下来。

他们让他在一间明亮干净的小屋里待了一小时，于12点40分把他从牛顿街送去了坎诺克。乔治估计，他们大约1点08分离开沃尔萨尔，1点12分到达伯奇尔斯，1点16分到达布洛克斯威奇，1点24分经过大威利-教堂桥，1点29分到达坎诺克。令乔治感激的是，旅途中两位警察并没有把他铐起来。虽然如此，当火车抵达大威利时，他还是低下头，用手挡住了脸，以防梅里曼先生或门房看见警察的制服并散布消息。

在坎诺克，他被关进了警察局的监察室。警察们给他量了身高，拿走了他的随身物品，并查看他的衣服是否有血迹。一位警官要求他脱下衣袖，检查了他的袖口。那人问："你昨晚在田野里穿的是这件衬衫吗？你应该是换了吧，这上面没有血迹。"

乔治并未回答，他觉得没必要回答。如果他回答"没有"，那人就会说："这么说你承认昨晚去过田野上了。你穿的是哪一件衬衫？"乔治觉得他已经非常配合了，对于那些必要且没有引导性的问题，他都会回答。

他们把他关进了一个小房间，那里光线暗淡，空气稀薄，散发着一股公共场所的气味，甚至没有可以洗手的水。他们拿走了他的手表，但他猜测现在大概是2点半。他想，两周以前，仅仅才两周以前，他还和莫德一起在美景餐厅吃了烤鸡和苹果派，然后在海边朝着城堡的方向散步，他还稍微评论了一下《商品销售法》，又有一个路人把斯诺登峰指给他们看。现在，他却坐在警察局小屋低矮的床上，呼吸困难，等待着接下来会发生什么事。过了几小时，他被带到了审讯室。坎贝尔和帕森斯正等待着他。

"阿德吉先生，你知道我们为什么见你。"

"我知道为什么。不过我叫埃德尔吉，不是阿德吉。"

坎贝尔并没理会。他想，从现在开始，律师先生，我想怎么叫你就怎么叫你。"你知道自己拥有的法律权利吧？"

"我知道，检察官。我了解警方的程序，也了解关于证据的法律，以及被指控者有权保持沉默。我还知道错误逮捕和错误监禁需要由警方提供一定的补偿。另外我也知道法律关于诽谤的规定，以及你们必须在规定时间内指控我。规定时间过后，你们就要带我去见地方法官。"

坎贝尔知道他们会受到某些挑战，虽然不是以通常的方式。往常，被逮捕者常常动用武力，需要一位警官和若干特警才能摆平。

"好吧，这样我们也更方便些。如果我们违反规定，你自然会告诉我们。所以，你知道自己为什么来这儿。"

"我来这儿是因为你们逮捕了我。"

"阿德吉先生，和我卖关子可没什么用，比你这个复杂的案子我都办过。快告诉我们你为什么来这儿。"

"检察官，我并不想回答您这个用来询问愚蠢犯人的问题，也不会回答那些司法上被判定为具有诱导性的问题。如果您问一些专业的、相关的问题，我会尽可能如实回答。"

"可以啊。那你和我们说说上尉的事。"

"什么上尉？"

"你来说。"

"我不知道有什么上尉，除非你们说的是安森上尉。"

"乔治，不要混淆我的思路。我们知道你去诺思菲尔德拜访过某个上尉。"

"从我记事起，我从来都没去过诺思菲尔德。那您说我是哪一天去的呢？"

"那和我们说说大威利的团伙。"

"大威利团伙？您怎么说得和惊险小说似的。我从未听人说起过有这种团伙。"

"你什么时候见过希普顿？"

"我不认识叫希普顿的人。"

"你什么时候见过那个叫李的门房？"

"门房？您是指车站的守门人吗？"

"如果你说是，那就是车站的守门人吧。"

"我也不认识叫李的守门人。可能有些我不知道名字的守门人，我也和他们打过招呼，也许其中某个叫李吧。大威利-教堂桥站的守门人叫简斯。"

"你什么时候见过威廉·格雷托雷克斯？"

"我也不认识……格雷托雷克斯？是那个坐火车的男孩吗？在沃尔萨尔文法学校上学的学生？他和这事有什么关系？"

"你说啊。"

乔治沉默了。

"所以希普顿和李是大威利团伙的成员吗？"

"检察官，我刚刚已经回答过您的问题了。请不要侮辱我的智商。"

"你的智商对你来说很重要吧，阿德吉先生？"

又是一阵沉默。

"你很在意自己比其他人聪明吧，是吗？"

乔治没有说话。

"所以你很想向大家展现你的聪明才智吧。"

乔治没有答言。

"你就是上尉本人吧？"

乔治依然沉默着。

"讲讲你昨天具体都做了什么。"

"昨天，我和往常一样去上班了。整个白天我都待在纽霍尔街，除了中午在圣菲利普教堂院子里吃了三明治。我和平时一样，6点30分回到家，然后处理了一些公务——"

"什么公务？"

"一些我从办公室带回来的法律事务，关于一小笔财产的运输问题。"

"然后呢？"

"我出门到靴匠汉兹先生那儿去了。"

"去做什么？"

"他给我做了一双靴子。"

"汉兹也在团伙里吗？"

乔治没有回答。

"然后呢？"

"他帮我试鞋的时候，我就和他聊了聊天。然后我散了会儿步，9点半之前回家吃的晚饭。"

"你在哪儿散的步？"

"家附近吧，附近的小路上。我每天都散步，也没有太留意究竟是哪儿。"

"所以你是往矿区方向走的？"

"不是。"

"喂，乔治，你这谎撒得也不怎么样啊！你说你朝每个方向都走了，但不记得都去了哪儿。大威利往矿区就是其中一个方向。你为什么没往那边走呢？"

"让我想想。"乔治用手指托着前额，"我想起来了。我是沿着教堂桥那条路走的，然后在沃特林路右转，之后到了沃克磨坊，又沿着那条路走到格林农场那儿。"

坎贝尔认为，对一个不记得自己在哪儿散步的人来说，他描述得很精确了。"你在格林农场遇见谁了？"

"谁也没遇到。我没有进去，也不认识他们。"

"那你散步时都遇见谁了？"

"汉兹先生。"

"不，你是在散步之前见的汉兹先生。"

"我不记得了。您不是一直叫特警跟着我吗？您只要去问特警，就知道我的全部行踪了。"

"好的，我去问，我还不只会问他。然后你吃过晚饭，又出门了。"

"不，吃过晚饭我就睡觉了。"

"睡了一会儿就醒来了，然后又出门了？"

129

"没有，我已经告诉您我什么时候出的门了。"

"你穿的什么？"

"我穿的什么？靴子、裤子、夹克，还有外套。"

"什么样的外套？"

"蓝色哔叽外套。"

"你脱靴子时挂在厨房门上那一件吗？"

乔治皱了皱眉："不是，那是件旧家居服。我穿的是放在衣帽架上的一件。"

"那为什么后门上那件衣服弄湿了？"

"我也不知道。我有几周，甚至几个月没碰过那件衣服了。"

"你昨晚穿过那件衣服，我们可以证明。"

"这事就该在法庭上去说了。"

"你昨晚穿的那件衣服上有动物的毛。"

"不可能。"

"你是说你母亲在撒谎？"

乔治没有回答。

"我们让你母亲把你昨晚穿过的衣服拿来，她就拿了。有些衣服上有动物的毛。你怎么解释这一点？"

"检察官，我不是不得已住在乡下吗？"

"不得已？但是你不挤牛奶，也不给马钉掌，对吧？"

"当然。也许我靠在了牛棚的门上。"

"昨晚下过雨，而你的靴子今早还是湿的。"

乔治没有答话。

"阿德吉先生，我问你话呢。"

"不，您这属于带有倾向性的描述。您检查过我的靴子，如果是

130

湿的，我也并不惊讶。这时节那条小路上常常是湿的。"

"但是昨晚下了一夜雨，田野上要更潮湿一些。"

乔治沉默着。

"所以从9点30分到早上天亮，你否认自己离开过牧师宅邸？"

"天亮之后也没有，我7点20分才出门。"

"但是你无法证明这一点。"

"我可以证明。我和父亲睡在同一个房间，每晚他都会锁门。"

检察官停了下来，不再询问。他望向帕森斯，他正在写下最后那些话。他认为自己听到了某些模糊的不在场证明，但实在……"抱歉，你能把刚刚的话重复一遍吗？"

"我和父亲睡在同一个房间，每晚他都会锁门。"

"你们什么时候开始这样做的？"

"从我十岁起。"

"你现在多大了？"

"二十七岁。"

"我明白了。"坎贝尔其实并不明白，"你父亲锁门的时候，你知道他把钥匙放在哪里吗？"

"他哪儿也不放，就插在锁孔上。"

"所以你要是想出去，也很容易啊。"

"我没必要出去啊。"

"去厕所呢？"

"我床边有一个夜壶，但我从来不用。"

"从来不用？"

"从来不用。"

"很好。钥匙就插在锁孔上。所以你都不需要去找钥匙？"

"我父亲睡得很轻，而且最近腰疼，很容易就醒了。转钥匙的时候会发出很大的声音。"

坎贝尔不好在乔治面前笑出来，但他思忖道：他这是何必锁门呢？

"听起来都很合理呢。你不介意我再多问几句吧？你没想过给锁上点油吗？"

乔治并不回答。

"你有几把剃刀？"

"几把剃刀？我一把也没有啊。"

"但是你会剃胡子吧？"

"我用我父亲的剃刀。"

"为什么他们不让你自己买剃刀呢？"

乔治沉默着。

"你多大了，阿德吉？"

"这个问题我今天已经回答过三遍了，请您查看自己的笔记。"

"一个二十七岁的成年人，家人不让你自己买剃刀，每晚还要和睡眠不佳的父亲一起睡，还要锁卧室门。你意识到自己不大正常了吗？"

乔治并不答话。

"真是不正常啊。那……和我讲讲动物的事。"

"这不是正常的问题，属于引诱性提问。"乔治意识到他的回答扫了检察官的兴，忍不住笑了。

"实在抱歉。"检察官有些生气。他对这个人已经很和蔼了。不过把一个狂妄的律师变回那个怯弱的男学生，似乎也并不费劲。"好吧，那我这么问。你觉得动物怎么样？你喜欢它们吗？"

"我觉得动物怎么样，喜不喜欢它们？我不喜欢。"

"我已经猜到了。"

"不，检察官，请让我解释。"乔治感觉到检察官的态度变得强硬起来，他决定采取一些对策来让他变得平和一些。"我四岁的时候，见到一头牛。它把尿撒了自己一身。这就是我对动物最初的印象。"乔治解释道。

"就是看见一头尿自己一身的牛？"

"是的，从那天起我就开始不大信任动物。"

"不大信任？"

"是的，看它们做的事儿。我觉得它们都不太可靠。"

"明白了。你说这是你对动物的第一印象？"

"是的。"

"从那时起你就不信任动物了，所有的动物。"

"不包括我们家的猫，还有斯托纳姆叔祖母家的狗。我很喜欢它们。"

"明白了。但是你不信任那些大的动物，比如牛。"

"是的。"

"马呢？"

"马也不怎么可靠。"

"羊呢？"

"羊很蠢。"

"画眉呢？"帕森斯问，这是他讲的第一句话。

"画眉不算是家畜。"

"猴子呢？"

"斯塔福德没有猴子。"

"我们很清楚了，对吧？"

乔治很生气，他故意过了一会儿才回答："检察官，您的警官采取

133

的伎俩真的很拙劣。"

"我不觉得这是什么伎俩，阿德吉先生。帕森斯是汉德尼斯佛的罗宾逊警官的好友。有人威胁说要用枪毙了罗宾逊警官。"

乔治没有答话。

"有人说要在你们村子里杀死二十个女孩。"

乔治依然保持着沉默。

"警官你看，他并未对这两个消息感到惊讶。这两个消息已经非常惊人了。"

乔治沉默着，思索道：不应该为他提供任何信息。对于那些直接的问题，给出任何间接的回答，都是在透露信息。所以不必回答。

检察官把一个笔记本放在他面前："我们逮捕你的时候，你说：'我完全不惊讶，我早就预料到会发生这样的事。'这句话是什么意思？"

"就是字面意思。"

"那我来告诉你我是怎么理解的，以及警官是怎么理解的吧。克拉珀姆法庭上的法官也会这样理解。你是说你对自己终于被捕感到了一丝轻松。"

乔治没有答言。

"所以你知道自己为什么会在这儿了吧？"

乔治沉默着。

"也许你认为这一切都是因为你父亲是印度人。"

"我父亲是帕西人。"

"你的靴子上有泥痕。"

乔治没有说话。

"你的剃刀上有血迹。"

乔治还是没有答话。

"你的衣服上面有动物毛发。"

乔治继续沉默。

"你被捕时毫不惊讶。"

乔治依然什么都没有说。

"我认为这和你父亲是印度人，或者帕西人，或者霍屯督人没什么关系。"

乔治依然沉默着。

"好吧，他似乎已经无话可说了，警官。我们需要把他送到坎诺克地方法院去。"

乔治被送回了房间，有人给他拿来一盘冰冷又脏兮兮的食物，他并没有吃。他感觉到每隔二十分钟便有人通过监视口看他；每隔一小时——他如此猜测，门便会打开，会有一位特警进来看他。

第二次来看他时，警察对他开了口，明显是事先准备好的说辞："阿德吉先生，真遗憾您还是进来了。不过您是怎么躲过我们的追踪的呢？您是什么时候杀死了那匹马？"

乔治以前并未见过这位特警。于是特警的同情未达到任何效果，也没有得到回答。

一小时后，警察又说："先生，我劝您把您的秘密全都说出来吧。因为即使您不说，也会有其他人说的。"

第四次巡视时，乔治询问他这样的巡视会不会整晚进行。

"我听从指令。"

"你收到的指令是不许我睡觉？"

"不。我收到的指令是确保您活着。如果您自杀了，那我也得死。"乔治意识到无论他怎么做，都无法阻止这每小时一次的干扰。特警接着说："如果您承认罪行，对所有人都好，包括您自己。"

"承认罪行？去哪儿承认？"

特警随口说："可以带您去一个安全的地方。"

"好吧，我知道了。"乔治忽然转变态度。"你是想让我承认我疯了。"乔治想起他父亲很不喜欢他说这个词，却故意这样说道。

"这对您的家庭也是好事。想想您的行为给父母带来多大的影响吧，我知道他们年纪也有些大了。"

门关上了。乔治躺在床上，又累又气，无法入眠。他想到了牧师宅邸，想到警察们敲开家门，挤满了他的家；想到父亲、母亲、莫德；想到他在纽霍尔街的办公室现在锁了起来，秘书在完全不知情的状态下被遣散；想到弟弟霍勒斯在新一天早上打开报纸；想到他在伯明翰的律师同事们互相打电话转告此事。

然而除了疲惫、愤怒和恐惧，乔治发现自己还有另一种心情，那便是放松。事情终于到了这个地步，不过倒也好了很多。面对之前那些诈骗、迫害，以及匿名信，他并不能做什么；警察推诿责任的时候，他也不能做什么——只能为他们提供些理性的建议，却只会被轻蔑地拒绝掉。然而这些迫害者和渎职者却把他送到了一个安全的领域——英格兰法律。这是他的第二个家园。他知道自己会面临什么。尽管他平日的工作很少涉及法庭，但他明白这是自己熟悉的领地。很多次，他曾坐在台下，看着那些普通公众面色恐慌、口干舌燥，却无法在法律的威严前讲清自己的证据。他还看见过某些警察，起初蓄势待发，十分自信，被半场的法律顾问责问后，却成了谎话连篇的傻瓜。他还看到过——不，不仅是看到，而是感觉到，甚至几乎触碰到过——那隐形的法律的丝线，它们牢不可破地把每个人牵系在一起。法官、地方法官、出庭律师、法务、法庭职员、引座员：这是属于他们的国度，他们用术语与彼此交流，其他人难以理解。

当然，法官和出庭律师也许并不能派上用场。警方并没有指控他的证据，而他又有最明确的不在场证明。一位英格兰教堂的牧师可以对《圣经》发誓，在犯罪行为发生之时，他的儿子正睡在一间上了锁的卧室中。这样两位出庭律师便可以互相对视一眼，然后各自下班了。坎贝尔警官将会因此受到严厉的指责。当然，他需要选择一位合适的律师——他觉得利奇菲尔德·米克先生不错。这个案件最终会被破获，他会得到相应的补偿，人生污点将被洗清，而警方将会受到严厉指责。

不，他想得太简单了，也太远了，这样的想法无异于某个天真的公众。他必须一直以一名律师的方式思考，了解警察会指出什么，他雇用的律师需要了解什么，以及法庭会认可哪些内容。他必须精确地记得整个犯罪指控的过程中，自己在哪里做过什么、说过什么，哪些人对他说了什么。

他仔细地回顾了过去两天里的事情，并为自己准备理性的证言，避免任何有争议性的内容。他列出了自己可能会需要的证人：他的秘书、靴匠汉兹先生、站长梅里曼先生。还有任何看见他做任何事的人，比如马库。如果梅里曼不能证明他乘坐7点39分的火车到伯明翰去的话，他知道可以找谁证明。他站在站台上时，约瑟·马库和他搭话，建议他换一辆晚些的车，因为坎贝尔检察官想要和他说话。马库从前是一位警察，现在在开旅馆，很有可能他又被任命为特警，但是他并未承认。乔治曾问他坎贝尔检察官找他做什么，他说不知道。乔治正犹豫着，他不知道乘客们听见他们的对话会怎么想。马库却开始吓唬他，还说——乔治现在想起他是怎么说的了——他说："噢，埃德尔吉先生，您就不能给自己放一天假吗？"乔治想，两周以前，我已经休过一天假了，那天我和妹妹一起去了阿伯里斯特威斯。不过如果是休假的问题，我应该自己做决定，或者听从父亲的建议，怎么能轮到最近几周表现得很冒犯的斯塔福德郡警察局干涉呢？于是他声称有急事要办，搭乘7点39分的火车离开，把马库丢在了站台上。

乔治又仔细回想起其他的对话，甚至所有的细节。最终他睡着了，或者说他不再意识到门洞的响声和警察的巡视。清晨，有人为他拿来一桶水，一块脏兮兮的香皂，以及一块作为毛巾的破布。父亲从牧师宅邸为他送来了早餐，他们允许他与父亲见面，还答应了他可以写两封短信，向职员解释他们的业务将会推迟。

过了一小时左右，两个警察带他前往地方法院。等待出发时，他们并未理会他，而是谈论起另一起比他这起更有意思的案件。那是一起伦敦女医生神秘失踪案。

"她身高五英尺十英寸[1]。"

"那应该很好找吧。"

"你觉得呢？"

他们带着他走了一百五十码[2]路，穿过那些因好奇而兴奋的人群。有个老太太在某处语无伦次地谩骂，于是被带走了。利奇菲尔德·米克先生在法庭等着他：他是那种老式的律师，身材瘦削，头发花白，同时以礼貌和执拗著称。与乔治不同的是，他并不指望这起案件可以即决驳回。

地方法官们出场了：他们是 J. 威廉姆森先生、J. T. 哈顿先生、R. S. 威廉姆森上校。乔治·欧内斯特·汤普森·埃德尔吉被指控于8月17日违法及恶意伤害一匹马，而这匹马是大威利矿区公司的财产。被告提出无罪抗辩，检察官坎贝尔被传唤，并提供警方的证据。他讲述了

---

[1] 1英寸约等于2.54厘米。
[2] 1码约等于0.9144米。

自己当天早上7点被唤至矿区附近的田野上，发现一匹马遭遇重创，只得杀死的事件。他从田野上来到被告的家，发现了一件袖口有血迹、袖子上沾有唾液、袖子和胸口都沾有动物毛发的夹克衫。另外还有一件沾有唾液的马甲。夹克的口袋中有一条上面有SE标志的手帕，一角有棕色痕迹，似乎是血污。随后，他和帕森斯警官一起去了被告在伯明翰的工作地点并逮捕了他，把他带到坎诺克审讯。被告否认那件衣服是他前一日穿过的，但是当被告知他母亲证实那正是他事发日穿的衣服时，便承认了事实。随后他被问到衣服上的毛发，起初他否认上面有毛发，后来表示可能是靠在马圈门上沾到的。

乔治望向米克先生：这根本就不是他昨天下午和检察官的谈话内容。但是米克先生对观察被告的目光并无兴趣。他站起身，询问了坎贝尔几个问题，那些问题在乔治看来算不上友好，但至少无害。

随后米克先生传唤了沙帕吉·埃尔德吉教士，并介绍他是一位神职人员。乔治看见父亲出列，简洁地介绍了情况，但每件事之间都停顿很久。他讲述了牧师宅邸的卧室安排；他每天是如何锁上卧室门；钥匙如何容易发出响声；他本来睡眠就很轻，最近患上腰疼，只要钥匙转动就一定会醒来；以及无论在任何情况下，他清晨都会在5点前醒来。

警视长巴雷特先生是一个长着白色短胡子的胖子，他的帽子紧贴着隆起的腹部。他在法庭上陈述说，主检察官已向他说明结论，反对保释。一番协商后，法官们表示被告如果依然申请保释，须在下周一再次出庭。同时，他将被送往斯塔福德郡监狱。米克先生答应第二天去见乔治，也许是下午。乔治让他带来一张伯明翰报纸，好知道他们是怎么向他的同事解释的。他认为公报比较好，不过邮报也行。

在斯塔福德郡监狱，他们询问了他的宗教信仰，并问他能否读写。然后他被脱去全部衣服，并以一个屈辱的姿势接受了搜查。他被带去见监狱主管辛格上尉，上尉告诉他在牢房空出来之前，他可以待在医院病房里。然后上尉对他讲了作为在审犯人的权利：他可以穿自己的衣服，可以锻炼身体，可以写信，还可以收到报纸和杂志。他可以和自己的律师进行私人谈话，但需要有看守在玻璃门后监控。而他的其他会面将会受到全程监视。

乔治被捕时，穿着初夏的服装，头上只戴了一顶草帽。他申请换些衣服，却被告知不符合规定。在审罪犯可以穿自己的衣服，但这并不意味着他可以在牢房中拥有一个私人衣橱。

"轰动大威利的事件"，乔治在第二天下午读到，"牧师的儿子登上法庭"，"此人被逮捕在整个坎诺克引起了极大的轰动。昨日，大量公众聚集在通往牧师宅邸——嫌犯住处的路上，坎诺克的法庭和警察局也都人头攒动"。牧师宅邸被包围让乔治很沮丧。"警察虽然没带搜查证，但还是被允许搜查。据目前的了解，警察搜索到许多带有血迹的衣服、一些剃刀、一双靴子。靴子是在最后一场凶案不远处的田野上发现的。"

"在田野上发现的。"他对米克先生重复道，"在田野上？有人把我的靴子放在那儿吗？许多沾了血迹的衣服。许多？"

米克对此表现出惊人的平静。他并不打算向警察询问那双在田野里发现的靴子，也不打算责问《伯明翰公报》，要求他们撤回"许多带有血迹的衣服"这一说辞。

"我可以向您提个建议吗，埃德尔吉先生？"

"当然可以。"

"您应该知道，我有很多和您处于同样境地的客户，他们一直坚持阅读有关自己案件的报纸。这导致他们对小事过于敏感。遇到这种情况，我会建议他们去读下一节的内容，通常都会有效。"

"下一节？"乔治把目光朝左转了两英寸。那段的标题是《失踪女医生》，下文是"没有关于希克曼小姐的线索"。

"大声读出来。"米克说。

"到目前为止，对于苏菲·弗朗西丝·希克曼的失踪，并未有任何线索。失踪者是皇家自由医院的一位医生，最后一次出现……"

米克要求乔治为他读完了那一整段。他认真听着，并不时叹气或摇头，甚至一遍遍深呼吸起来。

"但是米克先生，"乔治读完后说道，"既然他们在我的案子上说了很多谎话，我怎么能分辨这条是不是真的呢？"

"这就是我想要告诉您的。"

"而且……"乔治的目光又回到他自己的案件报道上，"而且，上面说：'从名字上看，犯人应该是个东方人。'听起来好像我是个中国人似的。"

"埃德尔吉先生，我向您保证，如果他们把您写成中国人，我会和编辑谈一谈的。"

之后的周一，乔治从斯塔福德被带回了坎诺克。这一次，路上的围观者更加混乱。人们在车子旁边跑来跑去，跳起来窥视，胡乱砸门，或是在空中挥动手杖。乔治很紧张，但那些陪同的警察却表现出习以为常的样子。

这一次出庭的是安森上尉。乔治看到一个衣着整洁、很有权威的人正一直盯着他。地方法官宣布考虑到指控的量级，他们需要三位担保人。乔治的父亲担心他找不到这么多人。于是法官宣布延期至下周此日，并在彭克里奇开庭。

在彭克里奇，地方法官进一步说明了保释期限。担保人的费用如下：乔治须支付200英镑，其父母各100英镑，另由第三方支付100英镑。但是保释人并非如他们在坎诺克所说只有三位，而是有四位。乔治觉得这是在骗人。还未等米克先生开口，他自己便站起身来。

"我并不指望保释。"他对地方法官说，"我这里有许多保释人可选择，但我并不想保释。"

在坎诺克的拘押持续到了接下来的周四，即9月3日。周二，米克带着坏消息来见他。

"他们又增加了一项指控，指控你威胁汉德尼斯佛的罗宾逊警官，说要开枪杀了他。"

"他们在田野里我的靴子旁边还发现了枪吗？"乔治怀疑地问，"用枪杀了他？杀了罗宾逊警官？我这辈子都没碰过枪，也从没注意过什么罗宾逊警官。米克先生，他们失去理智了吗？到底是什么意思？"

"什么意思？"米克把他这位客户暴怒的提问只理解成一个简单的、很好判断的问题，"就是说法官们已经决定做出裁决。无论证据多么少，他们现在不可能改变主意了。"

米克离开后，乔治独自坐在病房的床上，怀疑如病痛般灼烧着他的身体。他们怎么可以这样对他呢？怎么可以认为他威胁杀人呢？他们怎么就会相信这件事？乔治很少生气，所以他甚至不知道要将愤怒指向谁——坎贝尔、帕森斯、安森、警务律师，还是地方法官？首先应该对地方法官生气。米克说他们已经决定做出裁决——他们似乎没有思维能力，就像是手套玩偶和机器一样。然而地方法官又能做什么呢？他们不过是些缺乏法律专业知识的人，大部分是些穿着短期制服、自视甚高的法律爱好者。

他为自己轻蔑的言论兴奋了一阵，但随后又为这兴奋羞耻起来。愤怒被称为一种罪恶，是因为它会把人引向不诚实。坎诺克的地方法官不比其他地方的强，但也不比其他地方差，他们也并未说过什么让他完全不认同的话。他越想到他们，越感到自己的专业素养重新占据了内心的主导。之前的怀疑变作了单纯的失望，最后又变作了行动上的顺从。很显然，如果他的案子被送往更高一级的法庭，效果会更好。更好的律师团队和法庭环境会让判决更加秉持公正，并对之前的错误裁定进行指责。本就不该指望坎诺克地方法庭的判决，那儿比牧师宅邸大不了多少，甚至没有一张正式的被告席，被告只能坐在法庭中央的一张椅子上。

9月3日早晨，他便坐在那里。他感觉自己被整屋的人注视着，不确定这样更像教室中的学者还是更像傻瓜。坎贝尔检察官给出证据，但和他之前说过的没有什么区别。警方的第一条证言来自库珀警官，他介绍了自己如何在动物凶杀案被发现数小时内，获得了被告的一只靴子，鞋跟已经很破旧。他把鞋跟与发现马匹尸体的田野上的脚印做了对比，也跟牧师宅邸附近一座木制人行桥上的脚印做了对比。他用埃德尔吉先生的靴子在湿土上留下印记，发现两者匹配。

随后帕森斯警官也表示了赞同。他负责带领二十位特警追踪犯罪团伙。他讲述了自己如何搜查埃德尔吉的卧室，如何发现一个装有四把剃刀的盒子。其中一把剃刀是湿的，上面有棕色的血迹，还有一两根毛发附着在刀片上。当警官把毛发指给埃德尔吉的父亲看时，他便开始用拇指擦拭刀片。

"不是这样的。"律师站起身叫道。

"请不要干扰现场。"还未等地方法官发话，坎贝尔便说。

帕森斯警官继续阐述证据，并叙述了被告被送往牛顿街监狱的事情。埃尔德吉当时转向他说："我想洛克斯顿先生也参与了一些，我入狱前需要让他知道。"

第二天早上，《伯明翰公报》上这样描述乔治：

他二十八岁，但看起来更年轻些，身穿一件皱巴巴的黑白套装。他那黝黑的肤色、滚圆乌黑的眼睛、突出的嘴和小圆脸并没有什么律师的特征。他明显是东方面孔，神情冷淡，除了审判过程中提到某些特殊的事情时，会露出一抹淡淡的微笑，并没有其他感情流露。他年迈的印度父亲和一头白发的英格兰母亲都出庭了，他们如此悲伤，又如此关注和案件有关的一切。

"我二十八岁，但看起来更年轻些。"他对米克说，"可能因为我其实二十七岁吧。我母亲不是英格兰人，是苏格兰人；我父亲也不是印度人。"

"我不是不让您读报纸嘛。"

"但他确实不是印度人。"

"对公报来说，这么报道已经很不错了。"

"但是米克先生，如果我把您说成是威尔士人呢？"

"我不能说您说得不对，我母亲有些威尔士血统。"

"那说您是爱尔兰人呢？"

米克先生毫不在意地回过头，对他笑了笑，看起来还真像个爱尔兰人。

"或者法国人？"

"那就扯得太远，我该生气了。"

"这上面还说我神情冷淡。"乔治把目光移回公报，接着说，"这是什么好话吗？一个典型的律师不就应该神情冷淡吗？还说我没有什么律师的特征，说我是典型的东方面孔，谁知道这些都是什么意思。不管我是什么人，我得很典型，对吧？如果想要引起关注，我就要是一个典型的东方人，对不对？"

"说您神情冷淡是在夸奖您，埃德尔吉先生。至少他们没说您神秘或者狡猾。"

"那是什么意思呢？"

"说某人有邪恶的心机，我们通常不直接用'邪恶''罪恶'什么的。说'神情冷淡'辩方就该满足了。"

乔治对他的律师笑了笑："抱歉，米克先生。感谢您给我鼓劲儿，我可能还会需要更多的鼓励。"

诉讼的第二天，威廉·格雷托雷克斯，一名十四岁的沃尔萨尔文法学校学生出庭做证。法官在庭上阅读了以他名义署名的匿名信，他说这不是他写的，他也并不知情，甚至可以证明其中两封信寄出时，他本人正在曼岛。他说自己习惯于每天从汉德尼斯佛乘火车前往沃尔萨尔上学，其他和他一起坐车的男孩有：卫斯伍德·斯坦利，著名矿工代理人的儿子；奎贝尔，汉德尼斯佛牧师的儿子；佩奇、哈里森和费里迪。所有这些男孩的名字都在刚读过的匿名信中提到过。

格雷托雷克斯说，他和埃德尔吉先生彼此眼熟已经三四年了。"他经常和我们这些学生坐同一个车厢到沃尔萨尔去，有很多次。"法官问他最后一次和被告一起坐车是什么时候。"是布卢伊特家的两匹马被杀的第二天，应该是6月30日吧。我们坐火车经过时，看到两匹马躺在田野里。"他又被问到那天早上埃德尔吉先生是否和他说话。

"说了。他问我那两匹被杀的马是不是布卢伊特家的，然后朝窗外看了看。"法官问他从前他们有没有谈论过动物虐杀案的事情。"没有，从来没有。"他回答道。

托马斯·亨利·古林表明自己是一位从业多年的笔迹专家。他提供了关于刚才庭上读出的那些匿名信的笔迹报告。在那些伪装的笔迹中，他发现了某些很有特点的地方，而这些特点又出现在作为对比样本的埃德尔吉个人信件之中。

法医巴特博士检查了埃德尔吉衣服上的污渍，并表明测试显示那些污渍是哺乳动物的血液。在外套和马甲上，他发现了二十九根棕色的短毛。他把这些毛发和埃德尔吉被逮捕前一晚遇害的矿区马匹毛发进行了对比。在显微镜下它们很相似。

格里普先生那一晚正陪着一位年轻女士在大威利的矮林巷附近散步，他做证说自己当晚见到过埃德尔吉先生，并在9点左右与他擦肩而过。但格里普先生不记得具体的地点。

"那么，"警方律师说，"告诉我们你见到他时离你们最近的公共建筑是什么。"

"老警察局。"格里普先生轻快地说。

警察阻止了公众因地点的巧合引发的笑声。

比德尔小姐声明自己已经和格里普先生订婚，然后说也见到过埃德尔吉先生。还有其他一些目击者。

接下来有人介绍了动物残杀案的情况：矿区那匹马的伤口有十五英寸长。

被告的父亲，大威利的印度裔律师也做了证。

被告陈述说："对于此次指控的内容，我完全无罪，并坚持我的辩词。"

9月4日，星期五，乔治·埃德尔吉在斯塔福德郡法庭的季度庭审上被宣判两项罪行。第二天早上，他又在《伯明翰公报》上读到了关于自己的报道。

埃德尔吉坐在法庭中央的椅子上，看起来振奋而有兴致。他与律师轻快地交谈着，带着一种由于经过专业法律训练，对证据很蔑视的神情。然而大多数时候，他双臂合抱、双腿交叉，神色冷淡地看着那些目击者。他的一只靴子抬起来，让观众对鞋跟奇怪的严重磨损一览无余，而这正是这起案件中他作为犯人最重要的证据之一。

乔治很高兴自己依然被描述为"神色冷淡"，并好奇他能否因此获准在下次法庭季度庭审之前换一双鞋。

他还注意到另一家报纸描述了威廉·格雷托雷克斯，说他是一个"健康的英格兰小男孩，长着一张老实的、有些晒黑的脸，举止很招人喜欢"。

利奇菲尔德·米克先生对于乔治最终能无罪释放很有信心。

苏菲·弗朗西丝·希克曼，那个女外科医生，依然在失踪之中。

乔治

在拘押进程和季度庭审之间，乔治在斯塔福德郡监狱的医院病房中度过了六个星期。他并无不满，并认为拒绝保释是一个正确的决定。被这些指控缠身后，他几乎无暇处理工作事务，也很思念家人，但他认为自己安全地生活在这里对所有人都好。报道所记录的"人群围绕着牧师宅邸"让他警觉，他也记得自己被带到坎诺克法庭的路上，不停有人用拳头敲打车门。如果这些头脑发热的家伙在大威利的小路旁逮到他，他无法确保自己的安全。

但是，他还有另一个宁愿待在监狱里的原因。每个人都知道他现在在哪里，每时每刻他都处于监视和控制之下。所以如果再发生一场残杀事件，大家便会知道这件事和他完全没有关系。如果第一个指控不成立的话，第二个指控——认为他想要威胁杀死一个从未谋面的人——就是无稽之谈了。他作为一个律师，现在却开始期盼又一只动物被残害，真是一件奇怪的事。但是一场新的犯罪似乎正是帮他恢复自由的最好方式。

到时候，即使案件进入审理阶段，结果也毋庸置疑。他已经恢复了冷静和乐观，不再需要在米克先生或父母面前伪装。他已经能够想象出报纸的标题："大威利被告平反""当地律师被诬告""警方证人证词无效"，也许还会有"警察局局长引咎辞职"。

米克先生多多少少说服了他，让他不再在意报纸的描述。但他的劝诫在9月21日这天并不奏效。这天报纸上刊登了一则消息：一匹格林先生农场上的马被残害并挖取了内脏。乔治克制着自己的喜悦，但依然很高兴。他几乎听到了钥匙转动的声音，嗅到了清晨的新鲜空气，以及母亲拥抱他时的香水味。

"这证明我是无辜的，米克先生。"

"我不确定，可能不会进展这么快。"

"但我现在在狱中啊……"

"在法官们眼里，这只能证明你完全没有杀害格林先生的马。"

"不，这意味着这一类事件，无论是矿区案之前还是之后的，都和我完全无关。"

"我明白，埃德尔吉先生。"米克用拳头拄着下巴。

"但是？"

"但是我觉得在这样的时候，设想一下法官会怎么说比较有用。"

"他们可能会怎么说？"

"嗯，8月17日晚上，我记得被告从靴匠那儿出来，走到了格林先生的农场附近。"

"是的，我确实走到了那儿。"

"格林先生是被告的邻居。"

"是的。"

"那么当被告处于现在的状态，还有什么比一起发生在牧师宅邸附近——比之前所有的案件都更近的动物谋杀案对他更有好处呢？"

利奇菲尔德·米克等着乔治想通这件事。

"您的意思是，我由于写匿名信告发自己犯了那些子虚乌有的罪而被捕后，为了脱罪，又煽动其他人去犯同样的罪？"

"简单地说正是这样，埃德尔吉先生。"

"真是荒唐，我都不认识格林。"

"我只是告诉您法官可能提供的一种说法，如果他们能想到的话。"

"他们当然会想到。但是警方至少要逮捕罪犯吧，对不对？报纸上只是暗示这起案件为当前的诉讼带来了疑点。如果他们找到那个人，他坦白自己是系列案的凶手，那我能否恢复自由呢？"

"如果是这样，那您会被释放。"

"我明白了。"

"还有另一个进展。您听说过达尔比这个名字吗，达尔比上尉？"

"达尔比……达尔比。应该没有。坎贝尔检察官曾问我关于某个'上尉'的事，也许就是他吧。他怎么了？"

"又寄来了更多的信，许多人都收到了。有一封甚至寄给了内政大臣。所有的信都署名'大威利团伙的达尔比上尉'，并讲了动物谋杀案后续的计划。"米克先生注意到了乔治的目光，"不，埃德尔吉先生，法官们只能判定这些信不是您本人写的。"

"您今天早上是决意要打击我呀。"

"我并不是这个意思，但是您要接受我们就要进入审理阶段的事实。明确这一点后，我们确定了由韦切尔先生提供辩护服务。"

"噢，这真是好消息。"

"我觉得他不会让我们失望的，戈迪先生也会帮助他。"

"诉讼方是谁？"

"应该是迪斯图纳尔先生，还有哈里森先生。"

"迪斯图纳尔会对我们不利吗？"

"实话和您说，我更希望是另一个人。"

"米克先生，我现在需要寄希望于您。巧妇难为无米之炊，一个律师无论多么有实力，没有证据也无济于事。"

利奇菲尔德·米克对乔治世故地笑了笑："在我的法庭生涯中，我见过许多不用米就能做出饭来的人，用什么的都有，有些材料根本就不存在。没有证据对迪斯图纳尔来说不算什么。"

尽管威胁就要临近，接下来的几周乔治在斯塔福德郡监狱却过得格外平静。他受到他人尊敬，生活也很有秩序。他订阅报纸、接收信件，和米克先生一起准备庭审，等待格林案的结果，并且他们允许他读书。父亲为他带来一本《圣经》，母亲为他带来一卷《莎士比亚》和一卷《丁尼生》。他读了母亲带来的两本，随后又因为无聊读了一个守卫给他的一些惊险小说。那人还借给他一本破旧的平装《巴斯克维尔的猎犬》[1]，乔治觉得很不错。

他每天早上打开报纸时不再忧虑，因为他知道自己的名字已经暂时从新闻中消失了。于是他饶有兴趣地关心着伦敦新的内阁任命，埃尔加博士[2]的最新清唱剧在伯明翰音乐节上演，布法罗·比尔[3]出访英格兰等。

庭审一周前，乔治与韦切尔先生见了面。他是一位乐观的、胖胖的律师，在中部法庭从业二十年。

"韦切尔先生，您对我的案子如何判断？"

"我觉得您的案子很好解决。也就是说，我觉得起诉方犯了错误，并有严重的失职。当然我不该这么讲。我应该讲讲这起案子对我来说最重要的点是什么。"

"那您觉得最重要的点是什么呢？"

"埃德尔吉先生，我觉得是这样的。"律师朝乔治笑了笑，嘴几乎要咧开了，"他们没有证明您犯罪的证据，您也没有犯罪的动机。

---

[1] 亚瑟·柯南·道尔著，《福尔摩斯》系列的代表作。

[2] 爱德华·埃尔加（Edward Elgar, 1857—1934），英国作曲家。

[3] 布法罗·比尔（Buffalo Bill, 1846—1917），被誉为"白人西部经验的万花筒"。美国南北战争军人、农场主、边境开拓者、马戏团表演者。

而且您并没有机会犯罪。对法官和陪审员讲的时候，我会仔细展开。不过这便是我的核心内容。"

"有些不幸的是，我们在B法庭。"米克说。他的语气让乔治不再那么得意。

"为什么说不幸？"

"A法庭的法官是哈瑟顿，至少他接受过一些法律训练。"

"您的意思是我要被一个不懂法律的人审判？"

韦切尔打断了他："米克先生，不要吓唬他。我在两个法庭都工作过。B法庭为我们审理的是哪位？"

"雷金纳德·哈迪先生。"

韦切尔先生的表情没有任何变化："这样很好。我觉得避开某些一丝不苟、服务于高级法院的法官是好事。您可以多讲一些，不被各种程式化的陈述打断。我是说至少对于被告来说是一件好事。"

乔治感觉到米克先生并不赞同。他虽然不知道韦切尔说的是不是实话，却有些被他打动了。

"先生们，我还有一个请求。"米克和韦切尔简短地对视了一下，乔治接着说，"关于我的名字。我叫埃德尔吉，埃——德——尔——吉。米克先生读得差不多对，但是韦切尔先生，我需要提前和您说一下。警察们总是忽视所有我纠正他们的事。我希望韦切尔先生能在案件正式开始审理前声明我名字的正确读法。请您告诉法庭上所有人，我的名字读作'埃德尔吉'，不是'阿德吉'。"

韦切尔先生对米克应承性地点了点头，于是米克说道：

"乔治，我应该怎么说呢？当然您的名字应该这样读，我和韦切尔先生在这里和您会面时，也会尽可能发音准确。但是在法庭……在法庭上，或者应该说，在罗马法庭上，我们如果这样声明，相当于与雷金纳德·哈迪先生的交锋我们一开始就出师不利。我们给警察上发音课是没有用的。至于迪斯图纳尔，他乐得欣赏我们造成的混乱。"

乔治看着那两个人："我没明白你们的意思。"

"乔治，我的意思是，我们应该承认法庭有权力决定一个被告的名字怎么读。虽然任何条文中也没有写出来，但这就是事实。您所说的读错，或许可以说成是……让您的名字更像英格兰人。"

乔治叹了口气："不那么像东方人？"

"对，不那么像东方人。"

"那我请求你们二位无论在什么场合都这样读，我便能习惯一些。"

庭审计划于10月20日开始。19日，四个在西德茅斯种植园附近的列治文公园玩耍的男孩发现了一具腐烂很严重的尸体。尸体证明为苏菲·弗朗西丝·希克曼小姐，皇家自由医院的女医生。和乔治一样，她也在二十五至三十岁之间。乔治想起这个人曾和他出现在同一张报纸的相邻专栏上。

1903年10月20日，乔治被从斯塔福德郡监狱押送至夏尔大厅。他被带到地下室，安排在被告们通常休息的拘留室。他有权选择一个大一些、屋顶较低的房间，里面有一张议事桌和一处炉火。在达布斯警官的监视下，他可以在这里与米克先生商议。他在桌前坐了二十分钟，达布斯出现了。他是一个健壮的、留着络腮胡子的检察官，性格阴郁，始终躲避着乔治的目光。听到信号后，他带领乔治穿过阴暗、曲折的小路，经过几盏光线不足的汽灯，登上狭窄的台阶，来到一扇门前。达布斯沉默地推了他一下，他便朝光线和嘈杂的方向走去。当他出现在B法庭中时，嘈杂变作了静默。乔治自顾自地站在被告席，就像一个从地板门中被不情愿地推上舞台的演员。

在副主席雷金纳德·哈迪先生、两位地方法官、安森局长、宣誓就职的英格兰陪审团成员、记者代表、公众代表以及乔治的三位家人面前，法官宣读了起诉书。乔治·欧内斯特·汤普森·埃德尔吉被指控于9月17日或18日伤害了一匹马。这匹马是大威利矿业公司的财产。他还于7月11日前后向坎诺克的罗宾逊警官寄去一封信，威胁要杀死他。

迪斯图纳尔先生是一个高个子、很圆滑的人，反应机敏。他做了一个简单的开场白后，便传唤坎贝尔检察官，他又讲起了之前那个故事：发现被残杀的马匹、搜查牧师宅邸、找到沾有血污的衣物、发现外套上的毛发、收到匿名信、逮捕被告以及他后面的陈述。乔治知道，这只是一个故事，是某人根据事件碎片，结合某些巧合，再做夸张编出来的，也知道自己是无辜的。但是当这个故事一次次被庄严地穿着制服的法官讲出来时，却也有了几分可信。

坎贝尔的证言结束后，迪斯图纳尔先生提出了他的第一个疑点。

"坎贝尔检察官，最近发生了一件引起公众焦虑的事。在您下场前，请您为我们解释一下。9月21日，某位格林先生的农场中又有一匹马被残害了。"

"是的。"

"格林先生的农场离大威利牧师宅邸非常近吗？"

"对。"

"警方是否对这起案件进行了调查？"

"正在作为紧急优先案件进行调查。"

"调查有进展吗？"

"有进展。"

迪斯图纳尔先生并不需要故意营造出停顿的效果，整个法庭的人都像嗷嗷待哺的孩子般等待着他的下文。

"您能告诉我们调查的结果吗？"

"约翰·哈利·格林，这起案件发生的农场主家的儿子，十九岁，是一位自耕农骑兵。他承认残害了自己家的马，并对此签署了声明书。"

"他承认自己应负全部责任？"

"是的。"

"那您是否有询问他，这起案件和过去在这里发生的众多案件有什么关系？"

"我们详细地询问了。"

"他怎么说？"

"这是一起独立的案件。"

"您的调查能证明格林农场的案件与附近发生过的其他事件没有关系吗？"

"可以证明。"

"完全没有关系？"

"完全没有。"

"今天约翰·哈利·格林有出庭吗？"

"他出庭了。"

和拥挤的法庭中的所有人一样，乔治也望向那个十九岁的骑兵。他承认杀了自家的马，却并未向警方提供任何合理的原因。然而此时，迪斯图纳尔先生却宣布到了吃午餐的时间。

米克先生先和韦切尔聊了一会儿，随后才进入乔治在休会期间的休息室。他看起来很悲观。

"米克先生，您昨天已经提醒过我们迪斯图纳尔先生是什么样了，我们知道可能会发生什么。至少我们今天下午应该传唤一下格林。"

律师冷酷地摇了摇头："我们没有机会。"

"为什么？"

"因为他是他们那边的目击证人。如果他们不同意，我们不能交叉询问他。我们也不能随便冒险传唤他，因为不知道他会说些什么。这就很糟糕。而且他们把他传唤到法庭上来，就好像他们对每个人都很开放一样。这种手段很聪明，是迪斯图纳尔先生的典型做法。我应该想到这一点的，但我事先并不知道关于格林的声明的任何事。真糟。"

乔治觉得让他的律师振作起来是自己的责任："我知道现在形势很糟糕，但是有什么实质性的损失吗？无论是格林的话，还是警方的话，都和其他的案件没有关系。"

"这就是重点了。重要的不是他们说了什么，而是他们暗示了什么。为什么一个人会平白无故杀死一匹马，还是自己的马？答案就是：用一起相似的案件帮助一位朋友或邻居摆脱罪名。"

"但他不是我的朋友啊，我甚至不确定我们认识。"

"我知道。当我们请您出庭时，您便对韦切尔先生说明这一点。这样看起来就像是您在否定一个并不符合事实的陈述，效果会比较好。今天下午，韦切尔先生会审问检察官，但是我觉得我们的情况并不乐观。"

"米克先生，我一直在留意坎贝尔证言中说到的——他发现了我的衣服。那件衣服我好几周没穿过了，却是湿的。他两次都用了'湿'，但在坎诺克他说的只是'潮'。"

米克柔和地笑了："和您一起工作真的很好，埃德尔吉先生。我们会注意这种事情，但通常不会告诉客户，以免他们沮丧。我认为警方

156

确实会在这类事情上调整一些措辞。"

那天下午，韦切尔询问了坐在目击者席位上的检察官，却收效甚微。乔治第一次在汉德尼斯佛警察局与坎贝尔见面时，觉得他是一个思维迟钝、有些无礼的家伙。后来在纽霍尔街和坎诺克，他变得警觉犀利起来，但是思维并不连贯。现在他举止谨慎阴沉，他的身高和制服仿佛象征着逻辑和权威。乔治想，随着他的故事正在一点点隐秘地改变，他的某些性格也发生了变化。

韦切尔对库珀警官的询问更成功些。和在地方法庭时一样，他介绍了自己如何比对了乔治的鞋跟和泥土里的脚印。

"库珀警官，"韦切尔问道，"是谁为你提供了你今天的证词？"

"我不太确定，应该是检察官吧，也可能是帕森斯警官。"

"你具体的搜查范围是哪里？"

"所有犯人可能来往于田野和牧师宅邸间的路线。"

"假设犯人从牧师宅邸出发，又回到那里？"

"是的。"

"所有可能的路线？"

"所有的。"在乔治眼中，库珀不过二十岁左右。他是个耳朵通红、有些害羞的男孩，却想要模仿自己上司的自信状态。

"你有没有想过，你口中的犯人走的是最短的路线？"

"我想过。这是犯罪场景中最多见的情况。"

"我了解了。那你没有搜查除了最短路线以外的其他地方？"

"没有。"

"你的搜查持续了多久？"

"我估计一小时吧。"

"是什么时间搜查的？"

"应该是差不多9点半开始的。"

"被残害的马大约是6点半被发现的？"

"是的。"

"已经三小时过去了。那段时间里任何人都可能从那条路走过。有上井的矿工、得知动物残杀案的路人，还有警察。"

"可能吧。"

"谁和你一起去的？"

"我自己去的。"

"我了解了。你发现了一些你认为和手里的靴子匹配的脚印。"

"是的。"

"于是你回去并记录了你的发现？"

"是的。"

"然后呢？"

"您是指什么？"

乔治很高兴地发现库珀的语气发生了一些轻微的变化，仿佛他被带到了某处，却又辨认不出那是哪里。

"我是指，你做完记录后发生了什么？"

"我被叫去搜查牧师宅邸的地面了。"

"好的，不过你回去后，把你发现脚印的事和某人说了吧？"

"嗯。"

"是什么时间说的？"

"大概下午过去一半。"

"下午过去一半。你是说3点，或者4点？"

"差不多吧。"

"我知道了。"韦切尔先生皱了皱眉，这反应在乔治眼中很戏剧化，"也就是说，又过了六小时。"

"是的。"

"这段时间里那个地方被人看管着，并拉警戒线防止踩踏吗？"

"应该没有。"

"应该没有。你的意思是有还是没有？"

"没有。"

"我了解这类案件的正常程序要求为可疑的靴印制作石膏模型。请问你们有做吗？"

"没有。"

"我还了解到，另一种办法是给那些印记拍照。请问你们有做吗？"

"没有，地面太松软了。"

"库珀先生，你当警察有多久了？"

"十五个月。"

"十五个月。好的，非常感谢。"

乔治很高兴。他像从前那样望向韦切尔先生，可韦切尔并没有看他。也许这是出于法庭的礼节，也许他正在思考下一位目击证人的事。

那个下午剩下的时间都很顺利。法官朗读了多封匿名信，乔治觉得头脑正常的人不会认为那些信是他写的。比如他交给坎贝尔那一封，署名"挚爱正义之人"的："我并不认识你，但有时会在火车上见到你。我并不觉得如果自己认识你，会有多喜欢你。我不喜欢印度人。"他怎么可能写这些话呢？于是乔治天马行空地猜想起这些署名的来源。其中一封读到的信中把这种行为叫作"大威利团伙"，这也许来源于廉价小说吧。"他们都会发些可怕的誓保守秘密，并跟在船长后面宣读，比如："如果我背叛就天诛地灭。'"乔治认为，他可以让陪审团相信，一个律师是不可能说这样的话的。

霍德森先生是一位日用品杂货商，他证明自己看见乔治走在去桥城的汉兹先生家的路上，而且穿着他的旧外套。但随后，曾与乔治共处半小时左右的汉兹先生却说，他穿的并不是那件衣服。还有另外两个目击者表示见到过乔治，但是记不得他穿的是什么。

"我感觉他们在改变策略。"在一天的开庭结束后，米克先生说，"他们有了新的打算。"

"什么打算？"乔治问。

"在坎诺克他们认为你是在晚餐前散步时去到田野上的，所以他们才叫了那么多看见过你的目击证人。那对谈恋爱的情侣，你还记得吧？他们这次就没来，还有其他一些人也没来。另一件事是之前他们唯一提到的日期是17号，现在变成了17或18号。他们正在两个选择中摇摆呢，现在我觉得可能更倾向于夜间作案。或许他们有些我们不知道的证据。"

"米克先生，他们倾向哪一边，为什么倾向都没关系。如果倾向于傍晚，他们没找到任何一个看见我在田野附近的目击者；如果倾向于夜里，我父亲的证言与之完全相悖。"

米克先生并没有在意乔治的话，而是独自边思索边唠叨着："当然，他们也不必选择其中的一种可能，只要把两种可能性都呈现给陪审团即可。但是他们这一次把重点放在了靴印上。只有他们选择了第二种，靴印才能成立，因为雨是夜里下的。关于您外套的描述从'潮'变成了'湿'，也证明了我的猜想。"

"那就更好了。"乔治说，"韦切尔先生今天下午询问过库珀警官后，他便没什么可说的了。如果迪斯图纳尔想要继续这条线索，他只能声明英格兰教堂的牧师说了谎。"

"埃德尔吉先生，请您……不要把事情想得这么简单。"

"但就是很简单啊。"

"您觉得您父亲很坚定吗，从精神层面上讲？"

"他是我见过的最坚定的人。您问这个做什么？"

"我担心他撑不下来。"

"您会惊讶于印度人的坚定程度的。"

"那您母亲呢？您妹妹呢？"

第二天的审理从约瑟·马库的证言开始，他从前是一位警察，现在开旅店。他讲述了自己被坎贝尔检察官派去大威利-教堂桥火车站的场景，以及被告是如何拒绝他搭乘下一班火车的请求的。

"他有没有告诉你，到底是什么事务这么重要，可以让他忽视检察官的紧急传唤？"迪斯图纳尔先生问道。

"没说。"

"你有没有把请求重复一遍？"

"我重复了，还建议他可以请一天假，但是他没有听。"

"我了解了，马库先生。那会儿发生了什么事吗？"

"对，有个人从站台走过来，说他听说前一晚又有一匹马被残害了。"

"那个人说这句话时，你在干吗？"

"我在盯着被告的脸看。"

"请你描述一下他当时的反应。"

"好的。他笑了一下。"

"他笑了。他听到又有一匹马被残害，然后笑了。你确定吗，马

161

库先生？"

"确定，我非常确定。他真的笑了。"

乔治想这是假的。我知道这是假的，韦切尔先生一定要证明这是
假的。

韦切尔先生更懂得如何直击要害。他把关注点放在那个马库宣称
朝着他和乔治走来的人的身份上。他从哪里过来，是什么样的人，想
要去哪儿？（作为牵涉人，为什么他没有出庭？）韦切尔先生先是通
过暗示和停顿，最后通过直接阐述，表达了自己的惊讶之情：作为酒
店老板和前警察，对整个地区如此熟悉，却无法指认出这位有价值却
神秘的陌生人，他本是可以来现场证明自己异想天开的想法的。但是
对马库的审问能得到的也只有这么多了。

接着，迪斯图纳尔先生请帕森斯警官重复了被告关于期待自己被
捕的话，以及他在伯明翰监狱所说的"我想洛克斯顿先生也参与了一
些，我入狱前需要让他知道"。没有人解释谁是那个"洛克斯顿"，
是大威利团伙的另一个成员吗？还是乔治威胁想要杀死的另一个警
官？这个名字成了谜团，陪审员们只能自行猜想。一位叫作梅雷迪斯
的，乔治不记得名字和样貌的警察引用了某些乔治和他说起过的关于
保释无关痛痒的话，但表达的方式好像是"他承认自己有罪"。随
后，威廉·格雷托雷克斯，那个健康、招人喜欢的英格兰男孩，又一
次讲述了乔治从车厢望向窗外，并对布卢伊特家的马遇害表现出极大
兴趣的事情。

兽医路易斯先生描述了矿区遇害马匹的详细状况：它的流血情
况、伤口的长度和形状，以及由于伤势过重，只能遗憾地将其杀死。
迪斯图纳尔先生询问他对凶案发生的时间有何结论。路易斯说，以他
的专业知识，他认为马匹接受检查时距案发不到六小时。换句话说，

凶案发生的时间不早于18日凌晨2点30分。

对乔治来说，这是一天中的第一个好消息。关于他去见靴匠的路上穿了什么衣服的争论已经完全不相干了。诉讼方把自己的一条路堵上了，他们步履维艰。

尽管如此，从迪斯图纳尔先生的神情中却完全看不出来。他的态度始终表现出，经过警方和诉讼方的不懈努力，案件中某些模糊不清的地方现在已经很清楚了。"我们现在不必说'事发时间在这十二个小时期间'，只需说'事发时间在凌晨2点半左右'……"在迪斯图纳尔先生口中，作案时间精确性的提高让他更加确定被告的所作所为与起诉书中完全一致。

这一天最后出场的是托马斯·亨利·古林，他介绍自己是一位在伪造信和匿名信领域有着十九年鉴定经验的笔迹专家。他经常被内政部邀请，最近一次作为专业人士出庭是在米特农场凶杀案庭审中担任证人。乔治并没有想象过笔迹专家应该长什么样子，或许干瘦、像个学者，声音如同钢笔划过一样沙哑。然而古林先生长着一张红润的脸，留着络腮胡子，就像是大威利的屠夫格林赛尔先生的兄弟。

虽然其貌不扬，但古林先生掌控了全场。他拿来了乔治笔迹样本的放大照片，以及匿名信笔迹样本的放大照片。他描述了原文件的情况，并将那些文件在陪审团成员之间传看。乔治看见他们花了很长时间翻阅文件，并不时停下来，久久地打量着自己。古林先生用木棍指着某些有特点的圆圈、弯钩和交叉比画着，先是描述特征，随后进行推断，得出可能的结论并最终确认。古林先生最终从专业的角度得出结论：这些匿名信和那些带有乔治本人签名的个人文件一样，都是他亲笔书写的。

"所有的信吗？"迪斯图纳尔先生问道。他朝法庭上挥了挥手，这里俨然变成了一间写字间。

"不，并不是所有。"

"您认为有些信件不是被告写的？"

"是的。"

"有几封？"

"只有一封。"

古林指出了他认为唯一不是出于乔治笔下的那封信。乔治认为，这唯一的例外会让大家更加相信其余的信都是他写的。这是一种伪装谨慎的狡猾。

接下来，韦切尔先生花了一些时间阐述了个人观点和科学依据的区别，推测某事和得知某事实情的区别。但是古林固执地坚持自己的证言。他说自己多次经历过这样的场合，而韦切尔先生并不是第一个质疑他的推断流程，认为他的工作和占卜术、读心术或灵媒没什么区别的被告方律师。

这天的庭审结束后，米克先生告诉乔治，第二天对于被告通常是最不利的，而第三天他们陈述自己的证据时，是最有利的。乔治希望如此，让他揪心的是，他渐渐产生了某种强烈的感觉：他的故事不是他自己能够把控的。他担心到了被告方陈述证据时已经太迟了。人们——尤其是陪审团的成员们，确实会根据证据进行思考。但是他们已经形成了自己的观点，为什么还会做出改变呢？

第三天早上，他依然听从米克先生的建议，把自己的案件抛在一边。"午夜凶杀，伯明翰运河悲剧，两位船员被捕。"然而这一次，他的办法没有奏效。他把报纸翻到《蒂普顿爱情悲剧》这一页，讲的是某个可怜人爱上了一个坏女人，于是投运河自尽。但是这个故事并没有吸引他，他的目光一直在扫那些标题。他怨愤地发现，卑劣的运河谋杀被称为"悲剧"，悲惨的自杀同样被称为"悲剧"。而他的案子，却自始至终被称作"暴行"。

这时，让他欣慰的是，他看到了《女医生之死》。他发现，关注被神秘分尸、至今死因不明的希克曼小姐，仿佛成了一种社会责任。从拘押进程开始起，她便成了乔治不幸生活的陪伴。《邮报》称，前一日在西德茅斯种植园附近的列文治公园发现了一把类似医用刀或手术刀的东西。报上描述说，移动死者的尸体时，那把刀从衣服中掉了出来。乔治怀疑这一说法的可信度。有人发现了一位失踪女医生的尸体，移动尸体时，有东西从口袋掉出来，却完全没有注意？乔治不确定，他如果作为陪审员，会不会相信验尸官的话。

《邮报》上还说，这把刀是女医生的，她用来割腕，导致流血而死。换句话说，这是一场"自杀"，也是又一起"悲剧"。于是，乔治想到了还可能有另一种解释。如果大威利牧师宅邸不是在斯塔福德，而是在萨利，警方就会构建出一个更让人信服的结论：牧师的儿子打开上锁的卧室门，拿了一把他此前从未见过的手术刀，跟着那个可怜的女子到了种植园，在没有什么合理动机的情况下杀死了她。

一阵苦涩使他回过神来。通过假想自己在希克曼案中的神秘形象，他想起了他们第一次会面时韦切尔先生给他的保证。"我要怎么辩护？他们没有证明您犯罪的证据，您也没有犯罪的动机。而且您并没有机会犯罪。对法官和陪审员讲的时候，我会仔细展开。不过这便是我的核心内容。"

然而首先要解决的，是巴特先生的证据。在乔治眼里，巴特先生并不像古林先生那样，只是一个吹嘘专业的骗子。这位法医留着灰色头发，冷静严谨，是那种专心科研，仿佛来自试管和显微镜世界的人。他向迪斯图纳尔先生介绍了自己在检测剃刀、夹克、马甲、靴子和裤子时的流程。他在众多衣物上发现了多处污渍，并验证出那些是哺乳动物的血液。他还研究了从夹克袖子和左胸处摘下的动物毛发：共有二十九根，都是棕红色的短毛。他把这些毛发与大威利遇害马匹尸体的样本进行了比对，那些也是棕红色的短毛。他在显微镜下观察了两批毛发，并得出结论：两者长度、颜色和形状相似。

韦切尔对付巴特先生的策略是认可他的实力和才干，然后把这些转化为有利于被告的证据。他把注意力放在夹克上的白色污渍上面，警方曾得出结论，说这些污渍是被害动物的唾液。"请问巴特先生的科学分析能否证明这一点呢？"

"不能。"

"那您觉得那些污渍是什么成分？"

"淀粉。"

"那以您的经验，那些淀粉碎末是怎么沾到衣服上的？"

"我想最有可能是早餐吃面包或牛奶时弄上的。"

此刻，乔治听到了某种他几乎遗忘了的声音：笑声。法庭中的众人因为法医提到面包和牛奶笑了起来。对他来说，这是众人明智的体现。他在欢笑声中看了一眼陪审席，有一两个陪审员露出了笑容，但大部分都保持着冷静。乔治认为这些都是比较乐观的迹象。

韦切尔先生又问起被告夹克袖子上的血迹。

"您说这些血迹是哺乳动物的血液。"

"是的。"

"这一点确凿无疑吗，巴特博士？"

"确凿无疑。"

"我明白了。那么，马是哺乳动物吧？"

"是的。"

"猪、羊、狗、牛也都是哺乳动物吧？"

"都是。"

"动物世界中除了鸟类、鱼类和爬行动物，其他的都是哺乳动物吧？"

"对。"

"我们也都是哺乳动物，陪审员们也都是，对吧？"

"是的。"

"所以巴特博士，您说的哺乳动物的血液，可能属于刚刚提到的任何一个物种，对吧？"

"的确如此。"

"所以您暂时还不能断言，或者有可能断言，被告夹克上的小块血迹是来自一匹马？"

"是的，现在并不能做出这样的断言。"

"那么能否通过检测推断出血迹存在的时长呢？比如这块血迹是今天产生的，还是昨天产生的？是一周之前产生的，还是数月之前产生的？"

"如果血迹还没干的话——"

"您检测的时候乔治衣服上的血迹有还没干的吗？"

"没有。"

"都已经干了？"

"是的。"

"所以，您认为这些血迹可能已经存在了几天、几周，甚至几个月？"

"是这样的。"

"那么能否得知这些血迹来自活的动物还是尸体呢？"

"不能。"

"或者可能只是从一块肉上蹭的呢？"

"那也无从得知。"

"所以巴特博士，通过检测，您不能辨别这些血迹是被告虐杀马匹时留下的，还是数月前，他在周日切牛排，或者吃牛排的时候留下的，是这样吗？"

"我不得不同意您的说法。"

"您能向大家重复一下，在埃德尔吉先生的袖口上共发现几处血迹吗？"

"两处。"

"我记得您说过这两处血迹都像3便士硬币那么大？"

"是的。"

"巴特博士，您觉得那么残忍地伤害一匹马，导致它流血过多只能被杀死，弄在衣服上的血就和吃东西滴在身上的一样多？"

"我并不想做这样的比较——"

"我当然不是强迫您，完全没有强迫您。"

经过这次激烈的交叉询问后，韦切尔先生用一段简短的陈述开始了被告方证言环节，并传唤乔治·欧内斯特·汤普森·埃德尔吉。

"他敏捷地从被告席走过来，以沉着的状态面对法庭中拥挤的人群。"这是第二天乔治在《伯明翰邮报》上读到的，这句话让他感到很自豪。无论他们撒了什么谎，无论他们背后如何诽谤，无论他们如何诋毁他的祖先，也无论警方和目击者们如何扭曲事实，他都以非常沉着的姿态面对着。

韦切尔先生开始帮助乔治回忆他17日晚的准确行动。其实他们两人都认为这没有必要，因为路易斯先生已经证实了案发时间。但韦切

168

尔先生希望通过这一环节，让陪审员们熟悉乔治的声音，并了解他论证的可信性。被告被允许出庭做证，是六年前才刚刚兴起的。选择让自己的被告出庭，在众人眼中还是一种新鲜的方式。

于是他们又一次讲起了夜晚去见靴匠汉兹的事，并为陪审员描述了当晚的路线——不过由于韦切尔先生提前暗示过，乔治便没有提到自己曾走到格林家农场附近的事情。接下来，他描述了和家人一起吃晚餐的情况，以及家中的卧室安排，又讲了卧室门常锁的状态，以及第二天早上起床、吃早饭、离家去车站的场景。

"您还记在车站和约瑟·马库说话的事吗？"

"记得。他和我说话时，我正在站台上等待我平常坐的7点39分那趟车。"

"您还记得他说了什么吗？"

"记得。他说是坎贝尔警官让他来的。我不能坐那辆车，而是需要在车站等着，他会来那里和我说话。但是我印象更深的是马库的语气。"

"他的语气是什么样的？"

"非常粗鲁，就像是命令我一样，很不礼貌。我问他检察官要对我说什么，他说不知道，而且就算知道也不想告诉我。"

"他说自己是特警了吗？"

"没有。"

"所以您觉得自己没理由不去上班？"

"我确实有些紧急事务需要处理，也和他讲了。他的态度立刻变了，很讨好地说我这辈子总要有一天给自己放个假。"

"您怎么看？"

"我觉得他完全不懂律师的工作，也不知道我有什么职业责任。

律师不像公务员，可以休假，让其他人替你值班。"

"确实。这时又有一个人朝您走来，并对您说这里又有一匹马被残害了？"

"什么人？"

"这是马库先生的证言中提到的。他说有一个人走到你俩旁边，并说了那件事。"

"这是假的，没有人走过来。"

"于是您就搭火车去上班了？"

"我没有理由不去上班啊。"

"所以根本就没有所谓'您听说又有动物被杀后笑了'这一说法？"

"根本没有，就没有人朝我们这边走。那种情况下我也不大可能笑，唯一可能笑的是马库建议我休一天假的时候。他在村里以懒散著称，所以我觉得由他提出这个建议还挺合适的。"

"好的，那我们来聊一聊之后的上午，坎贝尔检察官和帕森斯警官到您办公室逮捕您的事。去监狱的路上，他们说您提到'我完全不惊讶，我早就预料到会发生这样的事'。您说过这样的话吗？"

"说过。"

"那您这么说是什么意思呢？"

"是这样。关于我的谣言已经流传了一段时间了。我收到了一些匿名信并交给了警察。他们开始监视我的行踪，还监控我家。曾有一个警察对我暗示他们对我怀有敌意。就在我被逮捕一两周之前，又有流言传出来，说警方已经获得了某些对我不利的证据。所以我当然不惊讶。"

韦切尔又说起他曾提到某个神秘的洛克斯顿。乔治说他从没提过此人，也并不认识叫洛克斯顿的人。

"还有另一件事。在坎诺克的地方法庭上，您本可以保释，却拒绝了。您能告诉大家为什么吗？"

"可以。保释流程很复杂，不仅要折腾我自己，还要折腾我的家人。另外，我当时住在监狱医院，状况还不错。所以我宁愿在审讯前都待在那儿。"

"我了解了。梅雷迪斯警官证言说，您在诉讼估价时曾对他说：'我不能保释，这样又一匹马被杀害时，就能证明不是我干的了。'您说过这样的话吗？"

"说过。"

"您这么说是什么意思？"

"就是字面意思。在我被逮捕之前的数周数月，动物虐杀一直在持续，由于这和我没有关系，我希望他们仍然继续。如果真的继续，就证明与我无关了。"

"埃德尔吉先生，有种推测是您拒绝保释有某些不好的原因，这种推测之后也会被提出来。有人认为大威利团伙虽然未被证实，但确实存在。他们为了救您出来，故意再次虐杀一只动物，以证明您的无辜。"

"我唯一能解释的是，我如果能想出这么聪明的计划，那么也不会傻到提前把这件事说给一个警察。"

"您说得有道理。"

如乔治预想，迪斯图纳尔先生在交叉询问中语含讽刺，十分失礼。他为了夸张地展现自己的不信任，故意让乔治解释很多他已经解释过的事情。他的计策便是设法让陪审团认为被告太过狡猾可疑，导致他逻辑错乱。乔治想让韦切尔先生指明这一点。他不能让自己随便被驱使，而是要把更多的时间花在回答问题上，并保持冷静。

当然，迪斯图纳尔先生并没有忘记说出乔治17日晚上曾散步至格林农场附近的事实，并请他解释为何刚刚做证的时候忘了说这一点。当提到乔治衣服上的毛发时，这位控方律师也展现出他无情的一面。

"埃德尔吉先生，您之前曾证言，自己衣服上的毛发可能是靠在田野里围场的门上蹭的。"

"我是说可能是这样。"

"然而巴特先生从您的衣服上拾取了二十九根毛发，他在显微镜下检测发现，那些毛发无论长度、颜色还是形状都和死去的马毛发一样。"

"他并没有说一样，只是说相似。"

"是吗？"迪斯图纳尔先生有些慌乱，假装去查自己的材料，"的确，是说'长度、颜色和形状相似'。您怎么解释它们如此相似呢？"

"我没法解释，我又不是动物毛发领域的专家。我只知道我的衣服上可能有多少根毛发。"

"长度、颜色、形状相似。埃德尔吉先生，您想让大家相信您衣服上的毛发来自一头围场里的牛，但是它的毛无论长度、颜色、形状都和那匹17日晚在离您家一英里以外被害死的马相似。您觉得可能吗？"

乔治没有回答。

韦切尔把路易斯先生叫回了证人席。这位法医又重复了一遍自己的结论：案发时间不可能早于凌晨2点30分。韦切尔接着问他什么工具可能造成这样的伤害。"有凹面的利器。""那您认为这些伤口可能是家用剃须刀造成的吗？""不可能。"

韦切尔先生接着传唤了当地神职人员沙帕吉·埃德尔吉。他重复了家中的卧室安排，以及关于门、门锁、他患有腰痛、他的起床时间等一系列事情。乔治第一次发觉父亲开始变老。他的声音不再坚定，语气也没有那么强硬。

　　当迪斯图纳尔先生对他父亲进行交叉询问时，乔治焦虑起来。迪斯图纳尔先生表现得很礼貌，并表示自己不会耽误牧师太多时间。然而这完全是在说谎。他列出乔治不在场证明中的每个细枝末节，并把它们呈献给陪审团，仿佛这是第一次试图弄清它们的分量和价值。

　　"您会在夜里锁卧室门吗？"

　　乔治的父亲发现自己又被问了一遍已经回答过的问题，感到很惊讶。他有些不自然地停顿了一下，然后答道："是的。"

　　"早上再打开？"

　　他又反常地停顿了一下："对。"

　　"您把钥匙放在哪里？"

　　"就留在门锁上。"

　　"您不把钥匙收起来吗？"

　　牧师看了看迪斯图纳尔先生，仿佛他是个小学生："我何必收起来呢？"

　　"您从来没收起来过吗？从没有？"

　　乔治的父亲看起来有些困惑："我不知道您为什么问我这个。"

　　"我只是想知道钥匙是不是一直都在锁孔里。"

　　"我不是说过吗，一直都在。"

　　"一直都放在那儿？从不收起来？"

　　"是的，我已经说过了。"

　　乔治的父亲在坎诺克做证时，法官的问题直截了当。证人席看

173

起来就像是一座圣坛，他把做证看作一件上帝交给他的事情。然而现在，在迪斯图纳尔先生和周围环境的影响下，他不再那么镇定。

"您说过转动钥匙时会发出声音。"

"是的。"

"这是最近才有的吗？"

"最近才有？"

"嗯，钥匙的声音是最近才有的吗？"控方律师的口气像是他正在帮助一位老人上台阶，"还是一直都有声音？"

"从我有印象起一直有。"

迪斯图纳尔先生朝牧师笑了笑，乔治并不喜欢那个笑容。"这么长时间——从您有印象起一直有——就没人给锁上过油吗？"

"没有。"

"我可以问您个问题吗？虽然这是个小问题，但我还是希望您能回答——为什么没有人给锁上过油？"

"大家都觉得无所谓吧。"

"不是因为没有油？"

牧师忍不住生气起来："您最好去问我太太我们家有没有油。"

"我会问的。您觉得钥匙发出的是什么样的声音？"

"什么意思？就是钥匙的声音啊。"

"声音大不大？比如，和老鼠的动静比，或者和仓库门发出的嘎吱声比呢？"

沙帕吉·埃德尔吉表现出进入了一个进退两难处境的样子："我觉得声音比较大吧。"

"真是不可思议啊！那把锁一直没有上油，钥匙声音很大，晚上响一次，早上响一次。其他时候呢？"

"我听不懂您在说什么。"

"我的意思是，您儿子晚上出门方便的时候。"

"但是我们俩晚上都不起夜。"

"你们俩晚上都不起夜。我知道了……这样的卧室安排已经持续了十六七年，您说这么久以来，你们两个从来都没在夜里出过卧室？"

"没有。"

"您这么确定？"

又是一阵很长时间的停顿，牧师似乎正在自己脑海中一夜夜回顾这漫长的岁月："我非常确定。"

"您记得每晚的情况？"

"我不知道您这个问题有什么意义。"

"并没有什么意义，我只是需要您回答。您记得每晚的情况？"

牧师四下张望，似乎是希望有人能把他从这愚蠢的问答中拯救出来："我比任何人都清楚。"

"确实。您说过自己睡眠很轻。"

"是的，我睡得很轻，非常容易醒。"

"那么，您证言过如果钥匙转动，您会被吵醒？"

"是的。"

"您没有发现这个结论自相矛盾吗？"

"没有。"乔治发觉他的父亲现在很激动。他尽管彬彬有礼，却并不习惯说话时被他人挑战，他看起来很显老，又有些急躁，而且在这个场合中显得不那么专业。

"我来解释一下。依您所言，十七年来，没有人在夜里离开过房间。没有人曾在您睡觉时转动过钥匙。那么您怎么知道钥匙一转动，您就会被吵醒呢？"

"就算是天使在针尖上跳舞，我的意思是，哪怕是最小的声音也会把我吵醒。"他显得很暴躁，缺少权威性。

"您从未被钥匙转动的声音吵醒过？"

"没有。"

"所以您无法保证自己一定会被那声音吵醒？"

"我只能再说一遍，哪怕是最小的声音也会把我吵醒。"

"但是如果您没有被钥匙转动的声音吵醒过，就说明有可能在钥匙转动的时候您没有醒，对吧？"

"我说过，这种事从没发生过。"

乔治以一个忠顺、担忧的儿子的目光望着父亲，却也以专业律师和忧虑的被告的视角审视着父亲。父亲的应答并不完美，迪斯图纳尔先生先是从一个角度找出破绽，接着又转向另一角度。

"埃德尔吉先生，您在证词中说您5点就会醒来，在您和您儿子6点半起床前都不会再睡着？"

"你在怀疑我的话吗？"

迪斯图纳尔先生对这一回答并未表现出喜悦。但是乔治知道他肯定很高兴。

"我只是确认一下您是这样说的。"

"我确定。"

"您在5点到6点半之间不会偶然再睡着，之后又醒来吗？"

"我说过没有。"

"您醒着的时候会做梦吗？"

"我不明白你的意思。"

"您睡着的时候会做梦吗？"

"有时会。"

"那您醒着的时候会偶尔做梦吗？"

"我不知道，不记得了。"

"但是您知道人们在醒着的时候也会做梦，对吧？"

"我从没想过这件事，别人做什么梦对我来说并不重要。"

"但是您认同我所说的别人会在醒着的时候做梦，是吗？"

牧师现在看起来就像是一位身处沙漠中的隐士，完全不理解与他对话的人的用意。"应该是吧。"乔治起初也并不明白迪斯图纳尔先生的用意，但后者很快就表明了观点。

"所以您还是十分确定自己在5点到6点半之间都是醒着的吗？"

"是的。"

"那么您也非常确定从晚上11点到清晨5点您是睡着的？"

"是的。"

"您不记得自己中间醒来过？"

乔治的父亲感觉自己的话又一次受到了质疑。

"我没有醒来过。"

迪斯图纳尔先生点了点头。"所以您在1点半应该是睡着的——"他用手在空气中给时间分成了几段，"2点半也是，3点半也是。好的，谢谢您的回答。我们来讨论下一件事……"

就这样慢慢地，乔治的父亲在众人眼里成了这样的印象：他虽然是一个正直可敬的人，但已经是个老糊涂了。他对于家庭安全的措施很容易就会被他那个狡猾的、不久前还非常自信地站在证人席上的儿子破坏。甚至还有比这更糟的印象：这位父亲怀疑自己的儿子可能与那场凶案有关，于是只能不断调整自己的证词，却力不从心。

接下来出庭的是乔治的母亲。亲眼看见丈夫刚刚不顺利的做证过程后，她变得越发紧张。韦切尔先生请她阐述了自己的证言。迪斯图纳尔先生带着一种懒散的礼貌，又请她重复了一遍。他对埃德尔吉太太的回答似乎并没有那么感兴趣。他摇身一变，从冷酷的控方律师变成了一位来参加茶会的新邻居。

"您一直都很为您的儿子骄傲吗，太太？"

"是的，我很为他骄傲。"

"他从小就聪明，一直到现在？"

"是的，他很聪明。"

迪斯图纳尔先生做出一副十分关心她和她儿子当下处境的假象。

这并不算是一个问题，但乔治的母亲自然地接过话题，开始夸赞起自己的儿子："他从小就很好学，在学校里得过很多奖，在伯明翰的梅森大学学习的时候，还得过法学奖章。他关于铁路法的著作被很多报纸和法律记者报道过。你们知道，那本书是作为威尔逊法律手册系列中的一本出版的。"

迪斯图纳尔先生对这种母亲对儿子的自豪表示了赞许，并问她有没有什么其他想要说的。

"我想说，"她望向被告席的儿子，"在我们眼里，他一直都是一个善良、负责的人。从儿时起，他便善待一切生物。即使我们不能确定他根本没有出门，他也不可能去残害什么动物。"

从迪斯图纳尔先生对埃德尔吉太太表示感谢的方式看，你会觉得他也是这位太太的儿子，对他那白发苍苍的母亲无比宽容，毫不介意她的盲目善良和唠唠叨叨。

接下来被传唤的是莫德。韦切尔邀请她介绍乔治衣物的状况。她的声音沉稳，证言清晰。当迪斯图纳尔先生站起身，自顾自地点头时，乔治也有些惊讶。

"埃德尔吉小姐，你的证据在所有的细节上都和你父母的完全一样。"

莫德平静地看着他，不知这是一个提问，还是即将对她发起攻势的开端。然而迪斯图纳尔先生叹了口气，重新坐了下来。

后来，乔治在夏尔大厅地下室的等候室中，身心疲惫而又沮丧地说："米克先生，我觉得我父母算不上很好的证人。"

"不能这么说，埃德尔吉先生。事实就是如此，最好的人未必是最好的证人。一个人越小心谨慎、越诚恳，便越会仔细地推敲问题的每一个细节，并出于谦卑怀疑自己。这样就让迪斯图纳尔先生这种人更加有机可乘。我可以向您保证，这样的事情不是第一次发生了。我又能怎么办呢？这是信任的问题：我们相信什么，为什么要相信。单纯从法律的角度来说，那些最能让陪审团信服的人才是最好的证人。"

"他们事实上是很糟的证人。"整个审讯过程中，乔治虽未指望，但确信父亲的证言可以证实他无罪。迪斯图纳尔先生会像教区里的一个诽谤他人的恶棍般蓄意攻击，并因为破坏了他父亲的信誉而受到责难。但是他并没有蓄意攻击，至少不是像乔治想象的那样。父亲却让他失望了，他并未像一个奥林匹亚之神那样言之凿凿不容置疑，却始终现出木讷、暴躁、迟钝的一面。乔治曾想在法庭上解释说，如果儿时的他哪怕犯下一点点错误，父亲便会把他带去警察局，接受严格的惩罚。他认为职责越高的人，罪恶越重。然而他的父母在众人心中已经形成了相反的印象：他们都是傻瓜，很容易被蒙骗。他难过地重复着："他们真是很糟的证人。"

"他们说的是实话。"米克先生说，"我们不能指望他们做到更多，或者表现得不像他们自己。我们应该相信陪审团会看出这一点。韦切尔先生对明天的审讯很有信心，我们也应该有信心。"

第二天早上，当乔治最后一次从斯塔福德郡监狱被带到夏尔大厅，他期待着可以听到自己的故事最终、最全面的版本。想到这里，他的心情又好了起来。这天是10月23日，星期五。过了这一天，他便可以回到牧师宅邸了。周日，他可以和往常一样在圣马克教堂翻开的龙骨下敬拜。周一的7点39分，他可以回到纽霍尔街，回到书桌旁、工作中和书本里。他会以为《霍尔斯伯里英国法律大全》做脚注来庆祝自己的自由。

　　他穿过狭窄的台阶，来到被告席上时，发现法庭变得比前些天更拥挤了。乔治明显地感到众人的兴奋，却也因此警觉起来：这并不像是一场公正的裁决，反而成了一场粗俗的戏剧表演。韦切尔先生朝他看过来，并对他笑了笑，他第一次这么明显地表现出自己的心情。乔治不知道自己要不要用同样的方式回应他，最终只是轻轻点了点头。他朝陪审团看去，那里有十二位优秀而诚实的斯塔福德公民，他们端庄镇定的举止一开始就让乔治惊叹。他又看了看他的两位指控者：安森局长和坎贝尔警官。虽然可能真正指控他的是其他人：那些人也许正在坎诺克法庭外面为他们做的事幸灾乐祸。他们也有可能正在打磨路易斯先生口中那些凹面利器。

　　在雷金纳德·哈迪先生的邀请下，韦切尔先生开始了他最终的辩护。他呼吁陪审员们把此案具有煽动性的部分——如报纸标题、公众暴乱、各种谣言搁置一旁，把注意力集中在最基本的事实上。没有任何证据表明埃尔德吉在8月17日至18日夜里离开过牧师宅邸，而这栋建筑连日来一直被斯塔福德郡警察局密切监视。也没有任何证据可以将他和他被指控的案件联系起来：那些小块的血迹可能有其他来由，而且对矿区马匹残杀案来说血量太少了。至于他衣服上的那些毛发，证据本身便缺乏真实性，而且即使毛发存在，也有很多可能。至于那些诋毁他的匿名信，虽然指控方认为信是他自己写的，但这一观点无论从逻辑还是从犯罪心理上看都很荒唐，古林先生的检验只是出于心理作用。这一点需要陪审团慎重清醒地做出判断。

接着，韦切尔先生解释了各种关于被告的谣言。他拒绝保释即使不值得赞赏，至少也是出于理性：他是个孝顺的儿子，希望能为年迈并饱受打击的父母减轻负担。接下来是关于他与约翰·哈利·格林的罪恶约定。指控方将两者联系起来，严重诋毁了乔治的名誉。这两个人之间并没有任何关系，格林今天不再出庭便说明了一切。另外，在其他方面，指控方也不止一次随意拼凑没有任何关联的细节、片段、线索和影射。"我们最终得到了什么？"辩方律师韦切尔先生最后问道，"经过四天的庭审，除了警方一些零零碎碎的结论，我们最终还得到了什么？"

韦切尔先生归座时，乔治很高兴。他的演说清晰、有条理，而且不像某些辩护律师那样带有虚情假意。他做到了高度专业——乔治注意到，韦切尔充分利用了B法庭辩护措辞和推断上的自由，这些手法在哈瑟顿法官的A法庭上可能是不被允许的。

迪斯图纳尔先生却是一副不紧不慢的架势。他站起身，却沉默着，似乎是在等待着韦切尔先生刚刚的演讲造成的影响慢慢消散。随后，他重新拾起那些他对手口中的零碎结论和片段，重新耐心地把它们缝合在一起，织成了一件可以挂在乔治肩上的斗篷。他叮嘱陪审团以被告的行为为重，仔细思考这些行为是否符合无辜者的身份。比如在车站他拒绝等候坎贝尔警官并露出微笑；比如他询问布卢伊特家马匹被杀的情况；比如他提到神秘的洛克斯顿作为威胁；比如他拒绝保释并信誓旦旦地预测大威利团伙为了救他会再次犯案等。"这是一个无辜者应有的行为吗？"迪斯图纳尔先生问道。他认为自己已经帮助陪审团连接起了所有的线索。

　　警方证实了血迹、笔迹、衣物的情况。被告的衣服是湿的，外套和靴子尤其湿，警方保证了这一点，每位检查过乔治外套的警察也都能证明这一点。如果如此，警方又没有弄错的话，为什么会这样呢？只有一个可能的解释：如指控方所述，乔治·埃德尔吉曾于8月17日至18日那个风雨交加的夜里偷偷溜出过牧师宅邸。

　　尽管这一证据可以表明被告与犯罪行为有密切的关系，但是他到底是单独作案，还是与他人合作作案呢？迪斯图纳尔先生坦言，这个问题还没有解决。他的动机是什么呢？这个问题陪审员们有权提出，迪斯图纳尔先生也愿意帮忙解答。

　　"如果你们也和过去几天参与庭审的所有人一样，想要知道被告的动机。他为什么这么做？一个表面很体面的年轻人为何会犯下如此可怕的罪行？聪明的观察者可以给出许多原因。被告是不是有什么特殊的恨意呢？是有可能，但他不大可能对大威利动物虐杀案以及相关的匿名信案中如此多的受害者都怀有恨意。他是不是精神有问题？由于他的行为野蛮而怪异，你们可能会这样想。然而如果犯人是个精神病人，就无法解释为什么作案计划会那么完美。所以我觉得，我们应该认为他没有精神问题，但和正常人也不大一样，这样才能找到真正的动机。他的动机不是获得财产，也不是个人复仇，而是一种想要彰显恶名、昭示重要性，不断欺骗警察、嘲笑社会的渴望，他想要证明自己强于别人。我在庭审的各个阶段，也和你们陪审员一样，认为被告有罪，却反复问自己他为什么会这样做。这便是我对这个问题的答案。这个人做出这样的事，是因为他头脑深处住着一个狡猾的魔鬼。"

　　乔治微微低头，集中精力听着迪斯图纳尔先生的话，意识到询问即将接近尾声。他抬起头，看见控方律师正专注地看着他，仿佛只有在这一刻才发现被告人笼罩在真理之光下。陪审团受到迪斯图纳尔先生的影响，也都朝他看过来，接着是雷金纳德·哈迪，以及整个法庭的人，只有他的家人没有往这边看。也许达布斯警官和其他站在他身后被告席的警察正在检查他衣服上的血迹。

12点45分，主席开始进行总结陈词，把这场暴乱总结为"斯塔福德郡的污点"。乔治听着这一切，忽然意识到他正在被十二个正直的人评估，而他们都认为他表现出了恶魔般的狡诈。他已经无法再做什么，只能尽可能地表现出冷静的样子。在他命运被决定前的最后几分钟，他只能这样做。他告诉自己一定要冷静。

2点钟，雷金纳德先生把陪审团带走。乔治被重新带回了地下室。和之前四天一样，达布斯在门口站岗，由于知道乔治并不会逃走，他有些许尴尬。一直以来，他都对他的被告表现出了充分的尊敬，从未粗暴地对待过他。乔治知道，他的话已经没有机会再被误解了，于是和达布斯聊了起来。

"警官，你觉得如果陪审团花很长时间做决定，是好事还是坏事呢？"

达布斯思索了一会儿："以我的经验，既不能说一定是好事，也不能说一定是坏事。是好还是坏，还要看具体情况。"

"我明白了。"乔治回答，他之前并不常说"我明白了"，也许是和律师们聊天形成了这一习惯，"那你觉得，如果陪审团很快做出决定会怎样呢？"

"那也不能说明是好事还是坏事。是好是坏，也要看具体情况。"

乔治笑了笑，无论是达布斯还是其他人，对这件事可能都有自己的看法。在他看来，如果陪审团很快回来，说明他们明白案件的严重性，也了解他们十二人应该一致同意，这对他有利。如果他们很晚回来也没关系，因为他们考虑的时间越久，就越能了解事情的本质，并明白迪斯图纳尔先生只是在混淆视听。

才过了四十分钟，乔治就被传唤再次入场。对此，达布斯先生和乔治一样惊讶。他们最后一次一同穿过昏暗的过道，登上台阶，来到被告席。3点45分，法庭职员对陪审团主席说了那段乔治很熟悉的开场白。

"各位陪审员，你们是否达成了一致的意见？"

"已经达成了。"

"你们觉得被告乔治·欧内斯特·汤普森·埃德尔吉在残害作为大威利矿区财产的马匹一案中是否有罪？"

"我们认为他有罪。"

乔治想，不，不应该是这样。他望向陪审团主席——一个白胡子，长得很像教师的老人，带着一点斯塔福德口音。"你刚刚说得不对，不应该这样说。应该说'我们认为他没有罪'，这才是正确的。"这些话在乔治脑海中徘徊着，直到他看见陪审团主席站起身来正要说话，"他肯定是要更正答案。"

"陪审团在做出决定后，希望能请求宽恕。"

"以什么理由请求宽恕？"雷金纳德·哈迪先生望向陪审团主席并问道。

"他的地位。"

"他的个人地位？"

"是的。"

主席和另外两位法官退场商议定刑的事宜。乔治不敢看向他的家人。他的母亲正用一张手帕覆在脸上，父亲呆立在那里。他以为莫德会哭，可是并没有，她把整个身体都转向他的方向，目光沉重而饱含爱意地看着他。乔治想，如果他能把这目光留存在记忆里，那么发生什么糟糕的事情也都能挺过去了。

还未及想更多，他便被主席的话打断。此时他们已经做出了决定。

"乔治·埃德尔吉，陪审团得出的结论是正确的。他们建议考虑到你的地位，对你采取宽容的手段。我们已经决定了你的量刑。综合考虑你的社会地位及各种惩罚对你的损失，同时考虑到斯塔福德郡、大威利地区的情况，以及此事对邻里间造成的不良影响，你被判处七年劳役拘禁。"

法庭中充斥着低声交谈，那声音沙哑而冷漠。乔治想，七年。不，我活不到七年。即使是莫德的目光也无法让我忍受那么久。韦切尔先生一定要提出抗议。

然而，站起身的却是迪斯图纳尔先生。现在罪名已经确定，他需要表现出宽宏大量。于是他宣布，关于在信中威胁杀害罗宾逊警官的罪名将不予追究。

"把他带下去。"达布斯警官的手架在他胳膊上。他还没来得及最后看一眼他的家人，也没来记得及最后看一眼他曾希望彰显公正的法庭，就被从地板门带了出去，来到了闪烁着星点灯光的昏暗地下室。达布斯礼貌地解释说，既然裁决已经给出，他需要把被告带到等候室，等待运送至监狱。乔治呆滞地坐在那儿，可他的心依然在法庭上。他仔细回顾着过去这四天里的每一项程序：提供证据、回答交叉询问、充分使用各种法律技巧。对于辩护律师的努力和出庭律师的收效，他并无不满。至于指控方，迪斯图纳尔先生对案件的处理非常狡猾，这是事先有准备的。的确，米克对于此人的评价——"可为无米之炊"堪称准确。

此时他已经失去了冷静下来、专业分析的能力。他非常累，也过于激动。他的思绪不再按照逻辑运转，而是开始上蹿下跳，横冲直撞，并随着情绪不断波动。最让他难以忍受的是，仅仅在几分钟以前，只有少部分人——多数是警察，或许还有些无知的公众，那些路过他的车时会砸门的公众——认定他有罪。他的耻辱感让他意识到，现在几乎所有人都认为他有罪。那些读报纸的人、他在伯明翰的律师同事、曾经得到过他分发的《写给乘客的铁路法》手册的乘客都会认为他有罪。接下来他开始勾勒出某些特定的人：比如站长梅里曼先生、学校教师博斯托克、屠夫格林赛尔——他总是让乔治想起那个诬陷他写下亵渎神灵的匿名信的笔迹专家古林。现在不仅仅是古林，梅里曼、博斯托克、格林赛尔也都会相信乔治既割破了那些动物的肚子，又写了那些充满污言秽语的匿名信。牧师宅邸的女仆、教会委员、曾经被他捏造成自己朋友的哈利·查尔斯沃思，甚至哈利不存在的妹妹多拉都会开始憎恶他。

他继续假想着大家都会如何看待他——这一次靴匠汉兹先生也加入了。汉兹先生会觉得乔治专门让他帮忙做了一双鞋后，默默回家、吃晚饭，然后假装上床睡觉，随后又爬起来，穿过田野去残杀一匹马。当乔治想象着所有这些目击者和指控者时，他为自己感到一阵悲伤，也为自己一生的所作所为感到悲痛，他真想永远被允许待在这昏暗的地下室。然而，他还未从这份悲伤中缓过来，便想到了更远的事。这些人并不会用责难的目光一直盯着他，至少不会盯着他许多年。但当父亲站在圣坛上、母亲巡视教区时，他们会这样看着他的父母。当莫德去商店买东西、霍勒斯从曼彻斯特回家时——如果他知道哥哥出事决定回家的话，他们会这样看着他的弟弟妹妹。每个人都会盯着、指着他们说：他们的儿子，他们的哥哥就是大威利残杀事件的犯人。他把这份公开而持久的耻辱带给了对他最重要的家人。他们知道他是无辜的，然而这只会让他对家人的愧疚加倍。

他们知道他是无辜的？越发绝望的想法出现在他的脑海中。他们知道他是无辜的，但是经过了过去四天里的耳濡目染，他们怎么能不改变看法呢？如果他们没有那么信任他了怎么办？他们说相信他是无辜的，实际上却在想什么呢？只有整夜坐着，看着他睡觉或者待在矿区的田野上，等待着某个疯狂的家伙带着凶器到来，才能真正证明他是无辜的。只有这样才是真的"知道"他是无辜的，现在他们只是"相信"他无辜。那么，迪斯图纳尔先生的话、巴特博士的断言，或者某些关于乔治长久的疑惑，有没有让他们开始起疑呢？

这便是他对他们造成的又一个影响：他让他们开始不断地自我怀疑。也许现在他们认为：我们了解乔治，知道他是无辜的。到了三个月后：我们认为自己了解乔治，也相信他是无辜的。到了一年后：我们意识到我们并不了解乔治，但我们依然认为他是无辜的。这样的变化又有什么错呢？

遭遇审判的不仅是他，还有他的家人。如果他被判处有罪，一定会有人指责他的父母做了伪证。那么当他父亲为他人布道，讲述正误之分时，会不会有教民认为他是一个伪君子或骗子呢？当母亲拜访贫苦之人时，他们会不会说"把你的同情留给你那远在监狱里的罪犯儿子吧"？他对他们做的另一件事便是亲自审判了自己的父母。这些痛苦的想象，无情的道德旋涡，难道就没有尽头吗？他等待着在这旋涡中陷得更深，直至被冲走，被淹死。然而这时他又想起了莫德。他坐在铁栏后的硬板凳上，身边只有达布斯警官在黑暗中吹着不成调的口哨，这时他又想起了莫德。她是他的希望，是阻止他跌落深渊的唯一理由。他相信莫德，相信她不会改变看法，因为他注意到在法庭中她望向自己的目光。那是一种无须诠释，也不会被时间和怨愤动摇的目光，充满了爱和信任。

当法庭外的人群散去后，乔治被带往斯塔福德郡监狱。在那里，他的人生发生了改变。自从被逮捕以来，乔治一直以犯人自居。但事实上他一直住在最好的病房，每天早上会收到报纸，可以吃从家里带来的食物，还可以写一些公务信件。所以他自然地把这样的环境当作一种暂时的炼狱考验。

现在他真的成了一个囚犯，为证明这一点他们拿走了他的衣服。这件事有些讽刺，因为几周以来，他已经烦透了那套不合身的夏装和没用的草帽。这身打扮是不是贬损了他在法庭上的严肃形象，于是影响了判决呢？他也不知道。然而无论如何，他的衣服和帽子已经被带走了，换作了厚重粗糙的狱服。外衣垂在他的肩膀上，裤子膝盖和脚踝处都很宽大，不过他并不介意。他们还给了他一件马甲、一顶军便帽和一双鞋子。

看守一边捆起那套夏装，一边说："你一开始可能会不适应，但是会慢慢习惯的。像你这样的人只要不抗拒，一般也能适应。"

乔治点了点头。让他欣慰的是，他注意到监狱的办公人员对他说话都很礼貌，和前面的八周没有什么区别。这让他有些惊讶。他本以为自己回到监狱，会遭受唾弃和谩骂，因为他不再是一个无辜者，而成了一个被公开判处有罪的人。不过也许这巨大的变化只发生在他心里。办公人员保持一致态度的原因很简单，却有些败兴：从一开始，他们就已认定他有罪，陪审团的判定只是证实了他们的猜想。

第二天早上，他们依然开恩为他送来一张报纸。于是他最后一次看见自己的名字登上了标题。他的故事不再谜团重重，而是确证成一起法律事件，他的形象也不再属于他自己，而是任由他人进行描述。

七年劳役监禁

大威利动物残杀犯

正式判决

囚犯无动于衷

乔治麻木而机械地翻弄着其他的版面。女医生希克曼的故事也面临尾声，陷入沉寂和神秘。乔治注意到布法罗·比尔访问伦敦、又经历了一场长达二百九十四天的各省巡游后，在伯顿特伦特结束行程，回到了美国。在邮报上，和"大威利动物残杀犯"一样重要的是它旁边的一则报道：

约克郡铁路事故

两辆火车在隧道中相撞

一人死亡，二十三人受伤

伯明翰惨剧

他在斯塔福德又待了十二天，这期间他的父母可以进行日常探视。他觉得相比被塞进汽车，遣送到这个国家最遥远的地方，这样更加痛苦。在这场漫长的告别中，他们都表现出仿佛乔治的处境只是由于某些错误裁决造成的，只要相关部门提出申述便会很快解决。牧师收到了支持他们的信，已经开始热诚地和社会组织联络。在乔治看来，他父亲的热情近乎歇斯底里，而这一切源自对乔治的愧疚。乔治并不觉得他的状态是暂时的，父亲的计划也并未带给他任何安慰。他觉得那更像是一种宗教信仰，却没有任何用途。

十二天后，乔治被遣送至刘易斯。他在那里得到了一件新制服，是用粗糙的饼干色亚麻布制成的。前后各有两条垂直宽条纹，上面还印着粗大笨拙的箭头。他们还给了他一件不合身的灯笼裤，以及黑色的袜子和靴子。监狱的工作人员说他是星级犯人，所以前三个月会单独关押——可能会更长时间，但不会更短。单独关押意味着要忍受无尽的孤独，这是每一位星级犯人都要忍受的。乔治一开始有所误解，他以为被称为星级犯人是因为他的案件声名狼藉，也许像他这样有着极端恶名的犯人需要和其他人隔离开，以防激发他们对于动物虐杀者的愤怒。但事实并非如此：星级犯人只是对于初次犯案者的称呼。如果你是重犯，就会被划分为普通犯人，如果是惯犯，则会被划分为职业犯人。乔治说他并不打算再回来。

他被带到监狱主管面前。主管是一个年龄很大的军人，他在乔治的名字前加上星号时，礼貌地询问了他名字的读音。这让乔治很惊讶。

"埃——德——尔——吉。"

"埃德尔吉。"主管重复道，"除了在这里，你没有过别的编号吧。"

"没有。"

"这上面说你来自英格兰教会。"

"是的，我父亲是一位牧师。"

"那你母亲……"主管不知要怎么问。

"我母亲是苏格兰人。"

"哦。"

"我父亲有帕西血统。"

"哦，那我们很有缘啊。我80年代去过孟买，真是个不错的地方。埃德尔吉，你对那里熟悉吗？"

"我几乎从未离开过英格兰，只去过威尔士。"

"威尔士。"主管想了想说，"这点也和我挺有缘。这上面说你是律师。"

"是的。"

"我们这儿现在没什么律师。"

"您的意思是？"

"我说我们这儿现在没什么律师。一般我们会有一两个，我记得最多的一年有六个。但是几个月之前，我们刚放出了最后一个律师，你没赶上和他认识。你会发现这里的规矩很严格，而且全都是强制执行的，埃德尔吉先生。"

"知道了。"

"不过我们这里还有一些股票经纪人，以及一位银行家。我曾经和人说，如果你想要观察这个世界的横截面，那么请到刘易斯监狱来。"这是他惯常说的话，他也早已经习惯了在该停顿的地方停顿，

"我还想说，我们这儿现在没有什么贵族。"他看了一眼乔治的文件，"也没有什么英格兰大臣，不过有一个临时的。他犯的是猥亵那一类的罪。"

"好的。"

"我并不会问你究竟做了什么，或者为什么这样做，或者你到

191

底做没做，以及你有没有向内政大臣提交任何请愿书，请愿书有没有什么效果。我觉得这些都是浪费时间。你现在在监狱里，那就遵守规矩，好好服刑，你就不会遇到任何麻烦。"

"我是律师，很善于遵守规矩。"

乔治只是正常地说说，但主管的反应似乎说明他觉得他有些傲慢。最后，他说道："就这些。"

这里的规矩确实很多。乔治发现监狱的工作人员大多很礼貌，并被各种繁文缛节束缚着。他们被要求不能和其他犯人讲话，礼拜时不能双腿交叉，或双臂交叉。每两周可以洗一次澡，只要有需要，工作人员便会搜查犯人的个人物品。

第二天，一个守卫来到乔治的牢房，问他是否有床垫。

乔治觉得没必要问这个问题。很明显他有一个多种颜色组成的厚床垫，那个人不可能看不见。

"我有床垫，谢谢。"

"你干吗谢我？"那个守卫显得有些生气。

乔治想起了自己接受警方审讯时的事情，也许他的语气太直率了。"我的意思是我有床垫。"他回答道。

"那就得清理掉。"

乔治彻底迷茫起来。这条规矩并没有人和他讲过。他也很仔细地斟酌了自己的回答，尤其是语气。

"我表示抱歉，但是我在这里还没待多久。为什么您要我清理掉床垫呢？毕竟在这艰难的日子里，它既是一种安慰，也算是一个必需品。"

守卫看了看他，然后渐渐笑了起来。他的笑声太大，引来一个同事进来看他是否有什么问题。

"不是床垫，247号，我说的是臭虫。"

乔治也笑了，但他不确定犯人这样做是否符合规矩，也许只有获准才可以笑吧。总之，这件事成了监狱里的传说，一直陪伴着他度过接下来的数月。大家说："那个印度人生活得太好了，都不知道臭虫是什么。"

但他发现了其他不方便的地方。倒不算是不方便，而是缺乏最基本的隐私空间。香皂的质量很差，而且他们被要求剃胡子和理发都要在开放的场所进行。这就导致包含乔治在内的许多犯人都患了感冒。

他很快就习惯了生活节奏的改变。5点45分起床。6点15分房门打开，开始收垃圾，晾晒脱下来的睡衣。6点30分分发工具，然后开始劳动。7点30分吃早餐。8点15分叠被子。8点35分祷告。9点05分回来。9点20分锻炼身体。10点30分回来。监狱主管和其他工作人员巡视。12点吃午饭，1点30分收起午饭餐具，开始劳动。5点30分吃晚饭，然后上交工具，为接下来的一天做准备。8点就寝。

生活前所未有地艰辛、冷酷、落寞，但是规律的生活对乔治有益。一直以来，无论读书期间还是从业后，他都坚持着严格的作息时间，也都非常努力工作。他很少有休假的时候——除了和莫德一起去阿伯里斯特威斯那次——除了心灵和精神上的，他也很少有任何享受。

"星级犯人最想念的东西，"牧师第一次来访时说，"是酒。当然，不只是星级犯人，普通犯人和职业犯人也会想。"

"我不喝酒，还是挺幸运的。"

"第二件是烟。"

"我也不抽烟。"

"第三件是报纸。"

乔治点了点头："没有报纸确实很难受。我以前每天要读三份报。"

"如果有什么我能帮忙的话……"牧师说，"但是规矩……"

"对于某些难以得到的东西，最好完全不要想，而不是一次次心怀希望。"

"真希望其他人也能有你这样的态度。我见过为烟酒疯狂的人，还有些疯狂思念女友，有些疯狂思念自己的衣服，还有些思念的是些之前他们都不知道自己很看重的东西，比如夏夜门口某种特别的气味。每个人都在思念些什么。"

"我也并没有好过他们。"乔治回答，"只有在报纸这件事上，我想得很实际。在其他方面，我也和别人一样。"

"那你最想念什么？"

"我想念我之前的生活。"乔治回答。

牧师似乎想象着，乔治作为一位牧师的儿子，会从宗教活动中获得某些抚慰。乔治并没有纠正他，而是更加积极地参加祷告。但他下跪、唱圣歌、祈祷时，与倒垃圾、叠被子或劳动时的心情并没有什么不同，这些事帮助他度过一天的生活。大部分犯人在草棚中工作，他们制作草垫和篮子，而需要隔离三个月的新人只能在自己的牢房中工作。乔治得到了一块木板和一捆很重的纱线，他们教他如何利用木板作为工具编织纱线。乔治工作很慢，但是很努力，他把纱线按照模板编织成方形。当他完成六捆纱线时，会有人统一拿走。然后他再开始编织新的，一捆又一捆。

几周后，他询问一个工作人员这些是用来做什么的。

"你应该知道的，247号。"

乔治努力回想他之前是否在哪里见到过这种东西。当守卫确认他并不知道，便拿来其中两块，把它们系在一起。然后他把它们挂在乔治的下巴下面。他看乔治还是没有反应，便把它们挂在自己下巴下面，嘴巴开始张开、闭合，并发出声音。

乔治依然没有猜出来："我还是不明白。"

"你会明白的。"守卫发出更大的咬牙声。

"我不懂。"

"这是给马的粮袋，247号。既然你对马这么熟悉，这个工作很适合你。"

乔治忽然有些茫然。他这才知道，而他们早就知道，还以此开玩笑。"我是唯一一个做这事的人吗？"乔治问道。

守卫笑了："247号，别把自己想得这么特别。你和其他六个人负责编织纱线，还有些人负责把两片缝起来，有些人负责做把它们系在马脖子上的绳子，有人负责运送时的打包。"

噢，原来他并不是特殊的一个，这让他感到安慰。他只是众多犯人中的一员，和别人做同样的工作，罪行也并不比其他人显眼。他可以选择表现好或表现不好，却无法选择自己是一个普通罪犯的事实。就像主管曾说的，即使律师在这里也并不稀奇。他决定顺应形势，尽可能做一个普通的罪犯。

当他得知自己需要被单独关押六个月，而不止三个月时，乔治并未抱怨，也没有询问理由。事实上，他觉得报纸和书本上所说的"孤独折磨"太过夸张了。如果没有合适的人陪伴，他宁愿独自待着。他们依然允许他和守卫、牧师说话，轮到主管探视时也可以和主管说话，但必须要等到别人先开口。在祷告中，他可以唱圣歌、回答询问。锻炼的时候，他也被允许说话，尽管找到和旁边人的共同话题并不容易。

而且刘易斯还有一家大图书馆。图书管理员每两周过来一次，带走读完的书籍，在书架上放上新书。每周乔治可以借一本有教育意义的著作和一本普通的书。至于普通的书，包含从流行小说到经典名著在内的所有书籍。乔治开始阅读英国文学的所有著作，以及某些知名国家的历史。他们允许他在牢房中放一本《圣经》，尽管他日渐觉得，每天下午经历了四小时与木板和纱线的搏斗，他最期待的不是抑扬顿挫的《圣经》章句，而是沃尔特·司各特[1]最新一章的作品。很多时候，他关上牢房门阅读一本小说时，感觉自己远离了整个世界。他的眼角余光里只有那张颜色鲜艳的床垫，他感到这种生活井然有序，甚至对此有些满意。

从父亲的信中，他得知人们对他的判决进行了一场公开抗议。瓦鲁斯先生把他的案子登在了《真相》上，上一任巴哈马首席法官，现任寺庙住持R. D. 耶尔弗顿提出请愿。他们收集了很多签名，许多伯明翰、达德利和伍尔弗汉普顿的律师都表示了支持。让乔治有些感动的是，那些签名中居然有格林韦和斯泰森的，他们一直都是挺像样的人呢。人们开始采访目击者，从学校老师、同事和家人那里收集关于乔治性格的证言。耶尔弗顿先生甚至还收到了一封乔治·路易斯——当今最伟大的刑事律师的来信，表示自己认为乔治的定罪存在致命的缺陷。

很明显某些监狱工作人员也站在他这边，因为他获得了某些案件允许范围之外的信息。他读了其中一些证言。其中一封用紫色炭笔写的信来自他舅舅。这位斯托纳姆舅舅住在马奇温洛克的农舍。"每一次我见到他，或者听说关于他的事（除了这件糟心事），他给我的印象都是善良而聪明。"直击他内心的是信中带有下划线的话，不过不

[1] 沃尔特·司各特（Walter Scott，1771—1832），英国著名历史小说家、诗人。

包含这些让他有些尴尬的夸奖。这里又有一处："我第一次见到埃德尔吉先生时，他已经担任教职五年，其他牧师对他的评价都很高。我的朋友们也都和我一样，认为帕西族是一个有着悠久历史和良好教养的民族。这个民族的人有很多优秀的品质。"在附言中，他又写道："我的父母对我妹妹的婚姻非常满意，他们很爱我妹妹。"

作为一个儿子和一个因犯，他忍不住为这些话感动得流下眼泪。但作为一名律师，他不知道如果内政部最终决定重新受理他的案件，这些证言会起到多大的作用。同时，他感到自己半是乐观，半是顺从。他内心中的一部分想要待在监狱里，每天编织马粮袋子，阅读沃尔特·司各特的作品，由于在冰冷的院子里理发而患上感冒，并反复听着那个关于"臭虫"的笑话。他接受这样的生活，是因为他认为这就是他的命运，顺应命运最好的方式便是接受它。可是他内心的另一部分明天就想要恢复自由，想要拥抱母亲和妹妹，也想让公众承认曾经对他的判决不公——这是最让他痛苦的事，所以他绝不会放任不管。

所以当听说他们已经收集了一万个签名时，乔治依然保持着冷静。牵头的是联合律师协会的主席、乔治·路易斯先生和医疗界权威乔治·伯奇伍德。上百位律师都签了名，而且不仅仅是伯明翰地区的。还有王室法律顾问和议会成员——包含那些来自斯塔福德郡的——并且包括了每个党派。许多人出面做证，当天在库珀警官发现靴印的地方，有很多工人和观光者践踏。耶尔弗顿先生还获得了来自爱德华·休厄尔先生的有利证言。他是一位兽医，曾接到控方的咨询，但未被传唤出庭做证。请愿书、法定声明及证言共同组成的"案件记录"被送往内政部。

2月里发生了两件事。2月13日那天，坎诺克广告报刊登了又一起和从前方式相同的动物残杀案。两周后，耶尔弗顿先生将"案件记录"提交给内政部的埃克斯·道格拉斯先生。乔治终于允许自己心怀希望。3月里又发生了另外两件事：请愿被拒绝了。乔治接到通知，他已经结束了六个月的隔离监禁，将要被遣送至波特兰[1]。

没有人告诉他变更地点的原因，他也并没有问。他觉得这是在向他昭示：现在你接着服刑吧。他内心的一部分接受了这个事实，而另一部分——虽然并不是很大一部分——也能达观地看待这个问题。他告诉自己他已经从法律的世界来到了规矩的世界，也许这两者并没有什么不同。监狱的环境更加简单，因为规矩是不需要被解释的。对他来说，这个变化相比此前那些时常超出法律范围的变化而言，并没有让他太慌乱。

他并不喜欢波特兰的监狱。牢房是用波形铁建成的，看起来像是狗舍。通风设施也很简陋，只是门下方的一个洞。犯人没有门铃，如果想要和看守说话，只能把帽子放在门边。这也是"门洞点名"形成的原因。你一边叫着"帽子"一边把帽子放在通风口。每天这样的"点名"会有四次，但由于看守们检查帽子并不如检查人数痛快，这种点名总是需要不停地重复。

他又有了一个新的编号：D462。字母象征着他入狱的年份。这种计算方法是从这个世纪算起的：1900年是A年，乔治是1903年入狱，所以是D年。一块写着这个数字和犯人监禁年限的徽章被别在外套和帽子上。相比刘易斯，在这里名字的使用率更高些，但是你还是要通过徽章认识一个人。所以乔治的编号是D462-7。

在这里，他们也会例行与监狱主管见面。这里的主管尽管也非常礼貌，但举止并没有他刘易斯的同事那样让人愉快。他的第一句话

---

[1] 指英国波特兰岛，位于英吉利海峡。

是："你要知道越狱是不可能的，没有人从波特兰监狱逃出去过。那样你就无法获得减刑，只能享受无尽的孤独。"

"我觉得我应该是整个监狱里最不想越狱的人吧。"

"我以前也听过类似的话。"主管说，"我什么话都听过。"他低头看了看乔治的文件，"宗教信仰。这里写的是英格兰教会。"

"是的，我父亲——"

"你不能改。"

乔治不知道他为什么这么说："我并不想改变我的宗教。"

"很好。想改也不能改。不要想着说服牧师，不过是浪费时间。好好服刑，听守卫的话。"

"我一直都是这样打算的。"

"那你要么是比其他人聪明，要么比他们都蠢。"主管如此神秘地评价了他后，便挥了挥头示意工作人员把他带走。

他的牢房比在刘易斯的更加狭小简陋，尽管一位当过兵的守卫说，这已经比兵营好一些了。至于这到底是真的，还是守卫空口无凭的安慰，乔治也无从得知。他第一次进监狱时，便被提取了指纹。当医生检测他的劳动能力时，他有些恐慌。大家都知道，那些被送往波特兰的犯人大多会被分发一个铁镐，带去碎石场工作，而且还要被戴上脚铐。不过他的担心有些多余：只有一小部分犯人会去采石场工作，而且新人是不会去的。另外，医生认为乔治的视力导致他只能做些轻度工作，还断定他不适合上下台阶。于是他加入了位于底层的一号工坊。

他在自己的牢房中工作，采集椰壳纤维作为制造床铺的材料，并用毛发填充枕头。首先他要把椰壳纤维整理好，铺在一块木板上，然后把它们梳理得如丝线一般整齐。他们告诉他，只有这样，这些纤维才能做成最柔软的床铺。那些人这么说并没有什么依据，乔治也没有见到过这套流程的下一步，不过他自己的床垫肯定不是用仔细梳理好的椰壳纤维做成的。

他来到波特兰不到一周，牧师就来看他。这位牧师天性快活，表现出仿佛他们是在大威利教堂中见面，而非一个门上带有通风孔的"狗舍"。

"还适应吗？"他愉快地问。

"在主管的想象中，我唯一想做的事便是逃跑。"

"他对每个人都这样说。咱们两个悄悄说哈，我猜他挺期待偶尔有人越狱的。到时候黑旗升起，大炮轰鸣，军队出动。而且他总是会赢——这点也让他高兴。还没有人成功越狱呢。就算是士兵没捉住他们，市民也会捉住。抓住越狱者会有5英镑的赏金，所以他们不可能对犯人视而不见。而且越狱的人会受到惩罚，被关禁闭，失去减刑机会，真是得不偿失。"

"他对我说的另一件事是我不能改变宗教信仰。"

"确实如此。"

"可我为什么要改变宗教信仰呢？"

"啊，你是个新犯人，不了解这里进进出出的那些事。波特兰只有新教徒监狱和天主教监狱，人数比例是6:1。但是这里没有犹太教监狱，你如果信犹太教，就要被送到帕克赫斯特去。"

"但我不信犹太教啊。"乔治有些固执地说。

"你确实不信。不过如果你是个老油条，是个惯犯，又觉得帕克赫斯特的生活比波特兰轻松，那么你有可能今年以英格兰教会忠实信徒的身份被从波特兰释放，当警察下次再抓到你，你就说自己信犹太教，就可以被送去帕克赫斯特了。但是他们现在规定，在服刑期间不能改变自己的宗教信仰，否则犯人们为了某些目的，每六个月就会审来审去。"

"帕克赫斯特的牧师经常遇到让他大吃一惊的事吧。"

牧师笑了笑："他肯定好奇，为什么狱中生活会让人们纷纷改信犹太教。"

乔治发现不仅仅是犹太教徒会被送往帕克赫斯特，那些病人和精神不大正常的人也会被送往那里。所以你可能无法通过改变宗教信仰去到帕克赫斯特，但如果身体受伤或精神崩溃，也是会被转移的。所以听说有些犯人会故意用铁镐劈自己的脚，或装作有些精神不正常——像狗一样嗥叫或成片扯下自己的头发——试图以此获得转移机会。大部分人都被关禁闭了，唯一得到的便是送去小屋的面包和水。

"波特兰的环境有益健康。"乔治在给父母的信中写道，"空气很清新，让人心情不错，也不容易生病。"这些话看起来就像是来自从阿伯里斯特威斯寄来的明信片。然而事实确实如此，他也的确需要用某些方式来安慰他们。

他很快就习惯了自己狭窄的牢房，并觉得波特兰要比刘易斯好些。这里没有那么多红袖标，也没有"必须在户外剃胡子、理发"的荒唐规定，而且关于犯人与守卫说话的规矩更加宽松，食物也更好些。他可以告诉父母，这里每天的晚餐都不同，而且有两种汤。"面包是全麦的，比面包师做的还好些。"他在信中写道。这并不是为了应付审查或者安慰自己，而是他确实这样认为。这里还有绿色蔬菜和莴苣。虽然茶很糟糕，但咖啡还不错。而且如果你不想喝茶，也可以用粥或燕麦替代。让乔治吃惊的是，很多人宁可喝不大好的茶，也不肯换成其他更有营养的饮品。

他还可以告诉父母，自己有很多暖和的内衣，还有毛衫、绑腿和手套。图书馆也比刘易斯的更好，借书规则更加宽松：他每周可以借两本普通书和四本有教育意义的书。所有的顶级杂志都可以按卷借阅，尽管书籍和报纸都被监狱的管理人员审查过，清除了不利的内容。乔治曾借阅过一本英国艺术近代史，结果发现劳伦斯·阿尔玛–塔德玛[1]的插图都被工作人员用小刀割去了。每一本从图书馆借来的书，卷首都写着这样的提醒："禁止折页。"下面是一个监狱的标签，上面写着"禁止撕下书页"。

这里的卫生不比刘易斯好，但也不比那里差。你如果需要牙刷，需要向主管提出申请。至于他回答"好"或者"不好"，完全取决于他个人的心情和想法。

一天早上，乔治需要为金属抛光。于是他问守卫这里有没有砂砖。

"D462，你需要砂砖？"他的眉毛跳了起来，"砂砖！了不得了呢，下次你该要巴思甜面包了。"

于是这件事情便不了了之。

乔治每天依然在整理椰壳纤维和毛发。尽管没有太大热情，他依然每日按照要求锻炼身体，并每周都从图书馆借最大份额的书。在刘易斯，他已经习惯只用一把小刀和一个木汤匙吃饭，而且小刀对监狱里的牛羊肉来说已经足够了。他不再思念用叉子吃饭的感觉，也不再思念报纸。事实上，他觉得不看报纸也是有好处的：少了外界生活对他的刺激，他能更好地适应这里的生活。他现在不过是在监狱的围墙中做自己曾经日常做的事情。一天早晨，他的一位狱友——C183，因抢劫判处八年监禁——爬上屋檐，向全世界宣称他是上帝之子。牧师

---

[1] 劳伦斯·阿尔玛–塔德玛（Lawrence Alma-Tadema，1836—1912），英国知名画家。

提议自己搭梯子上去，对他进行训导，但是主管认为这不过是另一种想要转移到帕克赫斯特的手段。他们让他饿着，最终他只得下来，然后被关了禁闭。C183最终承认，他的父亲并不是木匠，而是一位酒馆侍者。

在乔治来到波特兰几个月后，曾发生过一次越狱事件。两个犯人——C202和B178——在牢房中藏了一把铁镐。他们从天花板逃出去，借助一条绳子穿过院子，越过一堵墙。后面一次清点人数时，引起了一阵骚动：有两顶帽子不见了。于是工作人员又清点了一次帽子，紧接着清点人数。黑旗升起，炮声轰鸣，犯人们临时被锁了起来。乔治对此并不在意，虽然他没能分享大家的激动之情，或者参与到关于越狱结果的打赌之中。

那两个人原本有充足的时间。但大家推断他们应该会躲在某处，直到夜晚来临后才企图离开监狱。当猎犬被放出来后，B178很快被发现了。他正躲在一个工棚里，因为从屋檐跳下时扭断脚踝而骂骂咧咧。找到C202花了更长的时间。他们在切希尔海滩的各个高度都安排了哨兵，为防止犯人游泳潜逃还安插了船只，并在韦茅斯路设置了士兵。他们还搜寻了采石场和边远地带，却始终没有找到C202。原来他逃到了一处酒窖，最终被酒馆老板和一位帮忙的马夫制伏，并捆了起来。公众决定把他送到监狱的接待室，并为此获得了一笔总额5英镑的奖赏。

犯人们的暴动最终以失败告终，工作人员对牢房的搜查变得更加频繁。这一点是乔治觉得这里不如刘易斯的地方——不仅仅是因为在他看来这些搜查并无任何意义。首先他们需要解开扣子，之后工作人员需要"搜身"，确保犯人没有藏任何东西在衣服里。他们会搜遍他的全身，检查他的口袋，甚至翻开他的手帕。这对犯人来说很尴尬。

乔治觉得，工作人员应该也很不喜欢这些工作吧，因为很多狱友由于工作的关系，衣服都脏兮兮的，满是油污。有些人检查时很认真，其他人则根本不会发现犯人把锤子或刻刀藏在衣服里。

接下来的步骤是"搜屋"。他们会把整间牢房翻弄一遍，把书都丢在地上，把床单掀开，并翻弄一通其他可能藏东西的隐秘位置，很多乔治都猜不到。最糟糕的是"浴室搜查"。你被带到浴室，站在木条凳上，脱得只剩下衬衫，由工作人员认真检查每一个部位。此时你可能需要做一些很羞耻的动作——抬起腿、弯下腰、张开嘴、伸出舌头等。浴室搜查有时是按顺序进行的，有时是随机的。乔治发现自己接受这项审查的次数并不比其他人少。也许当他表达自己完全不想越狱的看法时，他们只觉得这是一种蒙骗说辞罢了。

时光飞逝。第一年过去了，第二年的大半也过去了。每隔六个月，乔治的父母便从斯塔福德长途跋涉而来，在守卫的监控下和他一起度过一小时。这样的拜访对乔治来说是一种折磨：不仅是因为他深爱他们，更是因为他不想让他们痛苦。他的父亲显得瘦小了许多，母亲看到自己儿子所住的牢房时，总是抑制不住难过。乔治不知道该如何拿捏与他们说话时的语气：如果他表现得高兴些，他们会觉得他在刻意伪装；如果他表现得低落些，他们会更加低落。于是，他只能表现出某种中间的状态，像一个书记员那样只讲有用的事，尽量少做出丰富的表情。

他们一开始并不肯带莫德来拜访他，但是有一年，她替母亲来了。她并没有什么说话的机会，但是每次望向她时，乔治都会看到和当时在斯塔福德郡法庭上时一样的沉着而深情的目光。她似乎想要带给他一些无须言语或神态传递，便能到达他内心的力量。后来，他发现自己一直在思考，父母是不是想错了，莫德并没有他们认为的那么脆弱。

牧师并没有时间注意莫德。他一直忙着告诉乔治在政府的有利变化下——乔治一直很少意识到这一点——耶尔弗顿先生正如何孜孜不倦地重新开展他的运动。瓦鲁斯先生开始在《真相》上策划更多新的文章，牧师还决定自己为这起案件编纂一本小册子。乔治表现出很受鼓舞的样子，但私心觉得他父亲的热情很愚蠢。就算他们获得再多签名，案件的本质都不会变，官方的回应怎么会变呢？作为一个律师，他很清楚这一点。

他也知道，内政部每天都充斥着来自全国各个法院的申诉。每年他们会收到四千封"案件记录"，还有更多代表犯人的申诉信以其他渠道寄往那里。但是内政部并没有能力也没有权限重新审理任何一起案件，它无法采访目击证人，也无法听取庭审。它唯一可做的便是阅读案件记录并对王室提出相应建议。这意味着从数据上看，自由赦免是非常少见的。如果有上诉法院的帮助，情况或许会有所不同，正义或许会得到伸张。但是事实既然如此，像牧师这样不停地重复上诉，依靠请愿者的力量，在乔治看来未免太过天真。

虽然承认这个事实是痛苦的，但乔治依然认为他父亲的来访并无意义。它们打乱了他平静有序的生活。而他认为没有这样的平静和秩序感，他很难在服刑期间活下来。有些犯人数着指头等待着被释放，可乔治却把监狱的生活看作他唯一拥有，也唯一可能拥有的生活。父母的到来，以及父亲对耶尔弗顿先生的高度信任，打破了他这样的假想。也许莫德如果可以独自来看他，便能给他带来力量。而父母只会带给他焦虑和愧疚。但他知道，父母不会让莫德一个人来。

无论是"搜身"还是"浴室搜查"，都在持续进行着。他阅读了此前从未涉猎过的历史，并读完了全部经典作者的作品，现在开始读那些没有那么知名的书籍。他还完整地阅读了《谷山杂志》和《海滨杂志》，并开始担心图书馆的资源不够用。

一天早上，他被带到了牧师的房间，拍摄了正面和侧面照片，并被要求留胡子。他们告诉他，三个月后会再给他拍一次照片。乔治知道这样做的目的：如果他再次犯罪，警方就方便追踪他。

他并不喜欢留胡子。从长出胡子开始，他便一直留着，但在刘易斯他们要求他剃掉了。他不喜欢现在脸上和下巴每天的刺痛，而且很怀念剃须刀的感觉。他也不喜欢自己留胡子的样子——这样太像罪犯了。守卫们曾汇报，他又有了一个新的藏匿物品的地点。他依然在梳理椰壳纤维，并开始读奥里弗·戈德史密斯[1]的书。他的刑期还剩下四年。

接下来忽然发生了一些让他困惑的事情。他再次被带去拍正面和侧面的照片，然后被送去剃掉了胡子。理发师告诉他应该庆幸自己没有在斯特兰韦斯监狱，因为那里剃胡子需要收18便士的服务费。当他回到牢房，他被要求收好自己为数不多的物品，准备转移。他被带到车站，在工作人员陪同下搭乘火车。他不想去看窗外乡村的景色，他觉得一切的存在——甚至每一匹马和每一头牛都在嘲讽他。他终于明白为什么有人会为很平常的事物疯狂。

火车到达伦敦后，他搭乘汽车，被送往本顿维尔监狱。在那里，他们告诉他做好被赦免的准备。他独自在上锁的房间里待了一天——记忆中，这是他整整三年监狱生活中最悲惨的一天。他知道自己应该高兴，然而他却像曾经被逮捕时一样，为自己的获释感到困惑不已。两名侦探前来，把文件拿给他看：伦敦警察厅要求他到现场报备，并等待后续通知。

1906年10月19日上午10点30分，乔治·埃德尔吉乘坐汽车离开

---

[1] 奥利弗·戈德史密斯（Oliver Goldsmith，1728—1774），英国剧作家。

本顿维尔监狱，车上还有一位同样被释放的犹太人。他并没有问那个人，他是一个真犹太人，还是只在监狱里是犹太人。他们把这位同伴放在了犹太犯人援助协会，带他前往教会军队援助协会。加入这类协会的犯人在获释时会获得双倍酬金，乔治领取了2英镑9先令4便士。协会的人带他前往伦敦警察厅，警察宣布了他的刑事释放。他需要留下自己的地址，并在伦敦警察厅报备一个月，如果他有任何离开伦敦的计划需要提前通知他们。

报社派摄影师来到本顿维尔监狱，拍下了乔治·埃德吉出狱时的照片。然而那个人弄错了，拍的是在乔治半小时前出狱的犯人，所以报纸上刊登的照片也是错误的。

他从本顿维尔监狱离开，被送去与父母会面。

他自由了。

亚瑟

后来他遇到了琼。

还有几个月，就是他三十八岁的生日了。那一年西德尼·佩吉特[1]为他画了肖像，他端坐在软垫椅上，礼服半敞露出表链，左手拿着一个笔记本，右手握着一支镶银的铅笔。他的头发在两鬓以上逐渐稀疏，胡子却越发茂盛：它们占据了他的整张脸以及下嘴唇，并延伸至耳垂线以外与蜡牙平齐的地方。这让亚瑟有了某些军事指挥官的权威感，这种感觉主要由画像顶端的盾形纹章彰显出来。

---

[1] 西德尼·佩吉特（Sidney Paget，1860—1908），英国画家，曾为《福尔摩斯》系列作画。

亚瑟是第一个承认自己对女性的了解是出于绅士的修养而非下流人的欲望的人。早年他确实也与女子疯狂调情过，甚至有一段时间非常热衷于此。但他的初恋埃尔莫尔·威尔顿体重足有十一英石——如果这么讲不算失礼的话。而图伊这么多年来，已经成了陪伴他的姐妹般的存在，现在还是病弱的姐妹。当然，他平日接触的还有他的亲妹妹们。他在俱乐部里了解过卖淫的相关数据，也听过某些在海港附近，比如——餐厅中的秘密包间流传的，他并不喜欢听的故事。他也见识过妇科病例，参与过孕妇分娩，并为朴次茅斯的水手和其他素质较低的人诊断过性病。他对于性的理解很复杂，但更多和其糟糕的后果而非美好的开端与过程联系在一起。

　　母亲是唯一一位他可以接受其管控的女性。对于其他的女性，他的身份是长兄、养父、处于支配地位的丈夫、诊断病情的医生、花钱慷慨的作家，以及圣诞老人。他对于随着社会多年发展产生的性别差异表示很满意。他坚决反对女性的选举权，并认为一个男人下班回到家时，并不希望坐在火堆另一边的是个政治家。他认为对女性的了解越少，就越可以对她们心存幻想。他觉得这样很好。

　　所以琼的出现带给他很大的震撼。很久以来，他看待年轻女子，已经不是站在年轻男性的视角了。他认为她们都还未定性，她们顺从、可塑，等待着被丈夫塑造成另一个样子。她们躲藏起来，观望、等待着，沉湎于高雅的社交活动（那些不提倡卖弄风情的），直到某一天有男子对她产生明显的兴趣，随后是更大的兴趣，最后是独特的兴趣，于是他们单独去散步，然后两家家人见面，最终也许在约会的最后，他向她表达好感，而她会让他等待她的答案。这便是这一切的流程，社会发展也和生物进化一样，有一定的法则和必要性。规则既然存在，便有其非常合理的理由。

他和琼是在一次下午茶会上认识的。那天的茶会在一位住在伦敦的苏格兰人家中举行，他是个很有成就的人，但亚瑟通常并不愿参加这类活动。第一眼见到琼，他就觉得她是个很引人注目的年轻姑娘。根据长期以来的经验，他知道会发生什么：这个引人注目的姑娘会问他下一部福尔摩斯的故事什么时候写出来，他真的死在了雷申巴克瀑布吗，也许这个大侦探结婚了会好一些，以及他一开始是怎么想到这个创意的。总是回答这些问题让他很疲惫，就像一个穿了五件外套的人一样。有时，他只是淡淡地笑笑，并回答："小姐，你的问题让我想到第一时间把他丢进瀑布真是件正确的事。"

但是这些问题琼一个也没问。她没有在听到他的名字时发出欣喜的赞叹，或是害羞地承认自己是他的忠实读者。她只问他是否看了南森博士北极旅行的照片展。

"还没有。不过他上个月为皇家地理协会演讲，被威尔士王室颁予一枚奖牌时，我就在阿尔伯特大厅现场。"

"我也在。"她回答道，这让亚瑟很是意外。

他对她讲起自己几年前正是看到南森先生关于滑雪穿越挪威的文章，才买了一双滑雪鞋；他在达沃斯和布兰格兄弟一起滑过陡坡的事，以及托拜厄斯·布兰格在宾馆登记簿上帮他写的职业是"运动员"的事。然后他又讲了一个故事，这是通常他讲起这段生活时的补充。一次他在雪山顶上弄丢了滑雪鞋，只能徒步走下来，他的粗花呢灯笼裤破了个大口子……这的确是他最好的故事之一，也许在此情此景下，他会把结局改成那天接下来的时间他索性都站在墙边。但是琼似乎并没有在听，于是他停了下来。

"我很想学滑雪。"她说。

这也让亚瑟很意外。

"我的平衡能力很好，三岁就会骑自行车。"

对于没能讲完那个撕破灯笼裤，以及他的裁缝向他保证这种裤子非常耐用的故事，亚瑟觉得有些伤自尊。于是他果断地告诉她，女性通常不会学习滑雪——他指的是有社会地位的女性，不包括瑞士的农家女子，并告诉她这项活动需要很强的体力，而且有一定危险性。

"我很强壮啊。"她答道，"而且我的平衡能力应该好过你，你太高了。重心低一些是有优势的。而且我的体重也轻一些，如果摔倒了，不会受到那么巨大的伤害。"

如果她说的是"那么大的伤害"，他可能会因她的无礼而恼火。但她说的是"那么巨大的伤害"，于是他笑了，并承诺改日教她滑雪。

"我会提醒你的。"她说。

后来的日子，他回忆起他们的初见，觉得那真是一次特别的相遇。那天她并未奉承他的作家身份，主导了聊天的话题，打断了他最常讲的故事，表达了某些不适合女士的愿望，还嘲笑了——应该算是嘲笑吧——他的高大身材。而她做这一切，都表现得轻松、认真又愉快。亚瑟庆幸自己没有反击，甚至没有太在意。他体会到了某些多年未曾体会的感觉：成功的调情带来的自我满足感。随后他便忘了她。

六个星期后，当他走进一场午后音乐会时，她正在演唱贝多芬的一首苏格兰民歌，一个打着白色领带、很认真的小个子男人在为她伴奏。他觉得她的声音很出色，而那个钢琴师虽彬彬有礼，却有些装腔作势。亚瑟退了出来，这样她便看不到他正在观察她。她唱完后，他们在公共场合见了面。她表现得很礼貌，让亚瑟难以判断她是否还记得他。

他们分开了，但几分钟后便又在大提琴悲切的背景音下见面了，这一次只有他们两个。她立刻说道："我大概还要等至少九个月吧。"

"等什么？"

"我的滑雪课呀，现在不可能有雪。"

虽然觉得自己应该这样想，他却并未觉得她说话的方式太过前卫或轻浮。

"你想去海德公园吗？"他问，"还是圣詹姆斯公园？或者汉普斯特德荒野的斜坡？"

"都可以啊，你想去哪里就去哪里。苏格兰，或者挪威，或者瑞士。"

他并未注意到，他们正经过几扇法式落地窗，又穿过一处平台，正站在强烈的日光下。这样的阳光，驱散了全部下雪的希望。他从未如此讨厌过晴天。

他低下头，看向她棕绿色的眼睛："小姑娘，你这是在和我调情吗？"

她认真地回望他："我在和你讨论滑雪的事。"但这似乎只是表面的说辞。

他没有意识到自己刚才说了什么。他半是出于真心，半是有些疑惑自己到底怎么了。

"噢，你已经爱上我了。我也爱上了你。没什么可怀疑的，就是这样。"

他把这句话讲了出来。有那么一会儿，他们都沉默着，也不需要说话。唯一重要的是，他们下一次要怎么见面，什么时间，在哪里。一切要在有人打断他们之前安排好。但他不是个浪子，或者时常引诱小姑娘的人，并不知道怎么对眼前这个姑娘说出这些本应在这一阶段必要的话。他甚至不知道下一个阶段应是什么，因为对他来说这一刻便是终点了。他的脑海中充斥的满是各种困难和阻碍，以及各种他们可能再也无法见面的理由。也许只有到了多年以后，他们都已年迈、头发灰白时，会玩笑般地回想起这个晴朗天气里发生在某人家草地上的特别时刻吧。他们无法在公共场所见面，因为担心她的名声和他的名誉。当然出于对她的名声以及……他生命中的一切的保护，他们也不可能在私密场所见面。他站在那里，看起来不再像是一个年近四十、生活稳定、享誉世界的人，而像是一个男学生。他感觉自己学习了莎士比亚关于"爱"最美好的台词，现在却只能头脑空空、语气乏味地背出来。他还觉得自己就像是裤子后面破了个洞，恨不得立刻找一堵墙靠着。

还没等他想清楚她的问题和他自己的答案，一切便已安排好了。他们规划的并不是一场约会，也不是一段私通的开始，而仅仅是下一次他们什么时候可以见到彼此。在等待的五天里，他无心工作，也无心思考，即使是其中某日，他决定打两轮高尔夫球时，都发现在准备击球到取下球棍这段间隙中，脑海中浮现出的是她的身影。他那天打的都是左曲球和右曲球，差点伤到野生小动物。把球从一个沙坑直击到另一个沙坑时，他忽然想起在明纳酒店打高尔夫的场景，意识到自己陷入了一个永恒的沙坑中。现在他依然不知道这是否真实，却比其他任何时候都真实，他看到自己的高尔夫球被沙子深深埋了起来，不知自己是否会一直待在果岭之上。

这不是一场约会，尽管他已经走出了街角的出租车；这不是一场约会，尽管有一位年龄不明的女士为他打开门然后消失；这不是一场约会，尽管他们最终单独坐在一张铺着凸花厚缎的沙发上；这不是一场约会，因为他不断这样告诉自己。

他牵着她的手，望向她。她的目光既不算害羞，也不算大胆，而是坦率而平静。她没有微笑。他知道他们中的一个需要先开口说话，却失去了平日的健谈。但是这并没有关系。她半笑着说道："我已经等不及下雪的日子了。"

"每年我们相遇那天的纪念日，我都会送你一捧雪花莲。"

"3月15日。"她答道。

"我知道。这个日子已经刻在了我心里。如果有人切开我的心，就会发现这个日期。"

他们又沉默了一会儿。他坐在那儿，靠在沙发边缘，试图把注意力集中在她说的话、她的脸庞、他们的纪念日以及雪花莲这个礼物上，但他发现自己正在经历此生最激烈的一次勃起时，脑海一片空白。这并不是一个内心纯洁的骑士应有的反应，而是一种剧烈、野蛮、不可避免的反应，有些上不得台面，也许这就是他从未说出，但脑海中对"勃起"这个词的真正理解。他脑海中唯一的想法是，好在他的裤子比较宽松。为了缓解裤子的压制，他稍微移动了一下，这也不经意间让他离她更近了些。他想，她真是个天使，面容那么纯洁，神情那么美好，但是她把这当作了他要亲吻她的迹象，便信任地把脸仰了起来。作为一个绅士，他不应该这样轻贱她，但作为一个男人，他忍不住想要吻她。他不是浪子，也不是时常引诱女孩的人，而是一个魁梧、深受尊敬的"中世纪骑士"，他尴尬地靠在沙发上。当她的嘴唇触到他的胡须，不熟练地寻觅着胡须下面的嘴时，他试图摒除杂念，只想着爱和骑士精神。他依然牵着她的手，却在那一刻到来时开始用力。他意识到自己的裤子里已湿了一大片。

他发出的呻吟，以及他忽然像肩膀中箭般推开她的行为，都让她很不解。

二十几年前的画面浮现在亚瑟的脑海里。在斯托尼赫斯特学院读书时，夜里常有一位牧师在宿舍中巡逻，以阻止男孩们的手淫行为。他明白自己现在需要，以后也一直需要的，是一位在他心中巡逻的牧师。那间屋子里发生的一切都不能再发生了。作为一名医生，他可以将此理解为没有忍住的生理现象，但作为一名英国绅士，他对此感到十分耻辱和慌乱。他不知道自己对谁背叛得更多：琼、图伊还是他自己，当然以上都有。这种事情不能再发生了。

　　突发的事件让他陷入慌乱，另外扰乱他的还有梦想与现实之间的差距。在浪漫主义的骑士小说中，如果骑士爱上一个不可能爱的人——比如领主的妻子，并为她付出勇敢的行动，那么他的勇气是与忠诚相匹配的。但是琼并不是一个不能爱的人，亚瑟也不是某个不知名的勇士或单身的骑士。他是一个已婚男子，只是他的妻子在过去的三年里由于医生的要求不能有性生活。他体重有十五，不，十六英石，健康而精力充沛，昨天他在内裤中射了精。

　　现在，这个两难抉择非常清晰，又极其可怕地展现出来，亚瑟需要做出决定。他开始思索他与琼相爱的事实，就像此前思索图伊病情的事实一样。他把这个问题定义为——极度痛苦的喜悦与折磨！他不可能不去爱琼，也无法让琼停止爱他。他也不可能与图伊离婚，因为图伊是他孩子们的母亲，他也依然对她保持着怜爱和尊重。而且只有浪子才会抛弃一个病人。然而，他也无法让琼成为他秘密的情人。他们三个人都有自己的名誉，尽管图伊本人对此毫不知情。现在一个必要的条件是：不能让图伊知道。

　　下一次他和琼见面时，便严格把控着场面。他必须要这样做：他是男性，又比较年长；而她只是个小姑娘，难免会有些冲动，不能让她的名誉因此染上污点。一开始她显得很焦虑，仿佛担心他离开自己。但她明白他只是在把控他们关系发展的节奏时，便放松下来，只是有时好像并没有听进亚瑟的话。当他开始强调他们需要格外谨慎时，她又变得焦虑起来。

"可我们都不能接吻吗？"她仿佛在谈论自己被蒙着眼睛签署的一纸协定中的条款。

她的语气让他心软了，脑子也一片空白。就像是确认协定一般，他们接吻了。她喜欢睁着眼睛，像只鸟儿般用嘴啄他的嘴唇。而他喜欢闭上眼睛，感受漫长的唇齿相依。他无法想象自己在图伊之后，又再次亲吻了其他人。他努力让自己不去想这和与图伊的接吻有什么不同。然而，他又开始勃起了，于是便撤了回来。

他们可以见面，可以在有限的时间里独处，可以接吻，却不能沉迷于此。情况真的很危险，可琼再一次对亚瑟的叮咛心不在焉起来。

"我到了离家的年龄了。"她说，"我可以和其他女孩合租公寓，这样你就可以随便来看我了。"

她和图伊有很大的不同：直白、坦率、心态开放。她一开始就把他当作一个平等的人。在他们的爱情中，她也是平等的。但是他对他们两个、对她有责任。他需要保证她的率真不会带来损毁名誉的后果。

接下来的几周里，许多时候，亚瑟都在想琼是否在期待他把她当作自己的情妇。她那么渴望接吻，并在他撤回时表现出失望；她总是紧紧地挨着他；以及他有时会觉得她其实很清楚地知道他的身体变化。但是他不能这样想。琼不是那种女孩，她从不假作羞怯只是因为她完全信任他，即使他不是目前这样有原则的男人，她也依然会信任。

但是，只解决他们爱情中的现实问题是不够的，他还需要道德上的支持。亚瑟从圣潘克拉斯火车站出发，惶恐地坐上了"利兹号"。母亲依然是他做出重大决定时的最终仲裁者。她会在出版之前阅读他的每一本书，在他的感情生活中也有着同样的地位。只有母亲可以证明他当前的行为是正确的。

在利兹，他换乘了"康福斯号"，又在克拉彭换乘了到英格尔顿的车。母亲乘坐自己编织的带有小马小狗图案的马车来到车站，穿着一件红色的外套，戴着近几年最喜欢的白色棉布帽。马车上的两里路在亚瑟眼中格外漫长。母亲完全任由她那匹叫"哞哞"的小马慢慢前进，而且坚持拒绝使用蒸汽机发动的交通设备，因为那样，就不会再有长途跋涉，也不会因马儿忽然心血来潮的加速而兴奋。他们终于到了玛逊吉尔农庄。亚瑟立刻把一切，至少是必要的一切都告诉了母亲，好让母亲为他这段崇高的、天赐的爱情提供一些建议。他讲述了发生在自己生命中的奇迹和难处，以及他的感受、对名誉的担忧和愧疚之情，还有关于琼的一切，她率真美好的性格、敏锐聪慧的个性以及高贵的品质。他几乎把一切都讲给了母亲。

他反反复复，停下又重新开始，每一次讲述都专注于不同的细节。他着重强调了琼的出身，她的苏格兰背景。她的家族很显赫，足以让任何谱系爱好者产生兴趣。她的祖辈是13世纪的马雷斯·雷吉，另一支又延续自罗伯·罗伊本人。她当前和富有的父母一起生活在布莱克希思。他们莱基家族体面尊贵，以茶叶生意为业。她二十一岁，歌喉优美，在德累斯顿经过专业训练，很快又会到佛罗伦萨接受新的训练，并变得更加专业。她骑马的本事很厉害，但他还未曾见识过。她饱含同情心，心地诚恳善良，又有很强的个性。说起她的外表，她那苗条的身材、纤巧的双手双足、深金色的秀发、棕绿色的眼睛、纤瘦的脸颊，以及白皙的肤色，都让亚瑟十分欣赏。

"你描述得就像照片一样，亚瑟。"

"真希望我能有她的一张照片。我问她要过，但她说她很少拍照。她很在意自己的牙齿，所以不喜欢在镜头前笑。她告诉我她觉得自己的牙太大了，当然根本不是那么回事。她就像个天使一样美。"

母亲听着儿子的描述，不免感受到生活真是充满了奇特的重现。多年来，她一直和一位社会上礼貌地称之为病人的丈夫生活在一起，他不是被车夫背回家，就是被当作难以自控的癫痫患者锁在医院。在他长期缺席，从未尽到丈夫责任的日子里，她从布赖恩·沃勒的身上找到了安慰。当时，她的儿子对此很是愤怒，几乎屡次以沉默斥责她的名誉。然而现在，这个她最爱的孩子也终于体会到了复杂的生活并不止于圣坛，或许可以说，那仅仅是它开始的地方。

母亲听完了儿子的描述。她可以理解亚瑟，也能宽恕他。亚瑟的做法是正确的，并不违背名誉。她很想认识一下莱基小姐。

母亲和琼见面了。她很支持他们的关系，就像当年在南海城她很支持图伊一样。这并不是未经考虑，便一味纵容自己的儿子。在母亲眼中，随和温顺的图伊适合做年轻时的亚瑟的妻子。那时他是一个踌躇满志，却内心迷茫的年轻医生，需要接纳这个为他提供病人的社会。然而对现在的亚瑟而言，他需要一个像琼这样有自己的才能的人。她那明晰、直爽的个性让母亲想到了自己性格的某一面。而且，她悄悄注意到，琼是唯一一个与亚瑟亲密交好，却未被唤以昵称的女子。

在安德肖的客厅桌上，放着一台外观类似烛台的高尔·贝尔电话。它的号码是：欣德黑德237号。由于亚瑟的名气和地位，他们没有像很多人那样，和邻居家合用电话线。尽管如此，亚瑟从未用这台电话联系过琼。他无法想象如果安德肖没有仆人，孩子们都上学去了，图伊正在休息，伍德出门散步，他站在客厅里，压低声音，背靠台阶，站在那些铭刻着祖辈名字的彩色玻璃和祖先纹章下给她打电话。他无法想象出这样的画面。这仿佛是他们私通的证据——并不是对那些可能目睹此景的人而言，而是对他自己而言。电话通常是奸夫惯用的工具。

所以他通过信件、便条以及电报与琼联络，或者通过言语和礼物和她保持联系。几个月后，琼告诉他，她租住的公寓地方不大，尽管她与可靠的朋友合租，送信的男孩总是按门铃，还是让她觉得很尴尬。能够收到很多来自男士的礼物的女性，或者更确切地说，总是收到同一个男士的礼物的女性，必然被认为是他的情妇，至少是潜在的情妇。当她说出这一点时，亚瑟觉得自己实在太过愚蠢。

"而且，"琼说，"我很确信你对我的爱，并不需要什么保证。"

他们相识的第一个纪念日，亚瑟送了琼一朵雪花莲。她告诉他这要比任何珠宝、裙子、盆栽、贵重的巧克力，或是其他任何男人送女人的礼物都让她满意。她对物质的需求不高，用自己的零花钱应付便已足够。其实，不收礼物也是一种证明他们的关系和世间千万其他人有所不同的方式。

但还有一个问题是戒指。亚瑟希望琼在手指上戴些什么——哪怕只是悄悄地戴——作为他们陪伴彼此的秘密信号。琼并不赞成这个想法。男人只会送戒指给三种女人：妻子、情妇、未婚妻。她不是其中任何一种，也不应佩戴此类的戒指。她永远不会做情妇，但亚瑟已经有了妻子，她不能也无法做他的未婚妻，因为这样意味着期待他的妻子死去。在他人眼中，有情人只有以上几种可能的关系，但是他们不属于任何一种。他们的爱是不同的，没有过去和未来可以考虑，只有现在。亚瑟说，在他心中，琼是他意念上的妻子。琼很赞同，但是却表示意念上的妻子无须佩戴实体的戒指。

最终解决这个问题的是母亲。她邀请琼到英格尔顿来，并告诉她亚瑟会第二天到。琼到来的那一晚，母亲忽然有了主意。她从自己左手的小指上摘下一枚小小的戒指，戴到琼同一根手指上。那是一枚椭圆蓝宝石戒指，曾经属于母亲的伯祖母。

琼看了看戒指，转动手指把它取了下来："我不能接受您家的珍宝。"

"我的伯祖母把这枚戒指给了我，因为她觉得很衬我的肤色。以前确实如此，但现在不了。它戴在你手上更好看。我认为你是我们家的一部分，第一次见到你我就这样想了。"

琼无法拒绝她，没有人能拒绝她。亚瑟到来后，竟迟迟没能发现那枚戒指，最后琼把戒指指给他看。他努力掩饰着自己的喜悦，还说这个戒指不够大，给了琼嘲笑他的机会。现在琼戴着的不是亚瑟的戒指，而是道尔家的戒指，这样也很好，也许更好。他想象着自己在凌乱的餐桌布前、在钢琴的琴键间、在剧院中或是马的缰绳间看见这枚戒指。他认为这是将他们牵系在一起的象征，她正式成了他意念上的妻子。

对一个绅士而言，有两种善意的谎言是被允许的。一种是为了保护某位女子，另一种是加入一场正义的斗争。亚瑟讲给图伊的善意谎言，要比他想象的多很多。一开始他以为，在那些忙碌的日子里，在他忙于历险、运动和旅行时，便没有必要向图伊撒谎。琼会消失在繁忙的日程里。但是，由于她无法从他心里消失，也就无法从他的脑海和意识中消失。于是他发觉他们的每次见面，每个计划，每封写给琼的信或便条，每一次想到她，都需要构造出各种各样的谎言。有时的谎言只是刻意遗漏某些信息，有时却要刻意编造某些信息，总之无论哪一种都是在说谎。图伊很容易相信，她总是会接受一切，无论是亚瑟忽然改变计划，还是他冲动地想要做什么，或是他决定留下或离开。亚瑟知道她对自己毫不怀疑，这更加刺痛了他的神经。他无法想象奸夫们是如何保持自己的良知的，他们在道德上的原则是有多么原始，才能一直维持着必要的谎言。

而且除了现实的问题、道德上的愧疚感和性压抑，还有某些更残忍的事情需要面对。亚瑟生命中最重要的时刻总是笼罩着死亡，这一次也是如此。他这从天而降的美妙爱情，只有等图伊死去后才能获得圆满，被人承认。亚瑟知道图伊会死去，琼也知道，肺痨始终在折磨着她。但是亚瑟与病魔斗争的决心却陷入了停滞。图伊的状态很稳定，她不再需要达沃斯的干爽空气。她在欣德黑德住得很满意，对一切心存感激，并保持着肺痨患者惯有的温和乐观。他无法期待她的死亡，同时他也不能期待琼一直过着没有名分的生活。如果相信任何一种宗教，他便会毫不犹豫地将一切交与上帝手中，但他无法这样做。图伊依然需要接受最好的治疗，并得到最完善的家庭支持，这样琼的痛苦境况便会一直延续。他采取任何行动，都会很残忍。和琼分手很残忍，让琼做他的情人也很残忍。如果什么都不做，他便只是一个被动、虚伪的，尽可能保住自己最大名誉的男人。

慢慢地，他们的关系在暗中得到了承认。琼被介绍给洛蒂，亚瑟也被引见给了琼的父母，他们送给他一枚珍珠钻石胸针作为圣诞节礼物。琼甚至被引见给了图伊的母亲霍金斯夫人，她也接受了这样的关系。康妮和霍宁也得知了琼的存在，不过他们现在主要忙于婚姻、他们的儿子奥斯卡·亚瑟以及在西肯辛顿的生活。亚瑟向所有人保证，他会尽一切可能不让图伊知道，并因此感到痛苦或名誉受损。

现实往往要比承诺更加艰难。尽管获得了家人的支持，亚瑟和琼依然时常陷入低落的情绪中，琼也因此患上了偏头痛。他们两人都为自己让对方陷入无法解决的困境而愧疚。名誉和美德一样，是其自身的奖赏，但有时仅仅如此并不足够。最终，它带来的绝望可能会和带来的欣喜一样强烈。亚瑟为自己开药，并收集勒南的作品。他通过努力阅读、经常打高尔夫球和板球来确保自己的身心状态正常。

但是，这些也帮不上太多忙。你可能因为走神，把对方的球手打得落花流水，让球直击对方垒手的肋骨；你也可能把高尔夫球打到最远的地方。但你不可能永远远离某种思绪，同样的想法总是面临同样的悖论。他本是一个热爱运动的人，却渐渐变得不爱动；他本深爱琼，却不敢想对她的爱；他恐惧死亡，又觉得只要想起便心怀愧疚。

亚瑟在板球季中打得不错，他得了很多分，并把得到的奖杯寄给了母亲。而母亲则继续在回信中向他灌输自己的想法：关于德雷福斯事件，关于梵蒂冈的暴乱和顽固分子，关于《每日邮报》对法国的恶劣态度。一天，亚瑟正在为玛丽勒本板球俱乐部打比赛。他邀请琼来看他的比赛，他知道自己击球时，她就在台下看着。那天，对手对他而言根本没有什么秘密，他的进攻势不可当，奋力挥拍时，他完全没有感觉到琼在台下有什么影响。有那么一两次，他直接把球打进了观众席，却还有时间事先确定，球有没有像炮弹一样落在她身边伤到她。他在为自己的爱人而战，本应请她亲手帮自己戴上板球帽的。

中场休息时，他过来看她。他不需要任何赞赏——不过他从她的目光中看到了赞赏。她在板条凳上坐了太久，需要站起来走走。于是他们绕着球场，在看台旁边走了一圈，伴着炎热的天气喝起麦芽酒。在无所事事的人群中，他们比坐在晚餐桌上，面对着友好的目光更加自在。他们聊天的样子就仿佛刚刚遇见彼此。他诉说着自己多么希望把琼对他的爱意戴在帽子里，她挽起他的胳膊，他们一边沉浸在幸福中，一边静默地走着。

"看，那是威利和康妮。"

确实是他们。他们也手挽着手朝这边走来。他们一定是把小奥斯卡留在了肯辛顿，由保姆带着。亚瑟此时更为自己在球场上的表现而自豪了。然而他意识到了什么：威利和康妮并未慢下脚步，康妮已经开始看向别处，仿佛亭子背面有什么有趣的东西。威利虽然没有漠视他们的存在，却在他们经过时，对他的妻兄和琼扬了扬眉毛，并看了一眼他们挽着的手。

后半场比赛，亚瑟的击球变得更快，也比平时更加猛烈。他只占到一次三柱门，还得益于对手对他的一个长跳球过分贪婪的攻击。他到达中场时，努力望向琼，却发现她不见了。他也没有看到威利和康妮。他的界外球使守门员格外警惕，于是开始全方位防守。

后来，他发现琼真的走了。他此时陷入了狂怒，想要叫一辆车到琼的公寓去，把她叫到马路上，挽着她的手，和她一起经过白金汉宫、威斯敏斯特教堂和国会大厦。他依然穿着自己的棒球服，呼喊着："我是亚瑟·柯南·道尔，我爱这个叫琼·莱基的女人，并为此自豪。"他想象着这样的场景，随后觉得自己似乎疯了。

暴烈和疯狂平息下来后，他却产生了一种长久的愤怒。在淋浴和换衣服时，他心里一直在咒骂着威利·霍宁。这个哮喘又近视的业余旋转球选手凭什么这么对他，还对琼扬眉毛？他不过是个记者，写过一些关于澳大利亚的无名书籍，在经过了亚瑟的允许，借鉴福尔摩斯和华生的创意之前他毫不知名。他还完全颠覆了这两个角色的身份，让他们成了一对罪犯。亚瑟允许他这样做了，还为他提供了主角的名字"莱佛士"——出自《莱佛士的所作所为令人发指》。他还允许这本破书提到自己的名字："献给我崇拜的亚瑟·柯南·道尔。"

他把自己最好的创意给了霍宁，把妹妹嫁给了他——挽着她穿过走廊，交到他手里，还给了他们一笔钱让他们开始自己的生活。当然，是给康妮一笔钱，但是威利·霍宁也并未声明接受这样一笔钱是对一个男人荣誉的侮辱，也并未表明他会更加努力工作，照顾好自己的妻子。他什么都没有说，还认为自己因此具有了朝亚瑟蔑视地扬起眉毛的权利。

亚瑟叫了一辆车，直奔西肯辛顿，皮特街9号。穿过哈罗路时，他的怒火渐渐平息了下来。他的脑海中响起琼的声音，她说都是自己的错，是她主动想要挽着他的手的。他熟悉她那自责的语气，也知道她会因此偏头痛发作。他告诉自己，当前最重要的是让自己不去在意她的痛苦。本能和男人的尊严让他想要敲开霍宁家的门，把他拽到马路上，用棒球拍揍他一顿。但是，车子停下来的那一刻，他便明白了要怎么做。

据威利·霍宁回忆，他确实表现得很冷静。"我来看看康斯坦丝。"他说。霍宁没有那么蠢，他并未立刻进屋去找谁，也没有非要和亚瑟聊天。亚瑟走上楼，来到康妮的客厅。他用最直接的语言向她解释——他此前从未这样做过，也无须这样做。他讲述了图伊病情的细节，他对于琼突如其来的强烈爱情，以及他们会如何保持这段关系的纯洁性。他还讲述了自己长久以来的空虚生活如何开始变得充实，以及他和琼双双遭遇的负担和痛苦。虽然在康妮眼中，他们满怀爱意地走在一起，卸下了所有防备，但他们永远无法在他人面前展现对彼此的爱。他们的每一个欢笑、每一次约会都要小心翼翼，如果他的家人——在他眼中和这个世界一样重要的家人，无法理解他的困境并表示支持，那么他便无法活下去。

第二天，他还在伦敦大板球场打球。他邀请，不，是恳求康妮到场，与琼正式地会面。这是唯一的办法。他们都需要遗忘今天发生的一切，把它永远放在一边，否则会产生很糟糕的影响。"你明天到球场去，和琼一起用午餐，这样你就能更好地了解她。你会来的吧？"

康妮同意了。而威利随后走出来，说道："亚瑟，无论你和任何女子相处，我都会毫无疑问地支持的。"在回程的出租车里，亚瑟想到自己成功地阻止了某些可怕的后果。他很疲倦，而且有些头晕。他知道自己可以信任康妮，就像信任所有的家人一样。但是他为自己之前对霍宁的看法感到内疚。看来他的坏脾气并没有变得多好，他把此事归因于自己有一半的爱尔兰血统，但他身为苏格兰人那一半的自己却有魔力保持上风。

威利是个很好的人，会毫无疑问地支持他。他头脑聪敏，是个不错的守门员。他虽然不喜欢打高尔夫，却给出了亚瑟认为最好的理由："我觉得击打一颗静止不动的球不像是在运动。"他对于高尔夫的评价很有趣，对于短跑的也是。然而亚瑟最常提起的，是他对于自己笔下侦探的评价："虽然福尔摩斯很谦虚，但他胜过任何警察。"胜过任何警察！亚瑟靠在椅背上，回想着这句极高的评价。

第二天早上，他准备出发去球馆时，收到了一封电报：康斯坦丝·霍宁忽患牙痛，需要去看牙医，很抱歉今天无法与你们共进午餐。

他给琼写了一张便条，对今日无法去打球表示了抱歉——"家中突发急事"，这一次并不是说辞——然后搭了一辆出租车前往皮特街。他们知道他会来，也知道他不是那种狡猾老练的家伙。习惯直视他人的目光，习惯讲真话，主动承担后果——这是道尔家族的特质。当然，女性们并不遵守这一规则——她们会发明出许多属于自己的规则，但即使如此，他也并不认为康妮的紧急牙痛只是一个借口。这让亚瑟很是恼火，也许她是故意这样做的，和她昨天的扭头一样，是对他最直接的指责。但值得称赞的是，康妮比他本人更加耿直。

他知道自己要控制好脾气。最重要的是站在琼这边，其次才是维护家庭的和睦。他不知道究竟是康妮改变了霍宁的看法，还是霍宁改变了康妮的看法。"亚瑟，无论你和任何女子相处，我都会毫无疑问地支持的。"这句话并没有什么疑点。但康妮昨天也明确地表示了对于他处境的理解。于是他提前思考着究竟是什么原因。也许，康妮比他想象的更快速地站在了一个体面的已婚女子的立场上；也许她嫉妒洛蒂，因为他更加喜欢她。至于霍宁，显然他嫉妒自己妻兄的名气，也许《莱佛士》的成功冲昏了他的头脑。总有某些原因导致了这突如其来的抗拒，亚瑟很快就会知道的。

"康妮在楼上休息。"霍宁开门时说道。他的话很简洁，正是男人之间惯用的对话方式，亚瑟也希望如此。

亚瑟有时会忘记，当时的少年霍宁如今已和他一般高了。现实中的霍宁与亚瑟暴怒想象中的霍宁有很大不同，和当年那个喜好奉承、容易满足的霍宁也有所不同。当时在西诺伍德，他总是飞快地穿过球场，为了讨人欢心，在桌上摆满薄荷糖。他走到客厅里，指着一把皮椅让亚瑟坐下，自己却依然站着，边说话边在屋里走来走去。毫无疑问，这是紧张的表现，但他看起来就像是一个检察官，正对着不存在的陪审团夸耀自己。

"亚瑟，事情没有想象的那么简单。康妮昨晚把你的话和我说了，我们讨论了这件事。"

"你们改变了想法。你改变了她的想法，或者她改变了你的想法。昨天你还说你会毫无疑问地支持我。"

"我确实说过，不过不是我改变了康妮的想法，也不是她改变了我。是我们讨论后达成了一致。"

"那祝贺你们啊。"

"亚瑟，这么说吧。昨天，我们是从感情出发回应你的。你知道康妮有多爱你，她一直很在乎你。你也知道我非常崇拜你，每次说起亚瑟·柯南·道尔是我的妻兄时我有多骄傲。所以我们昨天才会去球场看你的比赛，我们很为你自豪，很支持你。"

"可你们现在决定不支持了。"

"但今天，我们是从理性出发思考这件事，以及和你交流。"

"那你们是怎么理性思考的呢？"亚瑟努力克制着怒火，只表现出些许的嘲讽。这是他能表现的最好状态了。他半坐在椅子上，在威利手脚并用地表达他的看法时默默地注视着。

"我觉得——我们两个觉得——我们凭着自己的良心说，你的所作所为是在背叛。"

"背叛谁？"

"你的家人，你的妻子，你的……女友，还有你自己。"

"你是不是还想加上玛丽勒本板球俱乐部，还有我的读者？或者加米奇斯大百货？"

"亚瑟，你自己想不清楚的事情，需要有人帮你指出来。"

"你还挺享受呢。我只当你是我的妹夫。我并不知道我的家人还有良心，也不觉得我们需要良心。你去当牧师倒是很合适。"

"我即使不是牧师，也知道如果你面带笑容，挽着一个不是你妻子的女人绕着球场散步，你便背叛了你的妻子，以及你对家庭的责任。"

"我会保护图伊免受痛苦和名誉的损害。这是我的第一原则。以后也一直都会这样。"

"昨天除了我们，你还遇见了谁？他们会怎么评价？"

"你们怎么评价，你和康斯坦丝？"

"我们觉得你这样简直荒唐，对你挽着的那个女人的名誉没有什么好处，而且还背叛你的妻子和家庭。"

"你不过是个外人，竟开始对我的家庭评头论足了。"

"也许我看得更清楚吧。"

"也许是你自己不够忠诚吧。霍宁，我不想假装自己的处境并不艰难，因为确实真的很艰难。无可否认，我面临着巨大的痛苦。我并不想再重复昨天和康妮说过的话了，我在尽可能做到最好，我和琼都是这样。我们……的关系得到了母亲、琼的父母、图伊的母亲，以及我的弟弟妹妹们的认可。昨天你也曾认可过。那如何说我不忠于我的家人呢？我什么时候背叛过他们？"

"如果你妻子听说了昨天的事怎么办？"

"她不会听说的，不可能听说。"

"亚瑟，到处都有流言蜚语。仆人们总是会闲谈的，还可能有人写匿名信，记者也会在报纸上暗示。"

"那我就起诉他们，或者揍他们一顿。"

"这只会让事情更加混乱。而且，你也没法揍写匿名信的人。"

"霍宁，我们现在的对话很没意义。显然你认为自己比我更有荣誉感。如果我家主人的位置空出来了，我会考虑你的。"

"总要有人监视监护人本身吧，亚瑟？如果一家之主做错了，谁来告诉他呢？"

"霍宁，我最后和你说一次吧。我就直说了，我是一个很有荣誉感的人，我很在意我自己以及整个家庭的名声。琼·莱基是一个很体面的女人，品质也很好。我们的关系是纯精神上的，而且一直都是如此。我会一直履行图伊丈夫的职责，尊敬她，直到我们其中一个人死去。"

亚瑟在结束一段对话时，总是喜欢做出一些确切的结论。这一次也是如此，可霍宁依然像是球门区的击球手一样犹豫着。

"在我看来，"他说，"你一直在强调你们的关系是精神上的，但我并不觉得有什么不同。区别在哪里呢？"

亚瑟站了起来。"区别在哪里？"他叫道，他并不在意他妹妹是否在休息，小奥斯卡是否在打盹儿，或者仆人是否在偷听，"这是最大的区别！无罪和有罪之间的区别就在于此。"

"我不赞同，亚瑟。你的想法和大家的想法可能不一样，你的信念和大家的信念可能也不一样，你的认知和大家的认知可能更不一样。名誉不是一件自以为好就是好的事，而是一种外在评价。"

"我不想被人教育关于名誉的事。"亚瑟大喊道，"我永远都不想。尤其是被一个把小偷写成主角的家伙。"

他从帽桩上取下帽子，粗暴地按在头上。好吧，就这样吧，他想。大家不是支持你，就是反对你。这至少让他的思绪更加清晰，也让他知道了那些谨小慎微的人会如何看待他的选择。

虽然他没有获得康妮和霍宁的支持，也许正是为了证明他们是错误的，他开始谨慎地把琼介绍给安德肖的家人。他说自己结识了伦敦的一个很好的家庭——莱基家，他们住在克劳巴罗乡村。马尔科姆·莱基是那家的儿子，是个很出色的小伙子。他还有一个妹妹——叫什么来着？于是琼的名字出现在了安德肖的访客记录上，总是和哥哥或者父母中的一个挨在一起。当说出"马尔科姆说他可能和他妹妹一起开车过来"这样的话时，亚瑟总是无法完全放轻松，但是为了不把事情弄糟，他只能这样说。在这些场合——大型午餐会或打网球的下午，他无法确定自己的行为是否自然。他是不是对图伊过于关心了呢，会不会让她发现？他对琼的态度是不是太生硬了，会不会让她生气？但其实只有他感到不自在。图伊并没有表现出任何发现异样的迹象；琼的举止也大方得体，似乎是在向他保证一定不会出现问题。她并没有悄悄地把他叫出来，也没有往他手里塞写着情话的字条。有时，他确实觉得她是在和他调情。但是后来想起这些场景时，他觉得她是在故意表现出他们就像彼此想要伪装的那样，只是刚刚认识而已。也许对一个妻子而言，表达对她的丈夫没有任何意图的最好方式，莫过于当着她的面与他调情，这真是个聪明的方法。

一年两次，他们有机会一起逃往玛逊吉尔。他们来回都分乘不同的火车，就像是周末旅行时巧遇一般。亚瑟住在母亲的农舍，而琼住在帕尔·班克农场的丹尼夫妇家。周六他们在玛逊吉尔一起用晚餐。母亲一如往常，在沃勒家的餐桌前接待他们，而且大概以后也会一直如此。

不过，事情并不像母亲刚来这里时那么简单了——虽然当时也并不简单。沃勒已经结婚，有了妻子。该女子名叫阿达·安森，是圣安德鲁斯一位牧师的女儿，她来到桑顿牧师宅邸担任家庭教师，于是村民传言，她很快就会成为玛逊吉尔的女主人。她成功与沃勒结婚，却发现自己无法改变他——传言在此时变成了道德批判。这位新婚的丈夫并不想让婚姻改变自己的生活。重点是：他依然和此前一样频繁地拜访亚瑟的母亲，时常和她一起用餐。他还在她家的后门装了一个特殊的门铃，只有他可以用。沃勒结婚后也并没有孩子。

沃勒太太从不到玛逊吉尔宅邸去，母亲来吃饭时，她也会回避。如果沃勒喜欢让那个女人招待晚餐，那就这样吧，但是她在餐桌上的地位没有得到这个家中女主人的承认。沃勒太太忙着养她的暹罗猫们，或照料她那如游行队伍或菜地般排列整齐的玫瑰园。一次和亚瑟短暂的见面中，她显得很害羞，而且有些冷淡。她的态度似乎暗示着，他是爱丁堡人，而她来自圣安德鲁斯，所以他们很难亲近起来。

于是他们四个人——沃勒、母亲、亚瑟和琼——坐在桌前一起吃晚餐。各色食物盛上来，又端下去，烛光下玻璃杯闪闪发光，他们聊起书的话题，每个人都觉得沃勒依然是个单身汉。许多次，亚瑟都看到一只猫的影子正沿着墙壁移动，偷偷关注着沃勒的靴子。那蜿蜒的、镶嵌在影子里的身影，就像是一个妻子正悄悄离开。每桩婚姻都有自己阴暗的秘密吗？难道婚姻的内核都是不那么直接坦荡的吗？

很久以前，亚瑟就明白了他需要一直忍受着沃勒的存在。由于不能一直和琼在一起，他便乐于与沃勒一起打高尔夫。对一个身材矮小、学者模样的人而言，沃勒打得很不错了。当然他的击球并不够远，但不得不承认的是，他比亚瑟打得更准。而亚瑟更倾向于把球打出出乎意料的角度。除了高尔夫，他们还会在树林中射击，射一些鹬鸪、松鸡和白嘴鸭。他们还会一起去打猎。只要给5先令，屠夫的儿子便会带着他的三只雪貂和他们一起打猎，直到沃勒满意，他们用猎物做了很多兔肉馅儿饼。

这些努力换来的便是美好的时光——与琼独处的时光。他们驾着母亲的"小马小狗"马车到附近的村庄上去。他们一起探索着北英格尔顿地区的荒原、丘陵和陡峭的山谷。尽管亚瑟回来一次并不容易——他始终背负着背叛的污点，但他还是欣然拾起了自己旅行向导的兴趣。他带着琼游览了特维斯峡谷、佩卡瀑布、母鹿峡谷和比兹利瀑布。他看着她紧张地走过紫杉峡谷上的一座离地六十英里的桥。他们还一起爬了因格尔博罗山。他忍不住想，身边有一个健康的女性陪伴，对一个男性来说是一件多好的事。他并不是在和谁比较，或是贬损谁，只是觉得不需要总是扫兴地停下来让他很开心。在山顶，他像个考古学家般指出布里根蒂堡垒的遗迹，又像个地理学家一样谈论起西边的莫克姆、圣乔治海峡和马恩岛的地形。在西北部的远处，湖山和坎伯兰地带的风景正悄悄出现在他们眼前。

难以避免的是，各种约束和尴尬依然会出现。他们虽然远离家乡，却不能失去体统。亚瑟即使在这里也算是一个知名人物，而且母亲在社交圈有一定的地位。所以，琼想要直率地表达自己的心意时，总会四下看上一眼，以控制自己的言行。亚瑟尽管有更高的自由度，却也无法表现出恋人应有的样子——像是一个获得新生的人一般。有一天他们驾着马车穿过桑顿，琼挽着他的手，太阳在天空高悬，午后的景象如此美好。于是她说：

"多美的教堂啊，亚瑟。我们停下来进去看看吧。"

一开始他装作没听见，后来便有些僵硬地回答："也不怎么美。只有塔是原装的，其他部分都只有不到三十年的历史，都是重建的罢了。"

琼并没有进一步表达兴趣，而是听从了亚瑟作为旅行向导的意见。他使劲拉了下哞哞的缰绳，继续向前走了。现在并不是告诉她真相的时候：这座教堂是在不到十五年前重建的，当时他曾作为新郎，牵着图伊的手走过它的长廊。而如今，他的身边是琼。

这一次他回到安德肖时，不无愧疚。

亚瑟做父亲的方式是把孩子们留给母亲照顾，但会突然带给他们某些惊喜和礼物。对他来说，做父亲更像是做一个更加负责些的哥哥，保护孩子们，赚钱供养他们，成为他们的典范；更重要的是，让他们明白他们会从孩子成长为并不完美，甚至有缺陷的大人。他是个宽容的家长，并不认为他们如自己儿时一般被剥夺很多权利是必要且有益的。在诺伍德和欣德黑德都有网球场，屋后也都有靶场，金斯利和玛丽可以在那里训练自己的箭术。他还在花园里修了一条单轨，在他那四英亩的土地上起起伏伏。轨道车受电力驱动，由陀螺仪辅助，这将成为未来主要的交通方式。他的朋友威尔斯很确信这一点，而他也赞同。

他给自己买了一台罗克摩托车，事实证明很难控制，图伊不允许孩子们靠近。后来他又买了一台传动链驱动的十二马力沃尔斯利老爷车，它广受好评，但经常损坏门柱。新的汽车发动机让他的马车和马失去了作用，虽然当他和母亲提起这些时，母亲很生气。她认为总不能把家族徽章放在一个纯粹的机器上，何况这机器总是出问题。

金斯利和玛丽拥有他们大部分朋友无法拥有的自由。夏天里，他们可以光着脚走路，只要不超过方圆五公里的范围，而且可以保持干净整洁地回家吃饭，他们便可以随意在安德肖游逛。当他们想养一只刺猬当宠物时，亚瑟也没有拒绝。周日，他通常会说新鲜的空气比礼拜更有益处，于是让其中一个孩子当他的球童，坐着高高的马车到汉克利高尔夫球场去，拿着沉重的高尔夫球袋捡球，奖励是到俱乐部吃上一块热奶油吐司。亚瑟很乐意给孩子们讲解各种事情，虽然有些并不是他们需要或想要的。他讲这些的时候总是让自己身在高处，哪怕只是跪坐在他们身边。他鼓励孩子们自给自足，热爱运动、骑马。他还让金斯利阅读和世界历史上的著名战争相关的书，并提醒他一个国家军事储备不足会面临风险。

亚瑟的特长是解决问题，但他无法用同样的方式对待孩子们。他们的朋友和同学都没有私家轨道车可以坐，然而金斯利却可气地说，这车走得不够快，也许车厢应该更大一些。而玛丽喜欢爬树，完全不像个女孩子的样子。他们并不是坏孩子，至少在亚瑟看来，他们都是好孩子。但是就算是他们表现得规规矩矩、举止得体时，亚瑟还是会因为他们的好动而恼火。他们似乎总是期待着什么——尽管亚瑟并不知道，而且怀疑他们自己可能也不知道。他们一定是期待着某些他无法给予的东西吧。

亚瑟个人认为，图伊应该教给他们更多的规矩，但他无法因此责备她，哪怕是用最温和的口气。于是孩子们便在他时有时无的权威和她全力的纵容下长大了。亚瑟在安德肖时总是想要工作，不工作时他便想要打高尔夫或是板球，或者在台球桌上与伍迪静默地大战两百个回合。他给家人带来了便利、安全和收入，想要换取的是平静的生活。

可他并没有获得平静，至少内心没有。当某段时间无法见到琼时，他便通过做她喜欢的事情来思念她。由于她很喜欢骑马，他把安德肖的马厩扩大，从一匹马增加到六匹，并骑马去打猎。又因为琼喜欢音乐，他开始学习班卓琴，这一决定得到了图伊一如既往的支持。亚瑟开始演奏低音大号和班卓琴，尽管两种乐器的演奏水平都不高，无法为琼那经过古典训练的女中音伴奏。有时，他和琼约定在不能见面的时间里读同一本书——史蒂文森、斯科特的诗、梅雷迪斯，并想象着对方也正在阅读同一页、同一句、同一个字、同一个音节。

图伊更喜欢阅读《师主篇》[1]。她有自己的信仰、自己的孩子、自己喜欢的东西和自己喜欢安静地做的事情。亚瑟出于愧疚，对她表现出尽可能的理解和温柔。甚至当她圣洁的乐观主义接近一种可怕的自满时，他明明因此很生气，却明白自己不能因此责怪她。让他内疚的是，他把愤怒发泄给了他的孩子们、仆人们、球童们，甚至铁路公司的职员和荒唐的记者。他对图伊履行着全部的职责，却全心地爱着琼。然而在生活的其他方面，他却脾气很差，很容易动怒。"耐心战胜一切"是他刻在玻璃上的箴言，然而他发现自己好像长了一个无情

---

[1] 神修名著。

的甲壳。他不再对人自然地表达感情，而是像一个检察官般凝视着他们。他总是这样审视着别人，因为他已经习惯了这样审视自己。

他觉得自己的状态，就像是处于一个三角形的中间。那三个角分别指向他生命中的三个女人，而三条边象征着坚实的责任。他自然地把琼放在了顶点，把图伊和母亲放在了底部。但是有时这个三角形会围着他转圈，让他头昏目眩。

琼从未对他有一点抱怨或指责。她告诉他自己无法，也不会爱上另一个人，而且等待他并不是艰难的苦行，而是一件快乐的事。她感到非常幸福，他们一起度过的时光便是她生命的重心。

"亲爱的，"他说，"你觉得这个世界上有过像我们这样的爱情吗？"

琼发现自己的眼中盈满了泪水。与此同时，她还有些震撼："亲爱的亚瑟，这并不是一场体育比赛。"

他接受了琼的反驳："虽然如此，又有多少人经过像我们这样的考验呢？我觉得我们的爱情是独一无二的。"

"每一对爱人都觉得他们的爱情是独一无二的呀。"

"那只是他们在欺骗自己。而我们——"

"亚瑟！"琼并不想过分地夸大爱情，她觉得这太过俗套。

"虽然如此，"亚瑟坚持道，"我有时依然觉得——只是有时——天上有精灵在守护着我们。"

"我也觉得。"琼表示赞同。

亚瑟并不觉得天上的精灵是他想象出来的，他觉得那是真的。

然而，他需要有真实的人来见证他们的爱情，需要为这份爱情提供证据。他装订好琼写的情书，寄给了母亲。他并没有询问琼是否赞成，或许认为这样会辜负她的信任。他需要有人知道他们对彼此的感情依然一如当初，他们承受的苦难并没有白费。他让母亲毁掉那些信，并提供了一种方法。她可以把信烧了，或者更完美的是撕成细小的碎片，把它们散落在玛逊吉尔农舍的花丛中。

说起花儿，每年的3月15日，琼都会收到来自她亲爱的亚瑟的一朵雪花莲，以及一张便条，从无遗漏。他每年送给琼一朵白色的花，却要在一整年中对他的妻子说许多白色的谎言。

随着时间进展，亚瑟的名气越来越大。他是俱乐部会员，宴会常客，也是公众人物。他的名气已经超出了文学圈和医学圈。他在爱丁堡中心以自由党身份担任议会代表。当人们认识到政治大多数时候都是一团糟时，即使是失败也得到了缓和。他的看法很有说服力，他的支持也很被看重。他很受欢迎，尤其是当他不情愿地服从于母亲和英国读者们的一致意见，重新开始写福尔摩斯，并派他去追踪一只巨大猎犬的踪迹后，他变得更受欢迎了。

南非战争爆发时，亚瑟报名担任医疗志愿者。母亲尽其所能地阻止他：她觉得以他的高大身材，他很可能成为波尔人的子弹目标。而且，她认为这场战争没有什么意义，不过是一场夺金暴乱。亚瑟不同意母亲的话，他认为这是自己的义务，人们认为他对于年轻人——尤其是年轻的运动爱好者——有很大的影响力，这一点超过吉卜林酒吧的任何人。他也觉得这场战争值得一两个白色的谎言：他们的国家正在进行一场正当的战斗。

他乘坐"东方号"离开了蒂尔伯里。旅途中由安德肖的管家克里夫来照顾他的生活。琼在他的船舱中放满了鲜花，却没有来告别。她无法在拥挤不堪、熙熙攘攘的船上面对离别。随着哨声响起，送客的人们要离开航船了，母亲珍重地和他说再见。

"真希望琼来了。"他的样子像是个穿着大人衣服的孩子。

"她在人群之中。"母亲说，"她应该藏在某处。她说她难以控制自己的感情。"

母亲说完，便离开了。亚瑟冲向围栏，愤怒而无奈。他望着母亲的白帽子，仿佛这帽子会指给他琼的方向。跳板被拉开，绳子也被取下，"东方号"出发了，汽笛声响了起来。亚瑟的眼里满是眼泪，什么都看不见。他躺在自己满是鲜花、芳香四溢的船舱中。那个有着三个角和三条坚固的边的三角形在他脑海中旋转着。最终停下来时，图伊转到了顶端。图伊对他这次的决定表示了果断的支持，和之前的所有时候一样。图伊对他说，只要在有空时写信就好，而且完全没有因此而烦扰。亲爱的图伊。

在出发的旅程中，他的情绪一点点好了起来，他开始明白自己为什么要前往战场：虽然自然是出于义务和为他人做榜样，但他也有自己的原因。他觉得自己太过纵容，也得到了太多额外的嘉奖，所以他想要净化自己的灵魂。他已经在安全的环境里待得太久，失去了肌肉，因此需要一些危险和刺激。他沉浸于女人的世界太久，经历了太多困惑，因而渴望走进男人的世界。当"东方号"在佛得角停下来补充燃料时，米德尔塞克斯自由民立刻在他们能找到的第一块平整的土地上举办了一场板球赛。比赛对战电报站员工，亚瑟饶有兴趣地观战，这里无论是娱乐还是工作都有规则。这些规则与命令的传达和接收都有明确的目的。这便是他来到这里的理由。

在布隆方丹，医院的帐篷搭建在板球场上，主要的病房便在亭子中。他见证了许多死亡，虽然大部分人并不是死于波尔人的子弹而是疟疾。他花了五天的假期跟着部队向北前行，穿过韦特河到达比勒陀利亚。回来的时候，经过布拉德福德南部时，他的队伍被一个骑着蓬头马的巴苏陀人拦住，此人告诉他们在两小时路程以外的地方，有一个英国士兵受了重伤。他们花1弗罗林[1]雇用那个人做向导，路途很长，先是要穿过玉米田，然后是草原。那个受伤的英国人实际上是个死去了的澳大利亚人：矮小，强壮，脸色蜡黄。他的编号是410，隶属新南威尔士骑士团，没有骑马，马和步枪都不见了。他因为腹部受伤，流血而死。他死去时，把怀表放在了自己跟前，他肯定是眼看着自己的生命一分一秒流逝的。那块怀表停在了凌晨1点钟。他身旁还放着他的空水瓶，瓶子顶部是一枚红色的国际象棋棋子。另一枚棋子——更像是从波尔农场掠夺的战利品，而非军人的物品，放在他的干粮袋子里。他们收起了他全部的物品：子弹袋、一支尖头钢笔、一块丝绸手帕、一把折叠式小刀、沃特伯里怀表以及放在磨损的钱包中的2英镑6先令6便士。他们把僵硬的尸体拴在亚瑟的马上，伴着拥挤的飞虫跋涉两公里，到达了最近的电报站。他们在那里离开了新南威尔士骑士团的410号，而他即将被埋葬。

亚瑟在南非见证了各种各样的死亡，但这一次让他难以忘记。一场在开阔的土地上进行的公平战斗，导致这样伟大的结果——他认为这是最好的死法。

回到英国后，他在战争中表现出的爱国壮举得到了社会高层的称赞。当时正值旧女王过世，新国王还未加冕的过渡阶段。他被邀请与未来的国王共进晚餐，并坐在他旁边。如果柯南·道尔先生接受，他将在加冕典礼上被授予骑士头衔。

但亚瑟并不在意。骑士头衔是省级城市市长的头衔，身材高大的他并不喜欢徽章这种小玩意儿。想象一下罗德斯或者吉卜林接受这样

---

[1] 货币单位。

的徽章会有多滑稽吧。他不是把自己和他们并列，但是为什么他的标准要低于他们呢？骑士徽章是阿尔弗雷德·奥斯汀或霍尔·凯恩那样的人佩戴的——如果他们足够幸运，有这样的机会的话。

母亲感到难以置信，也有些生气。如果不在意徽章，之前所做的一切又算什么呢？她还记得那个在她爱丁堡家中的厨房装饰纸板盾牌的小男孩，当时她把关于他祖辈的一切都教给了他，一直追溯至金雀花王朝。她也记得他把家族的徽章刻在马具上，把祖先的功绩用彩色玻璃镶嵌在客厅里。她知道，他从小受到骑士精神的熏陶，长大后更是时刻践行着这一精神，他到南非去是因为血液里流动着战斗的精神——那是珀西、派克、道尔和柯南家族的精神。既然这是他倾其一生的追求，他为什么会拒绝成为一名真正的皇家骑士呢？

母亲为此不断写信劝他，但母亲的每一条劝诫他都找到了反驳的理由。他坚持要他们放弃这件事。后来母亲不再寄信，他说自己就和在梅富根[1]一样如释重负。然而母亲亲自来到了安德肖。全家人都知道她因何而来，这位瘦小、戴着白帽子的女家长虽然从未提高一点声音，却前所未有地强烈彰显着她的权威。

她决定让他静一静。所以她并没有走到他身边，邀请他一起散步，也没有敲开他的书房门。她让他独自待了两天，并很清楚这样的等待会如何折磨他的神经。随后，在即将离开的那天清晨，她站在走廊里，看着阳光穿过那些玻璃盾章（让亚瑟内疚不已的是他遗漏了伍斯特郡的福里家），问了亚瑟一个问题。

"你拒绝骑士勋章，算不算是对国王的不敬呢？"

"我和您说过，我不能接受。这是我的原则。"

---

[1] 南非西北省的省会。

238

"好吧。"母亲边说，边用那双时常让亚瑟忘却自己的年龄和名声的灰色眼睛望着他，"你不能因为自己的原则，就做出对国王不敬的行为。"

于是，在加冕仪式那漫长的铃声伴奏下，他被引导走进白金汉宫一片用天鹅绒作为围栏的区域。仪式过后，他发现自己挨着奥利弗·洛奇教授。他们并没有谈论电磁辐射、物质和以太的相对运动，或者他们对于这任新君的共同仰慕之情。这两个新任的爱德华时代骑士聊起了心灵感应、心电传动以及灵媒的真实存在。奥利弗先生相信，物理学与心理学非常接近，就如同这两个单词在拼写上的相似。他最近刚刚从物理学协会主席的职位上退休，却成了心理学协会的主席。

他们讨论了与派珀夫人和欧萨皮亚·帕拉蒂诺相关的观点，以及弗洛伦斯·库克是否只是个聪明的骗子。洛奇描述了他参加剑桥讨论会时的场景。当时帕拉蒂诺在极其严格的条件限制下，在一系列十九个场景中验证了自己的能力。他亲眼看见她形成灵媒，并目睹了吉他飘浮在空中自己演奏。他还看见一个装满琼脂酒的罐子在没有任何可见支撑的情况下，从房间尽头的一张桌子上自己跳下来，从每一个与会者的面前经过。

"奥利弗先生，如果我持反对意见，认为魔术师也可以重现她的表演，而且已经成功，您怎么辩驳呢？"

"我承认有些时候，帕拉蒂诺确实可能使用了魔术的花招。比如，有时候与会者的期望过高，而灵媒却实在无法响应，即使努力诱导也没有用。但这并不代表她掌控的精神力没有作用，或者是假的。"他停了一下，"道尔，你知道那些嘲笑他们的人怎么讲吗？他们说，这些人已经不再研究细胞质，开始研究细胞外胚了。我的回答是，还记得你们当时连细胞质的存在都不相信吧？"

亚瑟笑了："我方便问一问，您现在的观点是什么吗？"

"我的观点是什么？我已经研究和试验了将近二十年。虽然还有许多工作需要继续，但是我在自己成果的基础上可以得出结论：当一个人的身体消解后，他的精神依然可以保存下来——这是非常可能的。"

"您给了我很大信心。"

"我们很快就会证明这一点。"洛奇会意地眨了眨眼，"现在，不在意证据和死亡的不仅仅只有夏洛克·福尔摩斯先生了。"

亚瑟礼貌地笑了笑。这个家伙正引着他进入圣彼得教堂的大门，也同时引导着他进入这个正在慢慢变得触手可及的领域。

在亚瑟的生活中，并没有太多无所事事的时光。他不是一个把帽子盖在脸上，一整个夏日午后都坐在帆布躺椅上纳凉，听着蜜蜂在花间嗡嗡叫的人。图伊生病时也依然能保持乐观，而他只要无事可做便会感到绝望。他对于无所事事的抗拒并不完全是道德上的——在他心目中，纯手工的劳作无聊而烦乱，只会让人更加喜怒无常。他的生活中充满了充实的脑力活动，以及精彩的体力活动，两者之余还有社交和家庭生活，这两者他都只当作调剂。他甚至把睡眠也当作生命的任务之一，而不只是幕间休息。

因此，当他的生命超负荷运转时，他几乎没有什么调节的方式。他不能到意大利的湖边去休息上两周，甚至无法去盆栽棚度个短假。他陷入了沮丧和疲乏中，却不想让图伊和琼知道，只能和母亲倾诉。

母亲发现他独自去拜访她时，要比在那里和琼会面时更加烦恼。他搭乘10点40分的火车从圣潘克拉斯抵达利兹。在午餐车上，他发现自己越来越多地想到了父亲。他现在承认自己年少时太过刻薄，也许年纪和名声的增长让他变得宽容起来。有时亚瑟觉得，自己正处于神经紧绷的边缘，他意识到这种状态对普通人来说是很正常的。一个人没有崩溃，仅仅是因为好运吗，还是因为有血统的加持？如果他的身体里没有流着母亲的血液，他可能——也许已经——成了又一个查尔斯·道尔。亚瑟第一次意识到某些事情：无论是在父亲生前还是去世后，母亲都没有指责过她的丈夫。也许有人会说，她没有必要指责。但她是一个直接表达自己内心的人，那个人曾带给她那么多难堪和痛苦，她却从未说过一句。

他到达英格尔顿时天还亮着。傍晚，他们穿过布赖恩·沃勒的林地，来到荒野，轻轻驱赶着几头小野马。那高大、挺拔、穿着花呢衣服的儿子，对穿着红外套、戴着白色帽子、步履稳健的母亲诉说着心事。母亲时常低头捡起木棍，用来拿回家生火。亚瑟觉得这个习惯有些恼人——毕竟无论她何时需要，他都买得起最好的木柴。

"看！"他说，"这里有一条小路，那边就是因格尔博罗。我们如果爬上因格尔博罗山，就会望见莫克姆。那里的河流总是朝着同一方向流淌，我们可以追随它的踪迹。"

母亲不知道该怎么接这些无谓的话，这不像是亚瑟说出来的。

"我们如果走错，在荒原里迷了路，可以用指南针和地图，这些都很好找的。而且晚上还会有星星。"

"确实是这样，亚瑟。"

"但这些都是没什么意义的话。"

"告诉我你究竟想说什么。"

"是您把我养育成人。"他说，"没有任何一个儿子比我更爱自己的母亲了。我这么说不是自夸，而是陈述事实。是您塑造了我的性格，让我有了自我的意识，让我有了为之骄傲的事情和道德感。没有任何一个儿子比我更爱自己的母亲了。

"我从小和姐妹们一起长大。安妮特，我可怜的姐姐，愿上帝让她的灵魂安息。洛蒂、康妮、艾达和多多。我用不同的方式爱着她们，对她们了如指掌。我年轻时，并不缺少女性的陪伴。我并没有向其他人那样贬损自己，也不是无知或者拘礼的人。

"然而……然而我一直觉得女性——其他女性——就像是遥远的土地。只有当我去过遥远的土地——非洲的草原上，我才明白了自己的内心。也许我这么说没有什么意义。"

他停了下来，等待着母亲的回应。"我们离你并没有那么远，亚瑟。我们就像是某些邻近但你没想起来去探索的地方。所以你想要探索的时候，不知道这里是比想象中先进，还是比想象中原始。当然，我知道有些男人会怎么想。也许两者都有，也许都没有。所以还是告诉我你想要说的吧。"母亲说。

"琼因为情绪低落而一蹶不振，也许这样形容并不确切。有某些生理上的原因——她患有偏头痛——但更多是道德上的负罪感。她的表现、她的谈吐看起来仿佛自己做了什么很可怕的事情。但在那些时候，我比其他任何时候都更爱她。"他本想深吸一口约克郡的空气，但这听起来更像是一声叹息，"于是我自己也陷入了低落中，这让我开始厌恶和蔑视自己。"

"在那些时候，她也一样不会减少对你的爱。"

"我从没说起过，但也许她猜到了。我不会对她说的。"

"没有什么别的情况吧。"

"我觉得有时我快要疯了。"他的语气很平静，却又很直接，就像是在播报天气预报。走了几步后，母亲靠过来，挽住了他的胳膊。她平时并不会这样做，这让亚瑟很惊讶。

"我如果不发疯，估计也要窒息而死吧。我感觉自己就像汽船的锅炉一样，随时都有可能爆炸，然后沉到海浪下面去。"

母亲并没有回答。反驳他的比喻并没有什么用，当然让他去看胸绞痛医生也没什么用。

"我陷入这种痛苦时，就开始怀疑一切。我怀疑自己是否爱过图伊，是否爱孩子们。我怀疑自己的文学水准，也怀疑琼是否爱我。"

他的话引出了母亲的疑问："你不怀疑你是否爱她吗？"

"从不怀疑，从不怀疑。这才是更糟的事。我如果怀疑这一点，便可以怀疑一切，这样我便可以无所顾忌地陷入悲戚中了。我心底的怪物一直都在，它把我抓在它的魔爪下。"

"琼是爱你的，亚瑟。我非常确信这一点。我很了解她，也读了你寄过来的她写给你的信。"

"我认为她爱我，相信她爱我，但我怎么知道她真的爱我呢？我情绪低落时，脑海中便一直萦绕着这个问题。我这样想，也这样相信，但我怎么才能知道呢？如果我能证明就好了，如果我们两个中的任何一个可以证明就好了。"

他们停在一扇门前，望着通往玛逊吉尔的屋檐和烟囱的斜坡。

"但是你确定你对她的爱呀，就像她也确定她对你的爱。"

"是的，但这是单向的，算不上是'知道'，更谈不上'证明'。"

"女人通常会用某种她们用过很多次的方式证明她们的爱。"

亚瑟朝母亲看了一眼，但母亲却笃定地朝前方看着。他只能看见她帽檐的曲线和鼻尖。

"但这也无法证明呀。这只是一种对于证明爱的渴望吧。如果我让琼成为我的情人，并不能证明我们爱着彼此。"

"我同意。"

"也许只能证明相反的事情，我们的爱情开始减弱了。有时名誉与耻辱之间如此接近，比我想象得更近。"

"我和你说过，名誉不是一条好走的路。如果事情如此，又能怎么办呢？也许想要证明你们的爱是不可能的，能做到的最好的方式便是'认为'和'相信'。也许到了来生，我们才能真正地'知道'。"

"通常想要证明什么，都要通过行动。可在目前这特殊又该死的状况下，也许没有行动才是最好的证明。我们的爱是分离于这个世界的，是这个世界所无法理解的。对于这个世界，它是看不见、摸不到的，然而对我、我们而言，却是可视可感的。它并非存在于真空中，而是存在于某个与众不同的地方：我不知道那里的空气是更加稀薄还是更加浓稠，那里存在于时空之外。我们的爱从一开始就是这样的。我们刚一相爱便知道，这爱如此珍贵，它维持着我——我们——的全部生命。"

"所以呢？"

"所以，我几乎不敢说出自己的想法。每当陷入低落时，我总会想……我会想：如果我们的爱不是如我想象的那样，存在于某些时空之外的地方呢？如果我确信的这一切都是假的该怎么办？如果我们的爱并没有什么特别，或者它全部的特别之处就在于得不到大家的支持……无法真正地实现？如果——如果有一天图伊不在了，我和琼都获得了自由，我们的爱最终得到了支持和认可，公布于世。可到了那时，我发现时间已经悄悄在我没注意的时候毁坏和腐蚀了我们的爱情，我要怎么办呢？如果到时候我发现——或者我们发现——我不像我想象中那样爱她——或者她不像她想象中那样爱我又该怎么办呢？到时我们要怎么做呢？"

母亲没有回答。

亚瑟把一切都倾吐给了母亲：他内心深处的恐惧，他最得意的事情，以及现实生活中介于两者之间的幸福和苦难。他无法和母亲分享的是他对于唯心论或者招魂术的浓厚兴趣。母亲已经不再皈依爱丁堡天主教，她经过一段时间的礼拜后，成了英格兰教会的一员。她的三个孩子都是在圣奥斯瓦尔德教堂结的婚：亚瑟自己，艾达和多多。她本能地反对灵魂世界，认为那些东西莫名其妙。她坚持认为，只有社会向人们展现出最真实的一面，人们才能更好地理解自己的人生。而宗教的真实则需要由某些特定的机构——如天主教会或英国国教会向人们展现。而且人们还需要顾及自己的家庭。亚瑟是一位皇家骑士，曾和国王共进晚餐，也是一位公众人物——她讲到这里时，引用了亚瑟自己曾经夸下的海口："对这个国家健康、喜爱运动的年轻人来说，我的影响力仅次于吉卜林。"这样的人怎么能参加关于灵媒的交流活动呢？这有失他的颜面。

　　即使他提到在白金汉宫与奥利弗·洛奇先生的谈话也无济于事。母亲承认洛奇是一个头脑冷静、很有科学精神的人，他被任命为白金汉大学首席校长便证明了这一点。但是母亲不承认他在灵媒领域的建树，在这方面她丝毫不会对儿子纵容。

　　亚瑟对和图伊提起这一话题感到很恐惧，他担心这会破坏图伊内心超然的平静。他知道，她在信仰方面的想法非常单纯。她坚信自己死后会升入天堂，虽然她无法描述那里的样子，却相信自己会一直待在那里，直到亚瑟也加入她，随后他们的孩子也加入她。他们将一起生活在一个升级版的南海城中。亚瑟觉得破坏她的假想是不公平的。

　　对他而言更艰难的，是他也无法和琼聊起这些。他本想与琼一起分享一切，无论是多么细微的感受。他尝试过，但琼对于接触超自然世界有些迟疑，又有些害怕。另外，她通过某些在亚瑟看来与平日里可爱的天性不一致的行为表达了自己对灵媒的不喜欢。

一次，他试探性地，努力压制着自己的兴奋，为琼描述起他在通灵活动中的经历。他几乎立刻在琼那可爱的神情中看到了某些强烈的不理解。

"怎么了，亲爱的？"

"亚瑟，"她答道，"那些人都是底层的人。"

"什么底层的人？"

"那些……比如那些在游乐场摊位上用卡片和茶叶给人算命的吉卜赛女人。她们就是很底层的人啊。"

亚瑟觉得这样的势利心由自己所爱的人表达出来是很难接受的。他想说，这些优秀的中下层人民始终是国家的精神支柱，只需看看那些时常被低估的清教徒就知道了。他还想说在加利海的周围，许多人也曾认为我们的主耶稣基督不过是个底层的人。使徒们也和很多其他的灵媒一样，都没有接受过正式的教育。但他什么都没说，他为自己忽然的暴怒感到羞耻，并转换了话题。

所以这一次，他不得不走出自己那个坚固的铁三角。他并没有试图和洛蒂交流：因为她一直在帮忙照顾图伊，他不想影响他们之间的感情。所以他选择了与康妮探讨。当年那个长发披肩、让整个欧洲的男子们都心碎不堪的康妮仿佛就在昨天，可她现在已经在肯辛顿牢固地适应了母亲的职责。她那天曾勇敢地在球场上反对他。虽然他依然不知道到底是她改变了霍宁的看法，还是霍宁改变了她的看法，无论是哪一种，他都很佩服康妮的表现。

一天下午，霍宁不在家时，他拜访了康妮。他们一起在康妮楼上的小客厅里喝茶，和那天聊起琼是同一个地方。当意识到这个小妹妹已经过了三十五岁时，他总觉得有些奇怪。但是她的举止很符合自己的年龄。她不再像从前那样喜欢打扮，开始发胖，却健康而幽默。他们在挪威时，杰罗姆曾唤她作布伦希尔德，看来是很贴切的。似乎这些年里，为了平衡总是病恹恹的霍宁，她变得更加强壮了。

"康妮，"他柔声说，"你想过我们死后会发生什么吗？"

她急切地看着他。难道图伊有什么坏消息，还是母亲状况不好？

"我只是随便问问。"亚瑟感到了康妮的紧张后补充道。

"没有。"她回答，"或者很少有。我会担心别人死去，而不是我自己。我以前也曾想过，但做母亲后就不会了。我相信教堂里的教义。那是我的教堂，也曾是我们的教堂。只不过你和母亲现在不再信仰了。我还没有时间去信仰某些其他的东西。"

"你恐惧死亡吗？"

康妮表现出了恐惧。她恐惧威利的失望——从他们结婚的那天起，她就知道威利患有严重的哮喘，知道他的身体会一直很虚弱——但这是对他离开以及失去他的陪伴的恐惧。"我当然不喜欢死亡，"她答道，"但到了那个时候，我应该也能面对。你是想对我说什么事情吗？"

亚瑟简单地摇了摇头："所以你的态度属于'到时再说'咯？"

"应该是吧。怎么啦？"

"亲爱的康妮——你对于永生的看法非常符合英国人的思想。"

"你在说什么奇怪的东西啊！"

康妮微笑着，似乎并不打算回避话题。即使如此，亚瑟依然不知道要怎么开始。

"我以前在斯托尼赫斯特学院读书时，有一个叫帕特里奇的朋友，他比我年纪小一些，是一个很好的接球手，也喜欢用一些神学理论与我辩论。他会挑选一些教会中最不合逻辑的教义，让我来评判它们。"

"他是个无神论者吗？"

"不。他是个比当时的我还忠诚的天主教徒。但是他促使我相信教会真理的方式是辩驳它们。这真是个错误的方式。"

"我想知道帕特里奇后来怎样了。"

亚瑟笑了："后来，他成了庞奇的第二个漫画家。"

他停了下来。不，他需要直奔主题。这才是他惯用的方式。

"许多人——大多数人——都会恐惧死亡，康妮。他们在这方面和你不一样，但是他们和你一样都有着英国式的态度。到时再说吧，等到了那个时候，我们自然可以面对。但是为什么这样就能减轻恐惧呢？为什么不确定性不会让恐惧增加呢？如果你不知道后面会发生什么，生活的意义在哪里呢？如果不知道结局是什么，你怎么能够让开始变得有意义呢？"

康妮很好奇亚瑟会引出一个怎样的话题。她很爱这位高大、慷慨，又有些吵嚷的哥哥，她认为他是重实用的苏格兰人的典型代表，内心总是充满激情。

"我说过，我相信教堂教给我的教义。"她回答道，"我不知道还有什么选择，除了无神论者信仰的完全虚空和无法用语言表达的压抑，而这种倾向会走向社会主义。"

"那你觉得唯心论怎么样呢？"

她知道亚瑟已经研究灵媒的问题许多年了。很多人在他背后提起或暗示过这一点。

"我不大相信唯心论，亚瑟。"

"为什么？"他希望康妮不会表现出同样的势利。

"因为我觉得那是骗人的。"

"你说对了。"他的回答让她很是惊讶，"大部分确实是骗人的。假的先知总是多过真的——耶稣基督本人的经历就证明了这一点。当然会有骗子、诡计，甚至还会衍生出犯罪行为。总有些可疑的家伙在蹚浑水，让人遗憾的是有些还是女性。"

"我就是这样想的。"

"但是这种行为并没有得到很好的解释。我有时觉得世界上的人分为两类，一类是有通灵体验却不会写字的，一类是会写字却没有通灵体验的。"

康妮并没有回答。她并不喜欢亚瑟在她面前高谈阔论这些问题，给他倒的茶已经凉了。

"但我说的是'大部分'，康妮。大部分的灵媒确实是骗子。如果你来到一座金矿，你会看到整个矿里都是金子吗？不，大部分都是些镶嵌在岩石中的普通金属。你只有仔细搜寻，才能找到金子。"

"我不相信什么隐喻，亚瑟。"

"我也不相信。所以我才不相信信仰。信仰是这世界上最大的隐喻。我已经放弃了信仰，我只愿在知识的清晰指引下工作。"

康妮看起来很困惑。

"唯心论研究的重点，"亚瑟解释道，"便是消除和揭发那些欺骗和虚假行为，只留下那些可以得到科学证实的部分。如果去除掉那些错误的部分，剩下的部分即使现在还无法证明，但也一定是真实的。唯心论不是让你在黑暗中冒险，也不是让你跨过一座还未抵达的桥。"

"所以这就像是神智学？"康妮已经达到了她认知的极限。

"不一样。说到底，神智学只是另一种信仰。我说过，我已经放弃了信仰。"

"那唯心论有天堂和地狱吗？"

"你还记得母亲教给我们的话吧——'贴身要穿法兰绒的衣服，不要相信有永恒的惩罚。'"

"所以每个人都会去天堂？罪人或者类似的人呢？那——"

亚瑟打断了她的话。他感觉自己又回到了曾经为"托里"而争论的时候。"我们的灵魂在我们死去后并不会安息。"

"那上帝和耶稣呢？你不相信他们吗？"

"相信。但不是相信许多世纪以来，被教会在精神和智力上双双腐蚀的上帝和耶稣。这些信仰只会让追随者们丧失理性思辨的能力。"

康妮现在觉得自己很混乱，不知道是否应该辩驳："所以你信仰的是哪种耶稣？"

"如果你去看《圣经》上对于耶稣的真实描写，忽略那些为了迎合已有的教会意图而被改写和误解的内容，你就会很清楚地看到耶稣是一个训练有素的灵媒。那些处于核心圈的使徒，尤其是皮特、詹姆斯和约翰，是专门因其通灵能力被选出来的。《圣经》中的'圣绩'便完全是耶稣通灵能力的证明。"

"拉撒路的复活[1]？五千人求食[2]？"

"有些医学灵媒声称可以透过身体看见东西。有些隔空取物的灵媒声称可以让物品穿越时空。而圣灵降临节中，当主的使者降临时，大家都使用唇语。这难道不是通灵活动吗？这是我所知道的最典型的通灵活动！"

---

[1] 《圣经·约翰福音》中被耶稣复活的人。
[2] 《圣经·约翰福音》中耶稣用五饼二鱼喂饱五千人的故事。

"所以你现在是一个早期基督徒，亚瑟？"

"我还没说到圣女贞德呢。她也是一个明显的灵媒。"

"她？"

他怀疑康妮在嘲笑他——这是康妮一贯的做法。他并没有觉得这让他解释起来更困难，反而觉得更简单了。

"这么说吧，康妮。我们假想一共有一百个灵媒在工作。其中九十九个都是骗子，这是不是意味着剩下那一个是真的？只要有一个是真的，通灵现象可以通过媒介传播便是可信的。我们只需要证明一次，大家就都能明白这一点了。"

"证明什么？"亚瑟忽然说出"我们"这个词，让康妮有些混乱。

"人死后灵魂的存留。只要有一个例子，我们就可以向全人类证明。我来给你讲讲二十年前发生在墨尔本的事情吧，这件事有很完善的记载。两个兄弟乘船出海，还带了一个很有经验的水手作为船夫。他们的航海条件很不错，却没能回来。他们的父亲是一个相信灵媒的人，失去消息两天后，他叫了一个著名的通灵者试图找到他们的行踪。他给了通灵者一些兄弟俩的物品，那人利用通灵成功掌握了两人的动向。最后，他得知他们的船遇到了困境，找不到方向。他们也一定是迷路了。

"康妮，我从你的目光中看出了你在想什么——这些事情不需要灵媒也可以知道。但是听我接着讲。两天后，这位通灵师又举行了一场活动。那两个小伙子也接受过通灵训练，所以他们的意识立刻被传送到了现场。他们对曾反对他们出海的母亲道歉，并描述了他们的船只失事、他们溺水死去的场景。他们还说现在他们正处于一个明亮幸福的地方，和他们父亲祷告中所说的天堂一模一样。他们甚至还让他们带去的那个水手说了一些话。

"在交流的最后，其中一个小伙子讲述了他兄弟的一只胳膊被鱼咬掉的事情。通灵师问是不是鲨鱼，男孩说看起来不像是他见过的鲨鱼。所有的这些都被记录下来，其中某些内容还刊登在报纸上。至于结局嘛，几周之后，有一只罕见品种的深海鲨鱼被捕。捕获它的渔民对这种鲨鱼也很陌生，并表示这种鲨鱼在墨尔本水域很罕见，并把它带到三十里以外的地方。鱼腹中有一条人类胳膊的骨架，还有一只手表，几枚硬币，以及其他一些属于那个男孩的物品。"他停顿了一下，"康妮，你现在怎么想？"

康妮思索了一会儿。她认为哥哥是在用他对于修补东西的爱好来面对宗教上的困惑。他看到了一个问题——死亡——于是便决定找到一种解决的方式：这是他的天性。虽然她不知道具体的关联，但她认为亚瑟的唯心论与他对骑士精神和浪漫主义，以及黄金时代的向往有关。但是她并没有说出这么多反驳的理由。

"亲爱的哥哥。我觉得这真是一个很好的故事。我们都知道，你是一个很好的作者。我们都没有在二十年前去过墨尔本。"

亚瑟并不在意妹妹的否认："康妮，你真是一个理性主义者。这正是成为一个唯心论者的第一步。"

"我觉得你无法改变我，亚瑟。"对康妮来说，亚瑟刚刚讲给她的只是修订版的《约拿与鲸》——尽管在这个故事里，受害者并没有那么幸运——但是把信仰融入这样一个故事中，给人的感觉和初次听到约拿的故事没有什么区别。至少《圣经》中使用的是隐喻。亚瑟不喜欢用隐喻，于是他为这个故事进行了文学化的处理，就像是给麦子和稗子的寓言赋予园艺学的意义一样。

"康妮，如果某个你认识的、你爱的人死去了，后来，那个人和你取得联系，对你说话，和你说一些只有你知道的事，说一些很私密的、无法通过任何诡计获得的细节，你会怎么想？"

"亚瑟，我觉得如果遇到这样的事情，我就会知道了。"

"康妮，你真是个不折不扣的英国人呀。'到时再说''车到山前必有路'。但我不这么想，我现在就要采取行动。"

"你一直都是这样，亚瑟。"

"我们这样的人会受到嘲笑。这件事很重要，但注定不是一场公平的斗争。你肯定很期待你哥哥被人嘲笑吧。不过你要记得：我们只需要一个成功的案例。只要有一个案例，整个问题就迎刃而解。所有理性的疑惑都会得到回答，所有科学的反驳都会得到证实。好好想想吧，康妮。"

"亚瑟，你的茶已经很凉了。"

时光渐渐流逝。图伊生病的第十年，是他遇见琼的第六年。图伊生病的第十一年，是他遇见琼的第七年。图伊生病的第十二年，是他遇见琼的第八年。图伊依然保持着乐观。她并不痛苦，亚瑟确信她对于自己身边那温柔的阴谋依然毫不知情。琼依然住在自己的公寓里，每天练声、骑马，在家人的陪伴下去安德肖做客，独自去玛逊吉尔做客。她一直坚持认为这样就足够了，因为这便是她向往的全部，一年又一年，她距离适合生育的年纪越来越远。母亲依然是他的基石、人生导师和安慰，任何事情也无法改变这一点。也许直到某天，他的心脏遭遇重击，他真的爆炸并消弭了，这一点才会改变。他处境的残忍之处便在于没有出路，或者说每一个出口都写着"悲剧"。他在拉斯克[1]棋类杂志中读到过有一种叫作"迫移"的状态。在这种情况下，

---

[1] 伊曼纽·拉斯克（Emanuel Lasker，1868—1941），德国国际象棋大师。

棋手无论朝哪一个方向、哪一个角度移动,都只会让他的境地更加危险。亚瑟觉得自己的生活便是如此。

另一方面,大部分人所见的亚瑟先生的生活是和皇室密切相关的。他是皇家的骑士,国王的朋友,萨里郡的副郡长。他时常出席公共场合。有一年他受邀为帝国健美运动员桑道在阿尔伯特礼堂举办的健美比赛担任裁判。他和雕塑家劳斯分别作为评审员,桑道自己担任裁判员。八十个选手分为十组,在拥挤的大厅里展示自己的肌肉。八十个健硕的选手被淘汰至二十四个,十二个,六个,最终只剩下三个。剩下的三个人身材都很好,但是一个有点矮,另一个有点胖,于是他们把冠军称号和一个贵重的金牌授予了一位来自兰开夏郡的叫作默里的小伙子。裁判们在比赛结束后参加了一场香槟晚宴,另有其他一些人作陪。亚瑟走在午夜的街道上,发现默里就走在他前面,冠军金像随意地挂在一只健壮有力的胳膊下面。亚瑟走近他,向他表示祝贺。他发现默里是一个很单纯的乡下小伙子,便问起他要在哪里过夜。默里告诉他,自己身无分文,只有一张回布莱克本的火车票。他准备在空荡的街道上逛上一晚,然后早上去赶火车。于是亚瑟把他带到了莫雷的宾馆,让雇员们好好照顾他。第二天早上,他发现默里坐在床上,身边围满了女仆和侍者,他的奖牌在一边的枕头上闪着光。看起来这是个很好的结局,但亚瑟心中浮现出的并不是这样的画面。他看见了这个小伙子独自走在他前面,他获得了大奖并被表彰,他的手臂上挂着一个金像,口袋里却没有一分钱,只想着独自在灯火通明的街道上走到天亮。

他作为柯南·道尔的生活也很精彩。他很专业,精力也非常充沛,所以很少像其他作者那样,会因为灵感缺失而崩溃多日。他想出一个故事,然后收集资料整理思路,随后便能把故事写出来。他很清楚作者的使命：他写的故事首先要简单易懂，第二才是有趣，第三才是体现聪明才智。他了解自己的能力，也明白最终读者为王。这也是为什么他让夏洛克·福尔摩斯复活。他让福尔摩斯学会了一种秘传的日式摔跤法，并具备飞檐走壁的能力，因而逃过了雷申巴克瀑布一劫。如果美国人坚持愿为区区六个新故事支付五千美元——只为获得美国人的权利——柯南·道尔除了举双手投降，并改变这位侦探原本可预见的结局，还能做什么呢？这一角色又为他带来了更多的荣誉：爱丁堡大学授予他名誉文学博士学位。他也许无法成为像吉卜林那样的大人物，但当他身处游行队伍中，穿过他出生的城市时，他觉得自己穿着学位长袍要比穿着萨里郡副郡长的服装自在得多。

他还有第四种生活，在这里他不是亚瑟，不是亚瑟先生，也不是柯南·道尔。这种生活与财富、地位、外在表现和身体外壳完全无关——这便是他的精神世界。他认为自己的存在还有另外一些价值，这种想法与日俱增。这条道路并不容易，也永远不可能容易。这并不像是加入某个已有的宗教，这种行为是崭新的、危险的，但也是很重要的。如果你成了一个印度教徒，世人会认为你很古怪，但不会认为你疯了。但是如果你想要打开灵魂的新世界，你就要忍受人们的戏谑，同时听着他们用报纸上误导群众的浅显悖论来反驳你。然而相比克鲁克斯、麦克斯、洛奇和阿尔弗雷德·拉塞尔·华莱士，那些冷嘲热讽、愤世嫉俗、穷酸嫉妒的家伙又算什么呢？

科学总会引领道路，让那些冷嘲热讽的家伙一如既往地消散。从前谁会相信无线电波呢？谁会相信X射线呢？谁会相信氩、氦、氖、氙，以及近些年所有的新发现呢？那些不可见的、不可感的，都掩藏在现实的表面之下，掩藏在事物的表层之下，它们正日益变得可见可感。整个世界和那些愚钝的世人总会看见的。

以克鲁克斯为例吧。他是怎么说的？"难以相信的事情往往是真的。"他在物理和化学方面的成就因其精确性和真实性得到了广泛的赞赏。他发现了铊元素，并多年致力于研究稀有气体和稀土族。在这个同样"稀薄"的世界上，这个新领域是无趣的头脑和狭隘的灵魂无法抵达的，谁能比他更有发言权呢？难以相信的事情，往往都是真的。

随后，图伊离开了人世。这是她生病的第十三年，也是亚瑟与琼相识的第九年。1906年春天，她开始陷入轻度的错乱状态。亚瑟立刻请来了道格拉斯·鲍威尔医生。图伊变得越来越苍白，头发越掉越少，但她依然保持着死亡前的优雅。这一次不会再有任何缓和，亚瑟必须准备好面对他早已知道的事实。家人开始了日夜的守候。安德肖停止了全部的喧哗，无论是远处的步枪射击场，还是季节性的网球活动。图伊依然不痛苦，而且内心也很轻松，她房间里的春日花朵变作了初夏的花朵。渐渐地，她开始陷入长期的错乱。肿瘤已经延伸至她的大脑，她的左半边脸出现了瘫痪。她无法再读《师主篇》，而亚瑟总是随时陪在她身边。

最后，她认出了他。她说："上帝保佑你。""谢谢你，亲爱的。"当他把她从床上抱起时，她说："这正是我想要的。"随着6月结束，7月开始，她已经进入了弥留之际。她离开的那天，亚瑟一直陪在她身旁。玛丽和金斯利难堪而恐慌地看着他们，对母亲那瘫痪的脸又感到有些困窘。凌晨3点49分，图伊牵着亚瑟的手离开了人世。这一年她四十九岁，亚瑟四十七岁。她死后，亚瑟一直待在她的房间里，站在她的遗体旁，他告诉自己他已经尽可能做到了最好。他也知道这具平放在床上，被抛弃了的身躯，并不是图伊留下的全部。这具苍白而病态的躯体只是图伊留下来的一部分。

接下来的日子里，亚瑟在失去至亲的激动情绪下，产生了某些坚实的责任感。图伊作为道尔太太，被埋葬在格雷肖特的大理石十字架下。不论贵贱，许多人送来了挽联，从国王到女侍，从作家同行到远方的读者，从伦敦俱乐部成员到帝国军人。亚瑟起初为他们的哀悼很是感动，并感到荣幸，但随着这样的行为持续不断，他开始感到困扰。他究竟做了什么如此值得同情的事呢？不过是大家背后的各种揣测罢了。

他觉察到自己的真实心情后，觉得自己真是一个伪君子。图伊算得上是一个男人所能拥有的最温柔的伴侣。他还记得自己在克拉伦斯平原上为她介绍军功章时的样子；记得她在供应场唇间含着饼干的样子；记得她怀着玛丽时，他扶着她在厨房里走路的样子；记得他把她拐去冰天雪地的维也纳的样子；记得他在达沃斯为她披上毯子，在埃及宾馆里向正在休息的她道别，然后到最近的金字塔沙地打高尔夫球的样子。他也记得多年以前，他曾把手放在心口，发誓自己永远爱她。作为一个男人，他尽最大的可能表现了对她的爱，可是后来他不再爱她了。

他知道接下来的日子，他应该和孩子们待在一起，因为这才是一位悲痛的父亲该做的事。金斯利十三岁了，玛丽十七岁：想到他们的年龄他很是惊讶。一部分的他在遇见琼的那一年、那一天便选择了让时间冻结——从那一天起，他的心完全复活了，却也进入了一种假死状态。他需要让自己习惯，孩子们马上就要长成大人了。

如果他需要任何证据，玛丽立刻就提供了证据。葬礼过后的某天下午，她在喝茶时用一种惊人的成熟口吻对亚瑟说："爸爸，妈妈去世前说过你会再婚的。"

亚瑟差点被口中的蛋糕噎到。他感到头脑眩晕，胸口发紧，这样的反应他多少预料到了。"她这么说过吗？"图伊从未向他提起过这个话题。

"说过。不，不是这么说的。她说的是……"在亚瑟感到脑海中翻涌着刺耳的声音，心底一片混乱时，玛丽停了下来，"她说的是，如果你要再婚，让我不要感到惊讶。因为她是希望你再婚的。"

亚瑟不知道自己应该怎么想。这是图伊为他设下的陷阱吗，还是说根本没有陷阱？图伊最终还是怀疑了吗，她向他们的女儿吐露了秘密？这只是一种泛泛的期许，还是有针对性的？在过去的九年里，他经历了太多不确定的事情，他觉得自己已经难以忍受了。

"那么她……"亚瑟想要显得幽默些，却发现自己的语气完全不对——无论用什么样的语气都不太对，"她心中有什么合适的人选吗？"

"爸爸！"玛丽很明显被他的话和语气吓到了。

对话转向了更安全的话题。但是这段对话在后面的日子始终萦绕在亚瑟心中，伴随着他在图伊的墓碑旁摆上鲜花，伴随着他茫然地站在她空荡的房间里，也伴随着他因为无法面对那些哀悼信，那些源源不断地寄来，表达着真情实感的信而躲避自己的书桌。他用了九年的时间保护图伊，让她不知道琼的存在，让她远离一丝一毫的不幸。但也许这两个愿望始终是矛盾的。他更加坚定地承认，女性不是他擅长的领域。当你爱着一个女人的时候，她会知道吗？他觉得会的，也相信并明白她确实会知道。当时在那个阳光明媚的花园里，他自己还没意识到这一点，就被琼看了出来。如果是这样，那当你不再爱一个女人时，她也会知道吗？当你爱上了其他人时，她会知道吗？九年前，为了保护图伊他精心策划，甚至发动了她身边的所有人，但也许最终，这个计划不过只保护了他和琼。也许这个计划本就是自私的，图伊早已看穿，也许她一直什么都知道。玛丽丝毫没有怀疑图伊关于父亲再婚的期待有什么深意，但是亚瑟开始怀疑了。也许她从一开始就知情，并一直在病床上看着丈夫隐瞒自己，对于丈夫说给她的每一个小谎言，她都明白却报以微笑，并想象着他在楼下忙着和情妇通电话的样子。她也许会感觉到自己无力抵抗，因为她对他而言已经不再是完整意义上的妻子。如果——现在他的怀疑越来越深——如果她一开始就知道了琼对他有多重要，而且一直在猜测，她是怎么度过这漫长的日子的？如果早已把琼想象成亚瑟的情人，她又是怎么强忍着欢迎琼来安德肖做客的？

亚瑟忍不住继续想下去，并越想越远。关于他和玛丽那天的对话，他衍生出了更多的想法。他现在意识到，图伊的死去并没有让他的谎言终止。他无法让玛丽知道，自己在过去漫长的九年里，都与琼相爱着。也不能让金斯利知道，据说男孩比女孩更会对父亲背叛母亲的行为耿耿于怀。

他想象着自己找到合适的时机，练习着措辞，然后清清嗓子准备开口——说什么？好像他自己都不能相信他想要说的话。

"亲爱的玛丽，你还记得你妈妈临终前说过的话吗？关于我有一天会再婚的事情。我想要告诉你，让我自己也非常惊讶的是，她的预言是正确的。"

他会讲出这样的话吗？如果会，要在什么时候讲呢？这一年结束之前？不，当然不会。那么明年？后年？要过多久，人们会接受这个悲痛的鳏夫再次陷入爱情呢？他知道大家会对此怎么想，但是孩子们呢，尤其是他自己的孩子们？

然后他想象着玛丽可能的疑问。那个人是谁呀，爸爸？哦，是莱基小姐。我很小的时候就见过她了，对不对？那会儿我们总是遇见她，后来她还经常到安德肖来。我总是以为，她应该早就结婚了。既然她还是单身，你们真是很幸运呀。她多大年纪了？三十一岁？她嫁不出去吗？

我真吃惊为什么没有人追她。你是什么时候发现自己爱上她的？

玛丽已经不是个小孩子了。她不希望父亲对她说谎，哪怕故事里有一点破绽她都会发现，何况完全胡编乱造呢？亚瑟很鄙夷那些擅长撒谎、随便编造自己感情生活——甚至自己婚姻的人，他们在隐瞒某些事实的基础上，这里撒个小谎，那里撒个大谎。亚瑟总是向自己的孩子们强调说实话的重要性，现在自己却要完全做个伪君子。他必须露出微笑，看起来既害羞又愉悦，并故作惊讶地捏造出一段他与琼·莱基相爱的浪漫故事，把这个谎言讲给自己的孩子们，并一直维持到生命终结。他还要让其他人帮他做同样的事情。

至于琼，她自然没有来参加葬礼。她写了一封哀悼信。一周左右后，马尔科姆从克劳巴罗载她来看望亚瑟。这次会面并不比之前轻松。他们到达后，亚瑟意识到他不能当着她哥哥的面拥抱她，于是他本能地吻了她的手，这并不是正确的礼仪——甚至有些好笑——这一行为让他们之间弥漫着挥之不去的尴尬气氛。她表现得很完美，正如他所想。可他却一直茫然若失。当马尔科姆为了打圆场，提议参观一下花园时，亚瑟发现自己正无助地东张西望，等待着支援。但是谁还会支援他呢？来倒茶的图伊吗？他不知道自己该说些什么，便用悲痛来掩饰自己的魂不守舍，以及看见琼时没有表现出应有的喜悦的反常行为。当马尔科姆结束了虚假的园艺参观后，他如释重负。他们很快便离开了，亚瑟觉得自己表现得很糟糕。

他曾在属于自己的饱受腐蚀却尚且安全的三角形中生活了很久，现在这三角形碎掉了，新的几何结构让他感到恐慌。强烈的悲伤褪去后，取而代之的是无精打采的状态。他在安德肖四处徘徊，仿佛这是一片许久以前陌生人留下的土地。他去看自己的马，却不给它们上马鞍。他每天都去图伊的墓旁，然后身心俱疲地回来。他想象着她会安慰自己，并向他保证无论事情是怎样的，她都会一直爱着他，并且已经原谅了他。但是这样要求一个死去的女人很显然是一件徒劳而自私的事情。他常常在自己的书房里坐上很久，边吸烟边看着那些熠熠生辉的、属于运动员和成功作者的奖牌。在图伊的死亡面前，所有这一切都显得那么苍白。

他把所有的通信事务都交给了伍德。作为他的秘书，伍德早已学会了模仿亚瑟的签名、笔迹、措辞甚至观点。让他替亚瑟当一段亚瑟·柯南·道尔先生吧——这个名字的主人现在不想做他自己。伍德可以拆封所有信件，并根据自己的想法丢弃或回信。

他没有什么力气，也吃得很少。在这样悲伤的时刻，是感受不到饥饿的。他躺在床上，无法入眠。他没有什么生病的症状，只是始终很虚弱。他向曾在南非与他共事的老朋友，医学专家查尔斯·吉布斯咨询。吉布斯说，他几乎哪里都有问题，又都没有问题，也就是说，这是神经上的病症。

很快，他就不再仅限于神经上的病症了。他失去了气力。吉布斯至少可以断定这一点，但他什么都做不了。某些细菌已经进入了他的身体，可能是在布隆方丹或草原上感染的，现在依然在体内，等候着在他身体最虚弱的时候暴发。吉布斯为他开了些安眠药。但是他对患者体内的另一种病菌却无能为力——这病菌也同样不会致命，它的名字叫愧疚。

他本以为图伊长久的病痛会让他对她的死去有所准备。他本以为虽然悲痛和愧疚始终挥之不去，但事情会变得清晰明确一些。然而，那些情绪就像是天气，像天空中不断变换形状的云，被无名而无形无际的风吹拂着。

他知道自己需要重新振作起来，却又无能为力。毕竟，振作起来意味着继续开始说谎。首先，为了让自己对图伊的怀念长久而具有历史性，他需要维持"他与图伊在婚姻中始终相爱"这个旧的谎言。随后，他还要编造和宣扬新的，关于琼如何为一个悲痛的鳏夫带来意想不到的安慰的谎言。这个新的谎言让他非常嫌恶。目前的无精打采至少是真实的：身心疲惫、精力殆尽、在房屋中不断徘徊，但至少他没有欺骗任何人。除了这一点：在所有人眼中，他当前的状态都仅仅是出于悲痛。

他是一个伪君子，也是一个骗子。在某些方面，他很早就已经是个骗子，只是随着越发出名，要伪装的也越来越多。在同龄人中，他是一个很有成就的人，但尽管在社会上非常活跃，他却始终认为自己的内心无法融入。任何一个他这个年龄的正常人，都会毫不犹豫地让琼成为自己的情人。以他的观察，人们现在都是这样的，即使是社会中最高的阶层也是如此。但是他的道德观依然属于14世纪。他的精神世界呢？康妮曾说他是一个早期基督徒。可他自己更愿意置身于未来。21世纪，22世纪？这取决于愚昧的人类何时苏醒，并学会使用他们的双眼。

他的思绪原本就在朝着下坡跌落，现在更是跌到了谷底。在历时九年的对某件不可能的事情的渴望——以及不承认自己的渴望的过程之后，他现在自由了。明天早上，他就可以和琼结婚，只需要面对一些闲言碎语。但是渴望一件不可能的事情总会招致同情。但现在不可能的事情变成了可能，他应该怎么表现？他甚至不知道要怎么办。这就像是人类的心肌，长久以来负荷过度，受到了严重的磨损。

他曾在港口听过一个故事，讲的是一个已婚男子有一个长期的情妇。这个女人的社会地位很高，也很适合与他结婚，他们常常在一起期待和憧憬这件事情。后来，他的妻子去世了，不久后，这鳏夫便再婚了，却不是和他的情人，而是和一个年轻的、社会地位比较低的女子。他们在葬礼后数天才相识。当时在亚瑟眼中，这个男人是个双重的骗子：既愧对他的妻子，也愧对他的情人。

现在，他明白为什么这样的事情很容易发生了。在图伊死后这些悲惨的日子里，他很少参与社交，对于新近认识的人只留下了很模糊的印象。然而即使如此还是有些女性会向他调情——这一点让他意识到他对于女性完全不了解。也许这么说太过粗俗和不公平，但她们确实在用不同的眼光看待这个刚刚成了鳏夫的著名作家、皇家骑士。他现在能够想象，那长期劳损的心肌是如何崩溃的，也许只需要一个小女孩表现出她的单纯，或是一个女子露出暗含风情的笑容，这颗暂时对长久和秘密的爱恋无动于衷的心便会忽然被刺穿。他忽然理解了那个双重骗子的行为，不只是理解，他还看到了其中的好处。你如果让自己屈从于这样的转变，至少可以结束谎言：你至少不需要向人们公开你长久的秘密情人，并把她说成是刚刚认识的伙伴。你不需要往后余生都对你的孩子撒谎。至于你的新妻子：是的，她只是一时打动了你，却永远无法替代那个无可替代的人。但她总归为你的内心带来了某些喜悦和安慰。你也许不会这么快就原谅自己，但至少这样的形势不再那么复杂。

他后来又见过琼两次，一次有他人的陪伴，一次是单独会面。两次相处，他们之间的尴尬都没有退去。他发现自己在等待着心脏重新开始跳动——不，是他要求自己的心脏重新开始跳动，可它拒绝服从指令。他已经习惯了指挥自己的思想，强迫它们做不得不做的事情，可让他惊讶的是，他无法做出和此前怀着柔情时同样的事。琼看起来还和从前一样可爱，只是她的可爱无法得到他正常的回应。他感到自己的心脏正变得无力起来。

从前，亚瑟总是通过体育锻炼来缓解内心的痛苦，但现在他没有任何骑马、打拳击、玩板球、打网球或者打高尔夫的兴趣。也许，如果他被立刻送去覆盖着厚厚积雪的高山河谷，凛冽的寒风会驱散萦绕在他灵魂周围的浊气。但这似乎是不可能的。那个曾经把从挪威买的滑雪鞋带去达沃斯，和布兰格兄弟一起穿越富尔卡山口的运动健将亚瑟已经不在了，他早就消失在了山的另一边。

　　然而最终，他的心绪还是停止了坠落，他觉得自己的五脏六腑也不再那么难受，他试图让头脑清醒些，开始思考一些简单的事情。一个人可能会不知道自己想要做什么，但他一定知道自己应该做什么。如果愿望显得太过复杂，至少他可以抓住自己的责任。他曾经就是这样对待图伊的，如今也一定要这样对待琼。他已经爱了她九年，内心绝望又满怀希望，这种感觉是不可能消失的。所以他需要等待这份感觉的回归。在那之前，他需要应付属于自己的格林盆泥潭。那里绿苔丛生，污泥遍布，随时可能把一个人拉下深渊并永远吞没。为了渡过这个难关，他必须从现在开始调动自己学到的一切知识。在泥潭中，会有一些隐藏的线索——比如芦苇丛和精心排布的树枝——它们可以指引他到达更坚实的土地。对于一个在道德上迷失的人也是如此，名誉指引着他的道路。过去的多年里，名誉曾指引他要怎么做；现在，名誉依然可以告诉他去往何方。名誉会像曾经帮助他与图伊紧紧牵系在一起那般，帮助他和琼牵系在一起。此时他还不知道自己能否再次获得幸福，但他知道，自己如果失去了名誉，就一定无法获得幸福。

　　孩子们总是在上学；房间里总是一片安静；风把树吹得光秃秃；转眼11月已过，12月到来。如大家所愿，亚瑟的情绪变得稳定了些。一天清晨，他来到伍德的办公室，想要看看有哪些来信。他平均每天会收到六十封来信。在过去数月里，伍德已经形成了自己的工作规范：对于那些可以立刻解决的问题，他便自己回信；对于那些需要亚

264

瑟提供看法或做出决定的事情，他便把它们放在一个大木盒中。如果过完这一周，他的雇主依然没有心情或状态的话，他便尽可能自己把它们处理掉。

这天，盒子的顶端放着一个小小的包裹。亚瑟随手看了看里面的东西，这封信中还有一张附件，是从一份叫作"仲裁人"的报纸上剪切下来的。他此前从未听过这家报纸，也许和板球有关吧。不，从那粉色的页面他辨识出这是关于一场丑闻的报纸。他又看了看信笺上的签名，那是一个对他而言并没有太大意义的名字：乔治·埃德尔吉。

以开始结束

亚瑟与乔治

自从福尔摩斯破了他的第一个案子，来自全世界的需求便纷至沓来。如果有人或物品在奇怪的环境下失踪了，如果警察比往常更不靠谱，如果公平没有得到应有的体现，人们的本能便是去找福尔摩斯和他的创造者。写着"贝克街221号"的信件被邮局以"查无此址"为由自动退回，那些写给福尔摩斯或亚瑟先生的信也是如此。这些年来，阿尔弗雷德·伍德一直很困惑，为什么他的雇主会为创作出一个让读者毫不费力便相信其真实存在的角色而无比自豪。当那些忠实读者把这种坚信付诸行动时，他更是很恼火。

然而，很多请求是以私人信件的形式直接寄给亚瑟·柯南·道尔先生的，他们认为亚瑟具有创作出错综复杂的小说的聪明才智，自然也能解决现实中的许多问题。有时亚瑟被他们打动，也会回信，尽管他也总是拒绝他们。他会解释说，很遗憾自己并不是一个侦探，就像他不是14世纪的弓箭手或拿破仑·波拿巴统治下的优雅骑兵一样。

所以伍德并不认为埃德尔吉的信件能得到答复。然而在一小时内，亚瑟便回到了秘书办公室，一进门便有些义愤填膺。

"情况很明显嘛。"他说,"这个人就和你的打字员一样无辜。我和你说话呢,伍迪!真是个笑话,房间上锁的事情弄反了——他们考虑的不是他怎么进去,而是他怎么出来?真是要多蠢有多蠢。"

数月以来,伍德都没见过自己的雇主如此愤愤不平的样子。"您希望我回信吗?"

"回信?我不只是要回信。我要把事情弄清楚,我要让那些人知道真相,让他们为自己曾经让一个无辜的人遭遇如此不幸付出代价。"

伍德并不确定亚瑟口中的"他们"是谁,以及"遭遇如此不幸"到底是怎么回事。在这封求助信上,除了那有些奇怪的姓氏,他并未看出这与其他许多封声称事情有失公正,希望亚瑟先生出手解决的信有何不同。但是此时,伍德没有太在意埃德尔吉案件的对与错。让他欣慰的是,他的雇主似乎在这一小时内摆脱了过去数月里持续不断的无精打采和沮丧。

在其中一封附件中,乔治描述了自己当前所处的怪异状态。司法赦免他的决定是由前内政部长埃克斯·道格拉斯颁布的,也得到了现任部长赫伯特·格莱斯顿的附议,但两人都未公开解释任何释放的理由。乔治的判决被取消了,但他没有收到任何关于错误监禁的道歉。一份很明显地被某些官员打了招呼的报纸无耻地声称:内政部对于犯人的罪过并没有任何疑义,释放他只是因为他们认为三年是对这场疑案最合适的监禁时长。雷金纳德·哈迪先生在决定判刑七年时,过分考虑了自己希望捍卫斯塔福德郡荣誉的心情,内政部只是想要更正这一感情用事的判决。

这一切让乔治陷入了道德上的绝望和现实中的困境。他们到底认为他有没有罪呢？他们会为对他的错误判决道歉，还是坚持重申他有罪？只有他的判刑被彻底取消，他才能重新被律所接受。也许内政部希望乔治默默地接受自己的释放，用悄悄转行表示感激，最好转去殖民地工作。然而乔治能度过监狱生涯，支撑他的信念和寄托便是回到工作岗位上——无论在哪里，从事哪一领域——但一定要继续做一位律师。而且他长期以来的支持者们也并不打算放弃。耶尔弗顿先生的一个朋友已经为乔治在他的办公室提供了一个临时雇员的职位，但这并不是解决问题的方法。事情必须通过内政部才能得到解决。

亚瑟和乔治·埃德尔吉约在查令十字街的大饭店，然而由于要处理银行事务，亚瑟迟到了。他快步走进大厅，四下张望。认出他约定的客人并不难：整个房间中唯一的棕色面孔就在距离他约十二尺的地方。亚瑟想要走过去，为自己有事耽搁了而道歉。也许未经允许便观察别人有些失礼，但毕竟他曾是约瑟夫·贝尔医生的雇员，这样做对他而言没有什么。

初步的观察表明，他要会见的人矮小瘦削，有东方血统，头发从左侧偏分且稍短，身穿剪裁合身、设计考究的地方律师服装。这些观察都非常准确，但并不像辨认出一位法国抛光师或通过抓痕确认一位左撇子鞋匠那么容易。亚瑟继续观察，他的思绪并未回到与贝尔先生在爱丁堡共事的时候，而是回到了自己的医学生涯。和许多坐在这大厅里的人一样，埃德尔吉被那些报纸和高臂扶手椅包围着。然而他的坐姿和其他人却不尽相同：他把报纸拿得很近，并歪向一边，使头部与页面形成了一定的角度。作为南海城与德文郡的道尔医生，亚瑟很确信自己的诊断。他患有近视，而且度数很高，也许同时还有些散光呢。

"阿德吉先生。"

埃德尔吉并没有兴奋地丢下报纸，而是小心地把它折了起来。这个年轻人并未立刻站起身，拥抱他的潜在救命恩人。相反，他慢慢地站了起来，直视亚瑟的眼睛，然后伸出了手。此时开始大谈福尔摩斯总是不会有错的，可他只是礼貌而克制地等待着亚瑟开口。

他们来到一间空着的书房，在这里亚瑟可以更近距离地观察这个新朋友。他脸庞宽阔，嘴唇饱满，面颊中部有一个明显的酒窝，脸刮得很干净。作为一个曾经生活比大多数人优越，却在刘易斯和波特兰的监狱里服刑三年的人来说，他并未表现出太多饱受折磨的迹象。他的黑发带有星点的灰色，这更加深了他作为一个勤于思考、有文化的人的特质。他本该是一个很好的律师，可惜现在不再是了。

"你知道自己近视有多少度吗？六百？七百？当然，我只是猜测。"

第一个问题就让乔治大吃一惊。他从上衣口袋里拿出一副眼镜，递给亚瑟。亚瑟先看了看眼镜，然后把视线转向乔治的眼睛。由于眼睛肿胀，乔治显得有些茫然。亚瑟凭借前眼科医师的身份为乔治做出了诊断，但他也知道大众凭借视觉做出的某些道德推断往往是有失公允的。

"我不是很清楚，"乔治说，"我最近刚刚配了眼镜，但是没有和他们要说明书。我也总是忘记戴眼镜。"

"你小的时候不戴眼镜吗？"

"我没戴过。我的视力一直很不好，但是我去伯明翰看眼科时，医生说小时候最好不要配眼镜。后来，我就变得很忙了。不过自从被释放后，我没有之前那么忙了。"

"我已经从你的信中有所了解了。那么，阿德吉先生——"

"是'埃德尔吉',不好意思。"乔治本能地纠正道。

"抱歉。"

"我已经习惯了。不过既然我的名字就是这样,我还是会不自觉地更正。帕西人的名字都会把重音放在第一个音节上。"

亚瑟点点头:"好的,埃德尔吉先生。我觉得你应该到曼彻斯特广场的肯尼斯·斯科特先生那儿做个专业的检查。"

"好的,不过——"

"我来出钱。"

"亚瑟先生,我不能——"

"没什么,去吧。"他轻声说,乔治第一时间便听出了他的苏格兰口音,"埃德尔吉先生,你不用把我当作侦探,我只是提供我的建议。我要为你争取的不仅是一个道歉,还有一笔对你的错误监禁带来的赔偿金。现在我会帮你付斯科特先生的医药费,到时候就不会了。"

"亚瑟先生,给您写信时我完全没有想到——"

"收到你的信时我也没有想到我们会见面,但我们不是见面了吗?"

"钱并不重要,我想要找回我的名誉,想要重新成为一名律师,这就是我全部的愿望。我希望能重新开始从业,过上平静、充实、正常的生活。"

"很好,但有一点我不同意。钱很重要,它不仅是你这三年里的赔偿,还是一种象征。英国人很在意钱。如果你只得到一个道歉,公众会知道你是无辜的。但如果你同时还获得了赔偿,公众会知道你完全是无辜的。在这个世界上,人们总会区别对待很多东西。钱还可以证明你之前的入狱完全是由于内政部的腐化和不作为。"

乔治缓缓点头,表示自己接受了亚瑟的建议。亚瑟被这个年轻人打动了。他的内心平和而从容，这点是遗传于来自苏格兰的母亲还是作为牧师的父亲呢？还是两者兼有？

"亚瑟先生，请问您是基督徒吗？"

这一次轮到亚瑟惊讶了。他并无意冒犯这位牧师的儿子，于是用自己的问题作为回答："为什么会问这个？"

"您知道，我是在牧师宅邸长大的。我很爱我的父母，也尊敬他们，所以自然从很小的时候起便承袭了他们的信仰。我怎么可能拒绝呢？我自己虽然从未想过成为牧师，却把《圣经》作为指引我走向诚实、光荣的人生的最好指导。"他望向亚瑟，观察他的反应，亚瑟目光柔和，微微歪着头，鼓励他继续说下去。"我现在依然认为《圣经》是最好的指导。就像我认为英格兰法律能够指引大众一起走向诚实、光荣的人生一样。但是后来，我……我经历了那样的折磨。一开始，我认为这是法律实施不完善造成的。警察有错，地方法官会纠正。地方法官有错，季审法庭会纠正。季审法庭有错，内政部会纠正。我希望所有的错误都能被内政部纠正过来。当极度痛苦，或者麻烦的事情发生时，法律的进程最终总会主持正义。我曾经这样相信，现在依然如此。

"然而，一切比我最初想象的要复杂得多。我一直在法律的陪伴下长大——也就是说，我视法律为自己的向导，而基督教是其背后的道德支持。因为我父亲——"乔治说到这里停了下来，亚瑟认为，他并不是不知道自己要说些什么，而是因为他对接下来要说的话倾注了很多感情。"我父亲的一生都与基督教相伴，这点您应该也清楚。所以他是这样理解我经历的苦难的——他认为我的痛苦需要有一个宗教上的理由。他认为上帝的目的是坚定我的信念，并为他人示范。这样说让我觉得很尴尬，但父亲确实把我看作一位殉道者。

"我父亲年龄很大了，心理变得很脆弱，所以我并不想和他争辩。我在刘易斯和波特兰也会参加礼拜，现在也依然每周日去教堂。但是我并不觉得牢狱生活坚定了我的信仰——"他有些别扭地笑了笑，"我父亲也并不能证实，过去三年里圣马克和邻近教堂的礼拜活动因此增多了。"

　　亚瑟思索着这些一本正经，却又有些怪异的话——很显然乔治事先排练过，排练的痕迹过于明显。不过，这样评价他太苛刻了。一个人在他三年的牢狱生涯中，除了反复整理他那混乱、一知半解的早年生活，把它变成客观的结论，还能做什么呢？

　　"我想，你的父亲会认为殉道者无法选择自己的命运，甚至无法理解自己的命运吧。"

　　"也许吧，我刚才说的还不是全部。牢狱生活并没有让我坚定信仰，反而我认为它摧毁了我的信仰。我遭受的痛苦完全是一场无妄之灾，无论对于我，还是对于那些想要把我作为范例的人而言。当我告诉父亲您赞同我的看法时，他认为这一切都是上帝的选择。所以我才会问您是不是基督徒。"

　　"无论我是不是基督徒，都不会影响你父亲的看法。上帝可能会选中任何一个人，无论是基督徒还是异教徒。"

　　"确实，而且您也不必对我如此温和。"

　　"不，埃德尔吉先生，你会发现我不是一个敷衍了事的人。我并不觉得你在刘易斯和波特兰度过的艰难岁月、你的职业生涯和社会地位受到的损失可以实现上帝的使命。"

　　"您要知道，我父亲相信新世纪的到来会让世界上的种族关系变得更加和谐——这便是上帝的使命，而我是这一使命的使徒，或是牺牲品，也可能两者兼有。"

"我并不是在批判你父亲，"亚瑟谨慎地说，"但我觉得如果这真的是上帝的使命，他更可能让你成为一个职业生涯成功的律师，这样你才能成为他人的典范，并推进种族关系的和谐。"

　　"您和我的看法一致。"亚瑟很喜欢他的答案，通常人们可能会说："我赞同您的观点。"但是乔治这么说并不是出于虚荣，确实是因为亚瑟的话验证了他之前的想法。

　　"不过，我赞同您父亲的部分观点：新世纪确实会为人类的精神世界带来新的发展。而且我认为到了第三个千年开始的时候，现有的教会会走向衰败，由宗教纷争造成的战争和纷乱也会消失。"乔治正要辩解这并不是他父亲的意思，亚瑟却继续说了下去："几个世纪以来，人们一直致力于确立自然法则的真实性，现在人们也要开始确立心灵法则的真实性了。一旦这些法则得到广泛认可，我们便要从基本原则出发重新考虑人类生存——和死亡——的全部意义。我们会有更多的信念，而非更少。我们会更加了解生命的历程。我们会意识到死亡不是在我们面前关上的一扇门，而是一扇敞开的门。随着新千年的开始，我认为我们迎来了人类痛苦的生存史上最幸福、最有归属感的时代。"亚瑟发现自己忽然成了一个站在台上喋喋不休的演说家，"不好意思，我说得太多了，远远超出了我们的需要。不过刚好你问到了。"

　　"不必为此道歉。"

　　"还是要的，我们已经跑题了。回到正事上来吧。我想问，在这起案子中你有怀疑的人吗？"

　　"什么怀疑的人？"

　　"所有陷害你的人都算。写伪造信的、伤害动物的——不仅是矿区那匹马，而是所有的动物。"

"亚瑟先生，老实说在过去的三年里，我和我的支持者们一直都在寻找证明我无辜的证据，没顾得上寻找嫌犯。"

"我明白。但是两者总会有千丝万缕的联系吧。你有没有什么怀疑的人？"

"没有。一切都是匿名的。我也想不到有谁会以虐杀动物为乐。"

"你在大威利树敌吗？"

"应该有吧，但都不知道是谁。我在那儿熟人并不多，无论是朋友还是敌人。我们家并不大参与当地的社交。"

"为什么呢？"

"我也是最近才知道原因。当时我还小，认为这也是正常的。但事实上，我的父母没有多少钱，他们把仅有的钱都花在子女的教育上了。我并没有因为不常去朋友家玩而遗憾，我觉得自己以前是个幸福的小孩。"

"嗯，"这似乎并不是全部的答案，"我想，你父亲的种族——"

"亚瑟先生，我想要清楚地说明一点。我认为自己的案子和种族偏见没有关系。"

"不得不说，你的看法让我很惊讶。"

"我父亲认为，我假如是安森局长的儿子，就不会遭遇现在这样的事情。确实如此，不过我觉得这不是重点。您如果不相信，可以到大威利去问村民。即使确实存在什么偏见，也仅限于一小部分人。也许我们偶尔会遭遇轻视，但是哪个人没有因为这样或那样的理由遭遇过一些轻视呢？"

"我明白你不想扯上种族——"

"不是这样，亚瑟先生——"乔治停了下来，那一瞬间有些尴尬，"我可以这样称呼您吗？"

"可以，如果你想叫道尔也行。"

"我还是更喜欢叫您亚瑟先生。您应该能想到，这件事情我考虑了很久。我从小是被当作英国人养大的。我从小上学，学习法律，做学徒，然后当上了律师。在这个过程中有人阻挠我吗？并没有，相反，老师们都很鼓励我，桑斯特-维克里-斯佩特律师事务所的同事都很重视我，我取得成就时，我父亲的教区居民也都表示了赞许。在纽霍尔街工作时，也没有客户因为我的种族就不采纳我的建议。"

"虽然这样，但——"

"请让我继续讲下去。刚刚也说过，我偶尔也确实会遭遇一些轻视，不过都是开玩笑。我并不会蠢到从不在意某些人的异样目光。但我是一名律师，我有什么证据可以证明别人针对我是出于种族偏见呢？厄普顿警官以前总是吓唬我，但他应该也吓唬别的男孩。安森局长从没见过我，却表现出对我明显的讨厌。至于警察们，我觉得他们更大的问题是能力不足。举个例子吧，他们在整个地区安插了很多特警，却没能发现一起动物虐杀事件。所有的事件都是农民或上工的人发现，向他们汇报的。我和很多人一样，都觉得警察很害怕那个所谓的'团伙'，虽然他们都无法证明这个团伙的存在。

"所以如果您认为我的遭遇是由种族偏见导致的，我也需要问问您的证据是什么。我记得迪斯图纳尔先生或雷金纳德·哈迪先生都没提起过这个问题。陪审员难道是根据肤色判定我有罪吗？这也太容易了吧。而且在我入狱的几年中，我也没被狱卒或狱友区别对待过。"

"提个小建议吧。"亚瑟说，"也许有时候，你不必从律师的角度进行思考。某些事情确实无法举证，但不意味着它们不存在。"

"我同意您的看法。"

"针对你们一家的骚扰开始的时候，你觉得自己是被随机选中的受害者吗？你现在觉得呢？"

"可能不是吧，不过也有其他的受害者。"

"只算匿名信事件的话，只有你一个人受害。"

"确实。不过以此推断那些人的动机可能比较难。也许我父亲太严格了，他责罚过一些偷苹果，或者亵渎上帝的农家男孩。"

"你觉得起因是这种事？"

"我也不知道，不过我恐怕很难不从律师的角度思考问题。因为我本人就是律师，作为律师我一定需要证据。"

"也许其他人可以看到你看不到的事情。"

"当然，不过我们也要考虑哪些猜测是有用的。如果我从一个普通人的角度，猜测某些和我打过交道的人其实暗中讨厌我，这并没有什么用。现在的情况下，也并不是说内政部只有相信我的案子核心在于种族偏见，才会向我道歉，并提供您提到的那笔赔偿金。而且亚瑟先生，您觉得格莱斯顿先生本人会遭遇种族偏见吗？"

"我其实……并没有什么证据，我觉得应该不会吧。"

"那我们就放下这个话题吧。"

"好。"亚瑟被这份坚定——不如说是固执打动了，"我想见见你的父母，还有你妹妹，不过是私下见面。我的习惯是开门见山，但有时技巧和手段还是必要的。正如莱昂内尔·埃默里所说，你如果和犀牛打架，肯定不会在自己鼻子上挂一只角。"对于这个比喻，乔治有些困惑，但亚瑟并未注意到，"如果有人看见我在你们家附近和你或者你家人走在一起，对我们的调查没有好处。我需要一个联络人——一个村里的熟人，或许你可以提供一位。"

"哈利·查尔斯沃思，"乔治脱口而出，就像是当年面对斯托纳姆叔祖母，或者格林韦和斯泰森时一样，"我们上学的时候是同桌，我假装把他当成我的朋友。我们都是班里比较聪明的孩子。我父亲还因为我对那些农场男孩不够友好而训斥过我，不过这和目前的事情倒没什么关系。哈利·查尔斯沃思继承了他父亲的牛奶场，他的名声很不错。"

"你说你在村子里没有什么社交？"

"是的，大家和我也不熟。事实上，从业以后，我一直打算搬去伯明翰。私下说，我觉得大威利是个乏味又落后的地方。一开始，我依然住在家里，不知道该怎么向父母开口。除了必要的时候——比如修理靴子之类的，我并不大和村民接触。不过渐渐地，我发现自己不是难于开口，而是和家人感情太深，即使只是想到要离开，我都觉得越来越难。我和我妹妹莫德的关系非常好。在发生那些……您知道的事情前，我的生活就是这样的。我出狱后，自然很难回到斯塔福德郡了，所以我现在住在伦敦。我在梅克伦堡广场有住处，租的是古德小姐的房子。刚出狱的几周，母亲一直和我在一起。但是父亲需要她回去，所以她现在一有空，就会来看看我过得怎么样。我的生活——"乔治停顿了一下，"您看，我的生活现在还没安定下来。"

亚瑟再次意识到，无论是描述大事还是小事，无论是表达情感还是陈述事实，乔治总是非常谨慎精确。这个人是个一等的证人，如果有些事情别人看得到，而他看不到，也一定不是他的错。

"阿德吉先生——"

"叫我乔治就好。"亚瑟的读音不小心又变回了"阿德吉",他的新委托人只能这样缓解尴尬。

"乔治,我们两个都不是标准的英格兰人。"

乔治的思绪被亚瑟的话引了回来。他本以为亚瑟是一个非常标准的英格兰人:他的名字、他的举止、他的名声、他在伦敦大饭店里轻松自在的气场,甚至他迟到一会儿,让乔治等待的习惯都体现出他的英格兰人特质。如果他不是标准的英格兰人,乔治可能不会第一时间想到给他写信。但是询问一个人的种族似乎不大礼貌。

于是他想到了自己的情况。他为什么不算是一个纯粹的英格兰人呢?他出生在这里,有这里的国籍,在这里接受教育,信仰宗教,从事律师职业。亚瑟的意思是当他们剥夺了他的自由,把他拒在律师行业的大门外时,也取消了他的英格兰人身份吗?如果如此,他便无处可去了。他不可能倒退两代,回到他从未去过也不想去的印度去。

"亚瑟先生,当我……刚遭遇这些麻烦时,我父亲有时会把我叫到书房,和我讲那些知名的帕西人的成就。这个人怎么成了一个成功的商人,那个人怎么成了议会的成员。虽然我对运动毫无兴趣,有一次他还是给我讲了一支来自孟买的帕西人板球队来英格兰巡游的事情。他们显然是第一支从印度来访的球队。"

"应该是1886年吧。他们打了三十场,但只赢了一场。请原谅我——那时候我还是个喜欢读《板球年鉴》的学生。几年后他们又回来了,我记得后一次结果好些。"

"您看,您的了解比我还多。我并不想假装成为我不了解的帕西人。父亲把我培养成了英格兰人,他不应在我遇到困难的时候,试图用此前从未强调过的事情来安慰我。"

"你父亲来自……"

"他来自孟买。他是跟着传教士来到英国的。那些传教士是苏格兰人，和我母亲一样。"

"我很理解你的父亲。"亚瑟说，乔治意识到他此前从未听到过这样的话，"一个人的种族身份和宗教身份并不总是匹配的，有时人们需要在严冬翻过一座高高的雪山，才能找到更伟大的真理。"

乔治像思考证词般揣摩着亚瑟的话："于是你的内心就会一分为二，你就会和人们产生距离？"

"不，你有责任向人们描述雪山另一边的风景。当你回望你来时的村庄时，你发现他们正在降旗致敬，因为他们认为攀上高峰本身便值得庆祝，但其实并非如此。于是你用雪橇棍指给他们你的新发现，告诉他们真理在那里，在下一个山谷里，请跟着我翻过雪山。"

乔治来到大饭店的意图本是详尽讨论他案件中的证据。可他们的对话发生了许多意想不到的转向，以至于他有些迷茫。亚瑟感觉到这个年轻新朋友的不安，觉得是自己的责任。他本想以此鼓励乔治的。他觉得他们已经思考得够多了，现在到了行动的时刻，当然也是表达愤怒的时刻。

"乔治，那些一直以来支持你的人——耶尔弗顿以及其他所有人——已经做出了许多努力。他们非常辛苦，也取得了成效。如果英国政府架构合理，你现在或许已经回到纽霍尔街工作了。但事实并非如此，所以我不想再重复耶尔弗顿的工作，表达同样的疑虑，提出同样的理性请求。我想做些不同的事情，引起一场轩然大波。英国人——政府的英国人——不喜欢轩然大波。他们觉得这会让他们很尴尬。但是如果理性的请愿没有用，我就会采取这种方式。我会从前门大摇大摆地走过去，然后大声击鼓。我想震倒的可不仅是几棵树而已，我们来看看树上到底会掉下什么烂果子。"

亚瑟站起来与乔治道别。从身高看，他要比这位矮小的律师高很多，但在他们的对话中，他并没有占上风。让乔治惊讶的是，这个著名的作家时而安静，时而激昂，时而温和，时而果断。虽然他们达成了最后的共识，但乔治认为依然需要很多查证工作。

"亚瑟先生，我就直接问了。您觉得我是无辜的吗？"

亚瑟微微低头，目光笃定地看着他："乔治，我读了你寄过来的报纸文章，现在又见到了你本人。我的答案是，我不是认为你是无辜的，也不是相信你是无辜的。我知道你是无辜的。"随后，他伸出了他那宽大、适合运动的手，这只手因为长期从事各种运动变得无比强健。他通过握手表示了对乔治完全的信任。

亚瑟

伍德熟悉了处理各类文件的工序后，又被赋予了实地调查的任务。他需要调查整个区域，了解居民的状况，在公共酒馆中适度喝酒，并和哈利·查尔斯沃思保持联系。然而他并没有扮演侦探的角色，也没有靠近牧师宅邸。亚瑟还没有决定好要怎么行动，但他知道如果公开声明、让所有人都知道他和伍德要为乔治·埃德尔吉洗雪冤屈，并暗示真正的犯人是某个当地居民，只会阻断信息。他并不想惊动那些说谎者。

在安德肖的图书馆中，他独自展开了调查。他了解到大威利教区有很多建造考究的民居和农舍，土地属于轻壤土，由黏土和砂砾混合而成，主要的农作物是小麦、大麦、萝卜和甜菜。车站位于距离西北部四分之一英里的地方，属于伦敦西北铁路的沃尔萨尔、坎诺克-鲁奇利分支。牧师宅邸每年的净产值是265英镑，包含租金，是1876年由来自坎特伯雷的圣奥古斯丁大学的沙帕吉·埃尔德吉教士建造的。在附近的兰迪伍德，有一所工人会馆，那里可以容纳二百五十人观看演讲或音乐会，并容纳了当地的日报和周报。那里的公立小学成立于1882年，校长是塞缪尔·约翰·梅森。邮局是由威廉·亨利建立的，他也是杂货商、布商和五金商。车站的管理人员是阿尔伯特·欧内斯特·梅里曼，他显然是从父亲塞缪尔·梅里曼那里承袭了站长的职位。村子里有三家啤酒零售商，分别是亨利·巴杰、安·科比特太太和托马斯·耶茨。屠夫是伯纳德·格林赛尔，大威利矿区的经理是威廉·布朗维尔，他的秘书叫约翰·博尔特。水管工名叫威廉·威恩，他同时还是装潢师、煤气匠和日用品杂货商。一起都看起来很正常，很有序，很符合英国人的特点。

他有些遗憾地决定不开车前往，开着一辆十二马力、链传动、一吨油量的老爷车走在斯塔福德郡的小路上只会让他过于引人注目。真是遗憾，毕竟仅仅两年前，他还是专程到伯明翰去取的车。那次旅程的目标并不算明确。他还记得自己戴着游艇帽，这种帽子最近在车手中很流行。他并没有被当地居民认出，因为当他在新街的平台上踱步，等待车行的店员时，一位有些专横的年轻女子还朝他走来，询问到沃尔萨尔去怎么坐火车。

他把车放在马厩里，在黑斯尔米尔搭乘"滑铁卢号"。他中途会到伦敦去，以鳏夫和单身男子的身份和琼见第四面。他已经给她写过信，告诉他自己下午会去，他的信以最温柔的告别结尾。然而当火车从黑斯尔米尔出发时，他发现他无比希望自己正开着老爷车，戴着游艇帽，系着护目镜，穿过英格兰中心朝斯塔福德郡前行。他无法理解自己的反应，只因此觉得愧疚和不悦。他知道自己爱过琼，也会和她结婚，让她成为第二任道尔太太。可他却并不期待和她见面。如果人心能像机器那样简单该多好。

亚瑟发现自己心底发出了某种近乎叹气的声音，但由于一等车厢还有其他旅客，他努力克制着自己。人生便是如此——你总是迫不得已。你控制住自己的叹气，你在爱情上撒谎，你欺骗自己的妻子，而这一切都打着名誉的旗号。事情总是分外矛盾：为了表现更好，你总需要先做出某些不太好的表现。为什么不能开车载着琼，带她一起去斯塔福德，两人以丈夫和妻子的身份订一间旅店，冷眼对待每个对他们扬眉毛的人呢？但是他做不到，而且这样并没有用。这样看起来很容易，但实际上很难，而且……当火车经过沃金的郊区时，他忽然羡慕起那个在草原上死去的澳大利亚士兵。他是新南威尔士骑士团的410号，他的尸体旁是挂着一枚红色棋子的水壶。他在一场公平的战役中死去，死在开阔的户外，死于伟大的原因：没有比这更好的死法了。生活本该如此。

他来到了琼的公寓，看见了穿着一件蓝色丝绸裙子的琼。他们全心拥抱了彼此。现在他们不需要保持距离了，也没有必要保持距离了。可他并未因为他们的团聚而激动。他们坐了下来，一起喝茶，他向她的家人问好，她问他为什么要到伯明翰去。

一小时过去了，他才讲到乔治在坎诺克被起诉的部分，她牵起他的手，说道：

"亚瑟，看见你恢复了精神我真高兴。"

"你也是，亲爱的。"他说着，又开始了后面的讲述。如她所想，他讲的故事充满神秘色彩。更让她高兴和轻松的是，她爱的人终于摆脱了过去数月的低谷状态。虽然如此，但当他讲完了故事，解释清楚原因，看了看表，又看了看列车时刻表时，她的失望几乎浮现在脸上。

"亚瑟，我多希望能和你一起去啊。"

"是啊。"他说，这是他第一次直视她的目光，"我今天坐在火车上，一直想象着和你一起开车去斯塔福德，只有我们两个。你坐在我身边，我们就像是丈夫和妻子。"

他为两人一致的想法摇了摇头，也许这是因为两颗离得如此近的心总能产生感应。然后他站起身，拿起帽子和外套离开了。

亚瑟的行为并没有让琼感到很受伤——因为她太爱他了——但是当她伸手去拿已经半凉的茶壶时，她意识到需要为自己、为自己未来的身份做一些现实的考虑。过去的数年太过艰难，他们计划了许多，让步了许多，隐瞒了更多。为什么她会以为图伊的死可以改变一切，他们立刻就可以在朋友的祝福下，迎着阳光幸福地拥抱在一起，共同聆听远处英格兰乐队的演奏呢？事情不会变化这么快，他们获得的这一小点额外的自由只会让处境更加危险。

她发现自己对图伊的想法和以前不同了。在她眼里，她不再是从前那个不可触及的女人，那个被亚瑟保护着名誉的女子，那个谦虚的女主人，那个单纯、温和、可爱，生病后很久才去世的妻子和母亲。亚瑟曾对她说，图伊最大的优点，是无论他提出什么建议，她都会答应。他们立刻打包去奥地利时，她说好；他们买新房子时，她说好；无论他是到伦敦去几天，还是到南非去几个月，她都说好。她的天性便是如此，她完全信任亚瑟，信任他会做出对两个人最好的决定。

琼也信任亚瑟，她知道亚瑟是一个很看重名誉的人。她还知道他很有行动力——无论是写一本新书，还是参加某个比赛，抑或满世界游荡或意气用事伤到自己。这也是另一个她崇拜和爱他的原因。他不是那种只想在郊野买个别墅，穿着拖鞋照料花园，坐在大门前等着卖报的男孩为他带来远方新闻的人。

某些似乎还为时过早的决定浮现在琼的脑海里——也许这更像是一种警示。从1897年3月15日起，她就成了亚瑟在等待的人。过几个月就是他们相识十年纪念日了。十年，十朵珍贵的雪花莲。相比嫁给世界上任何一个人，她宁愿等待亚瑟。虽然从前一直在等待，现在她却不再想成为一个等待中的妻子。她想象着他们结婚后，亚瑟告诉自己他要离开——去斯托克波吉斯或是廷巴克图——为了纠正某个巨大的错误。她想象着自己说，她会让伍迪帮忙为他们订票。"为他们订票。"她会默默地这样说。她会一直陪伴在他身边，和他一起旅行；他演讲的时候她会坐在前排；沿途她会保证他的宾馆、火车、航班一切就绪。她会和他肩并肩骑马——如果不行，就她在前面，因为她擅长控制马儿。如果他还打高尔夫的话，她也会去学。她不会做那种跟着丈夫一直到俱乐部门口的悍妇，但她会一直在他身边，用言语和事实告诉他，这里永远是她的位置，直到死亡将他们分开。她想要成为这样的妻子。

与此同时，亚瑟坐在前往伯明翰的火车上，想起了自己曾经唯一的侦探生涯。当时心理研究协会请他协助调查德文郡查茅斯的一栋闹鬼的房子。他是和斯科特博士与一位名为波德莫尔的先生一起去的。波德莫尔先生对这类调查很在行。他们尽其所能，揭露骗局：用螺丝固定所有的门窗，在台阶上捆绑丝线。然后他们和房子的主人一起静坐了两晚。第一晚，他一直在用烟草抵挡困意。但就在第二晚过半，他们想要放弃时，却发生了一件让人震惊的事——当时可是吓坏了他们——耳边忽然响起大声敲击家具的声音。声音似乎是从厨房传来的，但他们赶去那里，却发现房间是空的，一切都保持着原样。他们从天花板到地窖搜查了整个房子，寻找隐藏的空间，却什么都没有找到。门依然锁着，窗户依然关着，楼梯上的丝线毫发无损。

波德莫尔对此的看法比较悲观，他认为可能是主人的同伙藏在嵌板后面。当时亚瑟也赞同这一观点。然而若干年后，房屋烧成了灰烬——更惊人的是——花园里挖出了一个不满十岁的孩子的骸骨。亚瑟的看法完全改变了。假设有人残害了这个小生命，他那未曾使用的生命力可以得到继续利用。于是，未知和不可思议的力量便从四面八方压在他们身上，以波动的方式呈现，提醒他们物质的局限性。这对于亚瑟来说是很合理的解释，但波德莫尔却拒绝修改他的报告。事实上，这个家伙一直表现得更像是一个唯物主义怀疑论者，而不是一个鉴定灵异现象的专家。然而，当克鲁克斯、麦克斯、洛奇和阿尔弗雷德·拉塞尔·华莱士都站在你这边时，谁还会在意一个波德莫尔呢？亚瑟不断对自己重复着那句格言：难以置信的东西往往是真的。他第一次听到这句话时，觉得这是个随意的悖论，但现在它已经成了确凿的事实。

亚瑟把他和伍德的会面地点定在庙街的皇家宾馆。在这里，他不会像在常去的大饭店那么容易被认出来。他们需要尽可能避免公报或邮报在社会版登出某些戏谑的头条新闻：福尔摩斯准备在伯明翰做什么？

对大威利的第一次突袭调查安排在第二天下午晚些时候。由于12月天黑得早，他们可以尽可能不引人注目地前往牧师宅邸，任务一完成就立刻回到伯明翰。亚瑟想要拜访一位戏剧服装供应商，为这次调查准备一副假胡子，但是伍德并不赞成。他认为这只会让他们吸引更多注意，只要去拜访服装商人，准会有意想不到的照片刊登在当地报纸上。一个翻领、一张面纱，再加上火车上的报纸，足以让他们在大威利不被认出，他们可以借着昏暗的灯光走到牧师宅邸，就好像——

"好像什么？"亚瑟问。

"我们需要伪装吗？"伍德并不明白他的雇主为何坚持不仅要伪装外表，还要伪装身份。在他看来，英国人有告诉那些爱管闲事的家伙不要参与别人事情的权利。

"其实，我们是为自己而伪装。我们要把自己想成……有了，想成教会委员会的使者。我们来询问牧师对圣马克教堂建筑架构的看法。"

"那个教堂比较新，而且结构稳固。"伍德说，他与雇主目光相对，"如果您坚持，那就这样吧。"

第二天那个时间，他们在新街的大威利-教堂桥附近尽可能远离车站的地方雇了一辆马车。他们这样做是为了免受其他旅客的干扰。但那个时段，并没有人下车，结果这两个假冒的教会委员引起了站长的注意。亚瑟谨慎地用面纱围住他的胡子，竟有些兴奋。你不认识我吧，他想，可我认识你：阿尔伯特·欧内斯特·梅里曼，塞缪尔的儿子。真有趣呀！

他跟着伍德走过了一条没有灯的小路，绕过一座公共建筑，此时唯一的人影是一个靠在台阶上、认真地嚼着帽子的家伙。八九分钟后，他们躲过了偶尔出现的煤气灯，来到了有着高高的双渠屋檐，建筑死板的圣马克教堂。伍德带领他的雇主沿着南墙前进，他们离得很近，可以看清教堂灰色石头上的紫红色条纹。经过门廊时，在离教堂西侧三十码的地方可以看见两栋建筑：右边是深色砖墙的教室，用浅色砖块圈出了一个隐约的钻石形状。左边是真正的牧师宅邸。又过了一会儿，亚瑟发现自己脚下便是牧师宅邸的前门台阶。十五年前，沃尔萨尔学校的钥匙就被丢在这里。当他把手伸向门环，估量着自己的动作要有多温柔时，他想到了坎贝尔先生带着一队特警来到这里的场景。那时的场面更加激烈，给这个平静的家庭带来了巨大的混乱。

牧师和他的妻子及女儿正等待着他们。亚瑟立刻明白了乔治彬彬有礼的样子，以及沉默寡言的特点从何而来。这家人对他的到来感到很高兴，但并没有明显的流露。他们意识到了他的名声，但也并未被此吓住。当他发现自己处于这三个他敢打赌从未读过他任何一本书的人中间时，他感到很放松。

牧师比他儿子肤色浅一些，头顶很平，前半部分有些秃顶，显得顽强且固执。他的嘴和乔治很像，但是在亚瑟眼中他更顺眼，也更西方化些。

他们为他拿来两沓厚厚的资料。亚瑟随意拿起其中一件：那是一封用一整张纸写成，却被折成四页的信。

"亲爱的沙帕吉，"他读道，"我很荣幸地告诉你，我们现在想要回顾一下对牧师（大威利的耻辱）的迫害行为。"从笔迹上看，写信者很能干，但他的手并不干净，"……离你那被诅咒的家不到一百英里的地方，就有一个精神病院……你如果不放弃表达某些强烈的观点，就会被强行送到那儿。"不过没有什么拼写错误，"只要有机会，我会寄双倍的恐吓明信片，收件人是你和夏洛特。"夏洛特应该是牧师妻子的名字，"向你和布鲁克斯报仇……"这个名字在他的调查中并不陌生，"……以他的名义给送信人寄了封信，表明他不会替妻子偿还债务……我再说一遍，其实没必要用疯狂的行为来控制你，因为那些人肯定会逮捕你的。"随后，在最后的四行，是某些带有嘲笑意味的告别语：

祝你圣诞快乐，新年快乐

我一直是

你的撒旦

上帝和撒旦

"真恶毒啊。"亚瑟说。

"您指什么？"

"撒旦那里。"

"是啊。"牧师回答，"这家伙还很多产呢。"

亚瑟又看了其他一些信件。这和仅仅听到匿名信，或者阅读报纸上对其的摘录并不是一回事儿。仅仅是听说的话，会觉得那不过是些幼稚的恶作剧。可是当你亲手翻开它们，并和收件人坐在一起时，感觉是很不一样的。有一封信中附以肮脏的教鞭，上面写着牧师妻子的教名。写信人应该是个疯子吧，不过这个疯子思维清晰、计划缜密，知道怎么表达自己扭曲的憎恨之情和疯狂的计划。对于埃德尔吉每晚都要锁门的事情，亚瑟现在感到毫不惊讶。

"圣诞快乐。"亚瑟边读，边依然觉得有些难以置信，"您有没有怀疑过，是什么人写了这些可怕的信？"

"怀疑？没有过。"

"你们解雇的那个仆人呢？"

"她离开了这里，早就走了。"

"她的家人呢？"

"她的家人都住得很远。亚瑟先生，如您猜想，起初很多人为我们提供过各种看法。但是我没有怀疑任何人，也没有听信大家的谣言八卦。就算我听了，又有什么用呢？正是谣言和八卦导致了我儿子入狱。我可不想对其他人做出别人对我儿子做的事情。"

"除非他就是真的案犯。"

"确实。"

"那么这位布鲁克斯，他是杂货商和五金商？"

"是的，有一段时间，他也收到过恐吓信。他对此并不在意，或者没理会。无论如何，他都不愿意去报警。当时在铁路上，发生过一起和他儿子以及另一个男孩有关的事件——细节我已记不清楚了。布鲁克斯并没有和我们联合起来。在这里，人们都不大尊敬警察。讽刺的是，在所有的村民中，我们家是最愿意信任警察的。"

"除了那个局长。"

"他的态度……不是很好。"

"埃德尔吉先生，"亚瑟努力注意了自己的发音，"我想要找出事情的起因，所以需要回到最开始的时候。请您告诉我，除了这些直接的恐吓，你们从来到这里起，还遇到过其他对你们有敌意的事情吗？"

牧师疑惑地看着他的妻子。"选举。"她说。

"确实如此。我曾不止一次把我们的教室借给他们用于政治集会。自由党是没有场地的。而我本人也是自由党……于是那些保守党的教民便有些抱怨。"

"除了抱怨呢？"

"还有一两个不再来圣马克教堂了。"

"您现在依然会借教室给他们吗？"

"还会。不过我不想夸大他们的行为。我是说那些抗议的人，他

292

们说话很重，但是还算有礼貌。这里不是说那些写信威胁的人。"

牧师的精准表述，和他不自怨自艾的态度让亚瑟很欣赏。在乔治身上，他也看到了同样的优点。"安森局长参与了吗？"亚瑟问。

"安森？没有，这只是我们当地人的事情。他是后来才参与的。我给您看的资料中包含了他的信。"

接下来，亚瑟带领这家人回顾了1903年8月至10月间发生的事情，并时刻留意着所有前后矛盾的地方、被忽视的细节，以及证据间的冲突："现在回想起来，在坎贝尔检察官和他的警察们来的时候，你们应该以没有搜查证为由把他们赶走。等他们回来，你们早已有了更充足的准备，还可以请一位律师到场。"

"但通常，只有有罪的人才会这样做。我们没有什么可隐瞒的，也知道乔治是无辜的。我们以为越早让警方搜查，他们越能准确地完成调查。不管怎样，坎贝尔检察官和他的警察们的做法并没有什么错。"

可不是完全没错，亚瑟想。他对这起案件的理解还不够全面，需要进一步了解当时警察们到访的情况。

"亚瑟先生，"开口的是埃德尔吉夫人，她身量苗条，一头白发，声音沉稳，"我可以对您说两件事吗？首先，能在这里听到苏格兰的口音，我感到非常亲切。从口音听来，您是爱丁堡人吧？"

"您猜对了，太太。"

"第二件是关于我儿子的，您见过乔治。"

"他很打动我。很多人在刘易斯和波特兰度过三年，都无法像他那样保持身心的强大。他是您的骄傲。"

埃德尔吉太太面对亚瑟的赞扬，只是笑了笑："乔治最渴望的事情便是回到他的律师岗位上，这也是他唯一的愿望。也许对他来说，现在比在监狱中更加糟糕。那时情况倒还更明晰，可现在他的处境很不确定。只有彻底洗雪了罪名，注册律师协会才会重新接纳他。"

那温柔而苍老的苏格兰女声正恳求着他，没有什么比这更能打动亚瑟了。

"放心吧，太太。我会掀起轩然大波，把事情都彻底弄清楚的。到时候，某些人肯定没法睡好觉了，我要和他们算账。"

但这似乎并不是埃德尔吉太太想要的承诺。"亚瑟先生，我们希望如此，也为此感谢您。但我想说的不是这个。您也接触过乔治，他是一个很有韧性的男孩——不对，年轻人。实话说，他的韧性让我们都很震惊，我们本以为他会脆弱一些。他希望能找回公平，但也仅限于此，他并不想因此而受到瞩目，或成为某个运动的倡导者，也不想代表谁，只想回到自己的工作岗位，过普通人的生活。"

"他想要结婚。"他们的女儿开了口，在此之前她都很沉默。

"莫德！"牧师并没有指责女儿的意思，而是感到惊讶，"他想结婚？什么时候的事？夏洛特——你知道这事吗？"

"爸爸，别这么大惊小怪。我的意思是，他想为了结婚而结婚。"

"为了结婚而结婚。"牧师重复道，他望向他那有名的客人，"您觉得可能吗，亚瑟先生？"

"我自己，"亚瑟笑了笑，"是遇到相爱的人后才决定结婚的。这样的情况我更了解，也觉得会更好一些。"

"这样的话，"牧师第一次露出了微笑，"我们不能让乔治为了结婚而结婚。"

回到皇家家庭宾馆，亚瑟和伍德一起吃了顿迟到的晚餐，然后来到一间空着的吸烟室。亚瑟点燃了他的烟斗，并看着伍德点燃了某个低等品牌的香烟。

"那是个很好的家庭。"亚瑟说,"一家人都很谦逊,值得敬佩。"

"确实如此。"

亚瑟忽然有些明白了埃德尔吉太太的话。如果他们的到来引来了新的骚扰怎么办?毕竟,撒旦——是上帝撒旦——就在那里。他正一边削尖自己的笔,一边磨快自己的凹面刀。上帝撒旦:一旦一个宗教开始不肯逆转地衰落,其恶状是多么让人反感。宗教的大厦就应该尽早被推翻。

"伍德,我想请你帮忙一起回顾一些事情。"亚瑟并不是想得到什么答案,他的秘书也清楚这一点,"现在在这个案子中,我有三点不是很明白,这些都是需要被填补的空缺。第一点是为什么安森站在埃德尔吉的对立面。你也看到了他给牧师的信,他竟然用劳役监禁威胁一个学生。"

"是这样。"

"他不是一般人,我调查了他。他是利奇菲尔德二世伯爵的次子,又是皇家炮兵,从1888年就开始担任警察局局长。这种人怎么会写这样的信呢?"

伍德只是清了清嗓子。

"你觉得呢?"

"亚瑟先生,我又不是调查员。我曾听您说过,在侦探工作中,首先要排除那些最不可能的部分,这样剩下的部分即使不可思议,也一定是真的。"

"这不是我的看法啦,不过我很赞同。"

"所以这也是您没有让我深入调查的原因吧。这样您问我问题,我就会给出最显而易见的答案。"

"那你觉得，关于安森局长和乔治·埃德尔吉的事情，最明显的答案是什么？"

"他不喜欢有色人种。"

"这确实很明显，阿尔弗雷德。有些太明显了，应该不是这样。不管安森有什么错，他是个英国绅士，还是警察局局长。"

"我说过我不是调查员嘛。"

"我们不要这么快放弃希望。咱们来聊聊第二个疑点，看看你能否帮上忙。除了早期和女仆有关的插曲，埃德尔吉遭遇的迫害共分为两个阶段。第一阶段是从1892年到1896年初。当时阵势很大，而且越来越严重，却又忽然停了下来。后面的七年里没有发生任何事情。后来迫害又开始，而且第一匹马被杀死了，时间在1903年2月。我不明白的是，为什么中间要间隔这么久？伍德调查员，你有什么想法？"

这位秘书并不喜欢亚瑟的游戏，因为这样看来输掉的总是他："也许因为某个当事人不在场。"

"不在哪儿？"

"大威利。"

"那他去哪儿了？"

"离开了。"

"去哪里了呢？"

"我不知道。他也许进了监狱，也许去了伯明翰，也许出海了。"

"我还是没法赞同，这也太明显了。如果是如此，当地人肯定会知道，而且会说起的。"

"埃德尔吉家的人不是说他们不大在意流言和八卦吗？"

"好吧，那我们可以问问哈利·查尔斯沃思。我的第三个疑点是衣服上的毛发。如果我们不能弄明白这件事——"

"我可以不回答吗？"

"伍德，你别生气。你只要不生气，总是会起到作用的。"伍德发现自己开始对华生医生的角色深表同情："有什么问题呢？"

"问题是，警察在牧师宅邸检查了乔治的衣物，说上面有毛发。而牧师和他的太太、女儿检查时，却说上面没有毛发。法医巴特博士——我印象中法医总是很谨慎的——他也做证自己发现了二十九根毛发，和被残杀的马'长度、颜色和形状相似'。这里很明显有矛盾。难道是他的家人想通过做伪证保护他吗？陪审团可能就是这样认为的。乔治的解释是，他可能曾靠在某个田野里的牛栏上。陪审团不会相信他，我对此毫不惊讶。他的说法不像是正常的描述，像是临时编出来的。而且，人们很可能认为他的家人做了伪证。如果他的衣服上真有毛发，他们肯定会看到，对吧？"

伍德思索着这个问题。自从受雇于亚瑟先生，他一直在获得新的身份：秘书、抄写员、签名伪造者、司机、高尔夫搭档、台球对手；现在显然又成了线索分析员。这又将是一个很荒唐的身份，不过就这样吧。"如果埃德尔吉的家人检查衣物时，毛发还没有在上面呢……"

"确实啊……"

"如果乔治根本没靠过什么牛栏，衣服上事先并没有毛发……"

"确实……"

"毛发肯定是后来沾上的。"

"什么时候？"

"衣物被从牧师宅邸拿走后。"

"你的意思是，是巴特博士把它们放上去的？"

"我也不知道。不过您想要的明显答案就是——这些毛发是后来通过某种方式放上去的。这样的话，就只有警方在说谎，或者是部分警方的人。"

"有这种可能。你看，阿尔弗雷德，我想说你也不总是错的。"

伍德想，要是华生获得了这样的赞赏，他应该很自豪吧。

第二天，他们回到大威利时，并没有做那么多伪装。他们在挤奶室会见了哈利·查尔斯沃思。他们穿过一群奶牛，来到一间位于农舍后方的小办公室。那里有三张摇晃的椅子、一张小桌子、一张脏兮兮的拉菲亚地毯，角落里还放着一本过期的日历。哈利是一个金发、相貌老实的年轻人，他对于两人打断了他的工作倒是饶有兴趣。

"你们是为乔治而来的吧？"

亚瑟生气地看着伍德，伍德摇头表示不是自己泄露的。

"你怎么知道？"

"昨晚你们去了牧师宅邸。"

"是吗？"

"反正有人看见两个陌生人在天黑后去了牧师宅邸。其中一个高个子的先生一直用面纱掩藏着胡子，另一个矮一点的戴着圆顶礼帽。"

"天哪。"亚瑟想到或许他还是应该去戏剧服装商那儿打扮一番的。

"现在，来找我的还是这两个人，虽然伪装得没有昨天明显。听说你们来找我的事是秘密的，不过很快就会被公开的。"哈利·查尔斯沃思显得很高兴，也很愿意帮忙回忆过往。

"我们确实一起上过学，那还是很小的时候。乔治总是很安静。他从不惹麻烦，却也不大喜欢我们这些同学。他很聪明，比我聪明，但当时我也还可以，不像你们现在看到的这样。整天盯着牛屁股看肯定会降低智商的。"

亚瑟并没有在意他对自己粗鄙的描述："乔治当时有什么敌人吗？比如他有没有因为肤色的关系被针对？"

哈利想了一会儿："我想不起来了。不过你们也知道，小孩子的喜好和厌恶与大人不同，而且也会随着时间变化。如果乔治被人针对，可能更多是因为他很聪明，或者因为他父亲是牧师，曾阻止过孩子们的一些不当行为。或是因为他近视，老师为了让他看清黑板，把他调到了前排，也许这样显得很偏心吧。同学们要是针对他，可不止肤色这一个理由。"

哈利对于大威利暴行的分析并不复杂，他认为这起案件很蠢，警察也很蠢。最蠢的是，竟有人认为有一支由某个神秘上尉领导的团伙，每到夜晚便四处游荡。

"哈利，我们想见见骑兵格林。他是这里唯一一个承认自己真的残杀过一匹马的人。"

"你们是想要长途跋涉吗？"

"他去哪儿了？"

"南非。你们不知道，就在审讯结束的几周后，哈利·格林便搞到了一张去南非的票，当然没有回程票。"

"真有趣。你知道那票是谁付的钱吗？"

"嗯，肯定不是他本人。应该是有人想要保护他，不让他受到伤害吧。"

"警方吗？"

"也许吧。他离开的时候警方并没有太在意。可他后来又回来供认，说自己没有残杀马匹，是警察强迫他招供的。"

"是吗？伍迪你怎么看？"

伍德一如既往地如亚瑟所愿，只陈述最显而易见的答案。"我觉得，这两次他一定有一次在说谎。"或者，他有些戏谑地说，"也可能两次都在说谎。"

"哈利，你能帮忙问问格林先生，他有他儿子在南非的地址吗？"

"我会试着问问。"

"还有一件事。既然这些事不是乔治干的，大威利有人在讨论是谁干的吗？"

"一直都有人讨论，从没断过。我想说的是，应该是某个懂得如何对付动物的人。你总不能走到一匹马、一只羊或者一头牛面前说，我割掉你内脏的时候你可要乖乖的。我还挺想看见乔治·埃德尔吉来到我的牛棚给我的牛挤奶的……"哈利沉浸在自己想象出的好笑场景中，"他肯定还没找到凳子就被踢惨了，或者跌在牛粪里。"

亚瑟向前探了探身子："哈利，你会帮助我们为你的朋友和老同学正名吗？"

哈利·查尔斯沃思注意到亚瑟那压低的声音和引诱的口气，却对此有些怀疑。"他其实算不上我的朋友。"他变得愉快起来，"但我会从牛奶场的工作中抽出时间……"

亚瑟本以为哈利·查尔斯沃思会更讲义气，但是他并没有太失望。一旦对方支付订金并明确收费标准，哈利便展现出了他作为侦探助理的能力，带领他们重走了三年半之前乔治在那个8月暴雨的夜晚走的路线。他们从牧师宅邸后面的田野出发，翻过一处栅栏，从树篱穿越，再从一条地下通道穿过铁路，又爬过一处栅栏，穿过一块田野，翻过一处坚固、满是荆棘的树篱，再翻过一处围场，才到达大威利矿区的边上。粗略推断这段距离有四分之三英里。

伍德拿出了他的怀表："共计18.5分钟。"

"我们身体都很好。"亚瑟边从外衣上摘下毛刺，并清理鞋上沾的污泥边说，"而且现在是白天，没有下雨，我们的视力也都没有问题。"

回到牛奶场并付过钱后，亚瑟开始询问这里平时会发生一些什么样的犯罪事件。不过都是些很平常的事情：盗窃家畜、聚众饮酒、放火烧草垛。除了袭击家畜，还发生过其他的暴力事件吗？哈利模糊地记得，大概在乔治被判刑那段时间，有人袭击过一位母亲和她的小女儿，是两个持刀的家伙。那件事引起了一些骚动，但是没有上法庭。他表示愿意深入调查。

他们摆手表示不必。哈利又带他们去了五金店，那里也是杂货店、布料店和邮局。

威廉·布鲁克斯是一个矮小、圆胖的男子，长着浓密的白胡须，头顶却光秃一片。他既未表现出欢迎，也未表现出怀疑。当亚瑟轻轻推了推他的秘书，声称他们想买刮靴刀时，他把他们带到了后面的房间。他对他们挑选什么物品很感兴趣。当他们付完钱，商品也包装完好后，他表现出自己会充分配合他们接下来的安排。

在储藏室里，布鲁克斯一边花很长时间翻抽屉，一边自言自语。亚瑟本以为了为了让他更配合，他还需要再买些镀锌槽和拖布。但是这位五金商最终找到了一篮皱皱巴巴、歪歪扭扭地捆绑着的信。亚瑟立刻认出了写这些信时用的纸，是和牧师宅邸的信一样的廉价笔记本用纸。

布鲁克斯努力回想着那些年里他遭遇的无果的敲诈。他的儿子弗雷德里克和另一个男孩曾在沃尔萨尔车站朝某个老太太吐口水。信上说，他如果想要儿子免遭控告，需要给邮局寄一笔钱。

"你收到信后什么都没做吗？"

"当然没有。你们自己看看这信吧，看看那笔迹。不过是恶作剧罢了。"

"你没有想过付钱吗？"

"没有。"

"也没想过报警？"

布鲁克斯嘲讽地吐了口气："从来没有，一点也没有。我没管它，后来也没有动静了。倒是牧师不停地在惹麻烦。他到处申诉，给警察局局长之类的写信，结果得到了什么？只是让结果更糟了，我说得不对吗？他和他儿子都很麻烦。我不是在责备他，只是觉得他根本不懂这村子里的法则。他有些太……死板了，你明白我的意思吧？"

亚瑟并没有做出评价："你觉得为什么会有人敲诈你儿子和那个男孩呢？"

布鲁克斯再次吐了口气："已经过去很久了，十年？可能不止。你应该去问我儿子，他已经是个大人了。"

"你还记得另一个男孩是谁吗？"

"我没有必要记得这个。"

"你儿子还住在这里吗？"

"弗雷德？他早就走了，他现在在伯明翰。他不想接管我的商店，所以去了运河上工作。"五金商停了下来，却又忽然有些生气地骂道，"那个小畜生。"

"那你有他的地址吗？"

"有吧。你们需不需要什么搭配刮靴刀的东西？"

亚瑟坐在回伯明翰的火车上，心情很不错。他不时望向伍德身边那三个袋子，每个袋子都用油牛皮纸包好，并绑着绳子。亚瑟忍不住看着这些袋子笑了。

"阿尔弗雷德，你觉得我们今天的工作怎么样？"

他到底在想什么？他又想要什么显而易见的答案？不过，真实的答案又是什么呢？"实话说，我觉得我们并没有什么进展。"

"不，没有这么糟。我们在很多方面各获得了一点不明显的进展，还买了一把刮靴刀。"

"是吗？我记得安德肖有刮靴刀啊。"

"别这么扫兴，伍迪。一个家中肯定不止需要一把刮靴刀的。以后我们会把它命名为埃德尔吉刮靴刀，每次清理靴子的时候，都会想起这次历险。"

"好吧。"

亚瑟不再理会伍德怎么想，而是望着车窗外的田野和灌木。他想象着埃德尔吉搭乘这列火车到梅森大学去，后来到桑斯特–维克里–斯佩特事务所去，再后来到他自己在纽霍尔街的办公室去。他又想象着乔治·埃德尔吉住在大威利，在小路上散步，去找靴匠修鞋，去布鲁克斯那里买东西。这位年轻的律师——虽然谈吐得体、着装考究，但即使是在欣德黑德也算是个异类，更何况斯塔福德郡的乡村呢。显然，他是个值得尊敬的人，头脑清晰，性格坚韧。但如果你只看他的外表——以一个没受过什么教育的农民的目光，以一个不太聪明的乡下警察的目光，以一个心胸狭隘的英国陪审员的目光，或是以季度庭审主席的可疑目光——你只会看到那棕色的皮肤和高度近视的双眼。他看起来确实有些奇怪。在这样落后的乡村，一旦发生某些奇怪的事，舆论总是会将矛头立刻指向这个人。

理由——真正的理由一旦被丢下了，对那些丢下它们的人来说，自然是丢得越远越好。一个人的优点也会变成缺点：自制力会被当作是神秘，智慧会被当作是狡猾。于是一个受人尊敬的律师，视力不好、身量瘦小，却被视为可以在漆黑的夜晚飞跃田野，躲过二十个特警的监视，只为残杀动物的暴徒。这一切毫无逻辑，但似乎也很有逻辑。亚瑟认为凭借他那天在查令十字街大饭店的客厅里，第一眼就看出乔治的视力缺陷，便足以证明他是无辜的。这为乔治·埃德尔吉的无罪提供了道德上的支持，也表明了他为什么会被当作替罪羊。

回到伯明翰，他们在弗雷德里克·布鲁克斯运河附近的住处拜访了他。他打量着这两位先生，感觉到他们是伦敦人，也认出了矮个子先生腋下夹着的三个包裹，并声明自己提供信息的价格是半克朗[1]。亚瑟已经习惯了当地人的做法，于是他提供了自己的报价范围，提出根据答案的有效程度，会提供1先令3便士到2先令6便士的报酬。布鲁克斯同意了。

他说，他的同伴名字叫弗雷德·威恩。是的，他和大威利的水管工兼煤气匠有些亲戚关系，也许是他的侄子或表弟。威恩住在沿线两站路的地方，他们每天一起到沃尔萨尔上学。不，现在已经不联系了。至于许多年前那件事，关于恐吓信和吐口水事件——他和威恩当时都很确定，是那个打碎车窗的男孩干的，他想把自己的罪过嫁祸给他们，他们也想要指控他。铁路公司的员工和他们三人，以及威恩和布鲁克斯的父亲都谈了话。但是他们不知道谁说的是真的，于是给了每个人一个警告，这件事就此结束了。那个男孩名叫斯佩克，住在大威利附近某处。不过布鲁克斯也多年没有见到他了。

亚瑟用他的镶银铅笔记录下了这一切。他认为这些信息价值2先令3便士，弗雷德里克·布鲁克斯接受了。

回到皇家家庭宾馆，亚瑟收到了一张来自琼的便条。

---

[1] 瑞士货币单位。

我最亲爱的亚瑟：

　　我写信是想要问问你那伟大的调查进展如何。真希望在你搜集证据和采访嫌疑人时，我就在你身边。你所做的任何事对我来说都和我的生命一样重要。我很想念你，不过猜想你正在为你的年轻朋友做些什么，倒也是一件有趣的事。

　　期待你能记录下所有的新发现。

爱你和你爱的

琼

　　亚瑟发现自己有些惊讶。从言语上看，这并不算是一封直白的情书。也许这本就不是情书。不，当时是，不过是有些特别的那一种。琼变了——变得和从前不同了。相识十年后，她依然能让他感到惊讶。他很为她骄傲，也为自己的惊讶感到骄傲。

　　后来，当亚瑟那晚最后一次阅读琼的便条时，阿尔弗雷德正躺在楼上一间更小的卧室里。在黑暗中，他能辨识出他的梳洗桌上正放着那狡猾的五金商卖给他们的三个包裹。布鲁克斯还要求亚瑟支付一笔"租赁"匿名信用的保证金。对于此事，无论是当时还是后来，伍德都没有做出任何评价，也许这便是在火车上他一直被他的雇主指责生闷气的原因吧。

　　今天，他担任的是亚瑟的助理调查员，同时也是他的搭档和伙伴。晚饭后，两人在台球桌上对局，水平势均力敌。明天，他又会回到自己正常的秘书和抄写员的职位上，和那些女速记员从事同样的工作。职责的变化和心态上的不同需求并没有困扰他。他努力为自己的雇主服务，无论在哪方面都尽可能认真高效。如果亚瑟需要他指出那些显而易见的事实，他自然会指出。如果亚瑟让他不要指出某些显而易见的事实，他就会保持沉默。

有时，亚瑟并不想让他指出某些显而易见的事实。比如当他们在客厅里，店员拿过来一封信时，他不希望自己颤抖的手，以及像个男学生般把信揣在衣兜里的窘态被注意到。伍德也不要注意到他晚饭前急着回房间的样子，以及随后晚餐时表现出的喜悦。对某些事情不动声色——这是一种很重要的职业技能，而且在过去数年里渐渐显出了它的用途。

他觉得自己还需要一些时间来改变对莱基小姐的看法——尽管他不确定，在接下来的一年中，她是否还会一直使用现在的名字。对待第二位柯南·道尔太太，他会和对待第一位时一样敬重，但或许不会这么快投入真心。他不知道自己是否喜欢莱基小姐，不过他觉得这不重要。作为一名老师，你也不一定非要喜欢校长的太太。而且也不会有人让你表达看法，所以这完全无关紧要。但是，从她出现在安德肖这八九年起，他总是忍不住在想，琼是不是有些虚伪。她注意到伍德在亚瑟的日常生活中起到非常重要的作用后，便开始很明显地赞赏他，甚至不只是赞赏。她还会用手拍他的肩膀，并模仿亚瑟叫他伍迪。他觉得她没有必要表现得这样亲密。即使是道尔太太——他总是想起她——也没有这样叫过他。她充分发挥了自己热情的特质，有时似乎在艰难地克制着，但这会让伍德觉得她过于卖弄。打高尔夫球时，伍德会给任何人一个百分的开局，但亚瑟并非如此。亚瑟常常将高尔夫球运动比作卖弄风情，尽管在伍德看来，这种运动要比大部分女人都直接得多。

不过，这没有关系。如果亚瑟得到了自己想要的，琼·莱基也如此，他们一起幸福地生活，又有什么不好呢？不过让阿尔弗雷德·伍德感到轻松的是，他从未想过自己要结婚。除了从健康的角度，他并未看出结婚还有什么好处。你娶了一个真爱的女子，随后会对她感到厌倦；你娶了一个不爱的女子，便时常意识不到自己手上戴着戒指。对于一个男人来说，似乎只有这两种选择。

亚瑟偶尔会指责他有情绪。他觉得这更多是因为他有时会保持沉默——有时还会有自己明显的看法。比如对于道尔太太；对于那些在南海城幸福的日子，在伦敦忙碌的日子，以及最后那些漫长而悲伤的日子。他对未来的柯南·道尔太太，以及她可能会对亚瑟和这个家带来的影响也有自己的看法。他还想到了金斯利和玛丽，想到他们会怎样面对一位继母——或者就是面对这位继母。金斯利肯定会挺过来的，他已经继承了父亲的刚毅性格。但是伍德有点为玛丽担心，她是个适应性没那么强，又有些恋旧的女孩。

回到安德肖，亚瑟把自己关在书房里，点燃一支烟开始考虑对策。显然他需要双管齐下。第一件事是尽快向所有人证明乔治是无辜的。他并非只是因为证据的误导被错判，而是完全无辜，百分之百无辜。第二件事是找到真正的罪犯，要求内政部承认错误，并重新开庭。

亚瑟工作的时候，发现自己找到了某种熟悉的感觉。这就像是开始写一本书：你已经有了部分故事，但不是全部；你有了部分角色，但也不是全部，而只是其中一些，并不具备完整的链条关系。你有了开头和结尾，但同时仍须在脑海中构建许多内容。有些是动态的，有些是静态的，有些很快就能想到，有些需要集中你全部的心力。不过，他已经习惯如此。他采用构造小说的方式，整理出了全部关键事件，并简单地做了注释。

1.关于追踪

耶尔弗顿。通过收集档案（长期性），建立了支持乔治的团队，并不断促进其发展。

谨慎——律师的特性。韦切尔？不——避开不动产投资信托。辩护实例。遗憾的是对此没有官方的文件记录。（有针对此事展开的抗议活动吗？）可靠的报纸报道？（除了《仲裁人》。）

毛发/巴特博士。也许我们是对的！！毛发不是之前就有。（否则就是埃德尔吉一家做了伪证。）∴[1]毛发是之后放上去的。是无意还是有意呢？谁？什么时间？怎么放上去的？是巴特吗？？需要访问。另外，关于发现的毛发，其范围是否有不确定性？一定是马毛吗？

信件。需要调查：纸质/材料，拼写正确率，行文风格，内容，写作者的心理状态。古林，有一定欺骗性。贝克案。寻找更好的专家（这是好办法吗？）找谁呢？德雷福斯案那些人吗？另外，匿名信只有一个作者吗，还是不止一个？写信人=残杀犯？写信人≠残杀犯？他们是否有联系或重叠？

视力。斯科特的报告。这点足够吗？还需要什么？母亲的证言。乔治视力在暗处/黑夜受到的影响？

格林案。马到底是谁残杀的？谁为他付了机票钱？设法追踪或访问。

安森。访问。偏见？有什么证据？对警察局的影响。和坎贝尔见面。索要警方记录？

---

[1] 意指"所以"。

亚瑟承认，他的优势之一是名气，他的名字可以提供很多便利。无论是面对鳞翅类专家还是弓箭历史专家，无论是面对法医还是警察局局长，他的访问请求总是能被接受。这很大程度上归功于福尔摩斯——尽管亚瑟并不是很想感谢福尔摩斯。他创造这个角色的时候，并不知道笔下这位的侦探会成为开启他实际侦探生涯的钥匙。

他重新点燃一支烟，开始进入自己提纲表的第二部分。

2.关于案犯

信件。见上文。

动物。屠宰员？屠夫？农民？对比其他地方的案例。方法是否典型？寻找专家——谁？公众的八卦/猜想（通过哈利·查尔斯沃思）。

工具。不是剃须刀。（追踪。）∴什么？问巴特？问路易斯？弯曲程度。小刀？农具？目的是什么？是否有专门的改良工具？

1896~1903年，静默的中间七年。为什么？？有意/无意/被迫？谁不在场？谁又会知道？

沃尔萨尔。钥匙。学校。格雷托雷克斯。其他男孩。窗户/吐口水事件。布鲁克斯。威恩。斯佩克。是否有关联？是否正常？这件事和乔治·埃德尔吉是否有什么关系？（询问。）校长？

过去/后来。其他残杀案。法林顿。

这便是此时需要调查的全部内容。亚瑟吸了口烟斗，上下打量着这份清单，考虑着有没有哪些线索是错误的，或者比较薄弱的。比如法林顿。法林顿是大威利矿区一个粗野的矿工，在1904年春天残害了一匹马、两只羊和一只小羊——当时正是乔治从刘易斯转移到波特兰的时候。虽然这家伙平时很粗鲁、常在公共场所闲逛，但警方依然认为这起案件和著名罪犯埃德尔吉有关。亚瑟讽刺地想，他们是把两人当作灵魂知己了吗？法林顿能否给他带来什么线索呢？他犯罪只是出于好胜心吗？

也许贪财的布鲁克斯和神秘的斯佩克会提供某些线索。斯佩克这个名字有些奇怪——尽管亚瑟头脑中产生的唯一联想是南非。在南非，他吃了许多斯佩克，这是他们殖民地称呼腌肉的方式。这里的腌肉和英国不同的是，它可以由任何动物的肉制作而成——他记得自己曾经就吃过河马斯佩克。那是在哪儿？布隆方丹，还是去北方的时候？

亚瑟的思绪开始四处分散。以他的经验，唯一集中精力的方式便是清空大脑。福尔摩斯会通过拉小提琴，或者那个嗜好来实现——现在亚瑟有些为当时给他设计那个嗜好而难堪。亚瑟自己并不依赖可卡因注射器：他把希望寄托在一袋山核桃做成的高尔夫球杆上。

他总是觉得高尔夫球是一种为他量身打造的运动。因为它需要眼睛、头脑和身体的配合：非常适合一个由眼科医生转型为作家，却依然保持着运动热情的人。不过这只是他的理论。在实战中，高尔夫球总是先引诱你，然后再从你手中逃走。它已经引着亚瑟绕着整个地球跳了一支舞。

他开车去汉克利俱乐部时，在明纳酒店前找回了自己最初打球的记忆。如果你完全任由你的球随意奔跑，你可能会在某个古老的拉美西斯[1]或图特摩斯[2]墓前发现它。他记起某日有一个路人，看到他充满活力却飘忽不定的球技时，打趣说在埃及挖掘文物可是要征税的。但即使是那次击球，也没有在佛蒙特州吉卜林家里那一次传奇。当时是感恩节，地面上的雪很厚，球只要打出去很快会不见。不过好在其中一个人——他们现在还在争论到底是谁——提出把球涂成红色。传奇的故事并未止于此，由于冰壳的作用，即使是最微弱的击球，也具有了强大的冲击力。他和拉迪亚德一起在一个下坡上发力，球完全无法停下来。他们滑了两英里，直追进康涅狄格河。他和拉迪亚德坚称如此，那些俱乐部的家伙想怀疑就怀疑吧。

　　当天这项卖弄风情的运动对他还不错，他发现自己站在18球道上仍有机会破80杆。如果他能在内线距离内投进9号铁头球棒坑……当他思考着如何击球时，忽然意识到以后可能不会在这个场地打球了。因为他会离开安德肖。离开安德肖？不可能，他本能地反应。但这是不可避免的。这栋房子是他为图伊而建的，图伊是它第一个也是唯一一个女主人。他怎么可能让琼作为他的新娘搬进这里呢？这样做不仅有损名誉，而且太过无耻。图伊在病中暗示亚瑟可能会再婚是一回事，但把一位新妻子带回家，和她一起享受曾经每个夜晚与图伊共度的美好瞬间是另一回事。

　　当然，他是不可能这样做的。即使琼机智聪慧地决定不指明这一点，让他自己想通，他也不会这样做。琼是一个很出色的女子，更让亚瑟感动的是她正努力参与到乔治的案件中来。也许这样比较不

---

[1] 拉美西斯二世（RamesesⅡ，约公元前1303—公元前1213），古埃及第十九王朝第三位法老。

[2] 图特摩斯三世（ThothmesⅢ，公元前1514—公元前1425），古埃及第十八王朝法老。

大好，但图伊是那种永远支持他的做法，无论他成功或失败都一样开心的女人。琼当然也是如此，但她能对这件事感兴趣激发了亚瑟的斗志。他决心一定要在乔治的案件中取得成功，为了伸张正义，为了——夸张些说——整个国家的荣誉，但也为了他深爱的女人。他将把这胜利作为战利品带到她面前。

亚瑟心中涌动着这些想法，他的第一杆球超出了球洞十五尺，第二杆球距球洞还有六尺，两次都没有打中。他本来能破82杆的，现在却只有79杆。的确，打高尔夫球时不能有女人参与，她们不仅不能出现在球道和推杆的地方，也不能出现在球手的脑海中，否则就会像刚刚那样引发混乱。琼有一次提到自己想学高尔夫，他表现出了应有的热情，但实际上这是个很糟的主意。为了公民的利益，性别平等不仅仅应该在投票站被禁止。

回到安德肖，他发现自己下午收到了一封来自曼彻斯特广场的肯尼斯·斯科特的信件。

"我们有证据了！"他边踢开伍德的办公室门边叫道，"我们有证据了！"

秘书看着眼前的纸，读道：

> 右眼：875度近视。
>
> 175度散光。
>
> 左眼：825度近视。

"你看，我让斯科特帮他做了麻醉，这样这个结果便完全独立于病人了，以防有人说乔治是假装视力不好。我想要的就是这样的证据，千真万确，毫无争议！"

"我想问一下，"伍德开口道，他发觉今天华生的角色要轻松很多，"这是什么意思？"

"就是说……在我这么多年的眼科医生经历中，我还没有矫正过这么高度的近视。你看，斯科特医生是这样写的。"他把信拿了回来，"和所有的近视患者一样，埃德尔吉先生通常很难看清远处的事物。在昏暗的天色下，如果对道路不是完全熟悉，他根本无法认路。"

"阿尔弗雷德陪审员，他的视力就和蝙蝠一样差啊。蝙蝠在夜里倒是能够找到路，但我们这位朋友做不到。我知道要怎么做了，我可以发起一项挑战，提供一些和乔治同样视力效果的眼镜，如果警方有人反对，就让他在夜里戴上，我保证他绝对没法在一小时内从牧师宅邸到达田野，再原路回来。我可以以我的名誉打赌。这位陪审员，为什么你看起来有些困惑？"

"我只是在听您讲啊，亚瑟先生。"

"不，你看起来很困惑，我很擅长分辨困惑的人。来吧，说说你最明显的疑问。"

伍德叹了口气："我只是在想，乔治的视力在三年的监禁中有没有恶化。"

"哈！我猜到你会想这个，不过和这个没关系。乔治的视力是公认的长期眼部结构问题，所以1903年他的视力和现在一样差，而且那时他连眼镜都没有。还有别的问题吗？"

"没有了。"虽然有些潜在的疑惑，但他觉得提出来不太合适。他的雇主可能确实在整个行医生涯都没有遇到过这么高度的近视。他可是常常听他在饭桌上讲起德文郡的等候室有多空荡，由于病人太少他才有时间写小说。

"我觉得我可以要回3000。"

"什么3000？"

"3000英镑啊。我是根据贝克案计算的。"

伍德一脸茫然。

"贝克案，你还记得贝克案吧？真不记得？"亚瑟有些嘲弄地摇了摇头，"阿道夫·贝克。我记得他是挪威人。他因为诈骗女性被判刑。人们认为他有前科，从前的名字叫约翰·史密斯，此前因为类似的原因被逮捕过。贝克获七年的劳役监禁，大约五年前被释放。三年后，他又被逮捕了，并进行重新审理。法官有些迟疑，推迟了判刑。此时应该出庭的其实是原本的骗子史密斯先生。我还记得其中一个细节。他们怎么知道贝克和史密斯不是同一个人呢？他们一个割了包皮，一个没有。有时公正就隐藏在这种小小的细节中。

"你看起来比刚才更困惑了，不过我能理解。重点在于，一共有两个重点。第一个是贝克因错误指认了若干女性证人而被定罪，应该是十个或十一个，我不记得了。不过，他的另一个定罪理由，是一位笔迹专家认定某些伪造的匿名信是他写的。这个专家就是我们的老朋友托马斯·古林。后来他只能到贝克案调查委员会做证，承认自己的鉴定两次误判了同一个无辜的人。然而就在他引咎辞职前的一年，他坚称那些匿名信就是乔治写的。我觉得应该禁止此人再来做证，并且重新核查他经手的所有案件。

"还有第二点。在委员会提出异议后，贝克得到了宽恕，并由财政部赔偿他5000英镑。5000英镑是他遭遇无辜监禁五年的赔款，还要除去税额。所以我会提出3000英镑赔款。"

一切继续推进。他还会给巴特博士写信要求访问；给沃尔萨尔学校校长写信询问斯佩克的事情；给安森局长写信要求浏览警方的案件报告；给乔治写信询问他是否曾在沃尔萨尔做过什么有争议的业务。他还会阅读贝克案的记录，以证实古林所犯的错误，并正式要求内政部对整个事件进行一次全新且最终的调查。

接下来的一些天，他决定仔细研究匿名信，试图找出一些线索，从研究笔迹上升到研究写信者心理的层面，以推断出作者身份。随后他会把这些文件送去林赛·约翰逊博士那里，和乔治的笔迹进行专业对比。约翰逊是欧洲顶级的笔迹专家，曾在德雷福斯案[1]中被洛博里管家征用。亚瑟想，等我做完这一切，我会让乔治·埃德尔吉案引起和法国的德雷福斯案一样的轰动。

他坐在书桌前，面前是许多信件、一只放大镜、一个笔记本和他那镶银的铅笔。他深吸一口气，然后缓慢而谨慎地解开了牧师和布鲁克斯的包裹，仿佛害怕某些恶灵从中逃出。牧师的信件用铅笔写了日期，并按照收到的顺序进行了编号。五金商的信在排序上并没有什么规律。

他体会着那些刻毒的憎恶、让人厌恶的熟悉感、自吹自擂的口气、近乎疯癫的狂乱、冠冕堂皇的声明和自始至终的轻浮。"我是上帝，我就是上帝。""我是蠢货是骗子是诽谤者是告密者。邮递员可有事干了。"这些话很可笑，但可笑中又蕴含着恶魔般的残忍，许多受害者都会因此而崩溃。随着越读越多，亚瑟的愤怒和厌恶开始平息，他试图让这些话渗透自己心里。"你这肮脏的告密者，你需要十二个月的劳役监禁……我会越来越厉害……你这个恶棍，我非得收拾你一顿不可，你这个卑鄙的浑蛋、该死的猴子……我知道有钱人的

---

[1] 德雷福斯是一名法国犹太裔军官，1898年被误判犯有叛国罪。

嘴脸，如果我有一张恶魔的脸，也不会坏过你……谁在周三晚上偷了那些鸡蛋，应该是你和你的同伙吧，我觉得他们不会绞死我的……"

他读了一遍又一遍，不停地分类、分析、比较、注释。渐渐地，各种暗示变成了疑问，又变成了推测。首先，无论是否有残杀动物的团伙，写信者肯定是团伙作案。他猜测共有三个人：两个成年人和一个男孩。两个成年人的笔法比较像，但是他认为依然有区别。其中一个人仅仅是带有恶意，另一个则体现出宗教狂热，一会儿是歇斯底里的虔诚，一会儿是无耻的亵渎。那个自称为撒旦、上帝以及两者的结合体——上帝撒旦的就是这个家伙。至于那个男孩，他脏话连篇，亚瑟认为他的年龄是十二至十六岁。这些成年人还很为他们的伪造能力而自豪。"你以为我们没法模仿你儿子的笔迹吗？"这句话出现在1892年写给律师的信里。为了证明这一点，他们附带了一整页逼真的签名，上面不仅有埃德尔吉一家、布鲁克斯一家，还有全部的村民的签名。

大部分的信件都是用同一种纸写成的，使用的信封也很相似。有时，一个作者起了头，会交给另一个人接着写。比如撒旦开篇后，同一页便是那个小孩的粗糙涂鸦和恶俗描画。这点充分体现出这三个人生活在一起。那么他们生活在哪里呢？既然很多信都是徒手送到大威利的，很有可能他们的住处距离那里不超过一至二英里。

那么，什么样的地方可以同时住下这三个"大作家"呢？某些会容纳不同年龄年轻男性的地方？比如补习学校？亚瑟查看了教育名录，却发现附近没有这样的地方。这三个家伙难道是同一个办公室的同事吗，或者是一起做生意的职员？他越思考，越觉得这三个人来自同一个家庭，是两个哥哥和他们的弟弟。有些信非常长，很显然只有一家人才能有时间共同完成。

他还需要更多的细节。比如，沃尔萨尔学校是这起案件中的一个恒定要素，但这个要素有多重要呢？还有，这封信是怎么回事？信中的宗教狂热明显引自弥尔顿的书。在《失乐园》的第一册中，作者以撒旦的衰落和地狱之湖的烧毁表达了自己的观点。如果亚瑟有办法，他一定会让这个结局实现的。所以，他有一个新问题想问校长：《失乐园》属于学校的教学内容吗？如果属于，有多少学生学过这一篇，有没有人对此特别上心？这是在做无用功，还是在挖掘所有的可能？其实很难说。

他按顺序读这些信，又倒着读一遍，再随机读一遍。他像洗牌一样打乱它们，然后注意到了某些事情。五分钟后，他开始狂敲秘书的门。

"阿尔弗雷德，祝贺你啊。你猜得非常准。"

"什么？"

亚瑟把一封信放在了伍德桌上："看，这里。这里，还有那里。"伍德的目光追随着亚瑟的手指，并未表现出兴奋之情。

"我到底猜中什么了？"

"看，这里：必须把男孩送去出海。还有这里：海浪向你袭来。这是署名格雷托雷克斯的第一封信，你没看到吗？这里也有：他们不会用绞刑处决我，只会送我出海。"

伍德的表情显示出他并没有什么明显的发现。

"那段时间，伍迪。那七年。我不是问你为什么会有那七年的空缺吗？你回答说，因为他不在场。他去哪儿了？你回答说，也许他出海了。这是七年后的第一封匿名信。我会再查看一次，我可以用你的工资打赌，早期那些信中肯定不止一次提到过出海。"

"好吧。"伍德有些沾沾自喜，"似乎有这个可能。"

"如果你还有一点怀疑，这儿还有个证据。"不过秘书正处于自己猜对答案的喜悦中，并没想怀疑什么。"想想最后一次恶作剧从哪里来。"

"您恐怕得提醒我一下。"

"1895年12月，记得吗？一份黑潭的报纸登出广告，说要拍卖牧师宅邸的全部家当。"

"是吗？"

"喂，黑潭。黑潭是哪儿？利物浦的旅游胜地。利物浦就是他出海的地方。信息已经非常明显了。"

阿尔弗雷德·伍德那天下午很忙。他需要给沃尔萨尔的校长写信，询问学校教授弥尔顿的事情；还要给哈利·查尔斯沃思写信，询问村里是否有人在1896至1903年期间出海，同时询问一个叫斯佩克的男孩或男人的情况；也要给林赛·约翰逊写一封信，请他紧急对比附件中的笔迹和乔治·埃德尔吉的笔迹。同时，亚瑟还给母亲和琼写信，汇报了案件的进展。

第二天早上，邮局送来了一封用熟悉的信封装着的信。邮戳是坎诺克的：

> 尊敬的先生：
>
> 　我们是侦探的眼线。我们知道是埃德尔吉杀了那匹马，写了那些信。想把这些罪行安在其他人身上是不靠谱儿的。埃德尔吉有罪，事实会证明他不是个好人……

亚瑟翻了一页，继续读下去，并发出了一声咆哮：

318

……恶心的奥尔迪斯当校长时，我们在沃尔萨尔学校学不到任何东西。州长们收到关于他的举报信后，他挨了一枪。哈哈！

亚瑟又追加了一封信给沃尔萨尔学校校长，向他询问他的前任是如何离开的。这封最新的证据也被送往林赛·约翰逊博士手中。

安德肖很安静。两个孩子都不在：金斯利在伊顿公学开始了他的第一个学期，玛丽在戈德尔明的帕莱尔菲尔德中学读书。天气很阴郁，亚瑟独自在火炉边用餐，晚上和伍迪打台球。他发现自己五十岁的生日即将到来，如果两年也可以算作即将到来的话。他还是经常打板球，而且他的掩护射门常常备受赞扬，并得到对方队长的好评。但他经常站在投球线上，看着一个失礼的投球手挥动手臂，随即感觉到自己的衬垫遭遇一记重击，他看着裁判，听到二十二码外传来一声遗憾的裁决："非常抱歉，亚瑟先生。"此类裁决无须上诉。

不得不承认，亚瑟的黄金时代已经过去了。某一赛季他们以61：7战胜剑桥郡，对方的击球手是W. G. 格雷斯二世。亚瑟作为第五位击球手上场，用蒙人的把戏把他罚下时，此人已经进了很多球。尽管如此，W. G. 格雷斯得分排名第三，W. 斯托勒排名第二，A. I. 柯南·道尔以110分排名榜首。为了庆祝，他写了一首英雄体的十九节诗，但无论是他的诗歌还是其中记录的事迹，都无法让他入选年鉴。帕特里奇不是预言他会成为英格兰队长吗？更适合他的身份是去年夏天在伦敦大板球场担任的作家–演员队队长。那个6月的一天，他向沃德豪斯击出了一记好球，那家伙却滑稽地把他的球投给了一只鸭子。亚瑟自己击中两球，霍宁连上场都没有轮到。霍勒斯·贝利克利得了54分。也许一个作家写作水平越高，板球的水平就越低吧。

在高尔夫球领域，亚瑟理想与现实的差距也在逐年扩大。但是台球……台球不是那种水平会随着年龄增长而衰落的游戏。选手们到了五十岁，甚至六十岁、七十岁水平也不会有明显的下降，因为力量不是最重要的，经验和技巧才是关键。吻击、跳击、邮差击球、沿着顶岸带球——这才是这个游戏的乐趣所在。如果多一些实践和专家的建议，他能参加英国业余锦标赛吗？他当然知道自己的长击球还需要进步。每次他都告诉自己：先切目标球的半球，将球打入顶袋，然后尽可能借助这一稳固的半球关系进更多的球。伍德在长击球方面没什么问题，但正如乔治经常指出的，他的双障球还很欠缺。

他已经接近五十岁，后半段的人生已经在缓慢开启。他失去了图伊，却找到了琼。他摒弃了曾经支持的科学唯物论，却发现了一扇开启新世界的大门。智者们常常说，英国人虽然缺少灵魂的信仰，却通过发明板球让自己获得了永恒状态。愚钝的观众可能会觉得，台球不过是一次次往同一个球坑中击球。这两者都是胡言乱语。英国人确实不喜欢公开表达观点——这点与意大利人不同——但他们有着同样的灵魂信仰。而台球的每一次击球都是不同的，就像每两个人的灵魂都不同一般。

他到格雷肖特拜访了图伊的坟墓，在上面放满花朵，打扫干净。他离开时，发现自己正想着下次来是什么时候。下周吗，还是两周后？下下次呢？再下次呢？过了某段时间，这里就不会再有花了，他也会来得越来越少。他会和琼开始新的生活，也许是在克劳巴罗，因为那里离她的父母比较近。那样来看图伊就……有些不方便。他可能会说服自己常常想到她就足够了。琼应该会——上帝保佑——为他生孩子。到时谁还会来看图伊呢？他摇摇头，想要抛开这些想法。预知未来的愧疚并没有什么意义。你只能尽己所能，并顺其自然地处理以后将要发生的事情。

即使如此，回到安德肖——回到图伊空荡的房子里——他便去了图伊的卧室。他从未允许任何人重新布置这个房间——怎么忍心呢？所以图伊去世时的床还在。当时是凌晨3点，空气中弥漫着紫罗兰的气息。她那柔弱的手正被他粗糙的大手握着。玛丽和金斯利疲惫而恐慌，却不敢表现出来。图伊用最后的力气抬高声音，告诉玛丽照顾好金斯利……亚瑟叹了口气，走向窗户。十年前，他为她选择了视野最好的房间，可以看见花园和山谷，树林刚好在这里收拢。这是她的卧室，她的病室，她死去的房间——他想要尽可能地保存下这里的欢愉和痛苦。

他一直是这么对自己说的——对自己说，也对别人说，说着说着就相信了。他是在骗自己吗？因为也正是在这个房间里，图伊去世前的几周曾和女儿说她的父亲会再婚。玛丽提起这句话时，他对此事轻描淡写——现在他意识到，这是个愚蠢的决定。他当时应该抓住机会赞扬图伊，同时也为后面的事情做一些铺垫。可他却慌慌张张地假作幽默，还问出这样的问题："她心中有什么合适的人选吗？"玛丽只是叫道："爸爸！"但很显然，她的语气不是很愉快。

他继续朝窗外看去，目光经过荒废的网球场到达山谷。恍然间，这山谷让他想起了一个德国民间传说，可现在看来这也不过是萨里的一部分。他很难和玛丽重新提起那个话题。但有一件事是确定的：如果图伊早就知道，那他会崩溃。如果图伊和玛丽都知道，他会陷入双重的崩溃。如果图伊知道，那么霍宁就是对的。如果图伊知道，母亲的想法就是错的。如果图伊知道，他便在康妮面前伪装成了一副可耻的伪君子模样，还无耻地利用了年迈的霍金斯太太。如果图伊知道，他那些自以为捍卫名誉的行为就都成了耻辱。在玛逊吉尔的荒原上，他曾对母亲说：有时名誉与耻辱之间如此接近，甚至很难区分。母亲回答说，这便是为什么名誉如此重要。如果他此前一直都在耻辱的泥沼中划行，唯一欺骗了的便是自己该怎么办？如果他只是一个世人所不齿的奸夫怎么办？——虽然他并没有通奸，可这又有什么意义呢？如果霍宁说得对，有罪和无辜之间并没有什么区别，他又该怎么办呢？

他沉重地坐在床上，想起了那些前往约克郡的秘密旅行：他和琼来回都搭乘不同的火车，假装彼此毫无关联。英格尔顿距离欣德黑德有二百五十英里远，他们在那里是安全的，但是考虑到名誉，他依然始终顾虑重重。那些年里，大家一定都看出了端倪。英国的乡村里怎么能少了流言蜚语呢？无论琼如何在他人陪伴下出现，无论他们怎么证明两人从未住在一起过，毕竟他是赫赫有名的柯南·道尔，曾在那里的教堂结婚，却和另一个女子相伴在荒原上游荡。

而且那里还有沃勒。当时，沃勒总是对他微笑着，他也从未想过他对这段关系的看法。母亲对他表示支持就足够了，至于沃勒怎么想并不重要。而且沃勒是一个平和、好相处的人，从没有什么过激的表现。无论你给他讲什么故事，他都会表现出完全相信。莱基家是道尔家的老朋友，母亲又那么喜欢那个女孩。沃勒除了正常的寒暄和礼节，并没有什么过多的表示。他没有在打高尔夫时，对亚瑟说琼是一个很好看的姑娘，但他一定很快就看出了他们的关系。也许——但愿不要如此——他还和母亲背着亚瑟讨论过此事。但无论如何，沃勒见证了一切，也知道一切。亚瑟意识到，最痛苦的是——沃勒因此可以扬扬得意地看着他。他们在一起捕猎时，他会回忆起那个从奥地利的学校回来的男孩，那小子曾把他视为网中的布谷鸟，十分天真地站在那里，鼓着一股气和他较劲。许多年过去后，亚瑟来到玛逊吉尔，是为了和自己情人度过秘密的时光。此时的沃勒只默默地看着，一言不发——这样已经足够糟糕，也足以体现他的优越感——这便是他的道德复仇。你还敢用不满的目光看我吗？你还敢标榜自己懂得生活吗？你还敢怀疑你母亲的名誉吗？你来到这儿，借助你母亲、我，还有全村人来隐瞒你的秘密约会，驾着你母亲的马车带着情妇经过圣奥斯瓦尔德教堂。你以为大家没有注意到吗？你以为我会选择性失忆？问问你自己吧，也问问别人，你的行为很光荣吗？

不，他必须停下来。他知道自己会陷入怎样的旋涡，也知道自己会越发崩溃，最终变得无精打采、绝望，然后陷入无尽的自卑。不，他需要停留在已知的事实上：母亲一直支持他的行为。霍宁之外的其他人也是如此。沃勒什么都没有说。图伊也只是提醒玛丽，如果他的父亲再婚的话不要太惊讶——这是一个妻子和母亲温柔体贴的话语。图伊既然什么都没有说，一定什么都不知道。玛丽也同样什么都不知道。而他折磨自己，无论对于生者还是死者都没有意义。生活需要继续。即使图伊知道，她也没有因此怨恨过，而生活依然需要继续。

巴特博士答应了在伦敦见他，但其他的消息并没有这么乐观。乔治没有在沃尔萨尔从事过任何业务。沃尔萨尔学校的米切尔校长表示，过去二十年里学校都没有过叫斯佩克的学生。另外，他的前任奥尔迪斯在十六年工作生涯中表现很好，完全没有被告发或开除一事。内政部部长赫伯特·格莱斯顿表达了对亚瑟的赞赏和尊重。但在整整七段的恭维和客套后，他遗憾地拒绝了关于埃德尔吉案件的请求，并认为这个案件已经得到了足够多的关注。最后一封信用的是斯塔福德郡警察局的稿纸。"尊敬的先生，"信上说，"关于福尔摩斯对一起现实中案件的看法，我很感兴趣……"但是诙谐的措辞并不意味着合作的意向：安森局长并不打算在任何事情上协助亚瑟。历史上没有向外部人员公开警方记录的先例，无论那个外部人员声名多么显赫；历史上也没有外部人员在警察局局长配合下采访警员的先例。既然亚瑟正在明显地怀疑斯塔福德郡警察局，安森局长自然不会觉得和敌人合作有什么好处。

相比口蜜腹剑的政治家，亚瑟更喜欢态度直率的前炮兵队长。取得安森的支持还是有可能的，虽然他信中使用的军事隐喻让亚瑟想到，与其用言语和他的对手过招儿，不如用他的专家对抗他们的专家。他应该设下炮火，把他们的阵营夷为平地。既然他们有一位笔迹专家，他就有更多位：不仅是林赛·约翰逊，可能还有戈伯特先生和道格拉斯·布莱克本先生。万一他们怀疑曼彻斯特广场的肯尼斯·斯科特医生的诊断，他还可以让乔治去看其他眼科医生。耶尔弗顿会一直支持他们，直到最终的僵局被打破为止。现在亚瑟决定尽最大力量，火力全开。

他在查令十字街的大饭店会见了巴特博士。这一次，他是从诺森伯兰郡大街来的。他没有迟到，也没有暗中观察这位法医。毕竟，从他的证言中，他已经事先推断出了此人的性格：他中规中矩，十分谨慎，不会有任何粗野轻佻的举动。在庭审中，他只陈述了自己通过观察可以证明的内容：这对于关于血迹的辩护有利，但对毛发的线索不利。相比骗子古林，巴特博士的证据更大程度地促成了乔治的入狱。

"感谢您抽出时间来见我，巴特博士。"他们来到了几周前亚瑟第一次与乔治·埃德尔吉会面的那间书房。

法医笑了。他是一个英俊的灰发男子，大约比亚瑟大十岁。"我很荣幸，也很高兴见到您这位大作家。"这里似乎有些微的停顿，也许只是亚瑟想象出来的，"您写了《白衣纵队》。"

亚瑟笑了笑。他一直觉得法医是一个聪慧且和气的群体。

"巴特博士，不知您是否愿意开诚布公地和我谈一谈。我很赞同您的证据，但也有很多疑问和猜测。我会完全信任您说的所有内容，但我也不会给您任何反悔、修正和撤回的机会。这样可以吗？"

巴特博士答应了。亚瑟引导他从那些最没有争议或无可辩驳的部分说起。关于剃刀、靴子以及不同种类的污渍。

"考虑到乔治·埃德尔吉的罪行，您不惊讶于衣服上的血迹太少了吗？"

"没有。或者说，您这个问题问得太大了。如果埃德尔吉说，是我残杀了那匹马，这是我使用的工具，这是我当时穿的衣服，我是一个人搞定的，这样我可能会有异议。在这种假定下，我会对您说，是的，我确实很惊讶。"

"那么现在呢？"

"现在我的证据只有目前这一点：那就是衣服上的血液总量。如果不知道这些血液是怎么弄上的，什么时间弄上的，我就无法做出进一步的结论。"

"做证的时候当然如此。不过我们私下……"

"私下说的话，我觉得如果一个人杀了一匹马，应该会流很多血。而且在黑夜中，他没法控制那些血溅到哪里。"

"所以您站在我这边？您也觉得他做不到？"

"不，亚瑟先生，我并没有站在您这边，我和您的看法很不同。这两种状态中间，还有很多其他可能性。比如，想要残杀马匹的人可能会戴围裙，就像屠夫们那样。这是很基础的防护手段。不过他可能还是会因为疏忽，把几滴血弄在别处。"

"法庭上并没有出示什么围裙。"

"这就和我无关了。我只是为您的想法提供了一种解释。还有一种可能是当时有其他人在场。如果他们真的是一个团伙，他可能不是亲自残害了马匹，而只是站在一边。于是可能有几滴血落在了他的衣服上。"

"同样，这方面也没有证据呀。"

"但是有很强的呼声说，他们是一个团伙。不是吗？"

"确实有人认为这是一个团伙，但完全没有证据。"

"那个后来杀了自己马的家伙呢，不能证明吗？"

"格林。但格林也没有承认说他们是一个团伙。"

"亚瑟先生，我很清楚您的观点，以及您对于有利证据的渴望。我只是说还有其他的可能性，无论它们是否在法庭上被提出来过。"

"您说得很对。"亚瑟决定不再追究这一点，"我们能聊聊那些毛发吗？您的证词中说您从衣物上发现了二十九根毛发，您通过显微镜检测了它们——如果我记得没错——您认为那些毛发和矿区那匹马的毛发'长度、颜色和形状相似'。"

"是的。"

"'相似'，您并没有说'完全相同'。"

"对。"

"因为它们不完全相同？"

"不，因为那是个结论，而不是观察结果。不过在外行看来，长度、颜色和形状相似，就是完全相同的意思了。"

"您没有什么疑问吗？"

"亚瑟先生，我在证人席上必须做到绝对谨慎。私下说的话，针对您提出的问题，我可以告诉您衣服上的毛发和我在显微镜下检查的毛发来自同一种动物。"

"也是同一部位吗？"

"我不明白您的意思。"

"是同一种动物的同个部位吗，比如肚子？"

"是的。"

"所以，马在不同部位的毛发长度、颜色和形状可能会有所不同，比如尾巴的毛和鬃毛就不同？"

"确实如此。"

"那么您检查的二十九根毛发都是一样的，也来自同一个部位？"

"是的。"

"我们一起做个假设怎样，巴特博士？我们以房间的四壁为证，彼此完全信任。我们来假设——虽然这有点恶心——您或者我正在挖出一匹马的内脏。"

"更正一下，那匹马并没有被挖去内脏。"

"没有吗？"

"证词上说，马匹遭受残害，流血过多，不得不被枪决。但是马的肠子并没有像往常被杀死时那样掉出来。"

"谢谢您的提醒。那我们就假设我们想残害一匹马。我们需要靠近它，让它安静下来，击打它的鼻子，也许还需要安抚它，然后再击打它的侧面。我们再假设应该怎样抓着它。我们如果要掏肚子，就要站在它对面，把手放在马背上，一边按着它不动，一边用工具切腹。"

"我也不知道是不是这样，我没见过这么可怕的场面。"

"但您不否认您可能会这样做吧？我自己也有马，它们很容易受惊的。"

"亚瑟先生，我们又没有在现场。那匹马不是您马厩中的，而是一匹矿井的马。矿井的马是否以温驯著称呢？它们是不是习惯了被矿

327

工控制？它们信任靠近的人吗？"

"您说得对，我们没有在现场，但请您让我继续说下去，假设事情就像我刚才描述的那样。"

"好吧，不过，很可能非常不一样，如果现场不止一个人呢？"

"这点我承认。不过，巴特先生，您也要承认如果情况和我刚刚描述的大致相同，那个人衣服上留下的毛发不可能全部来自同一个部位，比如肚子。即使是其他的状态，只要他需要触摸动物来让它安静下来，情况都是一样的。而且，在衣服不同部位——两个袖子和夹克左胸，发现的毛发竟都是一样的。难道您不觉得至少应该有其他部位的毛发吗？"

"也许吧，如果您描述的谋杀场景是真实的话。但是，和之前一样，您只提供了两种选择——一种是检方展示的，一种是您设想的。两者之间还有很多其他的可能。比如，衣服上还有一些更长的毛发，但是犯人发现了它们，于是拿掉了。这也是很可能的，对吧？或者有些毛发被风吹走了。再或者，如果团伙真的存在……"

随后，亚瑟非常谨慎地把话题转向了伍德提出的那个"显而易见"的可能上。

"您在坎诺克工作？"

"是的。"

"那匹马的毛皮不是您割下来的？"

"不，是照顾动物的刘易斯先生。"

"他们把它送到了坎诺克？"

"对。"

"那些衣服也是？"

"是的。"

328

"在之前还是之后？"

"您的意思是？"

"衣服是在毛皮之前送来的，还是之后？"

"哦，我明白了，是一起送来的。"

"同时吗？"

"对。"

"是由同一个警察送来的？"

"是的。"

"在同一个包裹中？"

"是。"

"是哪个警察送来的？"

"我不记得了，我见过太多警察了。而且对我来说他们都很年轻，长得也都差不多。"

"您还记得他说了什么吗？"

"亚瑟先生，那已经是三年前的事了。我没有什么理由记得他说过的话。他应该只是告诉我包裹是坎贝尔检察官给我的，也可能说了里面有什么，或者说这些物品需要进行检查。不过这些话对我也没什么意义，是吧？"

"在您保管这些物品期间，毛皮和衣服是完全分开放的，对吧？我并没有审查您的意思。"

"恕我直言，您确实很像是在审查我，我当然明白您想问什么。我可以保证，我的实验室中没有任何污染样本的可能。"

"巴特博士，我并没有暗示您污染样本。我只是在思考一个不同的方向。您能描述一下您收到的包裹吗？"

"亚瑟先生，我完全知道您在想什么。过去二十年里，我从没因为这个受到过辩护律师的盘问，也没有因此接受过警方的调查。您大概希望我说，毛皮和衣服混在一起，被警方胡乱包在一个破袋子里。您这样想是对我和警方的不信任。"

巴特先生的礼貌中渗透出钢铁般的威严。亚瑟本来期待他作为证人会站在自己这边。

"我不会做这样的事。"亚瑟的语气缓和下来。

"您刚刚就做了这样的事，您猜测我可能忽略了样本的污染。那两样东西是分开包装的，也是密封的。而且没有人剧烈摇晃过包裹，导致毛发从一个袋子窜到另一个里。"

"巴特博士，我很感谢您帮我排除了这个可能。"既然如此，就只剩下两种可能了：警察在两个物品分开包装前就做了手脚或者警方一开始就有所预谋。他已经给了巴特先生足够的压力。不过……"我可以再问您一个问题吗？一个很实际的问题。"

"可以。请原谅我刚刚有些生气。"

"我能理解。如您所说，我表现得太像一个辩护律师了。"

"也不是因为那个。是这样，我已经在斯塔福德郡警察局工作了二十年。这些年里，我每次出庭都要回答各种建立在虚假设想上的无聊问题。这些年里，我就这样看着陪审团被戏弄，并尽可能清晰、准确地提供建立在严格科学分析基础上的证词。虽然我算不上什么骗子，但我被要求只能给出有限的观点，我提供的观点不能比别的法医更详细，除非那家伙没有放大镜或者不会看放大镜。我只能陈述自己观察到和知道的内容，却听见人们轻蔑地对我说：这只是你乱猜的罢了。"

"我非常同情您。"亚瑟说道。

"我倒是很好奇您想问什么。"

"您是在一天中的什么时间收到包裹的？"

"什么时间？大概9点。"

亚瑟对此有些惊讶。受害马匹是6点20分被发现的。乔治离开家，去搭乘7点39分的火车时，坎贝尔还在田野里。他是将近8点才和帕森斯以及其他警察一起到达牧师宅邸的。随后，他们还要搜查，并和埃德尔吉争论……

"实在抱歉，巴特博士，我这个问题还是有点像辩护律师问的。您确定时间不会更晚了吗？"

"更晚？当然不会，我知道包裹是什么时候到的。我记得我那天还在抱怨呢，他们坚持要把包裹送到我手上，我告诉他们9点之后我可能就回去了。包裹到的时候我正看着表，就是9点。"

"看来是我弄错了。我还以为您说的是早上9点。"

现在轮到法医惊讶了："亚瑟先生，以我的经验，警察们确实很勤劳能干，但他们又不是魔术师。"

亚瑟表示了赞同，两人在友好的氛围中告别了。但是后来，他发现自己正想着：警察们真的是魔术师。他们只通过意念的力量，就可以让一个包裹中的二十九根毛发移动到另一个包裹中。也许他可以在心理学研究协会为他们写一篇文章。

的确，他可能把他们比作了易形灵媒。那些人可以让物品的形状消失，然后重新构造。他们可以凭空变出许多古硬币，还有一些小亚述药片和亚宝石。对于灵媒的这一分支，亚瑟始终保持着高度的怀疑，毕竟即使是最业余的侦探也能根据古硬币找到最近的收藏家。至于那些用蛇、乌龟和鸟儿变戏法的家伙，亚瑟觉得他们更像是马戏团的人或魔术师，当然也可能是斯塔福德郡的警察。

这样的想法有些轻率，不过他还是很高兴。十二小时——他有了自己的答案。警方在把证物拿给巴特博士前，证物在他们那里放了十二小时。他们把证物放在了哪里，由谁保管，如何保管？这只是无意中的物证污染，还是某些为了治罪于乔治·埃德尔吉的故意行为？当然，这一点是无从知道的，除非那个人在死前临终坦白——亚瑟对于临终坦白这种行为也将信将疑。

林赛·约翰逊博士的报告寄来安德肖后，亚瑟更加兴奋了。约翰逊写了整整两本详细的笔迹分析。这位欧洲顶级专家判断，所有寄给他的匿名信——无论是来自恶毒计划者的、来自宗教狂徒的，还是来自无耻的小男孩的——都和乔治亲笔书写的文件没有任何明显的共性。在某些地方，确实会有一些表面的类似，但这不过是伪造他人笔迹的惯常伎俩。有时，伪造者确实会达到以假乱真的效果，但各种迹象表明乔治与这些信件毫无关系。

亚瑟清单中的第一部分已经完成过半：耶尔弗顿、毛发、信件、视力。还剩下格林——他的部分还有一些事情要做——以及安森。他想直接联系这位警察局局长。"关于福尔摩斯对一起现实中案件的看法，我很感兴趣……"安森曾这样讽刺地回信。那么好吧，亚瑟决定用他自己的话回击他。他决定写下自己到目前为止的发现，寄给安森并等待他的应答。

当他坐在书桌前起草信件时，他发现这是图伊去世这么久以来，他第一次感觉到事情回到了正轨。经过了悲痛、愧疚和无精打采，又经历了挑战的来临和动力的恢复，现在他回到了自己正常的状态：此时他坐在书桌前，拿着一支笔，渴望讲一个让人们产生不同看法的故事。而在远方的伦敦，有人正等待着他——虽然已经不需要等太久——从现在起，那个女人将成为他的第一读者，也是他生命的第一见证人。他感觉自己充满了动力，各种素材在脑海中涌现，思路也变得清晰起来。开头那句话，他曾在火车上、宾馆里和出租车上反复斟酌过，既有一定的传奇色彩，又非常确凿笃定。

　　我第一眼见到乔治·埃德尔吉，就确信他在这一案件中是被无辜定罪的。请让我来陈述一些导致他被怀疑的原因。

　　写到这里，各种线索从他的笔下倾泻而出，就像是一条正在展开的铁链，而他尽可能让每处链条都格外坚固。两天之内，他写了一万五千字。而且等眼科医生和笔迹专家补充了新的报告后，他还会加上更多内容。他还轻描淡写地点出了他认为安森在这起事件中扮演的角色：如果你还没有见过一个人，就对他表现出不友好，你也不会指望他给出什么有用的答复。伍德把报告打印了出来，并把其中一份寄给了警察局局长。

　　两天后，亚瑟收到了一封来自斯塔福德格林大宅的信，信中邀请他在下周某日和局长及夫人共进晚餐。当然，他还可以住上一晚。信中没有任何关于亚瑟报告的评价，只有一张荒唐的附言："如果您想，可以带夏洛克·福尔摩斯先生一起来，我太太很想见他。如果他也需要住宿的话，请提前告诉我。"

　　亚瑟把信递给他的秘书："他看起来还是蛮友好的。"

　　伍德点头表示同意。他明白最好不要对附言做出评论。

　　"伍迪，你想不想扮作福尔摩斯？"

　　"如果您需要的话，我会陪您一起去，但是您知道我不是很喜欢装扮自己。"他觉得自己虽然已经扮演过华生，但扮演福尔摩斯确实超出了他的预期，"我还是好好练练台球吧。"

　　"好吧，阿尔弗雷德。你在家里驻守阵地吧，别忘了练双障球。"

我去看看安森是个什么样的人。"

当亚瑟计划着自己前往斯塔福德的旅程时，琼正思考着其他的事情。对她来说，现在已经到了从等待的情人变成不再等待的妻子的时候了。现在已经是1月。图伊是去年7月去世的，显然亚瑟无法在一年之内再婚。他们还没谈论过结婚的时间，也许一场9月的婚礼并不那么不切实际。十五个月——这样的间隔已经足够长，不会让大家震惊了。她在情感上更倾向于在春天举行婚礼，但又觉得秋天比较适合再婚。随后再来一场作为蜜月的洲际旅行。当然要去意大利，她一直想要去君士坦丁堡。

婚礼上自然需要伴娘，她早就准备好了：她把这个任务交给了莱斯利·罗丝和莉莉·洛德-西蒙兹。不过婚礼也意味着教堂，教堂就意味着宗教。母亲生亚瑟时信奉天主教，但现在两人都放弃了信仰：母亲改信英国国教，而亚瑟在周日只打高尔夫。亚瑟甚至不愿意提起他的中间名：伊格内修斯。所以她作为一个天生的天主教徒，看来是无法以天主教徒的身份结婚了。这会让她的父母很失望，尤其是她父亲。不过如果这是她要付出的代价，她便情愿付出。

她还需要付出更多的代价吗？如果她要在各个方面都支持亚瑟，那么她需要面对当前所有的困惑。每当亚瑟偶尔提起他对于通灵事件的兴趣时，她总是会走开。她内心是鄙视那荒唐愚蠢的通灵世界的：一群假装入迷的蠢老头、戴着恐怖假发盯着水晶球的丑老太婆，还有那些在黑暗中牵着手跳来跳去的家伙。这些和象征着道德的宗教毫无关系。这些东西却……莫名吸引着她深爱的亚瑟，真是既让人难过，又让人难以相信。为什么像亚瑟这样推理能力强过所有人的聪明人，会和这些人产生联系？

她的好友莉莉·洛德-西蒙兹也对桌转灵感兴趣，但琼认为这不过是异想天开。她不喜欢她提起降神会，即使莉莉告诉她那里有很多体面的人物。也许她应该先和莉莉聊聊这些事，以克服自己的反感。但她觉得这是胆怯的表现。毕竟要和她结婚的是亚瑟，而不是莉莉。

于是，当他在北上途中来到这里时，她让他坐下来，认真聆听他调查的新进展。让他相当惊讶的是，她说："我很想见见你这位年轻的朋友。"

"真的吗，亲爱的？他是个很正派的人，却遭受了恶劣的诽谤。你肯定会尊敬他、喜欢他。"

"我记得你说过他是帕西人？"

"也不完全。他的父亲——"

"帕西人的信仰是什么？他们信印度教吗？"

"不，帕西人信拜火教。"亚瑟很喜欢这样的问题。只要自己向她们解释一些事情，女性们的神秘感便被他掌握在手中。他满怀自信地讲起了帕西人的历史渊源、外貌特征、头饰、对女性的自由态度，以及婴儿要出生在地板上的习俗。他没有讲他们的圣礼，以及圣礼上用牛尿洗澡的仪式，而是把重点放在占星术在帕西人生活中的重要地位上，并引出了寂静之塔和死后被秃鹰叼走的丧葬仪式。琼扬手制止了他，因为她意识到这不是她想说的。拜火教的历史并不能让她转移到想要说的话题，而且这些和她想的也不大一样。

"亲爱的亚瑟，"她打断了他，"有些事我想和你聊聊。"

亚瑟有些惊讶，也有些警觉。他一直对于她的直白有所了解，唯一让他担心的是，他知道当一个女人说有什么事情一定要聊聊的时候，这件事通常不会对男性有利。

"我想让你向我解释一下你参与的……是叫'招魂'还是'通灵'？"

335

"我更喜欢的是'招魂'这个词，不过现在已经不流行了。其实，我觉得这整个领域你都不会喜欢。"这么说并不够确切：他认为她害怕并蔑视这整个领域——以及所有相信这些的人。

"亚瑟，我不会讨厌任何你感兴趣的东西。"这么说也不够确切：她希望她能不讨厌任何亚瑟感兴趣的东西。

于是他讲起了自己参与通灵事件的过程，从与安德肖的建筑师之间思想传递的实验，到与奥利弗·洛奇爵士在白金汉宫的对话。自始至终，他都在强调通灵研究的科学起源和严密流程。他非常谨慎，尽可能通过讲述让这一思想显得体面而不具有危险性。他的语气和话语似乎有一点打动了她。

"亚瑟，莉莉曾和我讲过一点关于桌转灵的事情，但我一直觉得这不符合教会的教义。这真的不是异端吗？"

"这确实不符合教会的制度，尤其是因为它略去了中间人。"

"亚瑟，我们不应该这样谈论教会。"

"但历史上正是如此。这些中间人被视为灵魂和人之间的中介。他们一开始只是真理的传送者，后来就变成了控制者，再后来又开始混淆视听，成了政客。伽他利的信徒们是对的，我们需要逐层解除束缚，直接与上帝对话。于是他们被罗马教会消灭了。"

"所以你的——你的这些信仰还是什么，这会让你成为教会的敌人吗？"她的意思是，也会成为所有教会成员，不，是某个教会成员的敌人吗？

"不，亲爱的。我不会劝阻你远离教堂的。但是我们正与所有的宗教渐行渐远。很快——在历史的进程中——宗教将会成为过去。我们这样想，宗教是不是唯一没有随着时代进步的思想？这不是很奇怪吗？我们难道要一直遵循两千年前的法则吗？随着人类的头脑进化，我们的视野也会越来越开阔吧？不成熟的大脑造就了不成熟的上帝，谁会断定我们的大脑会永远保持不成熟的状态呢？"

琼沉默了。她觉得那些两千年前建立的标准是必须要遵守的真理。人类的头脑在发展，并伴随各种先进的科学发明。但人的灵魂是神圣的火花，是与头脑分隔开的，是永恒的，而且并不会改变。

"你还记得我为健美比赛当裁判的事情吗，就在阿尔伯特大厅？那个冠军叫默里。他是全英国最健壮的小伙子，手里拿着刚得的金像，却在大雾里迷了路……"

不，他不该使用隐喻的。隐喻是属于那些宗教机构的。隐喻总是含糊其词。

"琼，我们在做的是一件很容易的事情。我们抓住的是宗教的本质，即灵魂的存在，我们想让它变得更加明晰，更容易理解。"

这听起来很像是诱导之词，于是她变得言辞刻薄起来："通过桌转灵吗？"

"我承认这对外人来说确实很奇怪，正如你们的教会所做的一切，在一个拜火教教徒眼中也很奇怪。把救世主的血肉盛在盘子或杯子里——他可能觉得这纯粹是个戏法。宗教——所有的宗教——都陷入了仪式和专制的泥沼。我们不会说，来我们的教堂祷告吧，遵循我们的规定，也许有一天你会在来世得到回报。这就像是推销员在兜售地毯。相反，我们会告诉大家通灵现象在现实生活中真实存在，以证明死亡只是带走你的身体。"

"所以你不相信死去的身体会复活吗？"

"是说我们被埋在地下，腐烂了，未来某个时候又完好无损地回来？不，身体只是一个外壳，是我们腾出来的容器。确实有某些灵魂在死后一段时间会在黑暗里四处游荡，但这只是因为它们还没有做好到另一边去的准备。一个真正懂得规则的灵魂会顺利地到达彼岸，没有任何痛苦，也会更快地和他离开的这个世界取得联系。"

"你见过这些？"

"当然。我明白得越多，就越想亲身经历这个过程。"

琼忽然感到一阵寒战："亲爱的，我希望你不要成为通灵者。"她想象着自己深爱的丈夫成了一个陷入迷惘状态的小老头，正在用滑稽的声音讲话。于是新的道尔太太便成了那个小老头的妻子。

"不，我没有那个能力。真正的通灵者是很稀少的。他们通常都是些低微、贫贱的人。比如耶稣基督。"

琼并没有在意他的类比："那么道德呢？"

"道德是不变的。真正的道德来自个人的良知和对上帝的爱。"

"我不是故意找碴儿，亚瑟。你知道我的意思，如果人们——普通人——没有教堂教给他们要怎么做，他们会陷入卑劣的状态，只顾及个人利益。"

"我并不觉得会有这样的可能。通灵者——真正的通灵者——都是道德水平很高的人，我可以为你举一些例子。他们道德水平更高，是因为他们对于灵魂世界的真相理解更深。如果你说的那些普通人能够直接看到灵魂世界的存在，如果他能意识到这一切离我们多么近，他们就不会陷入卑劣的状态，也不会被个人利益所吸引。只要我们努力揭示真相，道德自然会维持原状。"

"亚瑟，你解释得太远了。"其实，是琼感到一阵头疼。她担心自己的偏头痛又发作了。

"当然，我们面前还有当下的生活，然后才是我们共同的永恒。"

琼笑了。她很好奇图伊会如何面对她和亚瑟共同拥有的永恒。当然，那个问题依然存在，不知讲真话的是她的教会，还是那些让她的未来丈夫无比信任的底层灵媒。

　　亚瑟自己却完全顾不上头疼。生活在继续：首先是埃德尔吉的案子，现在又加上了琼对于这些现实以外的事情的兴趣。他在门口拥抱了这个他等待了许久的姑娘，这是图伊去世后他们第一次拥抱。他发觉自己的反应就像是一个未来的新郎。

安森

　　亚瑟让计程车司机把他放在白狮宾馆附近的旧车库，那家宾馆正对着格林大宅的门。选择徒步前来是亚瑟本能的策略。他手里拿着连夜准备的包，沿着利奇菲尔德路缓缓上升的车道走着，双脚小心地踩在砾石上。那栋笼罩在午后微弱阳光下的房子正呈现在他面前，他在一处树荫下停了下来。为什么约瑟·贝尔博士那套方法无法让建筑如病人一样暴露出它们的秘密呢？于是他只能凭空猜测：这栋房子建于19世纪20年代。房屋被粉刷成白色，仿希腊风格设计，一个方形门廊附以两对无凹槽爱奥尼亚门柱，每面墙上有三扇窗户。建筑共有三层——凭借观察，他觉得第三层有某些可疑之处。他敢打赌如果那排七扇的窗户后面有单独的阁楼，他就会让伍德40分。这不过是个想让房子显得更高、更美观的建筑手法，并不是当前住户设计的。向远处看去，房屋右侧的对面有一片玫瑰花园、一个网球场、一个依傍着两棵皂角树的避暑屋。

　　这些能代表什么呢？钱财、血统、品位、历史、权力。这个家族的名声是在18世纪由环球旅行者安森建立起来的，他也获得了这个家族的第一笔资产——捕获一艘西班牙大帆船的奖金。他的侄子在1806年被封为子爵，并在1831年晋升为伯爵。这里是伯爵次子的住处，而长子继承了斯卡伯勒。从此，安森家族开始稳固自己的家业。

二楼的某扇窗子背后，安森局长正温和地招呼他的妻子。

"布兰奇，大侦探就要来了。他正在研究车道上一只巨大猎犬的脚印。"安森太太从没见他这么幽默过。"他来了以后，你可别缠着他聊他的书。"

"我缠着他？"她表现出生气的样子。

"他的书迷遍及全国各地，那些人会一直缠着他的。我们要表现得热情一些，但不能显得谄媚。"

安森太太和警察局局长结婚足够久了，她知道这只是一种紧张的表现，他并没想对她评头论足。"我已经准备好了清汤、烤鳕鱼和羊角饼。"

"还有什么？"

"当然还有甘蓝和炸马铃薯肉饼，你都不用问。还有小麦粉蛋白酥和鳀鱼蛋。"

"很好。"

"早餐你是想要煎培根和野猪肉，还是烤青鱼和牛肉卷？"

"这样的天气——我觉得后一种比较适合吧。对了布兰奇，吃饭时候我们不要讨论案件。"

"这对我来说没什么难度。"

不管怎样，道尔是个准时的客人，他愉快地参观了自己的房间，也愉快地按时下楼，在天黑前参观了庭院。作为业主之间的交流，他表达了对河道可能会淹没草甸的担忧，又问起了被避暑屋半遮着的那奇怪的土丘。安森说那里曾经是冰窖，现在被冰箱取代了，他想试试把它变成储酒室。后来，他们又聊起网球场的草皮到冬天要怎么办，并开始一同为英国气候带来的短暂季节而遗憾。安森假装自己是格林大宅的主人，接受着道尔的赞赏。实际上，这只是他租的房子，可他何必告诉这位大侦探呢？

"我看见那些皂角树是嫁接的。"

"你真是一点小事都不放过呢。"警察局局长笑着说，这并没有隐喻案件的意思。

"我自己也多年种植植物。"

晚餐时，安森夫妇各坐在桌子的一边，并告诉道尔透过中间那扇窗子，可以看见沉睡的玫瑰园。他全神贯注地回答着安森太太的问题，她觉得他有些过于拘谨了。

"亚瑟先生，您对斯塔福德很熟悉吗？"

"并不是很熟悉。不过这里和我父亲的家族有些关系。我的家族是斯塔福德的道尔家族的一支，您应该知道，这个家族出了弗朗西丝·黑斯廷斯·道尔以及其他一些显赫的人物。我们这一支参与了入侵爱尔兰的行动，并在韦克斯福德安了家。"

安森太太高兴地笑了，但显得有些刻意："您母亲那边呢？"

"就更有趣了。我母亲在考古学方面很擅长。在亚瑟·维卡斯爵士的帮助下——他是阿尔斯特国王的侍卫，也是我们家一个亲戚——她追溯自己的祖先直至五个世纪以前。这是她的骄傲——也是我们的骄傲——我们有一个家谱，上面有很多已经去世的伟人。我外祖母的叔叔是丹尼斯·派克，他在滑铁卢战役中领导了苏格兰部队。"

"是吗？"安森太太是等级制度以及其责任与义务的忠实拥护者。相比通过某些文件证明一个人是否是绅士，她认为这样更加合理。

"然而，我们家族真正浪漫的事情要追溯到17世纪中叶埋查德·派克教士与玛丽·珀西的联姻。珀西是诺森伯兰郡珀西家族的爱尔兰分支。从那时开始，我们家族共和金雀花王朝有过三次联姻。因此，一个人的血脉中总有些奇怪的关联，它们的起源是高贵的，我们希望它们会一直高贵。"

"我们希望。"安森太太重复道。她本人是格罗斯特，布伦特里的G. 米勒爵士的女儿，对于自己的远古祖先并没有什么兴趣。在她眼中，只要雇一个调查员调查你的家谱，最终你总会和某些显赫的家族产生关联。那些谱系侦探既然收了钱，就不可能说你家族的一半是杀猪汉，另一半是杂货贩这样的话。

"然而，"亚瑟接着说道，"到了丹尼斯先生的侄女，凯瑟琳·派克的时代——她孀居在爱丁堡，当时家产陷入了很危险的境况，于是她只能招一个房客。我父亲就是那个房客，他就是这样遇见我母亲的。"

"真有趣。"安森太太评论道，"一切都很有趣，那你现在是在重建家业吗？"

"我小的时候，经常为我母亲的贫穷感到痛苦，我觉得这不符合她的出身。那时的记忆后来成了我一部分的动力。"

"真有趣。"安森太太重复道，但已经有些兴致索然。高贵的血统、艰难的时光、重建家业。如果是在小说中，她会相信这些内容，但是在现实中听到这些，她只觉得难以置信，而且太过矫揉造作。她想知道这一次家族的财产可以维持多久。人们是怎么谈起家产的？一代人赚钱，一代人花钱，下一代人没钱。

如果不是因为亚瑟在祖先的话题上过于虚荣，他算得上是一个好的用餐伙伴。他看起来胃口不错，尽管对于自己面前的食物毫无评价。安森太太并不确定他是觉得夸赞食物太过俗套，还是真的没有美食方面的品位。他们在餐桌上也没有提起埃德尔吉的案件、刑事司法的状况、亨利·坎贝尔-班纳曼的管理，以及夏洛克·福尔摩斯的发现。他们就像是三条没有舵手的赛艇，努力控制着谈话的方向。亚瑟使劲把船拽向一边，安森夫妇便尽力拽向另一边以保持平衡。

鳀鱼蛋已经吃光了，布兰奇·安森感受到饭桌上开始弥漫着男性的固执气息。他们想要到书房去，坐在火堆旁，点燃一支烟，手里拿着一杯白兰地，尽可能用最礼貌的方式彼此厮杀。她隔着桌上的晚餐，依然可以嗅到那原始和野蛮的气息。她站起身，向两位斗士道晚安。

他们来到了安森局长的书房，壁炉里的火很旺盛。道尔注意到铜桶中黑亮的新煤，装订过的期刊那光亮的书脊，三瓶光芒夺目的坦塔罗斯酒以及玻璃缸中腹部胀起的金鱼。一切都是那么光辉夺目：甚至那对异域动物的角——他猜测是斯堪的纳维亚麋鹿的——也会引起女佣的注意。

他从烟盒中拿出一支香烟，夹在手指之间。安森递给他一支袖珍折刀和一盒火柴。

"我不喜欢雪茄刀。"他说，"我觉得用这种小刀就不错。"

道尔点了点头，用小刀切短了手里的烟，然后开始点火。

"听说随着科技发展，已经有了电子点烟器？"

"是吗？应该还没传到欣德黑德。"道尔回答。当大都市的人们到各省来访时，他拒绝了任何邀请。他发现，安森局长需要展现自己书房的魅力。如果他想，他可以帮帮他。

"那对鹿角，"他问道，"是来自南加拿大吗？"

"是瑞典。"警察局局长立刻回答道，"你的侦探应该不会搞错呀。"

那我们可要开始正题了，怎么样？道尔看着安森点燃了他自己的烟。在火光中，他领带上的斯塔福德徽章熠熠生辉。

"布兰奇喜欢读你的书。"局长微微点头并说道，仿佛这句话缓解了紧张的气氛，"她也很喜欢布雷登夫人[1]的书。"

道尔忽然感到一阵刺痛，感觉有些像痛风。他的疼痛在安森说出下一句话时变得更厉害了。"我本人更喜欢斯坦利·韦曼[2]。"

"挺好。"道尔说，"挺好。"他的意思是你更喜欢斯坦利·韦曼，我觉得挺好。

"你看道尔——我相信你不介意我直说吧？我可能不是你们那样的文人，但我觉得作为警察局局长，我还是要比你的大部分读者更专业的。我觉得你故事里那些警察都很不称职，当然我理解，这是你的情节需要。如果不让你的大侦探周围都是傻瓜，怎么能凸显出他的厉害呢？"

亚瑟觉得和安森争论这些不值得。可不能用"傻瓜"来形容莱斯特雷德、格雷格森和霍普金[3]。但在现实世界里……

此时，道尔已经没在认真听安森的话。他的注意力都转向了"现实世界"这个词上。每个人都明白哪个是现实世界，哪个不是。那个近视的年轻律师在波特兰被判劳役监禁的世界……那个福尔摩斯赶在莱斯特雷德和他的同事们之前，又解决了一个疑案的世界……或者那个远方的，隐藏在一扇紧闭的门后的世界，图伊就在那个世界里。有人只相信一个世界的存在，有人相信两个，只有少部分三个都相信。为什么人们认为相比相信多个世界的存在，你相信得越少，就会对世界认识得越深刻呢？

"……这也是为什么我不会在没有内政部允许的情况下，让我的检察官喝可卡因，或者让我的警察们拉小提琴。"

---

[1] 玛丽·布雷登（Mary Braddon，1835—1915），英国作家。

[2] 斯坦利·韦曼（Stanley Weyman，1855—1928），英国作家。

[3] 福尔摩斯故事中的人物。

道尔像是被打中头部一般，倾了一下头。但毕竟他在做客，所以没有反应太明显。

"还是聊聊眼下的问题吧。你看了我的分析吧？"

"我读了你的……故事。"安森回答，"不得不说，真是可悲可叹。这起案件中有这么多错误，本来一切都可以扼杀在摇篮中的。"

安森的坦率让亚瑟很是震惊。"很高兴听你这么说。你觉得都有哪些错误呢？"亚瑟问道。

"家庭的错误。这是一切错误的起点。那个妻子的家庭。他们都在想些什么呀？道尔，假如你的侄女非要嫁给一个帕西人，你没法劝阻，那你怎么做？给那家伙找份工作……在大威利。那你怎么不任命一个芬尼亚主义者[1]当斯塔福德郡的警察局局长？"

"我赞同你的看法。"道尔回答，"他的赞助人无疑是想宣扬英国国教的普适性。我认为牧师是一个很亲切，也很勤劳的人，一直尽自己所能为教会服务。但是让一个有色人种来这种粗野、未开化的地方当牧师，很可能造成不好的结果。这真是一个不该再重复的试验。"

安森开始对他的客人心怀敬佩，即使他嘲笑斯塔福德"粗野、未开化"。他觉得两人的共识要比他想象中更多。他早该了解，亚瑟不可能完全走激进路线。

"他们还把三个混血的孩子带到了这里。"

"乔治、霍勒斯和莫德。"

"三个混血的孩子。"安森重复道。

"乔治、霍勒斯和莫德。"道尔重复道。

---

[1] 指支持爱尔兰独立运动思想的人。

"是乔治、霍勒斯和莫德·埃德尔吉。"

"你读过我的分析吗？"

"我读了你的……分析。"安森这一次向这个词妥协了，"我很赞赏你的坚持和热情。我决定把你那些业余分析留下自己保管，如果公开出去，可能对你的名声没什么好处。"

"我觉得这点你应该交给我自己来判断。"

"好吧，随你。有一天，布兰奇给我读过一篇文章，是几年前《海滨杂志》对你的采访，上面讲了你的创作方法。那篇报道还算属实吧？"

"我已经不大记得了，我一般不会通读自己的采访来验证。"

"你说自己写故事的时候，通常都是先想到结果。"

"一切从结束开始。如果不知道最终的目的地，你就不知道要走哪条路。"

"有道理。你在你的……分析中描述了你第一次见到埃德尔吉的场景——你们应该是在酒店大厅里见面的吧——你观察了他一会儿，还没和他会面，就确定了他是无辜的？"

"是的，我已经清楚地列出了原因。"

"我觉得应该说你已经清楚地猜到了原因吧。你写的全部原因都是基于某种感觉。一旦你相信那个可怜的年轻人是无辜的，所有的理由都看起来很合理。"

"可是只要你相信那个年轻人有罪，所有的理由也看起来很合理。"

"我的结论可不是来自在酒店大厅里的观察，而是警方多年追踪调查的结果。"

"你一开始就让那个男孩成了目标，你还写信以劳役监禁威胁他。"

"我只是想提醒那个男孩和他父亲，走上犯罪的路是要承担后果的。我觉得我没有错，警察的工作不仅是惩戒犯罪，还有预防犯罪。"

道尔点了点头。他觉得这些说辞应该是他特意为自己准备的："你忘了，和乔治见面之前，我先读了他在《仲裁人》上那篇出色的文章。"

"我可没见过有哪个无法证明自己无罪的人自愿被拘留。"

"你的意思是，乔治给自己寄诽谤信？"

"还有很多其他类型的信。确实如此。"

"那你认为他是一个残杀动物的团伙的头目？"

"谁知道呢？团伙是个新闻词汇。但我认为确实有其他人参与。我也赞同律师是其中最聪明的一个。"

"那在你看来，他的父亲作为英格兰教会的牧师，为了让儿子假释不惜做伪证？"

"道尔，问你一个个人问题。你有儿子吗？"

"有，他十四岁。"

"如果他陷入麻烦，你也会帮他的。"

"是的，但如果他犯了罪，我不会做伪证。"

"但你还是会尽可能帮助和保护他。"

"对。"

"那么，你可以想象别人做了更多。"

"我无法想象一个英格兰教会的牧师把手放在《圣经》上宣誓，却做了伪证。"

"那你换个角度。想象一个帕西父亲，相比这片并不属于他的土地，他更忠实于自己的家庭，即便这片土地让他安家，并给了他很大鼓舞。他想要救他那棕色皮肤的儿子，道尔。"

"那你觉得他的母亲和妹妹也做了伪证吗？"

"道尔，你一直在说'你觉得'。你口中我的看法，并不只是我一个人的看法，而是斯塔福德郡警察局、控方律师、正式宣过誓的陪审团以及季度庭审的法官的看法。我参加了全部的审讯，我可以向你确保一件事——虽然这会让你很痛苦，但也无法避免——陪审团并不相信埃德尔吉一家的证言。确切地说，是父女两人的证言，母亲的证言也许没有那么重要。这可不是小事，陪审团成员坐在同一张桌子前做决定是一件很庄严的事情。他们衡量证言、观察证人。他们可不是像参加桌转灵的人一样，只是坐在那儿等一个信号。"

道尔严厉地朝安森望去。这只是一个随意的比喻吗，还是故意如此想要打击他？好吧，这可没那么容易。

"安森，我们谈论的不是某个屠夫家的小孩。他是个职业律师，已经年近三十，还是一本关于铁路法的著作的作者。"

"那么他的行为就更严重了。如果你以为刑事法庭只针对下层人，那可就太天真了。你知道，即使是作家，有时候也会去码头上。毫无疑问，这次判决揭示了一个发誓想要维护和解释法律的人，竟会如此藐视法律。"

"七年的劳役监禁。王尔德才被判两年。"

"这便是为什么判刑是法庭的事情，而不关你我的事。我可能不会给埃德尔吉减刑，但我一定会给王尔德加刑。他完全是有罪的——而且也做了伪证。"

"我曾和他一起吃过饭。"道尔说，敌对的气息仿佛河滩上的雾气弥漫在这间屋子里，他本能地想要缓和一下气氛，"应该是在1889年吧，那一晚对我来说非常难忘。我本以为他是个独来独往的利己主义者，却发现他其实是一位举止得体的绅士。我们一共四个人，他虽然比其他三个人都有名，却完全没有表现出来。你以为的利己主义者，竟然有一颗绅士的心。他把绅士精神展现得淋漓尽致，对我们提到的每个话题都表现出浓厚的兴趣。他甚至还读过我的《弥迦·克拉克》。

"我想起我们当时讨论的是，为什么朋友的好运有时会让我们很不满。王尔德讲了利比亚沙漠里的恶魔的故事。你知道那个故事吗？不知道？好吧。有一天，恶魔正在执勤，帮他的帝王巡逻，他看见一堆小鬼正在引诱一个圣士。他们一开始只是惯常地诱导和挑衅，圣士完全没有理会他们。'我们不该这样做。'恶魔说，'我来给你们示范，看好了。'于是恶魔从背后靠近圣士，用甜美的声音在他耳边小声说：'你的兄弟刚刚被任命为亚历山大的主教。'圣士的脸上立刻浮现出狂热的嫉妒。'看，'恶魔说，'这才是最好的办法。'"

安森和道尔一起笑了，尽管并非发自内心。大都市鸡奸者创造出的浅显犬儒主义并不能引起他的兴趣。"不过，"安森说，"恶魔肯定发现王尔德本人也很容易被诱惑。"

"我想说的是，"道尔继续说道，"我和王尔德聊天时，完全没发现他有什么下流的想法，当时我也很难把他和那种想法联系在一起。"

"你想说他当时是个专业的绅士咯。"

道尔并没在意安森的嘲讽："若干年后，我在伦敦的街头再次遇见他，但他看起来已经疯疯癫癫的了。他问我想不想和他一起去看戏。'你一定要来啊。'他非常热情地对我说，'那部戏很精彩！非常精彩！'他从前的绅士风度完全消失了。我那时觉得，他应该是患了什么病。现在我依然这么想，我觉得医院要比警察局更适合他。"

"如果都像你们这些自由党人这样想，监狱就没有人了。"安森暗讽道。

"我不是这个意思，我参与过两次无聊的选举工作，但是我不属于任何党派。作为一个不参政的英国人，我很自豪。"

他们的对话如一缕轻烟飘浮在空中，安森的情绪缓解了一些。他决定开始进一步的辩论。

"那个年轻人，虽然他的案件很荣幸地取得了你的关注，但我要提醒你，他并不完全是你想象的那样，还有很多事情没有在法庭上展现出来……"

"当然，这些事情可能不符合庭审证据的规范。还有一些证据太过薄弱，很容易就会被辩护律师推翻。"

"我们私下说，道尔。某些流言说……"

"流言总是有的。"

"有谣言说他欠了赌债，还有人说他挪用客户的资金。你可以问问你的朋友，在案件发生那段时间里，他有没有遇到什么大麻烦。"

"我可不打算做这种事。"

安森缓缓站起，走到书桌旁，从一个抽屉里拿出钥匙，用它打开另一个抽屉，取出一个文件夹。

"我给你看这份文件，是出于对你的完全信任。这是一封寄给本杰明·斯通先生的信，显然是众多信中的一封。"

信上的日期是1902年12月29日。信纸左上方印着乔治·埃德尔吉的办公地址和电报。右上角印着"大威利，沃尔萨尔"。即使没有骗子古林的证明，道尔也相信这是乔治的字迹。

尊敬的先生，我现在陷入了极度的贫困之中，因为我需要为我担保的一个朋友付一大笔钱（将近220英镑）。为了还钱，我向三个放债人借了款，但是他们的高额利息让我的状况更加糟糕，其中两家已经要求我进行破产申请，但是如果我能一次性还清115英镑，他们愿意撤回。我没有可以求助的朋友，破产会毁掉我，而且一段时间内无法从业会让我失去全部的客户。作为最后的努力，我决定向陌生人求助。

　　我的朋友可以为我付30英镑，我自己还有21英镑。我会感谢任何人对我的援助。只要能帮我还清债务，任何一点小的帮助我都万分感谢。

　　非常抱歉打扰您，但我相信您一定会尽力帮助我。

　　再次感谢！

G.E.埃尔德吉

　　道尔读信时，安森一直看着他。他无须指出这是第一起残杀案发生前五个星期的事。现在是他的主场了。道尔把整封信扫了一遍，然后又重读某些词句。最后他说：

　　"你调查过这个吗？"

　　"当然没有。这不是警察该管的事情。在高速公路上乞讨是犯罪，但在职业圈子里乞讨可不关我们的事。"

"我从这封信看不出高额赌债和挪用公款。"

"那样写还怎么打动本杰明·斯通先生呢？你可以在字里行间感受一下。"

"我可不觉得。对我来说，这是一个受人尊敬的年轻人，因为对朋友太慷慨被坑了，于是只能绝望地去求助。帕西人都很慷慨。"

"现在认为他是帕西人了？"

"什么意思？"

"你不能一会儿认为他是英国人，一会儿认为他是帕西人，哪个对你有利你就选哪个。你觉得一个受人尊敬的年轻人，一下子借这么大一笔钱很正常吗？而且同时和三个放债人借钱很正常吗？你认识的律师有几个会这么做？道尔，你感受一下字里行间的暗示。问问你朋友这是怎么回事吧。"

"我并不打算问他。而且他显然根本没有破产。"

"确实，我怀疑他母亲帮了他。"

"也可能在伯明翰，有人像他当时信任那位担保的朋友一样，对他表示了信任。"

安森觉得道尔既天真，又固执："我很赞赏你的……浪漫设想。亚瑟先生，你这点很值得敬重。但是我还是觉得不切实际。如果我在做你的事情，你的朋友已经被释放了，他自由了，那抨击大家普遍的看法又有什么意义呢？你希望内政部重新回顾案件吗？他们已经看了无数次了。你希望建立案件委员会吗？你怎么确定这样就能达到你想要的目的？"

"我们需要建立一个委员会，得到一个道歉，还要得到赔偿。更进一步，我们还要找到那个让乔治·埃德尔吉为他顶名的罪犯。"

"哦，是吗？"安森现在真的很生气。这本来会是一个愉快的夜晚：两个上流社会的男子，都年近五十，一个是伯爵的儿子，一个是皇室的骑士，他们两人都在各自的郡中担任副郡长职位。他们有很多共同点，可现在的谈话让他们产生了分歧……甚至彼此怀有了恶意。

"道尔，如果你允许的话，我想和你讲清楚两点。你设想过去的那些年里发生了某些连续的迫害事件：匿名信、恶作剧、动物残杀以及一些其他的威胁。你还认为警方把这些都归咎给了你的朋友。你不确定这些事情的罪犯是已知还是未知的，但认为他们都是同一组罪犯。你这个设想的逻辑是什么呢？我们只给埃德尔吉定了两种罪，而且第二个罪行并不是连续性的。我也希望在匿名信这件事上他是无辜的。这样的疯狂作案是很难一个人做到的。他可能是团伙的领导者，也可能只是个成员。他可能看见某些匿名信取得了成效，于是决定自己试试。他也可能看到了某些恶作剧的成效，于是也决定自己试试。他还可能听说了某个残杀动物的团伙，于是决定加入。

"我想说的第二点是：在我任职期间，我见过某些有罪的人最终被发现是无辜的，也见过某些无辜的人最终被发现有罪。不要太惊讶，我见过很多错误指控和错误定罪的例子。但是在这些案子里受害者往往没有他的辩护人想象的那么清白。我有一个猜测。你第一次见到乔治·埃德尔吉是在酒店的大厅，我记得你迟到了。你看到他当时的状态，并据此推断他是无辜的。我认为可能是这样的：乔治·埃德尔吉比你先到，他特意等着你，而且知道你会观察他。于是他故意装成无辜的样子。"

道尔并没有回答，只是伸出下巴，吸了一口雪茄。安森发现他真是个固执的家伙，无论他是苏格兰人、爱尔兰人还是他自己声称的什么人。

"你希望他是完全无辜的，对吗？不仅是无罪，而且是完全无罪？道尔，以我的经验，谁都不是完全无辜的。他们可能被判无罪，但这和完全无辜不是一回事。几乎没有人是完全无辜的。"

"那耶稣基督呢？"

哦，居然扯到了上帝，安森想。我又不是庞修斯·彼拉多[1]。"好吧，单纯从法律的角度讲，"他用一种平淡的、闲谈般的口气说道，"你可以理解为是我们的主自己对自己提起了诉讼。"

现在，轮到道尔觉得他们有些跑题了。

"那我想问问你，你觉得事情的真相是怎样的？"

安森笑了，笑得很大声："我觉得这是个侦探小说中的问题。这不是你的读者最喜欢的嘛，你也很擅长。'说说事情的真相是怎样的。'

"道尔，大部分犯罪——应该说几乎所有的犯罪——都是没有目击者的。盗贼会等房间没人时动手，杀手会在目标独自出现时动手。残杀马匹的人也会等入夜后动手。如果有目击者的话，通常都是另一个犯人，也就是共犯。你抓到一个罪犯，他往往会说谎。你把两个罪犯分开审问，他们就会撒不一样的谎。你找到一个可以提供证据的人，却发现他又在撒新的谎。就算我们把整个斯塔福郡德警察局的资源都用于调查同一起案件，也无法像你所说的那样得到事情的真相。我并不是在和你进行什么哲学争论，只是实事求是地说。我们知道的，我们最终了解的内容——是足以定罪的。抱歉对你进行了这一番说教，不过事实便是如此。"

道尔想，创造出福尔摩斯这件事真是让他饱受折磨。因为这部作品，他常常遭遇各种纠正、建议、说教，当然也会受到某些特别的眷顾——这一切什么时候才能停止呢？然而，他必须继续与安森讨论下

---

[1] 审判耶稣的人。

去，在任何刺激下都保持正常的心态。

"请把这些都放在一边，安森。我想我们必须承认，这一晚我们两人都不要试图改变对方的观点。我只想问你这一点：一个体面的年轻律师，从前没有任何暴力倾向，为什么会在一天夜里忽然跑出去，用最残忍暴力的方式残害一匹马？为什么？"

安森暗自叹了口气。动机。犯罪心理。又来了。他站起身，给两人续了杯。

"道尔，你是那种靠想象力赚钱的人。"

"我确实相信他是无辜的，但我不大明白你的话。你现在不在证人席中。我们只是两个喝着白兰地、抽着上等雪茄，坐在郡中心的一栋豪华房舍中的英国绅士。你说的任何话，我发誓我都不会带出这个房间。我只是想问，你觉得他为什么这么做？"

"好吧，我们从已知的事实说起。伊丽莎白·福斯特，全职女仆的事情。你不是说一切是从这里开始的吗？我们调查过这起案件，但是并没有足够的起诉证据。"

道尔直视着警察局局长："我不明白你的意思。当时她被起诉了，而且被判处有罪。"

"那是牧师的私人起诉。那个女孩是受到律师的威逼而认罪的，他们一家的形象可不是你想象的那样高尚。"

"所以从那时起，警方就没有站在埃德尔吉家这边吗？"

"道尔，只要有证据我们就会起诉。律师本人遭遇霸凌时，我们也进行了起诉。看来他没有告诉你。"

"他并不想获取同情。"

"好吧。"安森从他的文件中找出一张纸，"1900年11月，他被两个大威利少年霸凌。他们把他推到了兰迪伍德的一片树篱中，其中一个还弄坏了他的雨伞。两个人都被判定有错，并处以罚款。这是坎诺克地方法官的记录，你不知道他以前去过那儿？"

"我可以看看吗？"

"恐怕不行，这是警方记录。"

"那至少告诉我两个犯错者的名字吧。"见安森犹豫，他补充道，"这种事情我的警犬也会查出来的。"

让道尔惊讶的是，安森竟幽默地学了声狗叫。"所以你也有警犬吗？好吧，那两个人是沃克和格拉德温。"他发现道尔对这两个名字没有什么反应，"无论如何，我们可以假设这并不是一起独立的事件。他可能在之前或之后也遭受过其他的霸凌，只是没有这么严重，但也受到了侮辱。斯塔福德的少年可不是什么圣人。"

"你可能很惊讶，即使遭遇了这些霸凌，乔治·埃德尔吉依然完全否认当地存在种族歧视。"

"是吗？那我们可以完全不考虑这个因素了。"

"不过，"道尔补充说，"我并不赞同他的看法。"

"你当然有权不赞同。"安森有些得意地说。

"那么为什么这起霸凌和案件有所关联呢？"

"因为你如果不知道起因，就无法理解结果。"安森的心情现在变得很好，他觉得自己的观点全都正中要害，"乔治·埃德尔吉很有理由憎恨整个大威利地区的人，或者他认为他很憎恨。"

"所以他通过残杀牲畜来报仇？这两者有什么关系？"

"你来自城市吧，道尔。一头牛、一匹马、一只羊、一头猪并不仅仅是牲畜，也是村民的生计。法律上我们称之为经济指标。"

"那你认为乔治在兰迪伍德遭遇霸凌，和任何一只家畜的死去有直接关系吗？"

"我看不出，但不要指望罪犯遵循逻辑。"

"即使是聪明的罪犯？"

"以我的经验，聪明的罪犯也很少遵循逻辑。毕竟，我们这位年轻人很依赖父母，他的弟弟都离开了家，他还住在家里。他又对整个村子心怀恶意，觉得自己比这里的人们优越。而且他还欠了债，借贷者以破产威胁他，他的职业生涯岌岌可危。他努力工作获得的一切就要毁于一旦……"

"所以呢？"

"所以……他可能和你的朋友王尔德一样陷入了癫狂。"

"我觉得王尔德是因为太过成功而堕落了。享誉整个西方毕竟不是通过铁路法著作获得某些有限的回报能匹敌的。"

"你说王尔德可能得了某些精神疾病，那埃德尔吉也可能啊。我觉得他应该已经心力交瘁了数月，他的痛苦虽然可以理解，但却难以承受。你不是也说他在乞求信中表现得很绝望吗？当他陷入了某种癫狂状态，骨子里恶的倾向便会爆发出来。"

"他有一半是苏格兰人。"

"确实。"

"另一半是帕西人，那是印度受教育程度最高，经商也最成功的一个种族。"

"我不否认。毕竟他不是犹太人或孟买人。但我觉得，混血也是一部分的原因。"

"我也是苏格兰和爱尔兰的混血。"道尔说，"我会因此去杀牛吗？"

"我也不会啊。英国人——苏格兰人——半苏格兰人——怎么会持刀去杀那些马、牛、羊呢？"

"你忘了那个矿工法林顿？他是在乔治入狱期间残杀了动物。但是我想问的是：印度人就会残杀动物吗？他们不是把牛奉为上帝吗？"

"确实，但是混血会带来一些麻烦，会造成某些不可调和的分歧。为什么人们处处都讨厌混血者呢？因为他的灵魂被文明和野蛮撕裂开来。"

"你觉得苏格兰或帕西血统哪个象征野蛮？"

"你可真会开玩笑。你本人很相信血统和谱系吧。吃饭的时候，你还告诉我你母亲为自己追溯家族历史至五个世纪前而自豪。如果我没记错的话，我记得你说过世界上的很多伟人都出自你的家族。"

"你没有记错。所以你认为乔治·埃德尔吉残杀马匹，是因为他的祖先五个世纪前在波斯或者其他什么地方这么做过？"

"我并不了解这些野蛮行为和奇怪的仪式，也许吧。也许埃德尔吉自己也不知道是什么促使他产生了这种行为。也许是他父母悲剧性的跨种族通婚导致了几个世纪前的原始欲望从他身上再次爆发。"

"你真的觉得事情是这样的？"

"应该是吧。"

"那霍勒斯呢？"

"霍勒斯？"

"霍勒斯·埃德尔吉。他也是同样的混血。他现在是一位优秀的政府官员，并担任税务检查员。你不会觉得霍勒斯也是团伙的一员吧？"

"我没有。"

"为什么？他也有同样的血统条件。"

"你又开玩笑了。首先霍勒斯生活在曼彻斯特。另外，我只是说混血可能会产生这样的倾向，但在某些极端的情况下才会演化成野蛮的行为。大部分的混血儿都过着很体面的生活。"

"除非某些事情触发了他们……"

"就像在吉卜赛或爱尔兰，满月可能会触发疯狂的行为。"

"我可没遇到过这样的事。"

"我指的是出身低下的爱尔兰人，没有针对你的意思。"

"所以乔治和霍勒斯有什么区别呢？为什么你确信，其中一人爆发了野蛮行为，另一个没有——或者说还没有？"

"道尔，你有兄弟吗？"

"我有一个弟弟，叫英尼斯。他是个办公室职员。"

"为什么他不写侦探小说？"

"我可不是今晚的理论家。"

"由于环境不同，即使是兄弟，面对的环境也有所不同。"

"那为什么出事的不是霍勒斯？"

"原因都在那儿摆着呀，道尔。他们一家人在法庭上陈述了理由，你竟然没有注意。"

道尔想，他没有顺路在白狮宾馆订一间房真是可惜。这一夜结束前，他真想踢翻一些家具来解气。

"以我的经验，这样的案件最让外人困惑的是那些出于明显的原因未在法庭上谈论的内容，通常这些事情只会在吸烟室聊起。但你既然已经说起了享誉世界的奥斯卡·王尔德先生的故事，我记得你自己也经历过医学训练，而且还去南非支援过军队，对吧？"

"你说的都对。但你想表达什么呢？"

"你的朋友埃德尔吉现在三十岁，没有结婚。"

"很多他这个年龄的人都没结婚啊。"

"而且他似乎会一直单身。"

"尤其是因为他遭受过监禁。"

"不，道尔，不是这回事。总有某些地位低下的女性，会被波特兰的犯人吸引的。主要是因为他是个高度近视的混血，在斯塔福德没有人会喜欢这种人。"

"所以你的结论是？"

但安森并不想直接得出结论。

"季度庭审的记录上写着，被告人没有朋友。"

"他不是著名的大威利团伙的一员吗？"

安森忽略了道尔的回击："既没有同性朋友，也没有异性朋友。从来没有人见他挽着女孩的手散步，哪怕是女仆呢。"

"我没想到你这么密切地跟踪过他。"

"他也不参加体育运动。你有没有注意到？英国最流行的男性运动——板球、足球、高尔夫、网球、拳击——他一个都不参与。还有箭术。"警察局局长补充道，过了一会儿，他又说，"还有体操。"

"你觉得一个近视800度的人应该打拳击，否则就该进监狱？"

"哦，他的视力倒是可以解释一切问题呢。"安森感觉到道尔的愤怒，想要更进一步地激化他，"对，他是个可怜的、好学的、眼睛近视的律师。"

"所以呢？"

"你接受过眼科的训练吧？"

"我在德文郡做过一小段时间的眼科医生。"

"你接触过很多凸眼病人吗？"

"并不多。实话说，我的病人很少。正因为病人太少，我才有时间进行文学创作。看来病人少也算是一件好事。"

安森觉察到道尔的自我满足，却完全没有理会："凸眼有什么并发症？"

"有时会伴有气喘，有时可能是绞窄的副作用。"

"凸眼通常意味着不正常的性渴望。"

"真是胡扯！"

"亚瑟先生，你在德文郡的病人难免还是太局限了。"

"真荒唐！"这不是民间传说或者老妇的怪谈吗？怎么能从一个警察局局长口中说出？

"当然，这样的观察是无法得出证据的。但这是某些和某类案件打交道的警察得出的结论。"

"完全胡扯。"

"随你怎么想。另外，我们还要考虑牧师宅邸奇怪的卧室安排。"

"这点正能证明那个年轻人的无辜。"

"我们已经达成一致，今晚不能轻易改变对方的看法。不过，我们来看看卧室的安排。他妹妹生病时他多大？十岁？从那时起，母亲和妹妹住同一个房间，父亲和长子住同一个房间。幸运的霍勒斯有自己的房间。"

"你是在暗示——暗示那间卧室里发生了什么恶心的事情？"安森都在想些什么呀？他的脑子坏掉了吗？

"不，道尔。我非常确定那间卧室中除了睡觉和祷告什么都没发生。什么都没有，狗都没有叫过一下。"

"所以呢……"

"我不是说过吗，所有的证据都在你面前。从十岁起，一个男孩和他父亲睡在一间上锁的卧室。他正经历青春期，进入成年。他的弟弟离开了家——然后呢？他有没有换到他弟弟的房间？并没有，他们还是那样住着。他从一个学法律的男孩，长成了一个相貌奇怪的年轻律师。从没有人见过他和异性在一起。然而我们假设，他也有正常人的欲望。虽然你表示怀疑，但我们根据他的凸眼可以判断，他的欲望要强于常人。我们知道，少年和青年男子总会做出某些危险的事情。性方面的自我纵欲常常会导致身体衰弱、缺乏道德感，甚至促成犯罪行为，但有些人会把自己的欲望转向体育运动。埃德尔吉由于特殊的身体状况，很庆幸自己不需要走正常的路线，用运动分散精力。我承认拳击确实不适合他，但他可以练体操、做些传统运动，或者美式的健美。"

"你是在暗示那晚的暴力行为是……性欲的体现？"

"并不直接是。但你在问我真相是什么，有什么理由。现在我们承认，你对于那个年轻人的印象没有错。他是个好学生，作为儿子很尊敬父母，坚持在他父亲的教堂祈祷，不抽烟不喝酒，在事务所工作很努力。但是你也要接受他的另一面。他血统特殊，与人隔绝，性欲过度，所以怎么可能完全否认那样的事情发生呢？白天，他是社会上最勤奋的一员，可到了夜里，他却会频繁暴露出自己野蛮的一面。某些欲望隐藏在他阴暗灵魂的深处，即使他自己也未必明白。"

"这只是猜测。"道尔说，尽管他声音中某些静默、不够信任的部分让安森有些震动。

"是你让我猜测的。你要承认在犯罪表现和动机方面，我比你拥有更多的实例。这些是我猜测的基础。你坚持说，埃德尔吉是一个很专业的律师。你曾隐晦地问，专业人员犯罪的案例多吗？我的答案是，比你想象的多。不过，我反问你一个问题。你觉得那些婚姻幸福——这幸福包括规律的性生活的人，犯暴力或变态罪行的情况多吗？你觉得开膛手杰克婚姻幸福吗？

"应该不幸福吧。我们扯得更远些。如果一个正常的健康男性，出于某些原因被剥夺了性满足的权利，那么或许——我只是说或许，并没有强调——这可能会影响他的心态。我觉得乔治·埃德尔吉就是这种情况。他发现自己处于一个四周都是铁栏的牢笼中。他怎么才能逃出来呢？他怎样才能获得某些性满足呢？我觉得，长期的、年复一年的性压抑，可能会改变一个人的内心。他可能会开始信仰奇怪的神，并展现出奇怪的暴行。"

他那有名气的客人并未做出任何回答。道尔的脸有些发红，或许是白兰地酒的作用，或许因为他是个假正经，再或许——这是最可能的一种——他意识到这个压倒性结论对自己不利。他的目光凝视着烟灰缸，捏出一支长度适宜、正适合抽的雪茄。安森等待着，可他的客人又开始盯着火堆，不知是不愿意作答还是无法回答。好吧，这件事情就到这儿，应该讲些更具体的事了。

"我相信你今晚会睡得很好，道尔。但是我想提醒你，有人说格林大宅会闹鬼。"

"是吗？"道尔终于开了口，但安森知道他的思绪已经不在这里了。

"有一个无头的人骑着马。碎石路上还会有马车的咯吱声，但看不见马车。还会有神秘的铃声，但找不到铃铛在哪里。当然，这些都很荒唐。"安森发现自己心情好，"但你还是会被幽灵、僵尸和鬼吓到。"

"我不害怕死者的灵魂。"道尔平静而疲惫地说，"我还很欢迎他们。"

"早饭是8点，如果你需要的话。"

安森看着道尔败兴而归后，把烟头都丢进了火炉，看着它们闪着星星点点的光。他上床时布兰奇还醒着，正在读布兰登夫人的书。安森边在侧面的更衣室中脱下夹克，扔在衣架上，边对她喊道："夏洛克·福尔摩斯被打败了！苏格兰场解决了问题！"

"乔治[1]，别大喊大叫。"

安森局长面带笑容地换上了他那装点着饰带的睡袍。"我才不在意那个大侦探有没有扒在钥匙孔边偷听呢。我今晚可教了他几件现实世界的事情。"

布兰奇·安森从未见过她的丈夫如此得意忘形的样子，她决定这周剩下的几天把酒柜的钥匙藏起来。

亚瑟

一走出格林大宅，亚瑟的愤怒便燃了起来。回到欣德黑德的第一段旅程并没有消解他的怒气。伦敦西北铁路沿线的沃尔萨尔、坎诺克-鲁奇利分支的各个途经地点仿佛都在向他挑衅：起始站斯塔福德是乔治被判入狱的地方，鲁奇利是他曾经读书的地方，汉德尼斯佛是人们设想他威胁罗宾逊警官的地方，坎诺克是那些愚蠢的地方法官给他定罪的地方，而大威利-教堂桥是一切开始的地方，沿路的田野上奔跑的可能是布卢伊特家的牲畜，而沃尔萨尔则是阴谋的根源，伯明翰是他被捕的地方。沿途的每个车站都传递着某些信息，这是安森带给他的信息：这里属于我和我的同类人，公平也属于我们。

琼从未见到亚瑟如此生气过。此时是下午3点，他边讲故事边敲打茶具。

---

[1] 指乔治·奥古斯都·安森。

"你知道他还说什么吗？他说如果我的猜测被公开……对我的名声可能没有好处。除了那一回，我还没有被这么轻视过——当时我还是南海城一个贫穷的医生，有一个有钱的病人明明很健康，却非说自己就要死了。"

　　"那你是怎么做的？我是说在南海城。"

　　"我能怎么做？我不断告诉他他非常健康，他说他花钱请医生不是为了听这个。于是我劝他换个能诊断出他想得的病的医生。"

　　琼笑了，可回过神来，她为自己当时没有在场，也不可能在场感到遗憾。未来确实属于他们，但她忽然有些介意没能参与他的过去。

　　"那这次你打算怎么做？"

　　"我完全知道我要怎么做。安森以为，我准备这份报告是要送到内政部去，让它在那里落满灰尘，或者只在某些内部小型会议中被偶尔提起。等到提案见光的那天，我们早就不在了。我可不想玩这种游戏。我会尽可能大范围地发行我的报告。我在火车上想着，我可以把它送去《每日电讯报》，他们应该很愿意帮我印刷。不过不止如此，我还会让他们印上'不限版权'，这样其他的报纸——尤其是内陆的报纸——就可以大范围免费转载。"

　　"真棒，真大方。"

　　"就这样，这是最有效的方式。而且，我还会把安森局长的观点也写进里面，毕竟他一开始就明确对这起案件表示了偏见。如果他想拥有我的'业余'报告，我会给他的。如果他愿意，拿去法庭告我诽谤也没有关系。他会发现，我们的关系一旦破裂，他的职业生涯将不再是他想象的那样。"

　　"亚瑟，我觉得……"

　　"怎么啦，亲爱的？"

"我建议你不要以个人仇恨针对安森局长。"

"为什么不？大部分的罪恶都是从他源起。"

"我的意思是，不要让安森局长将你的精力从你最重要的目的上分散走。因为如果真是这样，他肯定是最得意的。"

亚瑟骄傲而满足地看着琼。这不仅是一个有用的建议，还是一个非常明智的建议。

"你说得对。除了为乔治着想，我不会再找安森的碴儿。但是他也最好不要招惹我。我调查的第二步会让他和他们整个警察局陷入耻辱的。关于犯人的信息，现在已经更明确了。如果我查出犯人就在他眼皮底下，可他什么也没做，他除了引咎辞职还能怎样？等我完成这件事，我会让斯塔福德郡警察局彻底地重组。全速加油吧！"

他注意到琼的笑容，这笑容让他深受鼓舞，同时又很满足。他感觉自己充满力量。

"说到这里，亲爱的，我觉得我们应该定下结婚的日期。要不然人们会觉得你只是在不负责任地和我调情。"

"我，亚瑟？"

他笑了，牵住了她的手。全速加油吧，他想，要不然整个锅炉房都会爆炸的。

回到安德肖，亚瑟拿起钢笔，整理安森部分的内容。给牧师的信——"我相信罪犯会遭受数年的劳役监禁"，一个负责任的官员可能有这么严重的偏见吗？亚瑟发现自己誊抄这些语句时再一次怒火中烧，于是通过想琼的建议冷静下来。他必须做那些对乔治而言最有效的事情，避免诽谤，同时又要让安森的证言显出绝对的错误性。亚瑟已经很久没有遭受过这样的屈辱了，他要让安森产生同样的感觉。

现在，（他是这样开始的）我毫不怀疑，安森局长非常讨厌乔治·埃德尔吉，却没有意识到自己存在偏见。否认这一点是非常愚蠢的。然而，身居他的位置是不可以有这样的个人喜恶的，因为他们位高权重，其他人身处弱势，此类个人喜恶会造成极其严重的后果。根据我对这一案件的追踪，局长对此人的厌恶影响了整个警察局，所以他们并没有以最基本的公平对待乔治·埃德尔吉。

在案件发生之前、期间，以及之后，安森的傲慢表现得和他的偏见同样突出。

我不知道，安森局长究竟为内政部提供了什么报告，导致内政部不能做出公平的裁决。但我知道，他并没有放过那个可怜人，而是在定罪后依然极尽所能诋毁他本人、他父亲，试图吓退所有想要调查此案的人。耶尔弗顿先生开始涉入调查后，曾于1903年11月8日收到过一封附有安森局长签名的信，上面写道："我想告诉你，想要通过乔治·埃德尔吉的地位和传说中的良好品行证明他从未写过诽谤信，完全是浪费时间。在匿名信方面，他父亲和我一样清楚他有这个倾向，其他一些人也同样清楚。"

现在，埃德尔吉和他的父亲都发誓前者从未写过任何匿名信。当被耶尔弗顿先生问及"其他一些人"的名字时，安森局长没有回答。这封信写于定罪后不久，显示出安森局长希望将任何反对运动扼杀在摇篮中的打算。这就像是看见一个人跌倒了，还要踢他一脚。

亚瑟想，如果这还不能击垮安森，就没有什么可以击垮他了。他想象着报纸的报道、议会的问责、内政部含蓄的结论，也许在舒适但遥远的军营生活前，这位前警察局局长还能享受一次长途海外跋涉。也许他会去西印度群岛吧。这对安森太太来说有些残忍，亚瑟觉得她是个挺有趣的餐桌伙伴。但是让她承受自己丈夫的耻辱，总比让乔治的母亲承受儿子的错误蒙羞要好一些吧。

　　《每日电讯报》在1月11日和12日连续两天刊登了亚瑟的报告。报纸的收效很好，亚瑟的文章起到了最好的效果。亚瑟再次通读了自己的文字，以及结尾震撼性的结论：

> 大门在我们面前关上了。现在我们进入了最后的裁决，事实已经摆在他们面前，他们不可能再次得出错误的结论。我们想要询问英国的公众，这件事情是否还要继续推进。

　　这篇文章引起了热烈的反响，很快，送电报的男孩闭着眼睛都能找到安德肖了。亚瑟得到了巴里、梅雷迪斯以及其他写作界人士的支持。《每日电讯报》的讨论页充斥着关于乔治视力以及辩方律师由于疏忽未呈现此事的议论。乔治的母亲补充了她的证词：

我一直在和辩护律师强调我儿子从小就患有非常严重的近视。我认为即使没有其他证据，这也是非常有力的一点。他根本不能在夜里穿过那条所谓的"路"去田野，因为即使是视力正常的人，夜晚也很难走那条路。我一直因为自己没有机会做证说明我儿子的视力问题而感到非常痛苦。我当时的证言时间很短，我想大家也都厌倦了这起案件……我儿子的近视很严重，他写字时总要离纸很近，读书看报时也要把书报举得很近，走路的时候他常常认不清人。我们约在某地见面时，总是我找他，而不是他找我。

还有一些来信要求对伊丽莎白·福斯特进行调查，分析安森局长的性格，并夸大了斯塔福德地区犯罪团伙的猖獗程度。有一封信解释了马毛很容易从衣服的内衬中掉出去的事实。还有一些信来自大威利火车上曾与乔治一起乘车的乘客，汉普斯特德西北的旁观者以及一位帕西同胞。阿伦·琼德尔·杜特医学博士（来自剑桥大学）希望指出动物残杀在东方是很罕见的罪行。新卡文迪什街的乔里·穆苏医学博士提醒读者全体印度人都在关注这起案件，英格兰的荣誉正岌岌可危。

第二篇文章报道后三天，格莱斯顿先生、麦肯齐·钱伯斯先生和布莱克威尔先生在内政部接待了亚瑟和耶尔弗顿。他们对诉讼程序的保密性达成了一致。对话持续了一小时，后来亚瑟·柯南·道尔爵士表示自己和耶尔弗顿受到了非常热情礼貌的接待，他相信内政部一定会尽其所能解决这件事。

放弃版权的行为让这个故事不仅传到了中部地区，还传遍了全世界。亚瑟的代理机构陷入超负荷的工作状态，他也习惯了那个用不同语言表达着同样意思的标题：夏洛克·福尔摩斯正在调查。许多人来信表示支持，偶尔也有人表示反对。人们提出了各种各样对案件的见解：比如有人认为，对埃德尔吉的指控是由其他帕西人执行的，他们这样做是为了惩罚沙帕吉的变节。他还收到了另一封信，这封信的字迹他已经非常熟悉：

> 我从苏格兰场的一位侦探那里听说，只要你写信给格莱斯顿，表示自己断定埃德尔吉有罪，他们明年就会给你封爵。当个伯爵不是要比被开膛破肚好多了吗？想想那些被判刑的杀人犯吧，你凭什么能躲过？

亚瑟注意到了他的拼写错误，断定他应该已经让他的同伴采取行动，然后翻到下一页：

> 我想告诉你的证据就在他写的文章中。当时他刚刚从监狱被放出来，应该和他父亲以及那些黑脸黄脸的犹太人在一起。你这个蠢货，没人能模仿他的笔迹。

这些粗俗的挑衅仅仅证明一切需要全速推进，不能放松。米切尔先生来信证实，弥尔顿在那段时间里确实曾出现在沃尔萨尔学校的课本上。但他补充说，这位伟大诗人的作品在斯塔福德的各个学校始终都在教授，即使是年龄最大的教师也还记得，而且现在依然有相关的课程。哈利·查尔斯沃思表示，他追踪了弗雷德·威恩——那个布鲁克斯家男孩的同学。他现在是切斯林海村的一位粉刷匠，哈利会询问他有关斯佩克的事情。三天后，亚瑟收到一封电报：查尔斯沃思周二邀请你们在汉德尼斯佛用晚餐。

哈利·查尔斯沃思与亚瑟和伍德在汉德尼斯佛车站见面，陪他们走到旭日餐厅。在雅座里，他们见到了一个瘦高的，穿着赛璐珞领衣服，袖口有些磨损的年轻人。他的夹克袖子上有某些白色的污渍，亚瑟觉得这既不像马的唾液，也不像面包牛奶的残渣。

"把你和我说的事情也和他们说说吧。"哈利说。

威恩缓缓地看着这两个陌生人，并敲了敲杯子。为了让他方便开口，亚瑟让伍德先回避一下。

"我以前和斯佩克是同学。"他开了口，"他成绩总是在班里垫底，也总是惹麻烦，有一年夏天还给草垛点了火，而且他很喜欢嚼烟草。一天晚上，我和布鲁克斯一起坐火车，斯佩克也来到同个车厢，直冲到车厢尽头，用头撞碎了车厢的玻璃。我们只是嘲笑了他一下，然后就换到其他车厢了。

"几天以后，几个铁路警察说我们被指控打碎了玻璃。我们两个都说是斯佩克干的，应该由他赔。他们还发现他割断了车窗的皮带，所以他也要赔偿这个损失。之后，布鲁克斯的父亲便开始收到来信，说布鲁克斯和我在沃尔萨尔车站朝一个老太太吐口水。斯佩克总是搞恶作剧。后来学校把他赶走了，我不记得是不是真的开除了，但差不多吧。"

"那后来他怎样了？"亚瑟问。

"一两年后，我听说他出海了。"

"出海？你确定吗？很确定吗？"

"是别人说的。不过，他消失了。"

"那是什么时候的事？"

"我刚说是一两年之后，我记得他点燃草垛是1892年。"

"所以他出海应该是1895年末，或1896年初？"

"我也说不好。"

"大概呢？"

"我没法说得更具体了。"

"你还记得他是从哪个港口出海的吗？"

威恩摇了摇头。

"那他什么时候回来的？他回来了吗？"

威恩摇了摇头："查尔斯沃思说你们会对我说的感兴趣。"他又一次敲了敲杯子。这一次亚瑟并没有留意。

"威恩先生，我确实很感兴趣。但是请原谅我指出你的故事里有个问题。"

"什么问题？"

"你在沃尔萨尔学校上学？"

"是的。"

"斯佩克也是？"

"对。"

"那么为什么现任校长米切尔先生对我说，过去的二十年里学校并没有过一个叫斯佩克的学生呢？"

"哦，是这样。"威恩说，"斯佩克只是我们给他取的名字。他个子很小，像个小沙粒似的。所以校长不知道这个名字。他的真名是夏普。"

"夏普？"

"罗伊登·夏普。"

亚瑟拿起威恩先生的杯子，递给他的秘书："你想喝点什么，威士忌？"

"您真的很慷慨，亚瑟先生，非常慷慨，作为回报我想请您帮个忙。"他拿出一个小干粮袋，亚瑟离开旭日餐厅时，手里拿着六幅描绘当地日常生活的素描。"我觉得应该叫'装饰画'。"他答应威恩帮忙判断这些画的艺术价值。

"罗伊登·夏普，现在这起案件中又出现了一个新的名字。我们要怎么追踪他呢？有什么想法吗，哈利？"

"有。"哈利说，"但我不想当着威恩的面说，我怕他把这家酒馆喝空了。我可以帮你找他。他以前是格雷托雷克斯家的看门人。"

"格雷托雷克斯！"

"夏普家有两兄弟，沃利和罗伊登。其中一个和乔治以及我做过同学，但是时隔太久我记不太清了。但是格雷托雷克斯先生可以告诉你他们的事情。"

他们坐了两站火车，回到大威利-教堂桥，然后走去利特尔沃思农场。格雷托雷克斯夫妇是一对中年人，和蔼可亲，热情坦诚。这一次，亚瑟意识到自己终于不需要请喝啤酒或买刮靴刀，也不用计算他们的信息价值2先令3便士还是2先令4便士了。

"沃利和罗伊登是我的雇农彼得·夏普家的儿子。"格雷托雷克斯先生先开了口，"他们都是很野的孩子。也许这么说不公平，罗伊登是很野的孩子，我记得有一次他点燃了草垛，他父亲还要去赔款。沃利相对而言更多是有些奇怪。

"罗伊登被沃尔萨尔学校开除了。这两个孩子都在那里上学。罗伊登很懒散，而且喜欢搞破坏，我也是听说的，并不了解具体的事情。后来彼得把他送去了威兹比奇学校，不过也没有什么好转。于是彼得让他给一个屠夫当学徒，应该是坎诺克的梅尔登。到了1893年末，事情就和我有关了。那孩子的父亲要死了，他问我能不能做罗伊登的委托监护人。我只能为彼得做这些了，于是我答应了他。我努力尽职尽责，可罗伊登实在是难以控制，他到处惹麻烦、偷窃、搞破坏、四处撒谎……根本做不了任何工作。最终我告诉他他有两个选择：一种是我停止对他的监护，把他送去警察局，另一种是送他出海。"

"我们知道他选择了哪一种。"

"所以我写信给路易斯·戴维斯联合公司的罗伯茨上将，请求收他为学徒。"

"这是什么时间的事？"

"1895年底，一年快要结束的时候。我想他应该是12月30日出海的。"

"是从哪个海港呢？"亚瑟已经知道了答案，但依然饶有兴趣地探过头。

"利物浦。"

"他在罗伯茨上将那里待了多久？"

"这是唯一一次他坚持下来的事情。他四年后结束了学徒生涯，还拿到了三等大副的证书，然后就回家了。"

"他是1903年回来的吗？"

"不，更早一些。是1901年。但是他只在家待了几天，又在一艘来往利物浦和美国的运牛船上找了一份工作。他在那里待了十个月。那之后，他就一直在家了，那时是1903年。"

"运牛船，原来如此。他现在在哪里？"

"他住在他父亲的房子里。但他已经大变样了，从结了婚开始。"

"你是否怀疑他和他哥哥曾冒用你儿子的名字写信呢？"

"没有。"

"为什么？"

"没有什么理由吧。而且我觉得他们那么蠢，不可能这么有想象力。"

"哦——我猜——他们有没有弟弟——一个嘴巴很坏的弟弟，有吗？"

"没有，他们只有兄弟两个。"

"或者有类似的伙伴吗，谁经常和他们在一起？"

"也没有。"

"我明白了。罗伊登·夏普讨厌你对他的监护吗？"

"挺讨厌的。他不明白为什么我不把他父亲留下的钱全都给他，虽然那笔钱也不算多。其实我这样做只是不想让他浪费。"

"另一个男孩——沃利——他是哥哥？"

"对，他现在大概三十岁了。"

"那你应该是和他一起上学了，哈利？"查尔斯沃思点了点头。

"您说他很奇怪，是怎么回事？"亚瑟问。

"就是很奇怪，好像和这个世界格格不入似的。具体的我也说不清楚。"

"他有什么宗教狂热的迹象吗？"

"我没有注意过。沃利很聪明，头脑很好。"

"他在沃尔萨尔学校学过弥尔顿吗？"

"我没有注意。"

"放学后他做什么？"

"他做过一段时间电工学徒。"

"这样他就可以常到邻近的村子去？"

格雷托雷克斯对这个问题有些困惑："是的，不过其他很多人也会去。"

"那……这对兄弟现在还生活在一起吗？"

"不，沃利一两年前出国了。"

"去了哪里？"

"南非。"

亚瑟转向他的秘书，问道："为什么所有人都忽然跑去南非？你有他在那边的地址吗？"

"我之前有的。后来我们听说他死了，就在去年11月。"

"啊，真遗憾。那他们一起住过的地方，罗伊登现在还住在那儿……"

"我可以带你去。"

"不，我还不需要。我是想问……那个房子是单独的吗？"

"是的，很多房子都是这样的。"

"所以，如果有人进进出出，邻居们并不会注意到？"

"是的。"

"从那里到乡下方便吗？"

"方便，那里就对着田野，很多房子都是这样的。"

"亚瑟先生。"格雷托雷克斯太太第一次开了口。亚瑟转向她，发现她脸色有些发红，而且比他们刚来时更加激动。"你怀疑他吗？还是怀疑他们两个？"

"我还在搜集证据，夫人。"

亚瑟原本以为格雷托雷克斯太太会诚心地反驳他，并否定他的怀疑和诽谤。

"那我要告诉你们我了解的一些事。大约三年半之前——我记得是在7月，乔治·埃德尔吉被逮捕之前的那个7月——有一天下午，我经过夏普家，就走了进去。沃利不在家，但罗伊登在。于是我们聊了聊动物残杀的事情——当时所有人都在讨论那些事。过了一会儿，罗伊登走到厨房的碗橱前，给我看了一个……工具。他把工具举到我面前，说：'他们就是用这个杀牛的。'我一看见那个工具，就觉得很恶心，所以我让他拿开了。我说：'你不希望让大家认为你就是那个人吧。'于是他把工具放回了碗橱。"

"你当时为什么没有告诉我？"她丈夫问。

"我觉得当时已经到处都是谣言了，不想再造什么谣。我只想把整个事情都忘掉。"

亚瑟控制住自己的情绪，平静地问："您没有想过报警吗？"

"没有，我从惊恐中恢复过来后，只想散个步思考一下这件事。我觉得罗伊登应该只是在吹牛，假装自己知道什么。如果真是他干的，他应该不会给我看吧？在我印象里他还是个孩子，如我丈夫所说有些野，但是自从出海回来他就安顿了下来。他订了婚，也准备结婚，而且他现在已经结婚了。但是警察认识他，我觉得如果我去告诉警察，无论有没有证据，他们都会编造出某些不利于他的案件。"

是的，亚瑟想，由于你的沉默，他们转而编造了一起对乔治不利的案件。

"我还是不明白你为什么不告诉我。"格雷托雷克斯先生说。

"因为——因为你对那个孩子太严格了。"

"这点你说得倒是很对。"他有些刻薄地说。

亚瑟决定接着问下去，让他们暂时搁置夫妻间的争执："夫人，那是个什么样的……工具呢？"

"刀片很长。"她用手比画着，大约一英尺，"折叠在盒子里，就像是大型的折刀。不是农具，但是挺吓人的，上面有一道弯。"

"您是说像是短弯刀或者镰刀？"

"不，刀本身是直的，边缘并不锋利。但是到了末端，有一处向外弯曲的地方，看起来非常锋利。"

"您能帮我们画一下吗？"

"好的。"格雷托雷克斯太太拉开厨房抽屉，在一张横格纸上很确定地随手画下刀具的轮廓：

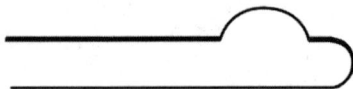

"这里是钝的，这里也是，直的地方都是钝的。但是在这里，弯曲的这部分非常锋利。"

亚瑟看了看其他人。格雷托雷克斯先生和哈利都摇了摇头。阿尔弗雷德·伍德把画转过去正对着他，说道："有一半可能是柳叶刀，大号的那种。他可能是从牛肉店偷的。"

"你看，"格雷托雷克斯太太说，"你的朋友立刻就得出了这种结论，警察也会如此。"

这一次亚瑟忍不住开了口："但他们却做出了关于乔治·埃尔德吉的结论。"听了这句话，格雷托雷克斯太太不再显得那么激动。

"请原谅我再问您一句，您后来也没有想过要把工具的事情告诉警方吗——在他们指控乔治的时候？"

"我想过。"

"但是什么都没有做？"

"亚瑟先生，"格雷托雷克斯太太说，"我不想回忆起动物残杀爆发时整个地区的混乱情况，大家已经都不正常了。到处都是这个人、那个人的谣言，还有大威利团伙的谣言。还有人说他们杀够了动物，就会去杀年轻姑娘。还有人说这件事和异教徒的殉礼有关，和新月有关。现在我想起来，罗伊登的妻子对我说，她丈夫在新月之夜确实有奇怪的表现。"

"是的。"格雷托雷克斯先生沉思了一会儿，"我也注意到过。一到新月之夜，他就像个疯子一样狂笑。一开始我以为只是碰巧，后来我撞见他周围没有人，可依然在狂笑。"

"但是您没有看见他——"亚瑟说。

格雷托雷克斯太太打断了他："笑又没有罪。就算是笑得像个疯子也没有罪。"

"但您不觉得……"

"亚瑟先生，我对于斯塔福德郡警察局的智慧和效率并不抱什么期待，这点我们应该是一致的。如果您为您的年轻朋友被错误监禁而担忧，我也很担心同样的事情发生在罗伊登·夏普身上。也许这样到了最后，就不是您的朋友成功出狱，而是他们两个人被认为是同个团伙的成员，双双被关押起来。谁会管那个团伙是不是真的存在呢？"

亚瑟决定接受她的责难："那个武器呢？您有没有让他把它毁掉？"

"当然没有，从那天后我们就没再提过这事。"

"格雷托雷克斯太太，那我能请求您在之后的一段时间里继续保持沉默吗？还有最后一个问题，您是否听过沃克或格拉德温这两个名字——他们和夏普家有什么关系吗？"

这对夫妇摇了摇头。

"哈利呢？"

"我好像还记得格拉德温，他为一个马车夫工作。不过我已经很久没见过他了。"

亚瑟和他的秘书告诉哈利等候指示，随后便回到了伯明翰过夜。原本哈利建议他们住在坎诺克条件更好的酒店，但是亚瑟喜欢在一天艰难的工作后喝上一杯像样的白兰地酒。在皇家家庭宾馆用过晚餐后，他忽然想起某封信中的一段话，于是兴奋地扔下了刀叉。

"那个家伙夸耀自己不会被任何人抓到时写道：'我的工具要多锋利有多锋利。'"

"我的工具要多锋利[1]有多锋利。"伍德重复道。

"对啊。"

"那个嘴巴很坏的男孩是谁？"

"我不知道。"亚瑟因为他的这一直觉并没有得到完全证实而有

---

[1] 此处"锋利"和"夏普"英文同为sharp。——译者注

些失望，"也许是某个邻居家的孩子，也许只是夏普兄弟创造出来的人物。"

"那我们现在要怎么做？"

"我们继续啊。"

"但是我觉得我们——您——已经解决了问题。残杀动物的是罗伊登·夏普。匿名信是他和沃利·夏普一起写的。"

"我赞同，伍迪。现在说说为什么你觉得是罗伊登·夏普吧。"

伍德边回答，边和往常一样掰着手指："因为他把柳叶刀给格雷托雷克斯太太看了。还因为那些受伤的动物虽然割破了皮肉，但内脏并未受损，这种情况只有这种特殊的工具可以做到。而且他曾经当过屠夫，也在牛肉店工作过，知道怎么对付动物。另外他很可能是从店里偷来的刀。更重要的是，匿名信存在和消失的时段，和他待在和离开大威利的时段刚好吻合。信中对于他的行为和活动也有清楚的暗示。而他又是一个撒谎成性的人，还对新月有奇怪的反应。"

"很棒，伍迪，非常棒。不过一起完整的案件需要更加详尽的推理。"

"哦，"秘书有些失望，"我漏了什么吗？"

"没有，罗伊登·夏普就是我们要找的人，我也非常怀疑他。但是我们需要更多详尽的证据，尤其需要那把柳叶刀，我们需要确保证据的存在。夏普知道我们就在这附近，他如果有所察觉，可能早就把刀丢进他所知道的最深的湖里了。"

"如果他还没察觉呢？"

"如果没察觉，你和哈利·查尔斯沃思就去找那把刀，保证它不被销毁。"

"去找那把刀？"

"对。"

"保证它不被销毁？"

"对。"

"那您觉得我们应该怎么做呢？"

"坦白说，我觉得我最好不要知道太多。但我感觉，那里的人们依然还不习惯锁门。如果你能通过和平协商解决这件事，我会把这笔奖金记在安德肖的账上，你想算在哪一栏都行。"

伍德因他的雇主故作大方的样子有些不高兴："我总不能敲开夏普家的门，对他说'打扰了，我想买你那把用来残杀动物的刀，把它拿去警察局'吧？"

"当然不能这样。"亚瑟笑了，"这样不可能管用的。你们两个需要想个更聪明的办法，或者更直接的办法，比如一个人在酒馆里分散他的注意力，另一个人……她有提到厨房的碗橱，对吧？不过，潜入他家的事情我要留给你来做。"

"如果我被抓了，您会帮我保释吗？"

"我甚至可以为你的名誉担保。"

伍德缓缓地摇头："我还是有点没反应过来。昨晚这个时间，我们还什么都不知道，只是有一点猜疑。现在我们就什么都知道了，就在这一天之内。威恩、格雷托雷克斯、格雷托雷克斯太太——全都出现了。虽然我们还不能证明，但基本已经了解了真相，而且就在一天之内。"

"其实并不是这样的。"亚瑟说，"知道真相也很正常，我为了这些已经写了无数封信。只是这一切不是按照正常的顺序出现的，所有那些线索直到最后才联系起来。于是你用一个精彩的演绎便可以解

382

开这个结，得出某个合乎逻辑又完全让人震惊的结论，你一定很高兴吧？"

"那您不高兴吗？"

"现在？不，我甚至有些失望。事实上，我真的很失望。"

"好吧。"伍德说，"那您得允许一个简单的灵魂感到高兴。"

"好吧。"

随后，亚瑟抽完了他的最后一支雪茄，然后回到了房间，躺在床上思考这些事。他为自己设下了一个挑战，而今天终于完成了。可他并未因此感到喜悦。也许他有些自豪，但这更像是从劳动中停下来休息时的那种感觉，谈不上高兴，更不必说狂喜。

他想起了自己和图伊结婚的那一天。他当时很爱她，早期他完全钟情于她，迫不及待地想要和她结婚。可是当他们在桑顿-朗斯代尔举行婚礼，沃勒那家伙挽着他上台时，他忽然感觉到……他要怎么回想才能不玷污对她的回忆呢？可他的开心只是因为看到她很开心，这便是事实。虽然过了一两天，他便感觉到了自己期待的那种幸福，但是在那个时刻，他并没有什么参与感。

也许这便是为什么在生命的每个转折点，他都要给自己找一个新的挑战。一个新的理由，一件新的事情——因为他只能因之前的成功感受到短暂的快乐。在这样的时刻，他有些嫉妒心智简单的伍迪，也嫉妒那些可以躺在自己的荣耀上休息的人。但是这并不是他的风格。

那么，他现在还要做些什么呢？首先要确保拿到刀具。同时还需要获得罗伊登·夏普的书写样本——也许可以从格雷托雷克斯夫妇那里得到。他还要确定沃克和格拉德温与此事是否有进一步的关联。另外还有那起母女两人遭遇袭击的案件。罗伊登·夏普在沃尔萨尔的校园生涯也需要调查。他还想将沃利·夏普的行动与信件邮寄的地址更详细地匹配起来。一旦得到了刀具，他还要把刀具拿给接触过受伤动物的兽医，询问他们的专业意见。最后他需要询问乔治，对于夏普一家有什么印象。

他还要给母亲写信，给琼写信。

现在他的脑海中充满了任务，于是轻松地进入了梦乡。

回到安德肖，亚瑟发现他现在正在做的事情就像是一本书临近结尾：大部分内容都已就绪，创作的主要部分已经完成，现在只需要按部就班地工作，尽可能让一切滴水不漏。后面的日子里，他的各项工作开始陆续得到答案。第一封信件是一个用绳子绑着的涂蜡牛皮纸包裹，就像是在布鲁克斯的五金店买的东西。他还没有打开，就知道里面是什么了。他是从伍德的表情看出来的。

他打开包裹，缓缓把那把柳叶刀拉到最长。这真是一种恶毒的工具，平直部分的钝性与弯曲部分的锋利形成鲜明对比——真的是要多锋利有多锋利。

"真是禽兽。"亚瑟说，"我能问问——"

可是他的秘书摇摇头，打断了他的问话。于是亚瑟既无法知道，也无法问出口。

乔治·埃德尔吉写信表示，他对夏普兄弟并无印象，无论是在学校还是后来，他也想不出他们对他或他父亲能有什么意见。

更让人满意的答复来自米切尔先生。他寄来了罗伊登·夏普详细的在校记录：

1890年圣诞节	末等。成绩排名：23/23。学习成绩很差。法语和拉丁语不合格。
1891年复活节	末等。成绩排名：20/20。不爱学习，经常不写作业，在绘画上展现出特长。
1891年暑假	末等。成绩排名：18/18。学习开始进步，但在班级表现不好，经常嚼烟草、撒谎、给同学取绰号。
1891年圣诞节	末等。成绩排名：16/16。经常对学校不满，时常撒谎。经常抱怨他人或被人抱怨。欺骗同学，经常不请假翘课。绘画水平有所提高。
1892年复活节	劣等。成绩排名：8/8。懒惰，喜欢恶作剧，常被杖罚。给父亲写信伪造老师评语，并因此撒谎。本学期被杖打20次。
1892年暑假	时常旷课，伪造信件和签名，被父亲转学。

这就是我们的证据，亚瑟想，伪造签名、欺骗、撒谎、给人取绰号、时常恶作剧。而且请注意他被开除或转学的时间——随便你怎么

称呼——1892年暑假。那正是针对埃德尔吉、布鲁克斯以及沃尔萨尔学校的行动开始的时候。亚瑟发觉自己更加愤怒了——通过正常的逻辑思考，他很容易就发现了这些事情，但那些蠢货却……他真想让整个斯塔福德郡警察局的人员都靠着一堵墙站好，从警察局局长和巴雷特警视长，到坎贝尔检察官和帕森斯警官，再到厄普顿以及警队中地位最低的警察，然后问他们一个简单的问题。1892年12月有一把来自沃尔萨尔的大号钥匙被盗，有人把它拿去了大威利。谁更有可能是嫌疑人：是一个几个月前因为自己的愚蠢和不良表现被开除的男孩，还是一位努力、大有前途，从未在沃尔萨尔读过书，也从未去过那里的校舍的牧师家的儿子呢？他完全谈不上对那所学校有什么怨恨吧？快回答我啊，警察局局长、警视长、检察官、警官、协警们。快回答我啊，你们这十二位对季度庭审负责的陪审员。

哈利·查尔斯沃思寄来了一份关于1903年秋末冬初的案件的记录。一天晚上，扎里·汉德利太太从车站出来，想要买一些打折的报纸。她和年幼的女儿一起被两个男人在路边搭讪。其中一个人掐住了小女孩的喉咙，手里还拿着某种闪光的东西。母女两人都发出尖叫，那个男人跑开了，并对他那同伴喊道："好的，杰克，我来了！"女孩说她母亲之前也被同一个男人拦住过。她描述说男人长着一张圆脸，没有胡子，身高大约五英尺八英寸，穿深色衣服，戴一顶光面的帽子。这个描述与罗伊登·夏普很相符，那段时间里他经常穿着一件类似水手服的衣服，后来便不再穿了。还有人表示那个"杰克"是杰克·哈特，一个风流的屠夫，大家都知道他是夏普的朋友。她们报了警，但警方并未在那起案件中实施逮捕。

哈利还在附言中补充说，弗雷德·威恩又联系他了，他以一品脱啤酒作为交换，讲述了自己之前遗漏的一些事情。他和布鲁克斯以及斯佩克一同在沃尔萨尔学校读书的时候，大家都知道只要罗伊登·夏普坐火车，他就会划开坐垫，用刀切开坐垫的背面，让里面的马毛露出来，然后大笑着把坐垫翻回去。

3月1日，星期五，经过六周的延迟，内政部终于宣布了建立讯问委员会的消息。也许他们这样做是想体现，他们不会因任何知名人士的压力采取行动。委员会的成立目的在于关注埃德尔吉案中诸多引起公众注意的问题。但内政部试图表示，委员会的建立并不意味着支持这一案件的重新审理。他们不会召集目击证人，也不会要求埃德尔吉先生出席。委员会将分析内政部现有的资料，并按照一定程序进行裁决。爵级司令亚瑟·威尔逊阁下、达拉谟郡季审法庭主席约翰·劳埃德·沃顿、伦敦首席法官阿尔伯特·鲁岑将会尽快向格莱斯顿先生汇报。

亚瑟认为这些先生不该在某些程序问题上喋喋不休地争论。他决定继续完善《每日电讯报》上面的文章，虽然这些文章已经足以证明乔治的无辜。为此他写了一份私人备忘录，列出了罗伊登·夏普与案件的关系。他会说明自己的调查、总结所有的证据，并列出全部需要进一步获取线索的部分：比如桥城的屠夫杰克·哈特，以及现在身处南非的哈利·格林。还有罗伊登·夏普的太太，她可以证明她的丈夫对新月有奇怪的反应。

他会寄一份自己的备忘录给乔治，希望他给出自己的结论。同时他也会和安森保持联系。每次想起那天伴着白兰地和雪茄的漫长争论，他便忍不住想要大声咆哮。他们虽然差点吵起来，但并没有什么有效的交流——就像是那两只鹿角卡在森林中的斯堪的纳维亚麋鹿一样。即使如此，他依然为安森的自鸣得意和偏见感到震惊，并希望他人也能意识到这一点。最后，安森竟然试图用鬼故事吓唬他，这个警察局局长是多么不了解他的客人呀。亚瑟在书房中拿出了那把柳叶刀，把它展开，在一张描图纸上画出了它的轮廓。他在这幅画中标记了"原尺寸"，并决定把这幅图寄给警察局局长，以询问他的看法。

"这回您的委员会也建好了。"伍德说。他们那晚正一起把线索从架子上拿下来。

"只能说是他们的委员会。"

"您为什么不大满意呢？"

"虽然我还抱有一些希望，即使是这些人，也不能完全无视他们眼前的事实。"

"但是？"

"但是——你知道阿尔伯特·鲁岑是谁吗？"

"报纸上说，是伦敦首席法官。"

"确实。不过他也是安森局长的表兄弟。"

乔治与亚瑟

在写信感谢亚瑟之前，乔治已经把《每日电讯报》上的文章读了几遍。在前往查令十字街大饭店与亚瑟第二次见面前，他又重读了一遍。最让他为难的是，关于他的报道并非出自某个三线穷文人，而是出自当今最有名的大作家。这让他感觉自己有了多重身份：一个想出名的受害者、一位面临着国家最高法庭审讯的律师、一个小说中的人物。

亚瑟是这样解释为什么他——乔治是不可能加入传说中制造大威利暴行的团伙的："首先，他是一个彻底的禁欲者，这一点就让他难以融入这种团伙。他也不抽烟。而且他很内向，非常容易紧张。另外他是一个极出色的学生。"这些理由可以说是真实的，但也没有那么真实；可以说有些夸张，但也并不算太夸张；可以说很有说服力，但也没那么值得信服。他算不上是极出色的学生，仅仅是一个不错的、努力的学生而已。他获得过二等荣誉，但不是一等；被伯明翰法律协会授予过铜质奖章，而不是银质奖章或金质奖章。他算是一个比较有能力的律师，可能会比格林韦和斯泰森好一些，但不算是最杰出的。而且以他的自我评价，他也不觉得自己非常内向。如果他被描述为"容易紧张"，是因为上一次在这家酒店见面的话，也许和当时的场景有关。他坐在大厅里读报纸，担心自己是否记错了时间甚至日期，而这时，他发现一个高大的、穿着大衣的身影正站在他不远处，专注地观察着他的一举一动。换作其他人，如果被一个著名的作家注视着，会有怎样的表现呢？乔治认为关于他内向和容易紧张的评价就算不是他父母提供的，也一定得到过他父母的证实。他不知道其他的家庭是什么样的，但是在牧师宅邸，父母对于孩子的评价与孩子的自我评价并不同步。不仅仅是乔治自己，他觉得父母也并未注意到莫德的变化，她现在已经变得更加健壮，也更加能干。不过现在，他又想到了更远的层面。他觉得自己上次与亚瑟见面时并不是很紧张。即使在更可能紧张的状况下，他不是也曾平静地面对过法庭拥挤的人群吗——《伯明翰每日邮报》是这样写的吧？

　　他不吸烟，这的确是事实。因为他觉得吸烟没有什么意义，不能使人愉悦，又很浪费钱。但是吸烟本身和犯罪行为并没有什么关系。夏洛克·福尔摩斯以爱抽雪茄著称——他觉得亚瑟应该也有同样的爱好——但是这无法说明这两者中任何一人是犯罪团伙的成员。他始终禁欲，这也是真的，这和他的出身有关，并不是什么恪守原则的表现。但是他承认任何陪审员、委员会都可能从不同角度解释这件事情。禁欲可以看作是节制的体现，也可以看作极端的行为。人们可能认为你是一个能够控制住自己渴望的人，也可能认为你这样做是为了把精力集中在其他事情上——比如某些野蛮狂热的非人欲望。

他并不是想要贬损亚瑟的工作起到的作用和价值。那些文章没有使用任何技巧，简洁明了地描述了一系列看似离奇的事件，其离奇程度甚至远超小说作家的想象。乔治得意而感激地重读着，直到他读到这句："所有这些疑问都将在这个国家的行政史册上留下一个巨大的污点。"亚瑟曾承诺过要掀起轩然大波，他掀起的轩然大波远远超出了斯塔福德、伦敦甚至英格兰的范围。如果亚瑟先生没有如他所说那样"撼动大树"，内政部自然不会宣布成立委员会，虽然委员会会如何回应风波和骚动是另一回事。乔治知道，亚瑟对内政部关于耶尔弗顿上诉的回应非常不满，他写道："即使在东方的专制国家，我都无法想象会发生这样荒唐和不公的事情。"将内政部批判为专制的化身也许并不是帮助他们未来不再专制的最好方法。还有关于罗伊登·夏普案件的结论……

"乔治！真抱歉我们迟到了。"

亚瑟不是一个人来的，他身边还站着一个年轻美丽的女子。女子衣着时髦，谈吐自信，身穿一身绿色，但乔治无法确切形容出衣服的色彩，应该是那种只有女性才分得清的颜色。她微笑着伸出手。

"她是琼·莱基。我们刚刚……在逛街。"亚瑟有些不安地说。

"亚瑟，我们刚刚明明在聊天呀。"她的声音亲和而坚定。

"嗯，我在和商店店主聊天。他以前在南非工作过，我是想问问他——"

"那也只是聊天，不是逛街。"

乔治对两人的对话内容有些困惑。

"乔治，你应该也看出来了，我们在为结婚做准备。"

"真的很高兴见到你。"琼·莱基小姐说。她笑得更开了，乔治注意到她的门牙有些大。"现在我得走了。"她俏皮地朝亚瑟摇了摇头，然后跑开了。

"结婚。"亚瑟边坐进书房的椅子，边说道。这个词仿佛是在询问什么。于是，乔治凭借他莫名的觉察回答道。

"我一直都很渴望结婚。"

"我要提醒你，结婚可是一件很困扰的事情。当然，也是很幸福的事情。困扰和幸福都要比之前更多些，也更恼人。"

乔治点了点头。他对此并不赞同，但他发现自己并没有什么可以支撑观点的证据。他自然不可能用"恼人的困扰和幸福"来形容他父母的婚姻。这三个词显然都不适用于牧师宅邸的生活。

"我们还是聊正事吧。"

他们聊起了《每日电讯报》的文章、文章收到的各种答复、格莱斯顿建立的委员会以及其职权和成员。亚瑟犹豫自己是否要说出阿尔伯特·鲁岑与安森的亲戚关系，或者在俱乐部中对某位新闻编辑稍加吐露，还是完全不在意此事。他望向乔治，期待他立刻给出一个答案。但是乔治并没有想明白。这也许是因为他是一个"非常内向，容易紧张"的人，也许是因为他是一位律师，或是因为他发现把自己的身份从亚瑟的工作目标转为帮亚瑟提供建议的人有些困难。

"我觉得您可以向耶尔弗顿先生咨询这件事。"

"但我现在在咨询你。"亚瑟回答，他觉得乔治有些犹豫不决。

乔治的想法，或者不如说本能的反应是，他觉得第一种选择太过张扬，第三种太过被动，所以总体而言他倾向于中间的做法。然而……他又开始重新思考，并意识到亚瑟已经有些不耐烦。他承认，这让他有些紧张。

"乔治，我有种预感，他们不会认真处理委员会的报告的。"

乔治不知道亚瑟是否还需要他对上一个问题的答案。他猜想应该是不用了："但是他们应该会出版报告的吧。"

"当然，他们必须出版，也只能出版。但是我很了解政府官员，尤其了解他们感到尴尬和羞耻的时候会怎么做。他们会想办法掩藏证据，如果可以还会销毁证据。"

"他们怎么会这样？"

"一开始，他们可能会把报告登在周五下午的报纸上，人们都去过周末了，没有人看。或者是登在假日期间。这样的手段有很多。"

"但如果那篇报告足够好，还是会有一定的反响吧。"

"那篇报告不会有多好，"亚瑟坚决地说，"至少对政府官员而言。如果他们迫不得已证实了你是无辜的，就意味着在过去的三年中内政部虽然了解全部的信息，却依然没有主持正义。如果在这起完全无法——或者说不可能实现的案子中，他们判定你依然有罪——这是第二种选择——他们会身败名裂，遭遇职业危机。"

"我明白了。"

他们已经聊了半小时左右，让亚瑟很困惑的是，乔治完全没有提起"真正的罪犯是罗伊登·夏普"这件事。他并不只是困惑，甚至有些生气，因为他感觉自己受到了侮辱。他有些想要问起自己在格林大宅看到的那封求助信。但是他没有问，因为这样就中了安森的计。也许乔治只是觉得，讨论的议程应该由亚瑟来决定，应该就是这样吧。

"那么，"他说，"关于罗伊登·夏普呢？"

"对，"乔治回答，"正如我在给您的回信中写的，我完全不认识他。我小时候同班过的应该是他哥哥，不过我现在对他哥哥也没有印象。"

亚瑟点了点头。接着说呀，我现在已经不是在给你免罪，而是把罪犯的手脚铐好，等着逮捕和审判了。这对你而言，难道不是重大的进展吗？他耐着性子等乔治开口。

"我有些惊讶，"乔治终于说道，"他为什么想要迫害我呢？"

亚瑟没有回答，他已经给出过答案。他觉得现在到了乔治自己做出一些贡献的时候。

"我知道您一直认为种族偏见是这起案件的一个因素。但我之前就表示过异议，现在也依然如此。夏普和我彼此并不认识。想要讨厌一个人，首先你要认识他吧，然后还要找到讨厌这个人的理由。如果实在找不到满意的理由，你会把理由安在他的某个怪异的点上，比如他的肤色。但是夏普根本不认识我。我也想过，我的某些行为是不是对他造成了轻视或者伤害。也许他和某个我提供咨询的客户有关系……"亚瑟没有回答，他觉得那些明显的事实他已经说过太多次，无须再重复了，"我也不能理解为什么他要用这种方式残杀动物，或者说我不能理解任何人做出这种行为。您觉得呢，亚瑟先生？"

"我已经在我的结论中说过，"亚瑟回答道，他此时显得更加不满，"我怀疑他对新月有些奇怪的反应。"

"就算这样，"乔治说，"并不是所有的案件都发生在新月的时候。"

"确实，但大部分都是。"

"好吧。"

"所以我们能不能猜想，其他时间发生的残杀事件是用来故意误导调查的？"

"嗯，可以这样认为。"

"埃德尔吉先生，我来这儿不是为了说服你的。"

"请原谅我，亚瑟先生。我不是不愿意对您表达最真挚的感激。不过，我是一个律师。"

"没关系。"亚瑟觉得也许他对乔治太苛刻了。但这种感觉实在很奇怪，就像是你从地球上最遥远的地方给他带回了一袋金子，可他却说："实话说，我更喜欢银子。"

"那个工具，"乔治说，"那把柳叶刀。"

"怎么了？"

"您是怎么知道它的样子的？"

"我用了两种方法。一开始，我是让格雷托雷克斯太太帮我画的，伍德认出了这是一把柳叶刀。然后——"亚瑟故意停顿了一下，"我便拿到了它。"

"您拿到了它？"

亚瑟点了点头："如果你想看的话，我可以拿给你。"乔治看起来很警觉。"不是在这儿。别担心，我没有随身带着它。我把它放在安德肖了。"亚瑟补充道。

"您是怎么拿到它的？"

亚瑟用手指刮了刮鼻尖，然后语气温和下来："伍德和哈利·查尔斯沃思偷来的。"

"偷来的？"

"我们必须在夏普处理掉这个工具之前把它找到，他知道我就在那附近调查他的事情。他甚至还给我寄了以前寄给你的那种信，威胁我会被开膛破肚。他如果反应过来的话，可能会把这把刀扔到一个永远都找不到的地方。所以我让伍德和哈利把它偷来了。"

"我明白了。"乔治此时的感觉就像是听到某个客户正在无比信任地给他讲述某件完全不该告诉律师，甚至自己的律师也不行——或者说尤其不能告诉自己的律师的事情，"您拜访过夏普吗？"

"没有，我觉得这对我的结论没什么用。"

"确实如此，抱歉。"

"所以，如果你没有什么异议，我会把我对夏普的结论和其他的文件一起送到内政部。"

"亚瑟先生，我可能不大会表达我对您的感激——"

"没关系。我做这些并不是为了让你感激我，何况你也一直都在说感谢的话。我这样做是因为你是无辜的，而我很不齿这个国家的司法和官僚制度。"

"不过，没有人能像您一样，在这么短的时间内就做到这么多。"

他是在说我把事情搞砸了吧，亚瑟想。别瞎想了——也许只是相比夏普的定罪，他更关心自己的无罪判定，以及保证这件事确凿无疑。这完全是可以理解的。只有结束了第一个议程，才能开始第二个议程——一个谨慎的律师这样想是很正常的吧？而我现在正在全方位出击，他只是在担心我可能会瞄不准球。

但是后来他们分别后，亚瑟坐在前往琼公寓的出租车上时，想到了更多的事情。那句格言是什么来着？别人会原谅你的一切，但不能原谅你对他的帮助？差不多如此吧。也许这句话在这类案件中被放大了。他在阅读德雷福斯案件的相关内容时，曾注意到许多人都主动为这个法国人提供了帮助，他们非常热忱地为他工作，认为他的案件不仅仅是真实与谎言的博弈，公平与不公的博弈，更是对他们所生活的国家的诠释和定义——很多人并不是被阿尔弗雷德·德雷福斯上校打动。他们认为他是一个干巴巴、冷酷、矫枉过正，完全不具备人类的感激和同情心的人。有人写道，受害者往往对自己所遭遇的事件无动于衷。这自然是法国式的讽刺，但也并不太离谱儿。

但也许这样想真的有些不公平。他第一次见到乔治·埃德尔吉的时候，很惊诧这个羸弱、纤瘦的年轻人竟然能挺过三年的劳役监禁。他沉浸在惊讶之中，自然没有想到这一切让乔治付出的代价。也许唯一能让他挺过来的方式，便是集中心力，从早到晚只想着自己的案件，其他什么都不再思考，整理好其中全部的事实和证据，以备随时需要。只有这样，他才能战胜莫大的不公和生活习惯的被迫改变。所以，期待乔治·埃德尔吉表现得和一个自由的人一样，未免太苛刻了。在成功翻案和得到补偿前，他可能都无法回到从前的样子。

别再把怒气施加在别人身上了，亚瑟想。乔治是一个好人、无辜的人，但也没有必要太神化他。向他索求过多的感激，就像是要求每个评论家都宣称你的每本新书都是天才之作。所以别再乱施怒火了，首先是对安森，他今早的信又添了几分傲慢：他完全拒绝承认那些动物残杀事件的工具是一把柳叶刀。更可气的是，他还轻蔑地写道："你画的不就是普通的放血刀嘛。"岂有此理！亚瑟并未把这次最新的挑衅告诉乔治。

不仅是对安森，亚瑟还很生威利·霍宁的气。他的妹夫又有了一个新笑料，是康妮午饭时告诉亚瑟的。"亚瑟·柯南·道尔和乔治·埃德尔吉有什么共同点？""没有吧，我想不出。""警局（句）啊！"亚瑟暗自恼火。警局（句）——这很有趣吗？客观地说，亚瑟认为有些人会觉得有趣，可是……也许他已经开始失去幽默感了吧，人们说中年人往往如此。不——纯属胡扯。现在他又开始生自己的气了，这也是人到中年的一个迹象吧。

与此同时，乔治依然待在大饭店的书房中。他的情绪很低落。他对亚瑟表现得太不礼貌了，也没有表达出充分的感激。毕竟他曾为这起案件付出了数月的努力。乔治有些自责，他想要写一封信道歉。可是……夸大其词显然不够真诚。或者说，他如果夸大了对亚瑟的感激，就只能在行动上做到如此，才能确保自己的诚意。

他读完了亚瑟决定送往内政部的那篇关于罗伊登·夏普的罪行陈述。当然，他已经读了许多遍，每一次读完，看法都更加坚定。他的结论是——从专业的角度讲，这篇陈述不会有利于他本人的处境。有些更进一步的看法他没敢在与亚瑟见面时说出——亚瑟对于夏普的指控竟与斯塔福德郡警察局此前对他本人的指控惊人地相似。

首先，两者几乎以同样的方式，将残杀动物与匿名信联系在一起。雷金纳德·哈迪先生在斯塔福德郡庭审的总结陈词中曾说道，写匿名信的人一定也是残杀动物的人。这一观点曾被耶尔弗顿先生，以及其他支持他的人公开批判。然而亚瑟先生却在他的结论中做出了几乎同样的判断。他以匿名信作为出发点，通过信件追踪到罗伊登·夏普的笔迹，以及他在每一个时间转折点的行踪。这些信件暗示夏普有罪的方式，和此前暗示乔治有罪的方式一模一样。尽管现在的结论是，这些信是夏普和他的哥哥故意伪造的，目的是拉乔治下水，那么为什么不能另有其人想要拉夏普下水呢？这些信件如果之前是假的，为什么这次就一定是真的？

同时，亚瑟的证据虽然看似详尽，但大部分都是传言。一位妇女和她的女儿被某个可能是罗伊登·夏普的人袭击，可当时没有人提起他的名字，警方也未采取任何行动。一个由格雷托雷克斯太太在三年，或更多年前得出的结论，她当时没有告诉任何人，却在罗伊登·夏普的名字被提及后才说出来。她还记起了某些来自夏普妻子的传言——或许只是妇女间的八卦。还有罗伊登·夏普惨不忍睹的在校记录：如果这都能作为犯罪证据，监狱里早就人满为患了吧。有人说罗伊登·夏普对月相有奇怪的反应——但有时又不会。夏普住的地方很隐蔽，夜里逃出来不会被邻居发现，可周围很多房子都是如此，包括牧师宅邸。

如果这些还不足以让一位律师灰心，还有更糟，甚至非常糟的事情。亚瑟唯一确凿的证据便是那把柳叶刀，那把刀现在在他手中。拥有这样一把刀会有什么法律价值呢？一个第三人，名叫亚瑟，指使名为伍德的第四人非法潜入被告罗伊登·夏普的家，偷走一件物品，随后携带此物穿越了大半个英国。他不把刀交给斯塔福德郡警察局是可以理解的，但此物需要交给一位正式的法律从业人员保管，比如一位刑事律师。亚瑟的做法无疑污染了这一证物。连警察都知道他们必须拥有搜查令，或者至少获得屋主明确的允许，才能进入房舍。乔治承认刑法不是他的专长，但他可以认定亚瑟涉嫌煽动同伙进行抢劫，又在这一过程中导致一件非常关键的证物失去了价值。也许是因为幸运，他才没有以涉嫌盗窃被指控。

这便是亚瑟的过度热情带来的后果。乔治认为，一切都是夏洛克·福尔摩斯的错。亚瑟受自己的创作影响太大了。福尔摩斯通过自己卓越的推理能力捉住坏人，把他们交给对坏人的罪行了然于心的当局。但他从未被迫站在目击证人席，让迪斯图纳尔先生这样的人在几小时内把他的假定、推理和完美结局磨成灰土。亚瑟所做的一切，就像是穿着许多双不同的靴子，践踏了一块原本可能会发现罪犯脚印的土地。他虽然很想促成对罗伊登·夏普的指控，却完全毁掉了它。这一切都是夏洛克·福尔摩斯的错。

亚瑟与乔治

亚瑟手里拿着一份格莱斯顿委员会的报告，为自己两次未被选入议会而感到庆幸。这样他便不必直接感到羞耻。他们就是如此行事，如此掩埋不利的消息的。他们没有任何预兆地选择在圣灵降临节前的周五刊登了报告。谁会在乘火车去海边的路上阅读一起关于公正缺失的报道呢？哪个知情者会来提供信息呢？等到圣灵降临节的周日和周一过去，大家重新回到工作中，谁还会在意这件事呢？埃德尔吉案——不是数月前就解决了吗？

乔治手里也同样拿着一份报告，他看着封面页：

文件

关于

乔治·埃德尔吉案

奉陛下之命

向国会两院提供

下方是：

伦敦：由埃尔和斯波蒂斯伍德

为国王陛下的文书局印刷

印刷工向国王陛下深表敬意

【代码：3503.】价格：1.5便士　1907

这份文件看起来内容很翔实，但从价格上看并非如此。只需1.5便士便可以了解到他案件的真相，以及他的生活……他小心地翻开了这本小册子。前面四页是报告，后面两页是附件。1.5便士。他的呼吸变得急促起来。他的生活仿佛回到了从前。这一次读者不再是《坎诺克邮报》《伯明翰公报》《伯明翰每日邮报》《每日电讯报》或《泰晤士报》的受众，而是国会两院议员和尊敬的国王陛下……

亚瑟并未阅读那份报告，而是把它带到了琼的公寓，这是琼的特权。正如这份报告必须呈现在议会议员面前，他的努力成果必须在琼面前呈现。她对于这件事情的兴趣远远超出了亚瑟的预期。事实上，亚瑟对此并不抱什么期待。但琼在整个过程中一直陪伴在他身边，至少精神上如此，所以他一定要和她一起分享这个结果。

乔治给自己倒了一杯水，然后坐在一把扶手椅上。母亲已经回到了大威利，他现在独自租住在古德小姐的房子中，这个地址已经在苏格兰场登记。他在椅子的扶手上放了一本笔记本，因为他不想在报告的原稿上做标记。也许这是因为他还没有摆脱在刘易斯和波特兰的图书馆借阅时的规定。亚瑟背靠火炉站着，琼一边缝衣服，一边凑过头听着亚瑟为她读报告中的内容。她在想，在这个特别的日子，他们是不是应该为乔治·埃德尔吉多做点什么，比如请他喝一杯香槟，不过他不喝酒。虽然他们也是今天早上才知道报告即将发表的……

乔治·埃德尔吉在重罪伤害案的指控中……

"哈，"亚瑟才读了半段，"听听这段。季度庭审的副主席当时主持了对乔治的审判。我们询问他关于定罪的事情，他说他和同事们坚持认为定罪是合理的。太不专业了，这些人纯属业余，没有一个是正经的律师。亲爱的，有时候我感觉整个国家都被这些不专业的人掌控着。听听他们说的。现在的情况下，我们非常迟疑，因为这起案件的判决得到了极其广泛的支持和赞同，推翻它需要慎重的考虑。"

对于这样的开篇，乔治却不是很在意。凭借自己的律师经验，他知道报告中很快就会出现"然而"这个词。果然如此——而且不只是一个，而是三个。然而当时在大威利的村民间，有各种不同的说法；然而警方经历了如此漫长的困扰，自然急于想要逮捕一个罪犯；然而警方从调查开始，到整个推进过程，始终都在有意寻求对乔治·埃德尔吉不利的证据。在这里，报告以某种开放且不算正式的措辞提出，警方从一开始就对埃德尔吉有所偏见。

亚瑟和乔治都读到了这一句：这起案件本身也存在巨大的难点。任何一种可能的观点，都因为其推断中涉及完全不可能发生的情况，而无法被采取。亚瑟想，真是一派胡言。乔治是无辜的，这个观点中存在什么完全不可能的情况吗？乔治则认为，这不过是一种措辞游戏，他们想说的是这起案件不可能有一个中立的结果。确实如此，因为要么我是完全无辜的，要么我就是完全有罪的。所以案件中目前存在的那些不可能发生的情况，都将会且一定会得出真相。

审讯中存在的问题……在案件审讯的过程中，共有两点分歧。第一点是案件究竟是什么时间发生的。警方并没有给出一致的结论，甚至前后矛盾。关于剃刀的结论也是如此……关于脚印。我们认为脚印完全不具备作为证据的价值。而剃刀作为工具这点，也与兽医提供的证言并不一致。血迹并非鲜血。关于毛发。巴特博士是一个不容置疑的证人。

巴特博士始终是一个绊脚石，乔治想。不过当前的说法确实是公平的。接下来，关于信件。署名格雷托雷克斯的来信是关键，陪审团详细地检查了那些信。他们经过很长时间才做出决定，我们认为他们应该一致赞同埃德尔吉是那些匿名信的作者。我们也认真检查了那些信件，并和埃德尔吉已有的字迹进行了对比，我们并不打算否定陪审团得出的结论。

乔治感到有些衰弱，唯一让他轻松的是父母没在他身旁。他重新读了那段文字："我们并不打算否定。"他们认为是他写了那些信！委员会正在告诉全世界是他写了署名格雷托雷克斯的那些恐吓信！他喝了一大口水，把报告放在膝盖上，等待着自己心情平复过来。

与此同时，亚瑟继续读了下去，怒气也更加高涨。然而，埃德尔吉写了匿名信的事实并不代表他施行了动物残杀。"他们可真会洗白啊！"亚瑟叫道。那些又不是某个有罪的人想要把责任栽赃给他人的信件。无论是从世俗还是精神的层面，那些都不可能是他写的啊，因为那些信件上侮辱和责备的便是乔治本人，亚瑟对自己咆哮着。我们认为写这些信的很可能是一个无辜的人，但是他头脑错乱，心怀恶意，想要做些恶作剧。于是他假装自己知道某些其实根本不知道的事情，以此迷惑警方，增加这一原本就很复杂的案件的调查难度。

"胡言乱语！"亚瑟叫道，"全是胡言乱语！"

"亚瑟。"

"胡言乱语，纯属胡言乱语，"他依然重复着，"我这一辈子，从未见过比乔治·埃德尔吉更加冷静耿直的人。恶作剧——这些蠢货难道没有读过耶尔弗顿提供的关于乔治性格的证言吗？头脑错乱，心怀恶意。"他把报告丢进了壁炉，"这通篇的胡编乱造会受到议会的特权保护吗？如果不会的话，我要告他们诽谤。我自己出钱，把他们都告上法庭。"

乔治产生了某些幻觉。他感觉整个世界都变得很疯狂。他仿佛回到了波特兰，那些人把他带到浴室里，脱光衣服，让他抬起腿，张开嘴。他们拉出他的舌头——这是什么，D462？你舌头下面藏着什么？我猜是撬棍吧。长官，您不觉得这位犯人的舌头下面藏着一根撬棍吗？我们得向监狱长汇报。你要有麻烦了，D462，我提醒你。你不是说过自己是整个监狱里最不想越狱的人吗？你不是一副圣人的样子，还总是借书吗？我们记住你的号码了，乔治·埃德尔吉，D462。

他停了下来，而亚瑟又继续读了下去。案件的第二点分歧是，乔治是否被认为是独自作案。随着证据发生变化，官方的观点也随之改变。嗯，至少这些官方的蠢货无法忽略这一点。视力的关键问题。某些寄至内政部的信件着重探讨了这一点。强调此事的人以哈利街和曼彻斯特广场的两位眼科医生为首。我们认真参考了在狱中为埃德尔吉做检查的著名专家的报告，以及我们现场邀请的眼科医生们的意见，我们认为现有的证据并不能证明乔治无法作案。

"一群蠢货！并不能证明。真是一群蠢货和弱智！"

琼依然低着头。她记得这正是亚瑟最初开始行动的缘由：正因为乔治的视力，亚瑟才坚信他是完全无辜的。他们怎么能这样轻视亚瑟的工作成果和判断？

但他继续读了下去，而且读得很快，似乎想要把这件事抛在脑后。"我们认为，法庭对被告的定罪证据不足……我们无法认同陪审团的裁决。哈！"

"这说明你赢了，亚瑟。他们为乔治正了名。"

"哈！"亚瑟并未意识到自己发出了这样的感叹，"你听这一句。我们对于此案的观点是，内政部在此前从未对此案进行过干涉。一群骗子，谎话连篇！都是些最会洗白的家伙。"

"所以他们是什么意思，亚瑟？"

"亲爱的，他们是说谁也没有在这件事上做错。伟大的英国政府在所有的决策上都是对的。之前确实发生了某些可怕的事情，但是和所有人都无关。这件事应该被收录入《人权法案》。总之任何人都没有做错，尤其是我们政府。"

"可他们承认定罪有问题了。"

"他们承认了乔治是无辜的，但关于他在狱中度过的三年，没有任何人应该对此事负责。人们一次又一次向内政部反映案件的问题，他们却一次又一次没有受理。然而谁都没有做错任何事，呵呵。"

"亚瑟，你冷静一下。喝点白兰地或苏打水，或者别的也行。你要是想抽雪茄也可以。"

"我不在女士面前抽雪茄。"

"好吧，把我当成例外也没关系。但是请你冷静一下，我们看看他们是怎样处理这个结论的。"

乔治却先读到了后面。建议……特赦……予以赦免……一方面，我们认为定罪不能成立，鉴于上文陈述的理由……完全摧毁了他的职业生涯和名声……警方监视……虽然并非完全不可能，但帮助他恢复职业上的损失比较困难。乔治在这里停下来，又喝了一口水。他知道"一方面"后面总是跟着"另一方面"，但他不确定自己能否接受后半部分的内容。

"另一方面，"亚瑟叫道，"天哪，内政部是在隐喻千手神[1]吗？那个印度神叫什么来着——"

"希瓦。"

"希瓦，他们就是想找个理由，来证明自己没错。另一方面，由于我们无法否认陪审团关于匿名信的判断，即乔治写了1903年的部分诽谤信，我们只能假定乔治是无辜的，但他某种程度上自己造成了自己的麻烦。不！不！不！"

"亚瑟，求你冷静下来。别人会以为我们吵架了。"

---

[1] 英语中另一方面是"on the other hand"，"hand"与"手"同义。——译者注

"抱歉，我只是……附件一，请愿书，内政部什么都没做的理由。附件二，我们来看看内政部长是如何感谢委员会的。详尽而全面的报告。全面？整整四页，完全没有提到安森和罗伊登·夏普！一派胡言……什么'自己造成了自己的麻烦'，什么'接受结论'……'然而'……'特殊案件'……我就说嘛……'永久取消资格'……我明白了，他们最害怕的是乔治的律师职业，大家都知道这是最亵渎公正的一点，所以如果他们允许他恢复原职……真是一派胡言乱语啊……'出于最充分的考虑'……'予以赦免'。"

"予以赦免。"琼重复道，她抬起头，所以胜利还是他们的。

"予以赦免。"乔治读道，他发现报告上还有一句话。

"予以赦免，"亚瑟读道，他和乔治一同读到了最后一句，"与此同时，我们宣布不会针对此案进行任何赔偿。"

乔治放下报告，用手捂住了头。而亚瑟用一种讽刺而沉重的语气，读出了最后的署名："最诚挚的H. J. 格莱斯顿。"

"亚瑟，你实在是太着急了。"琼以前从未见亚瑟如此生气过。她有些警觉，极力避免着这种情绪蔓延到她身上。

"内政部真该把他们的标牌换掉，不再是'入口'和'出口'，换成'一方面'和'另一方面'算了。"

"亚瑟，你别再这么含糊其词，告诉我这些话到底是什么意思。"

"意思就是，内政部、整个政府，我们的国家发明了一种新的法律概念。过去，一个人只有有罪和无罪两种状态。如果无法认定你无罪，那便是有罪；如果无法认定你有罪，那便是无罪。这个简单的体系在数个世纪中得以施行和验证，并被法官、陪审团和民众掌握。但是现在，我们的英国法律中有了一个新的概念——既有罪又无罪。乔治·埃德尔吉就是这方面的首例。他是唯一一个因为未犯某种罪过获得赦免，同时却被告知他所遭受的三年监禁并没有错误的人。"

"所以这是一种妥协吗？"

"妥协！不，这是伪善，是我们国家最擅长的事情。官员和政客们数个世纪以来一直在练习伪善。这哪是什么政府报告，明明是胡言乱语——"

"亚瑟，点一支雪茄吧。"

"不，有一次我遇见了一个在女士面前抽雪茄的人，我把雪茄从他嘴里拿了出来，掰成了两半，还把碎屑丢在了他脚边。"

"但是埃德尔吉先生可以回到他的律师岗位上了。"

"确实，但是他潜在的客户们只要看到报纸，就会认为他们正在咨询的律师是个疯子。他写匿名信宣称自己犯了某种非常可怕的罪行，虽然连内政部和那个安森的表亲都承认他和这起罪行一点关系都没有。"

"也许人们会忘了这件事。你不是说他们想要通过在圣灵降临节发布来埋藏这个消息吗？所以人们可能只会记得埃德尔吉先生获得了赦免。"

"如果我做点什么，人们就不会忘记。"

"你还要继续？"

"他们还没有见识我的另一面。我可不会随便放过他们。我对乔治保证过，也对你保证过。"

"不，亚瑟。你确实说过你要做的事情，但你已经做到了，你已经帮助乔治得到了赦免，乔治也能回到工作岗位上，他母亲说这是他最需要的。你做得很成功，亚瑟。"

"琼，不要再劝我了。"

"你希望我不理会你？"

"那我宁愿流血而死。"

"你的另一面呢？"琼有些俏皮地问。

"对你而言，"亚瑟说，"我不会有另一面，只有这一面。我和你的关系很简单，这是我生命中唯一一件简单的事情，永远都是如此。"

没有人安慰乔治，也没有人和他开玩笑，更没有人阻止这些字句在他脑海中反复回荡。他头脑错乱，心怀恶意，想要做些恶作剧。于是他假装自己知道某些其实根本不知道的事情，以此迷惑警方，增加这一原本就很复杂的案件的调查难度。这一结论将呈献给议会两院和尊敬的国王陛下。

当晚有记者向乔治询问他对于这本报告的看法，他回答他对这个结果强烈不满。他认为这份报告仅仅朝着正确的方向迈出了一步，但声明是他写了署名格雷托雷克斯的信件是对他的诽谤和侮辱……这是毫无凭据的含沙射影，如果他们不撤回此言论并发表道歉，我决不罢休。另外，他们没有承诺任何赔偿。既然他们已经承认误判，我应该因我遭遇的三年监狱生涯得到一笔赔偿，我不会让事情就此平息的，我会索要我的误判补偿金。

亚瑟给《每日电讯报》写了一封信，批判委员会的报告毫无逻辑，并不可信。他质问还有什么比予以赦免却不提供赔偿更吝啬，更不符合英国的制度。他宣称自己将在半小时之内证明乔治没有写那些匿名信。他还主张，既然由纳税人承担乔治的赔偿费不够公平，也许这笔费用应当由斯塔福德郡警察局、季审法庭和内政部均摊，因为这三个组织的成员在此错误中负有责任。

大威利的牧师也给《每日电讯报》写了一封信，他指出陪审团并未对匿名信的作者做出判断，任何错误的推断都是雷金纳德·哈迪先生提出的，他曾轻率而毫无逻辑地对陪审团说，写信人同时也是动物残杀案的罪犯。一位出色的律师曾参与审讯，他把主席的总结陈词称作"一场遗憾的表演"。牧师认为警方和内政部对待他儿子的方式极度无情，令人发指。至于内政部及其委员会得出的结论：也许这篇报告展现了政府官员们的才华和政府的形象，但他们如果曾是英国乡绅或贵族的儿子，就不会写出这种东西。

安森局长也对这份报告表达了不满。他接受了斯塔福德《前哨报》的采访，认为报告中的言论有损警方的名誉。委员会一味想要呈现证据中所谓的矛盾之处，却对警方的断案过程毫无了解。他们宣称警方一开始便认定埃德尔吉有罪并搜寻证据支持这一观点，这种说法是不真实的。相反，直到暴行发生后数月，埃德尔吉才受到怀疑。我们曾推断许多人与此案有牵连，但都渐渐解除了猜测。最终将嫌疑锁定在埃德尔吉身上，是因为他有深夜在室外到处闲逛的习惯，这点在案件中也曾反复被提到。

这篇采访刊载在《每日电讯报》上，乔治写信对此进行了反驳。他此前只是隐约觉得警方在断案过程中故意针对他，现在这一点更加明确了。事实上，他从未"深夜在室外到处闲逛"，除了有时从伯明翰回来晚了，或者参加了某些当地的娱乐活动，否则他通常9点30分就进屋了。在整个地区，没有人比他更少在夜里出门，而且显然警方错把某些玩笑当真。另外，如果他有夜里外出的习惯，在此地巡视的大块头刑警一定会知道的。

这个圣灵降临节很寒冷，甚至有些反季。一个千万富翁的儿子，开着二百马力的车，在一场赛车悲剧中被杀害了。各国王子前往马德里，进行了一场皇家洗礼。酒农们在贝济耶发动了一起暴乱，市政大厅被他们烧毁。但是那件事却没有任何消息——女医生希克曼的案件已经好几年没有消息了。

无论乔治想起诉安森局长、内政部还是格莱斯顿委员会成员，无论是分开还是合并起诉，亚瑟都愿意为他提供资金。乔治虽然再次表示了感激，却礼貌地拒绝了。当前他所面临的处境，正是由亚瑟的承诺、努力、逻辑和想要营造声势的愿望造成的。但是乔治认为，营造声势并非解决一切的最好办法。正如热量并不总是能产生光，营造声势也并不总是能带来进展。《每日电讯报》正在向公众征集关于这起案件的各种看法。乔治认为，这才是他们当前需要着手的地方。报纸还提供了一定的赏金。

与此同时，亚瑟继续着自己的行动。没有人理会他曾提出的自己将在半小时之内证明乔治没有写那些匿名信一事——即使是曾公开断言信件作者是乔治的格莱斯顿也没有表示反驳。于是亚瑟决定为格莱斯顿、委员会、安森、古林以及《每日电讯报》的读者们证实此事。他就此写了三篇长文，内含丰富的全息图片。他阐述了这些信很明显是由一个与乔治处于完全不同阶层的人写出来的，这个人是个嘴巴很坏的农民，满口脏话，文法不通，措辞也缺少基本的礼貌。他还提到自己受到了格莱斯顿委员会的轻视，因为在他们的报告中，完全看不出他们考虑过他的建议。关于埃德尔吉视力的问题，委员会引用了某些不知名医生的看法，却忽略了他提交的十五位眼科专家的观点，其中有些人具有全国顶级水平。通过这次报告，委员会成员们仅仅将自己的名字也列入了那份包含警察、政府官员和政治家的应向这个可怜人致歉的长名单中，但是只有积极道歉、提供赔偿、停止互相洗白才能让所有这些人真正得到原谅。

整个5月和6月，议会提出了各种问题。吉尔伯特·帕克先生询问从前是否有某人被错误定罪，后又予以赦免，却未支付任何赔偿的先例。格莱斯顿先生答复："我不知道类似的案件。"阿什利先生询问内政部是否认为乔治·埃德尔吉是无辜的。格莱斯顿先生："我觉得这个问题问得并不合适，太过主观了。"派克·皮斯先生询问埃德尔吉在狱中表现如何。格莱斯顿先生："他在狱中表现不错。"米切尔·汤普森先生要求内政部重新调查笔迹的问题，格莱斯顿先生拒绝了。克雷格上尉希望能够让议员们看到法庭在审讯过程中留下的记录。格莱斯顿先生拒绝了。F. E. 史密斯先生询问如果排除埃德尔吉先生写了匿名信的可能，他能否得到赔偿。格莱斯顿先生："恐怕我无法回答这个问题。"阿什利先生询问为什么此人还未判定无罪，就被从监狱中放出来。格莱斯顿先生："这个问题和我完全无关。释放犯人是我前任部长的决定，我只是表示了同意。"哈莫德·班纳先生询问在乔治·埃德尔吉入狱期间那几起类似的残杀家畜事件的细节。格莱斯顿先生答复，大威利地区后来发生过三起类似事件，分别是在1903年9月、1903年11月和1904年3月。F. E. 史密斯先生询问在过去二十年中，共有多少起因错误定罪而支付赔偿的例子，赔偿总额是多少。格莱斯顿先生答复，在过去二十年中共有十二起这样的案例，其中两例涉及的金额较高：其中一例赔款总额为5000英镑，另一例中两人共获得1600英镑。其余的十起案例中，赔偿金额为1英镑至40英镑不等。派克·皮斯先生询问，这些案件中是否保证了无罪赦免。格莱斯顿先生："我不确定。"费伯上尉要求内政部印制并公开所有关于乔治·埃德尔吉案件的警方记录和相关信件。格莱斯顿先生拒绝了。最后，在6月27日，文森特·肯尼迪先生问道："埃德尔吉遭受这样的对待，是因为他不是英国人吗？"国会记录显示，他并未得到回答。

亚瑟依然会收到匿名信和带有辱骂内容的卡片。这些信件是用粗糙的黄信封装着的，上面贴着脏兮兮的邮票。信件的邮戳是伦敦西北部，但是上面的折痕显示它们曾被装在袋子里，或是某人的口袋里——比如是某个铁路警卫把这些信从中部地区带到伦敦投递。只要有人愿意帮忙把信退回给作者，亚瑟便承诺提供20英镑的赏金。

亚瑟提出了与内政部长及副部长布莱克威尔会面的请求。在《每日电讯报》中，他提到自己受到了礼遇，但同时他们表现很冷淡，缺乏同情心。而且，他们明显站在官方的立场上，让他感觉到一种敌对的气氛。事情的进展并没有升温，他们的态度也并未有什么变化。官员们很遗憾地表示，他们有很繁重的国家事务要处理，没有时间接待亚瑟·柯南·道尔。

注册律师协会投票通过，恢复了乔治·埃德尔吉的从业权利。

《每日电讯报》支付了所有承诺过的赏金，共计300英镑。

然而，并没有新的事情发生。没有争辩，没有关于诽谤的申诉，政府没有采取行动，议会没有提出更多的问题，公众没有进一步地质询，乔治没有收到新的道歉和赔款。报纸也没有什么可以报道。

琼对亚瑟说："我们可以再为我们的朋友做一件事。"

"是什么呢？"

"可以邀请他来参加我们的婚礼。"

亚瑟对这个建议有些困惑："我们不是已经定好，只邀请家人和最亲近的朋友吗？"

"亚瑟，那是指婚礼本身。之后还有晚宴。"

这位非官方的英国人看着他非官方的未婚妻："有没有人对你说过，你不仅是最可爱的女人，而且非常聪明，比这个要成为你丈夫的傻瓜更明白什么是对的，什么是必要的。"

"我会一直陪在你身边，亚瑟，直到永远。我们会一直看着同一个方向，无论这个方向是哪里。"

乔治与亚瑟

夏天就要过去了，人们的话题从板球转向了印度危机，苏格兰场已经不再要求乔治每月寄挂号信确认住址，内政部依然保持着沉默，即使是百折不挠的耶尔弗顿先生也未想出什么新的对策。有人告诉乔治一旦他获得了赦免通知，有一份工作在梅克伦堡大街2号等待着他；亚瑟的来信变成了表达鼓励或愤怒的简短便条；他的父亲更加全身心地投入了牧师的工作；他的母亲现在认为离开她的长子和唯一的女儿是安全的，因为他们可以互相照顾；尊敬的乔治·安森上尉并没有更新关于大威利暴行的任何调查，因为这些事件现在依然缺少官方的说法；乔治现在已经能够平静地读报，而不是一看见自己的名字就眼睛暴凸；大威利又有一只动物被残害了，但人们的兴趣早已消退，连匿名信的作者都已对侮辱乔治一事兴味索然。乔治意识到，关于他的案件政府已经给出了官方定论，一切不大可能再发生变化了。

无罪却又有罪：格莱斯顿委员会是这样认定的，英国政府和它的内政部也是这样认定的。无罪却又有罪。虽然无罪，却头脑错乱，心怀恶意。虽然无罪，却沉迷于制造恶作剧。虽然无罪，却故意干扰警方的正常调查。虽然无罪，却自己造成自己的麻烦。虽然无罪，却不配得到赔偿。虽然无罪，却不应当获得道歉。虽然无罪，却依然应该接受三年的劳役监禁。

但这并不是唯一的定论。大部分媒体都站在他这边：《每日电讯报》认为委员会和内政部的结论不可靠，毫无逻辑，不具有决定性。经过衡量，乔治觉得公众也大多认为他从未得到过公平对待。大量的法律人士对他表示了支持。而且，当今最著名的一位作家也一直坚持宣扬他的无辜。这些声音真的能盖过官方的声音吗？

乔治试图从更广阔的角度看待他的案件，以及随之而来的教训。如果不指望警察更加高效，目击者更加诚实，至少需要提高那些验证这些人证词的法官的水平。一起像他这样的案件不应该由一个未接受过法律训练的主席来主持，那些工作台上的法官水平非常有待提高。如果希望季审法庭和巡回法院更好地履行它们的职责，必须求助于更专业、更聪慧的从业人员：换句话说，求助上诉法院。如果想要更正一起像他这样的误判，唯一的方法是向内政部申诉的话，那也未免太荒唐了，每年类似的申诉成百上千，大部分来自皇家监狱中明显有罪的犯人，除了为内政部建纪念碑，没有比这更能打发时间的了。很显然，任何新法庭都应清理掉那些无用的申诉，但是当面临某些法律或事实上的纷争时，或者当低层法庭的行为存在偏见或问题时，更高层的法院需要重新审理这一案件。

乔治的父亲曾多次暗示，他的遭遇有着更深远的意义。乔治并不想成为什么殉道者，也并未从他的痛苦中找到任何基督教层面的解释。但是贝克案和埃德尔吉案在他的同行中引起了很大反响，他可能真的成了某种殉道者，用更简单实际的说法——他成了一个法律上的殉道者，他的遭遇推动了社会公正的进步。对乔治来说，任何事情都无法弥补他在刘易斯和波特兰虚度的时光，不过如果生活上的惨痛遭遇最终变作了职业上的好处，这是否也是某种安慰呢？

乔治深知自满的罪过，但他还是会谨慎地想象一百年后的法律教科书上也许会出现关于他的内容。"上诉法院的建立是由于大量有失公正的误判引起了公众的不满。埃德尔吉案件便是其中一例，我们如今不必再追究案件的细节，但是需要顺带提一句的是，案件的受害者正是《写给乘客的铁路法》的作者。这本书是这一困惑重重的领域的开山之作之一，也是一本涉及……"乔治觉得，成为律师发展史上的一条脚注也许并不算太差的命运。

一天清晨，他收到了一张长条卡片，是用银色的铜板纸印刻的。

莱基夫妇

诚邀

乔治·埃德尔吉先生

于9月18日星期三

下午2点45分

光临

大都会酒店

白色大厅

参加小女

琼

与亚瑟·柯南·道尔先生

的婚礼

格里伯小屋

布莱克希思

期待您的回信

乔治非常感动，难以言表。他把卡片摆在壁炉架上，并立刻回了

414

信。注册律师协会让他重新回到了律师行业，而现在亚瑟先生让他重新回到了社交圈。并不是说他从前有什么社会地位——他指的不是这么高的层面，而是他意识到，作为一个一年前还待在波特兰监狱中，靠托比亚斯·斯摩莱特[1]的小说维持冷静的人来说，这份邀请如此珍贵，如此具有标志性。乔治在送什么结婚礼物的事情上思索了很久，最终决定送一套精装分卷版的《莎士比亚》和《丁尼生》全集。

亚瑟决定甩开所有讨厌的记者。他和琼的婚礼并没有发布公告，庆贺晚宴也在私下举行。在威斯敏斯特的圣玛格丽特教堂，他们最后一刻才放出遮阳棚。只有一小部分路人停留在这个修道院旁边沉寂的、灰尘在阳光下起舞的角落，看看是谁选择在这个安静的星期三，而非热闹的星期六结婚。

亚瑟身穿一件罩衫和白色的马甲，扣孔插着一朵洁白的大栀子花。他的弟弟英尼斯因为秋季军事演习而休假，成了一位紧张的伴郎。西里尔·安杰尔，亚瑟最小的妹妹多多的丈夫担任司仪。母亲刚刚庆祝过七十岁生日，她穿着一件灰色的锦缎。康妮和威利也来了，还有洛蒂、艾达、金斯利和玛丽。亚瑟想要把一家人都聚集在同个屋檐下的梦想从未实现过，但是在这短暂的时刻里，他们都在一起。这一次，沃勒先生并没有参加。

圣坛旁装点着高高的棕榈树，下面摆放着许多白色的花。整个仪式充斥着合唱，亚瑟周日总是去打高尔夫而非去教堂，所以他让琼选择了他们的赞美诗："赞美上帝，天堂就会爱他""至美的爱，超越了一切人类的思想"。他站在最前排，回味着她最后对他说的话。"我不会让你等，亚瑟。我已经和我父亲说清楚了。"他知道她会履行承

---

[1] 托比亚斯·斯摩莱特（Tobias Smollett，1721—1771），英国小说家。

诺。有人也许会说，他们已经等了彼此十年，再多等十分钟、二十分钟没有关系，也许还会为婚礼增添戏剧效果。但是让他欢喜的是，琼并没有表现出新娘应有的故作矜持。他们的婚礼定在2点45分，因此她会准时在2点45分到达。他认为这是一段婚姻最坚实的根基。当他站在那里，望向圣坛时，他想到自己并不总是了解女人，但是他能分清谁喜欢直击目标，而谁不喜欢。

琼·莱基在2点45分准时挽着父亲的手到达了现场。她在门廊边见到了她的伴娘们，喜欢通灵活动的莉莉·洛德-西蒙兹，以及莱斯利·罗丝。琼的花童是马斯特·布兰斯福德·安杰尔，西里尔和多多的儿子，他穿着一件蓝色配奶油色的宫廷丝绸礼服。琼的礼服是半皇家式样，正面是公主式，由象牙色丝绸和西班牙花边搭配而成，装点着精致的珠绣。裙子的材质是银色薄纱，裙裾点缀着中式绉纱，脚腕绑着雪纺真爱结，配以一双白石楠色的马靴。她的面纱戴在橙色花环之上。

琼走向亚瑟时，他并没有太留意她的穿着。他平时不大穿礼服，而且非常相信新娘的婚纱在婚礼前都不能被新郎看见的迷信。他觉得琼真的很美，也对她的奶油色婚纱、珠绣和长长的裙裾产生了某种整体的印象。但事实上，看着她穿骑马服他也会一样开心。他回答司仪的问话时声音很响亮，而她却很轻柔。

在大都会酒店中，通往白色大厅需要经过一条长长的楼梯。琼的裙裾显得有些碍事，伴娘们和小布兰斯福德需要不断停下整理，这让亚瑟有些不耐烦。他径直抱起了自己的新娘，轻松地把她抱上了台阶。他嗅到了橙色花环的香气，感受到珍珠划过他的脸颊，当天第一次听到了新娘的轻笑声。楼梯下的亲友发出欢呼，楼上参加晚宴的客人们回以更热烈的欢呼。

乔治恍然意识到，这里除了他见过两面的亚瑟先生，以及只是在查令十字街大饭店握过一次手的新娘，他谁也不认识。他不认为耶尔弗顿先生会收到邀请，更不必说哈利·查尔斯沃思。他已经送上了他的礼物，并拒绝了人手一杯的酒。他环视着白色大厅：厨师们正在一张自助餐桌前忙碌，酒店的管弦乐队正在调音，到处都是高高的棕榈树、碧绿的蕨类和叶片，以及成簇的白花。房间边缘的小桌上也都点缀着白色的花朵。

　　让乔治感到惊讶，也如释重负的是，人们纷纷走过来和他说话。他们似乎都知道他是谁，并用熟人的口吻对他表示祝贺。阿尔弗雷德·伍德介绍了自己，并讲起自己曾拜访牧师宅邸，很荣幸见到了乔治的家人。喜剧作家杰罗姆先生恭喜乔治在寻求公正的抗争中取得成功，并把他介绍给了杰罗姆小姐，还指给他其他的名人：J. M. 巴里、布莱姆·斯托克和迈克斯·彭伯顿。吉尔伯特·帕克阁下曾无数次代表众议院挑战内政部，他走过来和乔治握手。乔治发现大家都把他看作一个被深深冤枉的人，没有人认为是他写了那些怪异可憎的信件。虽然没有直接说出来，但他能感觉到大家都把他看作和他们一样的正常人。

　　管弦乐队开始了舒缓的演奏，装满三个篮子的电报被拿进来，拆封，由亚瑟的弟弟读给众人听。大家开始用餐，乔治此生都没有见过这么多香槟酒，接着是演讲和干杯。新郎的讲话中似乎也弥漫着香槟，因为那些言语在乔治的脑海中不停地翻腾，让他兴奋而眩晕。

　　"……今天下午，让我非常高兴的是，我年轻的朋友乔治·埃德尔吉来到了现场。没有什么比在这里见到他更让我自豪了……"大家纷纷转向乔治，对他微笑，摘下眼镜打量他，乔治不知道自己应该看向哪里，不过他发现这并没有关系。

新郎和新娘在舞池正式亮相，宾客们欢呼着包围了他们。一开始大家一齐向他们祝贺，随后是分别送上祝福。乔治发现自己正站在伍德先生旁边，他半靠着一棵棕榈树，地上的蕨类蔓到他的膝部。

"亚瑟先生总是建议我隐藏起来。"他眨了眨眼。他们一起朝人群看去。

"真是美好的一天啊！"乔治说道。

"也是一段漫长旅程的终点。"伍德回答。

乔治不知道要怎么回答伍德，于是只点了点头表示赞同："你为亚瑟先生工作了许多年吗？"

"从南海城，到诺伍德，再到欣德黑德。我猜下一站是廷巴克图吧。"

"是吗？"乔治问，"那是蜜月的地点？"

伍德皱了皱眉，仿佛无法回答这个问题。他又喝了一口香槟。"我知道你想要为了结婚而结婚，不过亚瑟先生认为你应该为了爱情而结婚。"提到"爱情"这个词时，他使用了某种引人发笑的口音，"你看他们不就是典型的例子吗？"

乔治对话题的转变感到有些警觉，又有点尴尬。伍德用拇指上下刮着自己的鼻尖。"你妹妹说的。"他补充道，"她忍不住告诉了我们这对业余侦探。"

"莫德？"

"她叫莫德呀，是个很好的姑娘。行啦，这也没什么。我自己就不打算结婚，无论是为了结婚，还是为了爱情。"他自嘲地笑了笑。乔治觉得伍德没什么恶意，而且挺好相处的。但他怀疑这个小伙子有点喝醉了。"我今天可能有点话多，都是因为这个。"伍德朝乐队、鲜花和侍者们挥了挥他的酒杯。其中一个侍者以为他在招呼自己，于是帮他续了杯。

乔治正好奇地打量着他要去哪里，却越过伍德的肩膀，看见柯南·道尔太太正望着他们。

"伍迪。"她招呼道，乔治看见他的同伴脸上浮现出有些奇怪的神情。但是没等他细想，伍德便不知去哪里了。

"埃德尔吉先生，"柯南·道尔太太读对了他名字的重音，并特一只戴手套的手搭在乔治的胳膊上，"真高兴你能来。"

乔治有些惊讶：其实他并没有为了来到这里，拒绝很多其他的事情。

"我希望您幸福。"他回答道。他望着琼的婚纱，以前他从未见过这样的婚纱。他父亲在斯塔福德主持过许多村民的婚礼，但从没有人这样穿。他觉得自己应该赞美一下道尔太太的衣着，却不知如何开口。不过并没有关系，因为她又开了口。

"埃德尔吉先生，我想要向你表达感谢。"

他又一次感到很惊讶。他们已经拆开了他的结婚礼物吗？应该没有。那她指的是什么呢？

"您是想说——"

"不，"她说，"我不知道你想的是什么，但我想说的不是那些。"她对他笑了笑。她的眼睛是灰绿色的，头发是金色的。他在盯着她看吗？"我想说的是，因为有你的存在，才会有这样美好的一天。"

乔治现在更加困惑了，他发觉自己依然在盯着道尔太太看。

"我想可能随时都会有人过来打断我们，不过我也并没有打算解释。你可能不会知道我在说什么，但是在某件你意识不到的事情上，我对你心怀感激。所以你今天能到场真是太好了。"

乔治依然在思考着这些话，而新婚的柯南·道尔太太已经在一片嘈杂中离开了。又过了一会儿，亚瑟先生过来和他握手，告诉他自己演讲中的话都是肺腑之言，然后拍拍他的肩膀，转而去招呼下一位客人。新娘每次消失，再次出现时便会换上不同的衣服。宾客们进行过最后的干杯，杯盏尽空，欢呼落幕，一对新人即将离开。乔治除了和他临时的朋友们道别，并不知道自己该做些什么。

第二天早上他买了《泰晤士报》和《每日电讯报》。其中一份报纸把他的名字列在弗兰克·布伦先生和霍宁先生中间，另一份报纸把他列在了布伦先生和汉克先生中间。他发现那种自己认不出的白花名叫哈里斯百合。亚瑟先生和柯南·道尔太太随后便前往巴黎，然后再到德累斯顿和威尼斯去。"新娘，"他读道，"穿着一件象牙白色的礼服，饰以白色的肩带发辫，紧身上衣和袖子是蕾丝的，带有布面的袖套。背后腰部的位置装点着金色绣扣。正面的胸衣两侧，分别有褶皱柔和地垂下来。这身服装是由杜普里商店的设计师B. M.李设计的。"

对于这些描述，他完全不懂。这一切就像是昨天穿着这身衣服的那个人对他说的话一样神秘。

他想到自己会不会结婚。从前每当随便想到这件事时，他总是会联想到圣马克教堂，他的父亲作为司仪，母亲自豪地看着他。他从未描绘出他的新娘的模样，但这似乎并未给他带来困扰。随着他遭遇一系列折磨，这个地点在他心目中不再具有神圣的地位，整件事情的可能性似乎也降低了许多。他不知道莫德是否会结婚。霍勒斯呢？对于弟弟的生活，他缺少了解。霍勒斯拒绝参加庭审，也没有去监狱探望过他。他总是存在在一张张不合时宜的明信片里。霍勒斯已经许多年没有回家，也许他早已结婚了。

乔治又想，他以后还会再见到亚瑟和新婚的柯南·道尔太太吗？接下来的数月、数年里，他会努力在伦敦重新恢复自己从前在伯明翰的生活状态，而他们将作为世界知名的作家和他年轻的新娘，去到他们喜欢的任何地方。他不知道，如果没有什么特别的事情，他们的生活是否还会产生交集，他也许是过于敏感，或者过于自卑了。但他也想象过到苏塞克斯拜访他们，或是和亚瑟在他伦敦的俱乐部中一起用餐，甚至在某个他能买得起的朴素住所中接待他们。不，这些不是他生命中会发生的场景。他们无论如何都不大可能再见面了。然而，在这大半年里，他们的人生轨迹曾经重叠过，如果昨天意味着这段交叠的结尾，也许乔治并不会太介怀。其实，他某种程度上更喜欢这样的相逢。

结　束

乔治

周二，莫德沉默地把《每日先锋报》传递到早餐桌的另一边。亚瑟先生于昨日上午9点15分在温德尔沙姆，苏塞克斯的家中去世了。标题写道：这位福尔摩斯的创造者临终前曾称赞他的妻子"你很出色"，并安慰她不要悲伤。乔治继续读着：他克劳巴罗的家中并未弥漫着太多悲痛的气氛，百叶窗没有刻意拉下来，只有亚瑟头婚的女儿玛丽，表现出"沉痛"的状态。

丹尼斯·柯南·道尔先生接受《每日先锋报》特约记者的采访时，神态比较轻松。"他的语气很正常，并没有非常低沉。他很愿意提起父亲，也很为父亲骄傲。'他是世界上最好的丈夫和父亲，'他说，'也是最伟大的人之一。很多人并不了解他有多伟大，因为他太过谦逊。'"后面两段，都是儿子对父亲满怀敬意的赞赏。但是再后面的一段让乔治有些尴尬，他几乎想把报纸藏起来，不让莫德看到。一个儿子应该这样谈论自己的父母吗——尤其是在接受报纸的采访时？"他和我母亲始终相爱。每次听说他要回来，母亲总会像个小女孩一样跳起来，整理自己的头发，然后跑着去见他。我从未见过比我的父母更相爱的人。"乔治除了觉得这样的形容有些不妥，他也并不赞同这最后一句的夸耀——尤其是刚刚还说过，亚瑟是一个非常谦逊的人。他本人自然不会对自己做出这样的评价。他的儿子还说："如果不是因为知道我们并没有失去他，我确信母亲在一小时之内就会悲痛而死的。"

丹尼斯的弟弟艾德里安也坚称父亲依然存在于他们的生命里。"我很清楚我以后还可以和他说话。我的父亲坚信他去世后，依然会和我们保持联系。我们一家人也都如此相信，父亲一定会像他在世时那样，常常和我们说话的。"后面的内容有些难懂："父亲说话的时候，我们总会听见的，但是我们需要当心，另一个世界也和这个世界一样有很多喜欢开玩笑的人，很可能会有其他人想要假扮他。但是我母亲知道如何验证他的身份，比如他说话时有些特别的习惯，别人模仿不了。"

乔治感到很困惑。他刚一看到这篇报道时感到的悲伤——就仿佛他失去了父母之外另一位对他非常重要的人——似乎是有些格格不入的。毕竟亚瑟说：不要悲伤。亚瑟先生离开时很幸福，他的家人——除了那一个例外——并不感到悲痛。百叶窗没有拉下来，房间中没有悲痛的气氛。他又有什么资格表达自己的伤感呢？他犹豫着是否要把自己的困扰告诉莫德，也许她在这方面有更清楚的看法，但他觉得这样有些太过任性。也许死者出于本人的谦卑，希望所有认识他的人也能用最朴素的方式表达他们的悲痛之情。

亚瑟先生去世时七十一岁。报纸上登出了很多满怀深情的讣告。乔治整周都在关注着这一消息，让他略有不悦的是，莫德递过来的《每日先锋报》比他本人收到的电报还要详细些。他们会为亚瑟举行一场花园葬礼，仅作为家人的道别。乔治不知道自己是否会收到邀请，他希望那些庆祝过亚瑟婚礼的人也会同样有机会见证他的……他本来想说死亡，可这个词在克劳巴罗并不存在。他采用了某些报道的说法，转而称之"亚瑟的升天"。不，这个期待有些不切实际——他和那一家中的任何人都没有什么关系。想到这一点后，当乔治从第二天的报纸中看到将有三百人出席葬礼时，他感到些许不满。

亚瑟的妹夫，西里尔·安杰尔牧师，曾主持过第一位柯南·道尔太太的葬礼和第二位柯南·道尔太太的婚礼，如今他依然在温德尔沙姆的玫瑰园中担任司仪。他的助手是C.德雷顿·托马斯牧师。现场并没有太多人穿黑色，琼穿着一件带花的夏日裙子。亚瑟先生的遗体被停放在他曾经一直作为书房的花园小屋中。电报从世界各地抵达，他们甚至专门雇了一辆火车运送鲜花。一位目击者称，那些鲜花让葬礼现场变成了一座齐人高的荷兰花园。琼订做了一块英国橡木制成的墓碑，上面刻着：正直如刃，真实如钢。他直到去世，都一直是一位热爱运动而又具有骑士风度的人。

乔治觉得，虽然亚瑟的葬礼有些超越习俗，但一切都已安排妥当。他的恩人如他所愿得到了应有的尊敬。但是周五的《每日先锋报》声明，一切尚未结束。文章标题是：柯南·道尔的空座椅，下方用不断变化的字体对标题做了解释。召集通灵者参加通灵大会。我们希望召集六千位灵媒参加追悼会。这是亚瑟妻子的心愿。我们需要最诚实的灵媒。

这次公开的追悼会将于1930年7月13日星期日傍晚7点在阿尔伯特大厅举行。活动将由马里波恩灵媒协会的秘书长弗兰克·霍肯先生组织。柯南·道尔太太将和其他家庭成员一同参加，她说她将此看作她和丈夫一同出席的最后一次公众活动。台上将放置一把空座椅，象征亚瑟先生的出席，而她会坐在那张座椅左侧——过去二十年中她始终坐在那个位置。

但事情不止这些。在追悼会过程中，柯南·道尔太太还会邀请灵媒传递亚瑟的思想。这一环节的主角将由亚瑟先生生前最喜欢的灵媒埃斯特尔·罗伯茨来担任。霍肯先生曾在《每日先锋报》的一次采访中说："亚瑟·柯南·道尔先生能否成功地通过灵媒再现，是一件不确定的事情。但我认为他应该已经准备好通过灵媒传递自己的思想，因为他对自己的去世有所准备。"他还说："即使他成功地传递了自己的想法，怀疑论者们或许依然会有所质疑。但是我们知道，罗伯茨太太作为灵媒的水平是毋庸置疑的。如果她无法看见亚瑟，她会坦白承认。"乔治注意到，这里并未提到那些想要开玩笑冒充亚瑟的人的威胁。

　　莫德看见哥哥读完了整篇文章。"你应该去。"她说。

　　"你觉得我应该去吗？"

　　"当然，他把你当作他的朋友。即使那样的场面有些奇怪，但你还是应该和他道别。你最好到马里波恩协会领一张票，今天下午或者明天——要不然你会很不安的。"

　　莫德表现得如此坚决，让乔治感到有些奇怪，却又能够理解。无论在工作之中还是之外，乔治的习惯都是逐一寻求论据，随后再得出最终结论。莫德不会浪费这些时间，她总能更清楚、更快速地看到问题。他把家庭中的决策权和他除了衣物、办公开销之外的收入都交给了莫德。她管理着他们的家庭支出，每月在账户上存一笔定额的资金，然后把剩余的部分捐给慈善组织。

　　"你觉得父亲会不赞成我参加……这样的活动吗？"

　　"父亲已经去世十二年了，"莫德回答，"而且我一直认为那些与上帝同在的人一定和在世时有所不同。"

　　莫德的直率还是让乔治有些惊讶，她的意见非常果断。乔治决定不再和她探讨这一点，而是随后再独自思考。他的注意力回到了报纸上。他对于通灵的了解仅限于亚瑟写过的几页文字，而且并没有因此充分理解这一做法。六千人坐在那里，等待着他们迷失的领袖通过灵媒与他们沟通，这种行为在他看来十分令人担忧。

他并不喜欢许多人聚在一起的场面。这让他想起坎诺克和斯塔福德拥挤的人群，还有那些在他被捕后跑来围攻牧师宅邸的人。他还记得那些胡乱砸车门、用棍子朝他挥舞的人；也记得刘易斯和波特兰那些喧嚷的人，对比之下单独监禁显得愉快许多。有时他也会聆听公共演讲，或是参加律师大会，但他始终认为人类大量聚集在某个地方，便是不理性行为的开端。他确实住在伦敦，一个最热闹的城市，但他努力控制着自己与下属们的交往。他宁愿他们一个一个地到他办公室去；坐在办公桌前，他觉得自己可以受到职业和法律知识的保护。他在伯勒高街79号的住所便很安全：楼下是办公室，楼上是他和莫德的居所。

和莫德生活在一起真是一个正确的决定，虽然他已经忘记这究竟是谁提议的。在亚瑟帮助他证明自己的无辜那段日子，母亲会抽出部分时间在梅克伦堡广场古德小姐的房子中陪伴他。但是父亲需要她回到大威利，于是家中两位女性交换职责的想法便诞生了。让父母十分惊讶的是，莫德展现出很强的能力，虽然乔治并没有那么惊讶。她帮助乔治打理房间，为他做饭，在乔治的秘书外出时代替他工作，而且一如从前在老教室时那样，满怀热情地聆听他讲述一天的工作中发生的事情。自从搬到伦敦，她变得更开朗了，也更加有主见。她甚至学会了取笑乔治，虽然乔治并未从中得到什么乐趣。

"那我要穿什么？"

莫德立刻便回答了，这说明她已经猜到了他会问这个问题。"你的蓝色商务套装。这又不是葬礼，而且他的家人也不拘泥于黑色。但还是要表现出尊敬。"

"听说那里的场地很大，我应该很难领到靠近舞台的票吧。"

乔治总是习惯性地否定某些他们已经订好的计划，这已经成了他们日常生活中的一部分。莫德通常会对乔治的犹疑不定表现出纵容。然而这次，她消失了，乔治听到头顶的阁楼传来搬弄东西的声音。过了一会儿，她把一样东西拿到他面前，他感到震撼不已：是他那装在尘封的盒子中的双筒望远镜。她拿出一块抹布，拭去灰尘，长久没有抛光的皮革散发着暗淡的光。

此时，兄妹俩仿佛又一次站在了阿伯里斯特威斯的城堡花园，正在经历他人生中最后一个完全幸福的日子。一个路人为他们指出了斯诺登峰，可他只看见了妹妹脸上的喜悦。她转过脸，承诺要为他买一副双筒望远镜。两周以后，他便开始遭遇折磨。后来他被释放，他们一起搬到伯勒高街，她在他们第一个一起度过的圣诞节送给他这份礼物，当时他几乎潸然泪下。

他很感激，却又有些困惑。因为他们现在住得离斯诺登峰很远，他不知道他们还会不会再回到阿伯里斯特威斯。莫德猜到了他的反应，提议他可以用望远镜观鸟。莫德的建议总是非常明智，这一次也依然打动了他，于是许多个周日下午，他便到伦敦周边的沼泽或森林去。莫德认为他需要一个爱好，而乔治认为莫德需要一些他不在家的时间。他任务般地坚持了几个月，但事实上他无法跟上那些飞行中的鸟儿，而那些休息中的鸟儿又以伪装和掩藏自己为乐。另外，那些适合观鸟的地方都很湿冷，让他感到不舒服。如果你曾在狱中度过三年时光，那么在被放入棺材、埋进世界上最阴冷潮湿的地方之前，你的生活中都不再需要什么湿冷的体验。这便是乔治对于观鸟的看法。

"那天实在是很抱歉。"

乔治抬起头，他脑海中的画面是一个二十一岁的女孩正为威尔士城堡的废墟感到遗憾，可现实中，这个女孩已经变成了茶壶后面灰白头发的中年妇人。她指着望远镜盒子上更多的灰尘，决定再擦一遍。乔治看着他的妹妹，有时他也不知道他们两人中究竟是谁在照顾着谁。

"那天真的很开心。"他坚定地说，过往的回忆因反复确认而显得格外清晰，"美景餐厅。轨道电车。烤鸡。没有去捡鹅卵石。铁路旅行。一切都很好。"

"我大部分的开心都是装出来的。"

乔治不确定他是否希望自己的回忆被破坏："我可能永远都不会知道，当时你究竟得知了多少。"

"乔治，我那时已经不是小孩子了。一切开始的时候，我还很小，但当时已经长大了。除了假装什么都不知道，我还能怎样呢？你没法对一个二十一岁，很少离开家的姑娘保守秘密。你只是独自保守着秘密，伪装自己，希望她不会发觉。"

乔治的思绪回到他现在所了解的莫德身上，意识到当年的那个女孩早已有了许多现在这个女人的影子，只是他并未注意到。但是他并不想追溯那些复杂的过往。他很早以前便已下定决心，无论当时的情景是怎样的，他只相信他自己的故事。他愿意接受某些像刚刚那样对于过去的宽泛更正，却不想颠覆自己回忆里的细节。

莫德明白乔治的感受。而且当时，不仅是乔治对她保守着秘密，她也对乔治保守着秘密。她永远也不会告诉他，那天一早父亲把她叫到书房，告诉她自己很担心哥哥的精神状态。他说乔治压力很大，却不肯稍微休息一下，所以他会在晚餐时提议兄妹两人到阿伯里斯特威斯度一天假。无论是否愿意，她都要表示同意并坚持一定要去。当晚的事情便是如此。乔治委婉又有些固执地拒绝了父亲的建议，却又因为妹妹的请求而接受了。

这件事情在牧师宅邸显得并不寻常。更让莫德惊讶的是父亲对于乔治的判断。对她来说，乔治一直是尽职而可靠的哥哥，霍勒斯却没那么靠谱儿，脑子里总是充满奇怪的念头，显得不够稳重。事实上，她的判断是正确的，而父亲错了。如果乔治没有在精神上比父亲想象的强大许多，他是怎么挨过那些严酷折磨的呢？但这些想法莫德会永远藏在心底。

"亚瑟先生有一个想法是完全错误的。"乔治忽然开口说道，"他不赞成女性拥有选举权。"那段时间里，妇女选举权成了一个议题，乔治一直对此表示支持，所以莫德听他这样说也并不惊讶。但她有些纳闷儿他的话为什么忽然如此犀利。乔治此时尴尬地避开了妹妹的目光。过往的回忆，以及与之相关的一切，让他唤起了对莫德最温柔的感情，他意识到这种感情会一直伴随着他，成为他生命中最重要的一部分。但是乔治不擅长表达这种感情，即使是这种最间接的表示也让他很为难。于是他站起身，多此一举地叠起了报纸，把它放回原处，然后下楼到自己办公室去了。

他还有工作没有做完，但他却坐在桌前，思索着亚瑟先生的事情。他们最后一次见面是二十三年前，从那以后他们之前的联结便断开了。他一直关注着亚瑟的作品和所做的事，他的旅行和各种活动，以及他参与的国家公共事务。乔治通常很赞同他的观点——关于离婚改革、德国威胁、修建海底隧道以及将直布罗陀海峡归还西班牙的道德必要性。然而他却对亚瑟在刑法改革领域的某个不太知名的贡献持明显怀疑的态度：他提议将皇家监狱中的惯犯全部运送到苏格兰的泰里岛上。乔治从报纸上剪下亚瑟写的各种文章，并追随《海滨杂志》上夏洛克·福尔摩斯系列的连载，还从图书馆借亚瑟先生的书。他还两次带莫德去剧院，观看艾尔·诺伍德先生对这位侦探的精彩演绎。

他还记得刚搬到伯勒高街的那一年，他们为了阅读亚瑟先生关于伦敦奥运会马拉松比赛的特稿，专门买了一份《每日邮报》。乔治对体育运动并没有什么兴趣，但是他据此对他的恩人有了进一步的了解——如果还需要有更多的了解的话。亚瑟先生的描述如此生动，乔治读了许多遍，甚至能在脑海中像播新闻一样回忆出整篇文章。宽阔的体育场；满怀期待的观众；一个小个子在所有人之前进入赛场；那个意大利选手差点摔倒；他跌倒，爬起来，又跌倒，又爬起来，变得步履蹒跚；随后一个美国选手进入赛场，开始赶上他；那个坚强的意大利人距终点只有二十码了；观众开始沸腾；可他再次跌倒了；有人扶他起来；在美国人追上他之前，人们把他推过了终点线。但是显然意大利队因为有人协助而犯规，美国获得了冠军。

如果是其他作家，写到这里也就终止了，并为自己成功描绘了这戏剧性的场面而得意。但亚瑟不是普通的作家，他深受意大利选手勇气的鼓舞，于是发起了针对他的募捐。募捐共收集到300英镑，足够这位选手在自己的家乡开一家面包店——这或许要比得到一枚金牌更实用。这种行为很符合亚瑟先生的性格：他非常慷慨，也很讲求实际。

在埃德尔吉案件成功后，亚瑟又参与了其他的司法抗争。乔治有些不好意思承认，对于后来这些受害者他是有些嫉妒的，甚至有时会不大认同。比如那位奥斯卡·斯莱特，亚瑟为他的案子努力了很多年。此人确实被误判为杀人犯，并差点被处死，亚瑟先生的参与让他免于绞刑，最终还得到了释放。但是斯莱特的品行不高，又是个惯犯，对于那些帮助他的人没有表现出一点感激。

亚瑟先生也继续扮演着侦探的角色。三四年前，有一起女作家失踪的奇案。女作家名叫克里斯蒂[1]，是侦探小说界一颗冉冉升起的新星。虽然只要福尔摩斯还在继续破案，乔治就对新星没有太大的兴趣。克里斯蒂太太消失在她伯克郡的家中，她的车被丢弃在距离吉尔福德五英里的地方。当三支警队都无法找到任何线索时，萨里郡的警察局局长联系了亚瑟——当时他是那个郡的副郡长。接下来发生的一切让众人非常震惊。亚瑟有没有像在著名的埃德尔吉案中那样，采访目击证人，在已被践踏的地面搜寻脚印，甚至对警方交叉询问呢？完全没有。他联系了克里斯蒂的丈夫，借来了失踪者的一只手套，拿给一个灵媒，那人把手套放在前额上，以此判断克里斯蒂的位置。如乔治从前向斯塔福德郡警察局建议的，使用真实的猎犬追踪轨迹是一回事，雇用灵媒足不出户只通过手套判断方位是另一回事。乔治边阅读亚瑟小说中的调查技巧，边为他在自己当年的案子中使用了比较传统的方法感到庆幸。

然而，这点怪异的细节并不足以减少乔治对亚瑟先生的尊敬，当年作为一个刚刚出狱的三十岁青年人是如此，现在作为一个须发灰白的五十四岁律师依然如此。他能在这样一个周五早晨坐在自己的办公桌前，完全是由于亚瑟先生的坚定信念，以及付诸行动的决心。乔治的生活回到了原本的样子。他现在拥有成套的法律书籍，一个满意的事务所，许多可选的帽子，以及许多的——有人可能会觉得华而不实的——背心表链，虽然一年比一年紧。他有自己的房产，每天都知道这一天要做些什么。不过，他没有妻子，也不会在结款日和那些叫嚷着"老乔治，不错啊"的同事进行漫长的聚餐。他的名声很特殊，或者有些特殊，随着时光的流逝总是被冲淡了些。他本想成为一个知名

---

[1] 即阿加莎·克里斯蒂（Agatha Christie，1890—1976），英国侦探小说家。

律师，却作为法律公平的牺牲者而出名。他的案件促成了刑事上诉法院的诞生，这一法院在过去二十年中详细地阐述了普通法的犯罪，此举被认为是一项重要的改革。乔治为自己与此事的联系而自豪——虽然一切似乎都是意外之举。但是谁又会在意呢？只有少数人在得知他的名字后会和他热情握手，视他为一位很久之前曾被冤枉的人。大部分人只是用乡下男孩或乡村的路边警察般的目光看着他。不过当今的许多人都并未听说过他的名字。

他有时会厌倦自己的默默无闻，却又为自己的厌倦而惭愧。他记得在遭受苦难的那些年里，自己最渴望的事情便是默默无闻。刘易斯的牧师曾问他最想念什么，他回答的是他想念自己曾经的生活。现在他回到了从前的生活，有工作，有足够的钱，也有走在街上可以彼此点头的熟人。但是他有时会觉得自己想要更多的东西，他曾经的苦痛应带来更多的回报。他从一个恶人，变成殉道者，现在又变得默默无闻——这样公平吗？他的支持者们曾说，他的案件和德雷福斯案一样典型，正如那个案件揭露了法国的很多问题，他的案件也揭露了英国的问题。在那个案件中，有人支持德雷福斯，又有人反对，同样有人支持埃德尔吉，也有人反对他。他们还认为亚瑟·柯南·道尔相比法国人埃米尔·左拉[1]是一位更好的辩护人，也是一位更好的作家。人们都说左拉的书很粗俗，而且当他被威胁入狱时，他逃往了英国。想象亚瑟先生为了躲避某些政客或检察官的责难逃往巴黎是很难的，他会留在英国，奋力战斗，鼓动声势，使劲摇晃他牢房的铁栏，直到监狱崩塌。

然而尽管如此，德雷福斯的名声却不断增长，他变得全球闻名，

---

[1] 埃米尔·左拉（Émile Zola，1840—1902），法国小说家，社会活动家。

而埃德尔吉的名字却鲜少在伍尔弗汉普顿被提及。这可能一部分是他自己的原因——他什么都没有做。他被释放后，曾被频繁邀请参加会议，撰写报纸文章以及接受采访，但他全都拒绝了。他并不想成为演说家，或者某事的代表，也不具备站上公众舞台的气场。他曾经在《仲裁人》杂志上讲述过自己的遭遇，于是他觉得即使受到邀请，再次做这种事情也有些不妥。他本考虑过再版自己的铁路法书籍，却又觉得不该这样利用自己的名声。

另外，他觉得自己的默默无闻和英格兰本身也有一定的关系。他认为法国是一个比较极端，思想激进，拥有暴力准则和漫长历史的国家。英格兰则更安静，虽然也有自己的准则，却并不喜欢因此小题大做。在这里，普通法比政府的规定更容易得到信任，人们更倾向于管好自己的事情而不主动干涉他人。这里虽然也经常发生大型的社会暴动，甚至有些暴动要求推翻暴力和不公，但这一切很快就消散在回忆里，很少被写进这个国家的历史。事情已经过去，让我们忘记那些不愉快，继续和从前一样生活吧：这就是英格兰人的处事风格。曾经发生过某些错误，曾经有某些事情遭到破坏，但现在一切得到了修复，于是我们就假装一开始便什么都没有发生吧。如果当时存在上诉法院，埃德尔吉案就不会出现了吧？确实如此。那么就赦免埃德尔吉，在这一年结束前成立上诉法院——关于这件事还有什么可说的呢？这便是英格兰人的风格，乔治可以理解这种英格兰式的做法，因为他自己就是英格兰人。

婚礼之后，他曾给亚瑟先生写过两次信。在战争的最后一年里，父亲去世了。一个寒冷的5月早晨，他被埋葬在康普顿叔祖附近，距离他任职四十余年的教堂只有不远的距离。乔治认为亚瑟先生曾经见过他的父亲，也许会想要知道这件事情。亚瑟回了一张表达慰问的便条。但是几个月后，乔治便从报纸上读到，亚瑟先生的儿子金斯利在索姆负伤，由于身体虚弱，和许多其他人一样被流感带走了生命。当时距离休战只有两周。他又给亚瑟先生写了一封信，这是一封失去父亲的儿子写给失去儿子的父亲的信。这一次，他收到了一封长一些的回信。原来金斯利只是亚瑟家中最后一个死于战争的人。战争的第一周，亚瑟的妻子便失去了哥哥马尔科姆。他的侄子奥斯卡·霍宁在伊普尔被杀害，另一个侄子也是如此。他妹妹洛蒂的丈夫在进入战壕的第一天便牺牲了。还有其他很多人。亚瑟列出的阵亡者名单上面都是他和他妻子相熟的人，但是在结尾处他说，他相信他们并没有走散，而是在世界的另一边等待着。

乔治不再认为自己是一个宗教信徒。如果他某种程度上还信仰基督教，那一定是因为遗留的孝道和兄妹间的情谊。他去教堂是因为他觉得莫德会因此开心。至于来生是怎样的，他决定等着看。他对于自己的热忱产生了怀疑。当亚瑟先生在大饭店非常热诚地和他谈起自己对宗教的看法，认为宗教和现实生活并无关系时，他有些警觉。但至少这让他对接下来的事情有所准备：他的恩人笃信灵媒，并将把自己剩余的生命和精力投入其中。很多正常人会对此感到非常惊讶。如果亚瑟先生，一个最典型的英国绅士，只是在周日下午参加一些上层朋友间的小型桌转灵活动，他们并不会太在意。但亚瑟不是这样的人，只要他相信什么，他就希望所有人都相信。这是他的优点，有时却也是缺点。于是各方人士都对此表示了嘲讽，有些无良媒体以"夏洛克福尔摩斯疯了吗"作为标题。无论亚瑟在哪里演讲，立刻便有各界人士进行反驳——耶稣会成员、普利茅斯教友会、愤怒的唯物主义者等。上周伯明翰的巴恩斯主教还批判了"那些莫名其妙的信仰"，认为基督教科学派和通灵派是在"驱使单纯的人们相信起死回生"的虚假教派。乔治读了他们的文章，然而无论是嘲讽还是教会的谴责都无法阻止亚瑟先生。

尽管乔治对通灵带有本能的怀疑，但他并未站在攻击它的一方。他觉得自己虽然没有能力判断这些事情，却知道怎么在伯明翰的巴恩斯主教和亚瑟·柯南·道尔先生中间做出选择。他还记得他们第一次在大饭店见面时得出的结论——这是他最重要的记忆之一，是曾经想要与自己的妻子分享的记忆。他们起身道别，亚瑟先生比他高很多，那个高大、健壮、温和的人看着他的眼睛，对他说："我不是认为你是无辜的，也不是相信你是无辜的。我知道你是无辜的。"这些话不是诗句，也不是祈祷词，而是能够揭穿谎言的真理。如果亚瑟先生说他知道某事，乔治便从法律的角度认为，证实此事的重担转移到了对方身上。

他拿出那本《回忆与冒险》，这是亚瑟先生的自传，出版于六年前，是一本敦实的、深蓝色的册子。乔治总是从第215页打开这本书。"1906年，"他又一次读道，"经过漫长的疾病折磨，我的妻子离世了……那些黑暗的日子过后很久，我都无法重新投入工作。直到埃德尔吉案件的出现，把我的注意力引入一个完全意想不到的领域。"乔治总是会为这段开头感到些许不安。亚瑟的意思是，他的案件刚好在合适的时机出现，而它特殊的境况正是能够让亚瑟走出绝境的契机。如果第一位柯南·道尔太太不是在那时去世，他可能就不会做这件事情吧，很可能不会。这样想是不是对亚瑟太不公平了？他是不是不该如此细致地琢磨一个简单的句子？但他平日便常常如此，每天的工作都是如此：所以他读书总是格外仔细。亚瑟先生的书写或许并没有这么细致。

乔治还用铅笔画下了其他许多句子，并在边缘做了标记。比如这句对他父亲的最初描述："为什么这位牧师是一个帕西人，为什么一个帕西人会成为牧师，我也不知道。"好吧，其实亚瑟先生应该知道的，而且非常明确地知道，因为他曾在查令十字街的大饭店解释过父亲的旅途。还有这句："这真是一个不该再重复的试验。或许他的天主教赞助人是想宣扬英国国教的普适性。虽然牧师是一个很亲切也很勤劳的人，但是让一个有色人种带着他混血的儿子来这种粗野、未开化的地方当牧师，很可能造成不好的结果。"乔治觉得这样讲并不公平，因为这个教区是他母亲的家族赠予他父亲的，现在此事却被斥责为恶性事件的缘由。他也并不喜欢自己被称作"混血的儿子"。从现实的角度，这样说没有错，但他没有这样看待过自己，就像他也不觉得莫德是他"混血的妹妹"，霍勒斯是他"混血的弟弟"。有没有什么比这更好的表达呢？也许他那笃信未来的世界将会实现种族和谐的父亲能想出一个更好的表达吧。

"激起我的怒火，并让我产生介入此事的动力的，是我看到了这些人深深的无助。作为有色人种、身陷异常处境的牧师；勇敢的，有着蓝色眼睛和灰白头发的母亲；年少的女儿。他们都承受着这一切。"深深的无助？读到这里，你一定无法想到父亲在亚瑟先生出现之前，便发表过自己关于案件的分析，母亲和妹妹也经常写信，获取支持并搜集证据。乔治认为，亚瑟先生虽然值得极大的信任和真挚的感谢，却未免过于强调一切功劳都在他自己身上。他忽略了《真理报》的瓦鲁斯先生的漫长抗争，也没有提到耶尔弗顿先生，以及他撰写的事件回忆录和发起的签名请愿。甚至关于亚瑟先生最初是如何注意到这一案件的，也出现了明显的错误。"1906年底，我随手翻开一张叫'仲裁人'的模糊报纸，被上面刊登的一篇陈述自己案件的文章吸引了。"但是亚瑟先生"随手翻开"这张"模糊报纸"，是因为乔治把他全部的文章随一封长信寄给了他。亚瑟先生对这一点应该很清楚。

不，乔治想，这样责备亚瑟是对他的不敬。亚瑟先生撰写回忆录时，显然凭借的是自己的记忆，是他许多年来不断讲给自己的故事。通过研究目击者证言，乔治知道了不断地叙述一件事情会让它的边界更加模糊，让讲述者本身的主观作用更加强大，也让一切都显得比当时发生时更加确凿。他开始快速掠过亚瑟的描述，不想再从中挑任何错。临近结尾的地方，他提到"对公正的扭曲"，随后是："《每日电讯报》对他发起了大约价值300英镑的募捐。"乔治有些纠结地笑了笑：这正是第二年在亚瑟呼吁下人们为那位意大利马拉松运动员捐赠的金额。这两个事件以几乎同样的程度触动了英国公众的心：三年的错误劳役监禁，在一场体育比赛最后一刻的跌倒。从正确的角度看待你的案件，终究是有益的。

但是两行后的那句话是乔治在整本书中读过最多次的，这句话可以弥补书中所有的不准确和刻意强化，并为这个自己所遭遇的折磨曾被羞耻地量化的人带来了极大的安慰。这句话是："他前来参加了我的结婚典礼，而且是我在现场最想见到的人。"对了，乔治决定把这本《回忆与冒险》带去参加追悼会，以防有人阻止他入场。他不知道灵媒都是什么样的——而且是六千位灵媒——但他觉得自己的样子肯定不是很像。万一有问题，这本书可以帮助他入场。你看，第215页写的是我，我来到这里是为了与他道别，我很荣幸再一次成为他的客人。

周日下午4点刚过，乔治从伯勒高街79号出发，前往伦敦桥：一个穿着蓝色商务套装的小个子棕色皮肤的男人，左边手臂下夹着一本深蓝色封面的书，右肩上夹着一副望远镜。路上见到他的人也许会以为他是去参加种族会议——不过那些会议并不在周日召开。或者他手里是一本观鸟书籍——可谁会穿着商务套装去观鸟呢？在斯塔福德，他也许会被当作一个奇怪的人，甚至在伯明翰也可能被当作怪人不允许上车，但是在伦敦并没有关系，因为这座城市中永远有无数的怪人。

他刚刚搬到伦敦时，是有些忧虑的。他为自己的未来而忧虑，为他和莫德怎样共同生活而忧虑，也为这座城市的巨大、拥挤和嘈杂而忧虑。另外，他还担心人们会怎样看待他。这里会不会有暗藏的恶棍，就像那些在兰迪伍德把他推进树篱、弄坏他的雨伞的家伙；会不会有疯疯癫癫的警察，像厄普顿那样威胁要伤害他；他会不会遇到亚瑟先生坚信引发了他案件的种族歧视。但是他走过已经走了二十多年的伦敦桥时，内心却很轻松。人们不知是出于礼貌还是冷漠，往往并不理会你，无论出于哪种原因乔治对此心怀感激。

人们也习惯性地对他做出过某些错误的猜测：比如以为他们兄妹俩刚刚来到英国，比如把他当作印度教徒，比如认为他是香料商人。时常有人问他来自哪里，为了避免讨论繁复的地理细节，他会回答伯明翰。和他对话的人大多并无惊讶地点点头，似乎他们觉得伯明翰的居民都长得像乔治·埃德尔吉这样。也有人像曾经的格林韦和斯泰森那样对他进行过一些玩笑般的暗示，但很少有人提及贝专纳，他觉得这就和天气一样是再正常不过的。甚至有些人听说他来自伯明翰，还有些失望，因为他们想要了解一些远方的新闻，而他显然无法知道。

他乘坐地铁从班克站抵达肯辛顿高街，然后朝东走，直到阿尔伯特大厅出现在他的视线中。他对于时间非常在意——莫德常常嘲笑他这一点。所以距追悼会开始还有两小时的时候他便到达了。他决定在公园里散个步。

7月的周日下午，天气不错，时间刚过5点，一支乐队正在表演。公园里满是出游的家庭、远足者和士兵——由于人群不是特别密集，乔治也并未感到不安。他没有注意那些互相调情的年轻情侣，也没有留意那些严肃地管教着小孩子的父母，虽然此前他可能用嫉妒的目光关注过他们。他刚来到伦敦时，还没有放弃结婚的希望。而且他还忧虑过自己未来的妻子和莫德会如何相处。显然他无法抛弃莫德，也不想抛弃她。又过了几年，他发现他很在意莫德对于他未来妻子人选的认可，甚至超过一切其他方面。又过了些年，娶妻的缺点变得明显起来。她可能起初很和善，但慢慢便开始责骂他；她可能并不懂得勤俭节约；她可能想要孩子，可乔治觉得他难以忍受那些嘈杂，以及对于他工作的干扰。而且自然，还有性生活的问题，通常都很难达到和谐。乔治不受理离婚案件，但作为一位律师，他见证了足够多婚姻带来的悲剧。亚瑟先生曾长期参与到反对离婚法压迫的行动中，并担任改革联合会的主席多年，直到后来由别根海特接任。这样的交接不过又是那份荣誉名册上的排列：别根海特正是当年的F. E. 史密斯，他曾经代表众议院向格莱斯顿提出了许多关于埃德尔吉案的问题。

时间继续流逝。他现在已经五十四岁，对自己未婚的状态感到很满意，也能达观地看待此事。他的弟弟霍勒斯和家人失去了联系：他结婚后，搬到了爱尔兰并更改了名字。这三件事情究竟哪个在前，乔治并不确定，但它们都是彼此联系的，乔治不认同其中的每一件事，也自然不认同他整个的人生。不过，每个人有不同的生活方式，事实上，他和莫德都不大可能结婚。他们都很羞怯，时常避开想要接近他们的人。而且这个世界已经有足够多的婚姻，也并没有遭遇人口下降的危机。兄妹也可以像夫妻一样和谐地共处，甚至更加和谐。

他们搬来这里的前几年，还会每年一起回大威利两三次，但是每次都并不开心。对乔治而言，家里的一切会引起他那些特殊的回忆。门环还会让他吓得跳起来，夜晚他看着幽深的花园，也会常常注视着树下那些移动的影子，虽然知道什么都没有，可他依然很害怕。对莫德来说情况有所不同。虽然她也很爱父母，但每当回到牧师宅邸，她便会变得畏缩和踌躇，很少有自己的想法，也从来不笑。乔治甚至觉得她变得很忧郁，但他知道要怎么治愈：只要在新街车站坐上回伦敦的火车就没事了。

　　起初，他和莫德一起出门时，会被人误认为是夫妻。乔治并不想让别人认为他已经没有结婚的可能，所以会很明确地解释道："这是我的妹妹莫德。"但随着时间的流逝，他有时不再刻意去更正，莫德便会挽起他的胳膊，轻笑一下。他想，莫德的头发很快就会和他一样灰白，人们会把他们当作一对老年夫妇，他可能也不再会反驳他们的猜测。

　　他随意闲逛着，却发现自己已经来到了阿尔伯特纪念碑跟前。王子穿着镀金的服饰，周身闪闪发光，旁边围满了世界知名的人士。乔治从盒子中拿出望远镜，决定试用一下。他用望远镜缓缓扫过纪念碑，扫过上面那些艺术、科学、工业上的成就，扫过那些坐在椅子上沉思的皇后，又扫过最高层的帝王。望远镜的旋钮有些难以控制，有时镜面上会出现很多不聚焦的重影，但他最后成功聚焦在一个简洁的十字架上。他从顶端缓缓向下看去，越是到了纪念碑的下方，人物就越密集。碑上有许多成行的天使——而在天使的下方——有一群古典装束的人像。尽管频频失焦，他还是环顾了整个纪念碑，想要认出那些人是谁：一个一手拿书、一手握着一条蛇的女子；一个穿熊皮衣、带领着一群同伴的男子；一个手拿长锚的女子；一个手里拿着长蜡烛、戴着头巾的人……这些是圣徒吗，还是什么具有象征意义的人物？最后他终于认出了其中的一个，站在角落里的基架上：她一手持箭，另一手拿着一对天平。让乔治高兴的是，雕塑家并没让她蒙住眼睛。他总是不大赞同这一细节，不是因为他不懂得其中的象征意义，而是他认为其他人不懂。眼罩会让那些无知的人嘲笑他的职业，这一点乔治决不允许。

他把望远镜收回盒子，注意力从那些苍白、静止的雕像回到周围色彩斑斓、移动着的人群。此时乔治忽然意识到，每个人都会死去。他偶尔也会想到自己的死亡。他曾为父母的去世感到十分悲痛——父亲去世于十二年前，母亲去世于六年前。他曾在报纸上阅读过讣告，也参加过同事的葬礼。此时他又来到这里，与亚瑟先生郑重地道别。但是他从未意识到所有人都会死去——这是一种本能的意识，而非刻意的理解。他很小的时候就知道这件事，尽管只是从某些文字中知道的：每个人都有来世，好人，比如康普顿叔祖，将前往基督的怀抱，而坏人将前往其他地方。现在，他想到自己身边，阿尔伯特王子已经去世了，还有曾经悼念过他的遗孀温莎。那个打阳伞的女人也会死去，她身边的母亲会更早死去，那些小孩子会晚些，如果还有战争的话，男孩子们可能会死得比较早，和他们一起的那两条狗也会死，还有远处的乐队成员、婴儿车里的孩子。即使是婴儿车里的孩子也会死，哪怕他们活得和地球上最长的生命一样长，活到一百零五岁、一百一十岁，也终究还是会死去。

尽管乔治已经接近了想象的极限，他还想要想得更远些。如果你认识的某些人死去了，你可能会认为他们是这两种方式中的一种：一种是随着死去，他们便完全消失——躯体的死亡证明他们的本质、个体都不复存在；另一种则是你根据自己信仰的宗教，相信他们在某处、以某种方式依然存在着，你可能狂热地相信，也可能只是不温不火地认同。他们的存在可能会通过某些圣言证明，也可能是通过某种我们无法理解的方式显现。这两种看法是非此即彼的，没有中间地带。乔治本人原本更倾向于消失的那一种。但是当你在一个温暖的夏日午后，置身于海德公园的千万陌生人中，其中很多人从未考虑过死亡的事情，你便很难相信如此顽强而复杂的生命只是某个星球上的某些异变，是两段永恒的黑暗之间短暂的光亮。在这样的时刻，一个人很容易相信所有的生命力都将以某种方式在某处延续。乔治知道，自己应该不会再受到某种宗教冲动的影响——他领票时，马里波恩灵媒协会曾送给他一些书籍和小册子，但是他不再需要更多了。他知道自己会一如既往地生活下去，和这个国家的其他人一样，观望着英格兰教会的那些仪式——这样做主要是为了莫德。他就这样半信半疑地观望着他们，怀着一点模糊的希望，直到死去，他便会发现这件事情的真相，当然更可能什么都没有发现。但是就在今天，当那匹马和宛如阿尔伯特王子的骑手经过他身旁时，他仿佛看到了某些亚瑟先生看到的东西。

这让他呼吸困难，内心惶恐，于是坐在一张长椅上等待平静下来。他看着过往的人群，却只看到死去的人们正在走来走去——他们就像是获得释放的犯人，随时都可能被召回。他打开了《回忆与冒险》，快速浏览书页，想要分散自己的注意力。这时，几个字浮现在他的眼前。那些字只是正常的字体，可在他看来却仿佛是大写："阿尔伯特大厅。"他如果是一个更加迷信的人，可能会觉得这有什么特别的寓意，可他只把这当作是某种巧合。虽然如此，他还是读了下去，也借此排遣了自己的恐惧。他读到在近三十年前，亚瑟先生曾受到邀请，在大厅中为一场健美比赛做裁判。庆祝晚宴过后，他走在深夜空荡的大街上，发现自己前方不远处便是当天的冠军。冠军是个单纯的小伙子，正打算在伦敦的街头逛上一夜，然后去赶清晨回兰开夏郡的火车。乔治忽然感觉自己进入了一处幻境。那里烟雾缭绕，人们的呼吸都是白色的，一个戴着奖牌的壮汉却买不起一个床位。和亚瑟先生一样，他走在那人后面。他从某个角度看到了那人的帽子、包裹着结实的肩膀的衣衫、从手臂间随意垂下来的金像，还有向后抬起的脚。虽然他迷失在大雾中，但身后有一位高大、温和，带有苏格兰口音的恩人正在赶上他，而且正要向他提供帮助。这些人将会怎么样——遭遇误判的律师，跌倒的马拉松运动员，迷路的健美冠军——既然亚瑟先生已经离开了他们？

虽然还有一小时的时间，人们却开始朝着大厅移动，于是他也加入了大家，以防后面更加拥挤。他的票是在二层的包厢，他径直走上台阶，来到一条弯曲的走廊。一扇门打开了，他发现自己正处于包厢狭长的过道处。那里共有五个座位，目前都空着：一个在最后，一对并排，剩下一对有黄铜扶手的在前面。乔治犹豫了一番，然后深呼吸走向前方。

金碧辉煌的大厅中，光线从四面八方照过来。这座大厅看起来并不像一座建筑，而是像一个椭圆形的峡谷。他望向遥远的对面，遥远的下方，遥远的顶部。这里能容纳多少人——八千，一万？乔治有些眩晕，于是在前排的座位坐了下来。他觉得莫德提议带望远镜是正确的：他打量着舞台和阶梯状的席位、三层的包厢、舞台后高大的管风琴、周围更高些的斜坡、棕色大理石圆柱支撑的一排拱门。头顶上，大厅巨大的圆顶被亚麻帆布制成的飘浮天棚遮盖着，就像是一片云图。他又观察起楼下的人们，有人穿着全套晚礼服，但大部分都遵守着亚瑟先生不要感到悲痛的遗愿。乔治把望远镜缩回平台内部：这里点缀着的应该是绣球花，还有某些高大的蕨类植物垂下来。一行方背椅被放在台上，应该是亚瑟的家人坐的。中间的椅子上挂着一个长方形的纸板。乔治用望远镜对准那张座椅，纸板上写着"亚瑟·柯南·道尔阁下"。

随着大厅渐渐坐满，乔治把望远镜放回了盒子。他左侧的包厢开始有人来，他们和他只隔着一个扶手。那些人友善地和他打了招呼，他们似乎觉得这个场合虽然很严肃，但并不是完全正式。他很好奇自己是不是到场者中唯一一个不是灵媒的人。一家四口的到来填满了他所在的包厢，他提出自己坐到后排的单座上，但他们并不介意这样坐。在他看来，他们就是普通的伦敦人：一对夫妇，带着两个快成年的孩子。那位妻子随意地坐在了他旁边的座位上。她应该年近四十吧，他猜测道。她穿着深蓝色的衣服，面庞疏朗开阔，留着一头赤褐色的飘逸长发。

"我们来到这里，已经到了天堂的半路，不是吗？"她愉快地说。乔治礼貌地点了点头。"您从哪里来？"她问。

这一次，乔治决定明确地回答。"大威利，"他说，"那里离斯塔福德郡的坎诺克很近。"他有些期待她会像格林韦和斯泰森那样问道："您究竟来自哪里？"但是她只是沉默着，也许在等他说起自己属于哪个灵媒协会。乔治想说："亚瑟先生是我的朋友。"并补充道："我参加过他的婚礼。"如果她表示怀疑，他还可以拿出《回忆与冒险》来证明。但是他觉得这样太过冒昧。另外，她可能会疑惑，为什么作为亚瑟先生的朋友，他却选择和这些没有如此好运的普通观众一起，坐在离舞台这么远的地方。

大厅坐满后，灯光渐渐暗了下来，官方人士走上了舞台。乔治不知道他们应不应该起立，甚至鼓掌。他很熟悉教堂的礼仪，知道什么时候站立、什么时候跪下、什么时候坐着，可他现在却非常茫然。如果这是一家剧院，他们在演奏国歌，问题便解决了。他觉得大家应该站起来，对亚瑟先生表示哀悼，对他的遗孀表示遗憾，但是因为无人下指令，大家都依然坐在座位上。柯南·道尔太太没有穿黑色的丧服，而是穿着一件灰色的衣服；她的两个高大的儿子，丹尼斯和艾德里安，都穿着晚礼服，手中拿着大礼帽；后面是他们的妹妹琼，以及继姐玛丽，她是亚瑟第一段婚姻中仅存的孩子。柯南·道尔太太坐在了空座椅的左手边。一个儿子坐在她旁边，一个坐在空座椅的另一侧。两个年轻人小心翼翼地把他们的礼帽放在了地板上。乔治看不清他们的脸，他本想拿出望远镜，却又觉得有些不合适。于是，他低头看了看表。现在是7点整，他为大家的准时感到满意。他总觉得灵媒们可能不会这么守时。

马里波恩灵媒协会的乔治·克里兹介绍自己是本次大会的主席，并代表柯南·道尔太太宣读了致辞：

> 曾经在世界各地的各种会议中，我总是坐在我丈夫的身边。感谢大家心中怀着对他的敬意和爱意，来到今天的大会和他道别，今天他的座椅依然在我旁边，这样在灵媒再现时，我便能近距离地感受到他的存在。尽管我们的双眼无法看见宇宙以外的东西，但我们拥有上帝赋予我们的特殊力量——这种力量会让我们看见我们深爱的人。
>
> 我代表我的孩子们，代表我自己，也代表我挚爱的丈夫，真心感谢你们今天出于对他的爱来到这里。

大厅里充斥着低语。乔治不知道大家是在对这位遗孀表示同情，还是对亚瑟先生没有奇迹般地出现在他们面前的舞台上感到失望。克里兹先生证言，与媒体愚蠢的猜想相反，亚瑟先生的某些物理状态的呈现显然更接近于魔术。他对那些对通灵的真相缺乏了解的人，尤其是在场的记者解释道：当一个人去世后，他的灵魂通常会经历一段迷茫的状态，所以可能并不会立刻呈现。然而亚瑟先生对自己的过世有所准备，他所面临的只是一段愉悦的沉寂，就像是离开家人出门远行一般，确信他们很快就会再次相逢。在这种情况下，灵魂总能最快地找到自己的位置并获得力量。

乔治想起了亚瑟的儿子艾德里安接受《每日先锋报》采访时说的话。他说家人会思念这位一家之主的脚步声和身影，但是仅此而已："就好比他只是去了澳大利亚。"乔治知道他的恩人曾经到过那个遥远的地方，因为几年前他从图书馆借阅过《一个通灵者的漂泊》。其实，他认为这本书的旅行指引价值要高于它的神学思考。但他记得亚瑟和他的家人，还有那个不知疲倦的伍德一同前往澳大利亚时，曾被称作"朝圣者"。现在亚瑟又回到了那里，至少从通灵的层面回到了那里。

有人朗读了奥利弗·洛奇爵士的电报："我们伟大的活动家依然在世界的另一边从事着他的活动，而且更加具有智慧和学识。多么振奋人心！"随后圣克莱尔·斯托巴特太太朗读了《哥林多前书》[1]，宣称圣保罗的话语非常适合这一场合，而亚瑟在生前也经常被称作通灵界的圣保罗。格拉迪斯·雷普利小姐颂唱了利德尔的独唱曲《求主同住》。G. 韦尔·欧文牧师评价了亚瑟的文学作品，并赞同作者本人的观点，认为《白衣纵队》和其前传《奈杰尔爵士》是他最优秀的作品。他还说，《奈杰尔爵士》中描写的那位成就卓越的基督徒骑士正是亚瑟本人的写照。C. 德雷顿·托马斯牧师曾在克劳巴罗担任葬礼司仪之一，他对亚瑟在通灵代言这一领域的不懈努力表示了赞许。

接下来开始演唱圣歌《慈光引领》，全体来宾起立。乔治一开始并没有发觉圣歌有什么特别的地方，但随后便意识到还是和往常有所

---

[1] 圣保罗为哥林多教会写的书信。

449

不同。"导我前行！我不求主指引遥远路程/我只恳求，一步一步导引。"起初他被歌词分散了注意力，却发现这些词句与通灵并没有什么关联：乔治理解，歌词写的是信徒们始终能看到远方的路，并且已经详细地规划好到达那里的步骤。随后他把注意力转向演唱的方式，发现这才是其特别之处。人们在教堂唱圣歌时，仿佛那些曲调都是数月数年前便熟知的——乐曲中蕴含着非常全面的真理，不需要再去思索和完善。然而今天的声音中却带着一种坦率和新鲜感，而且怀着一种会让大部分牧师感到不安的热情。每个词句中仿佛都蕴含着全新的真理，需要庆祝并与其他的词句交流。乔治觉得这些词句甚至有些激昂得不像英语，但他又谨慎地发现，它们唱出来很好听。"夜尽天明，晨曦光里重逢/多年契阔，我心所爱笑容。"

随着圣歌结束，大家都坐回座位上。乔治随意地和邻座打了个招呼——他表现得很虔敬，甚至在教堂中都不曾这样。她回以一个热情洋溢的笑容，没有什么深意，也没有什么宗教意味，甚至没有明显的喜悦之情。她的笑容仅仅意味着：这样做很好，这样让人心情愉悦。

乔治有些感动，也有些惊讶：他很难体会愉悦的心情，因为他在自己的生命中很少感到愉悦。童年时他也曾感到某种快乐，但这种感觉总是和犯错、鬼祟、不当等联系在一起。他唯一被允许的快乐是和"单纯"相联系的。至于愉悦，在他心中往往和吹小号的天使关联，而且这种感觉存在于天堂而非现实中。要去除愉悦的界限——人们不是常常这样说吗？但在乔治的经历中，愉悦总是有着严格的界限。至于快乐，他只知道承担责任的快乐——为家人承担，为客户承担，有时也为上帝承担。但是他很少享受过他人拥有的快乐：喝啤酒、跳舞、踢足球或玩板球，更不必说那些和婚姻联系在一起的事情。他永远也不会认识一个像小姑娘一般跳起来，整理发型，然后跑着来见他的女子。

E. W. 奥腾为自己曾主持过亚瑟参加的第一个通灵领域的大会而自豪，他称赞亚瑟完美地展现出我们心目中英国人的全部美德：勇敢、乐观、忠诚、富有同情心、慷慨、热爱真理以及忠于上帝。接下来班年·斯沃弗回忆起在短短两周前，亚瑟尽管身患重病，依然挣扎着爬上内政部的台阶，请求废除《巫术法》，因为那些怀有恶意的人正在针对通灵领域。这是他的最后一班岗，他始终忠于职守，从未踌躇。这一点从他生命中的各个方面都能体现出来。很多人了解身为作家的道尔，身为戏剧家的道尔，身为旅行者的道尔，打拳击的道尔，曾击败过著名板球手W. G. 格雷斯的道尔。但比这些都更伟大的是，道尔一直在为那些无辜的人争取公正。刑事上诉制度就是在他的影响下建立的，他也非常积极地调查了埃德尔吉案和斯莱特案。

当听见自己的名字被提起时，乔治本能地低下了头，又自豪地抬起来，随后又悄悄侧过脸去。他觉得和那个卑微、不懂得感激的罪犯被并列提起有些可耻，可他依然为自己的名字在这样重要的场合被提及感到荣耀和喜悦。莫德也一定会高兴的。他更加大胆地望向他邻座的人，可提及他的部分已经结束了。人们都全神贯注地看着斯沃弗先生，他开始夸赞道尔的另一个身份，而这一身份要比为公正而奋斗的道尔更加伟大。这一最伟大的身份是在战争陷入绝境时，为整个国家的女性带来她们深爱的人并未死去的消息的救星。

主持人宣布全体起立，为这位伟大的英雄默哀两分钟。柯南·道尔太太站起身时，低头看了一眼她身边的空座位。两个高个儿的儿子分别站在她两侧，凝视着这座大厅。六千，八千，甚至一万人从走廊、包厢、楼上、正厅前排弧形座位、舞台起身默哀。在教堂中，人们纪念逝者时会低下头，闭上眼睛。然而在这里，大家并没有表现得那么内敛而沉重，而是直接表达了自己的同情。对乔治来说，这次默哀和他以往经历的完全不同。官方活动中的默哀往往是恭敬、沉痛的，甚至有些故作悲伤，然而此时的默哀是积极的，带着一些参与感，甚至热情。如果有哪一种默哀正努力抑制着喧嚣的话，那便是这一种了。默哀结束后，乔治发现自己被一种神奇的力量笼罩着，几乎忘记了亚瑟先生。

克里兹先生回到了望远镜前。"今天晚上，"随着众人重新落座，他说道，"我们要做一个非常有趣的试验，这一试验的灵感正源于我们过世的领袖。我们会邀请一位灵媒，她会在这个舞台上进行通灵。我们曾犹豫是否要在这样大规模的追悼会上进行这样的活动，因为可能会破坏灵媒的感觉。在这样的万人集会中，灵媒需要集中巨大的力量。今晚，罗伯茨太太将为我们介绍几个特殊的朋友，但这是她第一次在这样宏大的场合进行灵媒活动。大家可以通过颂唱下一支圣歌来帮助聚集灵力。下一支圣歌是《开我眼睛，使我看见神的真理为我彰显》。"

乔治从未参加过通灵会，也没有用银饰环穿过吉卜赛人的手掌，或是花2便士坐在游乐场的水晶球前。他觉得这些都是骗人的把戏。只有傻子或落后的部落民族才会相信掌纹或杯子中的茶叶会揭示什么。他愿意尊重亚瑟先生关于人死后灵魂依然存在的笃信，也愿意相信在这样的特殊场景下，灵魂真的可能与生者对话。他甚至愿意相信亚瑟传记中描述的心灵感应试验。那么乔治相信与怀疑的界限在哪里呢？他认为人们让家具学会跳舞、铃铛发出神秘的响声、死者的脸在黑暗中发光、魂灵在软蜡上留下自己的印记等很明显都是魔术的把戏。灵魂交流的最佳环境是多么可疑啊：窗帘紧闭，灯光暗下，人们彼此拉着手，导致无法站起身或确认究竟发生了什么——这不正是骗局能够成功的最佳环境吗？他有些遗憾地认为，亚瑟先生是个容易轻信的人。他读过曾与亚瑟相识的美国幻觉论者哈利·霍迪尼的书，那个人试图复制曾经发生过的所有通灵效果。许多时候，他被一些诚实的人绑了起来，但一旦灯光熄灭，他便给自己松绑，然后弄响铃铛、制造噪声、转动家具，甚至生成细胞外质。亚瑟拒绝了霍迪尼的挑战。他并不否认这位幻觉论者可以造成这些效果，却更赞同自己对于他能力的诠释：霍迪尼本人是灵力的拥有者，可他却偏偏不承认自己的灵力。

随着"开我眼睛"的圣歌接近尾声，一个梳着深色短发、穿着飘逸的黑缎衣裙的苗条女子出现在望远镜前。她是埃斯特尔·罗伯茨，亚瑟最喜欢的灵媒。大厅中此时的氛围比两分钟默哀时更加紧张。罗伯茨太太站在那儿，轻轻摇晃身体，双手握在一起，头部低垂。所有人的目光都注视着她。缓缓地，缓缓地，她开始抬头，然后她的双手松开，两只胳膊开始伸展，而身体还在轻轻摇晃。最终，她开口了。

"有很多魂灵在这里，和我们在一起。"她说道，"它们正在我身后推我。"

她的状态的确如此：她仿佛受到了来自各个方向的巨大压力，于是努力保持着当前的姿势。

一段时间内，除了她依然在摇晃，依然受到某些看不见的力量撞击外，什么都没有发生。乔治右侧的女子小声说道："她在等待红云出现。"

乔治点了点头。

"那是她的灵魂指引。"那人补充道。

乔治不知道该说些什么。他完全不了解这些。

"很多指引都是印度人。"女子顿了顿，却并不觉得尴尬，而是笑着补充道，"我的意思是他们都是像你这样的红皮肤印度人。"

等待的过程很刺激，却又很静默，仿佛整栋大厅也和那些隐形的灵魂一样，把巨大的力量压在罗伯茨太太瘦弱的身躯上。随着等待的持续，罗伯茨太太边摇晃身体，边为了保持平衡把双脚分开了一些。

"它们一直推我，不停地推我，很多人都并不开心，相比他们的世界，他们更喜欢这里的大厅和灯光。一个深色头发，梳背头，穿着制服，系着山姆布朗腰带的年轻男子有话要说；还有一个女子，是三个孩子的母亲，其中一个已经去世，现在和她在一起了；有一位秃顶的老绅士，从前是这附近的医生，穿着一件深灰色的制服，他是在一场意外事故中忽然去世的；一个小孩子，是个女孩，她是得流感死的，她很想念她的两个哥哥，其中一个叫鲍勃，还有她的父母——不要挤！不要挤！"罗伯茨太太忽然喊道，她伸出手臂，似乎正在把那些挤在她身后的魂灵推回去，"实在是太多了，他们的声音都混在了一起。有一个穿着深色外套的中年男子，他一生的大部分都在非洲生活——他也有话要说——还有一位白发苍苍的奶奶很为你们担心，她想要你们知道——"

乔治听着罗伯茨太太为这些拥挤的魂灵——进行短暂的介绍，似乎它们都在吵嚷着吸引注意，并争先恐后地传递它们的信息。乔治脑海中浮现出一个有些好笑却又符合逻辑的疑问，他不知道自己为什么会产生这样的疑问，也许是对这种陌生场面的反应吧。如果它们真的是英国先生女士们在另一个世界的魂灵，它们应该知道如何排队吧？它们如果升入了一个更高的阶段，为什么反而成了一群乌合之众？他并不想和周围的人分享这个想法，他们此时正抓住黄铜栏环，努力探头向下看。

"一个穿着对襟礼服的男人，年龄在二十五至三十岁之间，他有话要说；一个女孩，不，是一对姐妹，忽然从这里经过；一个年过七十的老先生，从前住在赫特福德郡——"

"点名"还在继续，有时一句简短的描述便会引起大厅远处的一声叹息。乔治身边的人都沉浸在强烈的参与感中，显得有些恐怖。乔治想不到，当你在千万人中，被一位已逝的家人认出是什么感觉。他觉得大多数人更希望这一场景发生在窗帘紧闭、光线阴暗的私人通灵活动中。或者，他们可能根本不希望这种事情发生。

罗伯茨太太又安静了下来，她身后和周围那混乱的拥挤此时似乎也平息了下来。忽然，这位灵媒伸出右臂，指着乔治对面的隔间后方。"在那里！我看到了一位年轻军人的魂灵。他正在找一个人，一位没有什么头发的先生。"

乔治和其他人一样望向大厅对面，仔细搜寻着，似乎有些期待那魂灵显形，又有点想知道那个没什么头发的先生是哪一位。罗伯茨太太伸出手，遮挡了自己的双眼，仿佛屋顶的灯光会影响她分辨魂灵的样貌。

"他大约二十四岁，穿着卡其色制服。身材挺拔，体形不错，留着小胡子，嘴角有些下垂。他忽然走过去了。"

罗伯茨太太停下来，微微低头，就像是正在为身边的律师做记录的法律顾问。

"他说他是1916年去世的。他称呼您为'叔叔'，对，'弗雷德叔叔'。"

堂座后排的一位秃头男子站起身，点了点头，却又忽然坐下了。他有些不确定该使用怎样的礼仪。

"他还提到了一位叫查尔斯的兄弟。"灵媒继续说，"是这样吗？他问您有没有带莉莲阿姨一起来？您能听懂吧？"

那个人这次坐在座位上，使劲点了点头。

"他说有一次，他的兄弟过生日时，家里发生了一些不愉快，不过确实没有必要。他还说——"罗伯茨太太忽然朝后倾了一下，仿佛被从身后使劲拽了一把。她转过身叫道："行了！"她仿佛又被推了回来："喂，行了！"

但当她再次面向舞台时，很明显与军人的联系已经切断了。灵媒把双手放在脸上，用手指压着前额，双手拇指放在耳朵下方，仿佛在恢复必要的平静。最终，她拿开了手，伸开双臂。

这一次是一位女性的魂灵，年龄在二十五至三十岁之间，名字以J开头。她是在生一个小女孩时难产去世的，那个小女孩也同时夭折了。罗伯茨太太的视线在舞台前方移动，跟随着那个怀抱婴儿魂灵的母亲，而她正在寻找她那孤独的丈夫。"对，她说她叫琼——她在寻找一位名字以R开头的男士——是理查德吗？"此时，一个男子从座位上径直站起，叫道："她在哪儿？琼，你在哪儿？琼，和我说话呀。让我看看我们的孩子！"他慌乱地四下望去，一对老夫妇有些难为情地拉他坐了下来。

罗伯茨太太似乎根本没有注意到刚才的插曲，她的注意力全都集中在魂灵的话语上，说道："她说她和女儿一直都在看着你，当你在现实中遇到麻烦时还会帮忙。她们在世界的另一端等你。她们过得很幸福，也希望你幸福，你们将来会团聚的。"

似乎魂灵们现在也变得有秩序了些。灵媒一一描绘出各种魂灵，并帮它们传递消息。一个男子正在寻找他的女儿，她很喜欢音乐，所以父亲拿着一本曲谱。她先是说出这些人名字的首字母，随后说出全名。罗伯茨太太传达了父亲要说的话：一位最著名的音乐家的魂灵正在帮助那个男人的女儿。如果她继续努力练习，那个魂灵便会一直对她产生作用。

乔治仿佛明白了这一行为的套路。这些人的留言，无论是安慰还是鼓励，或者两者兼有，通常都是很泛泛的。大部分的特征描述，至少在刚开始时也是如此，随后才会出现某些确凿的细节，而这些细节是灵媒通过一段时间的搜寻获得的。乔治认为，如果这些魂灵真的存在，它们不可能只有通过罗伯茨太太的猜谜游戏，才能验证出自己的身份。难道两个世界之间的交流就像是一幕戏剧吗——而且还是一出闹剧——直到最后观众席中有人点头，或举手，或如被传唤般站起身，或用手捂着脸，表现出难以置信和喜悦？

也许这只是一场聪明的猜谜游戏：猜对某个人的姓名首字母是有一定概率的，然后给出正确的名字，并找出一位外貌特征相似的观众，灵媒便会通过组织语言，引出这位观众。也可能这就是一场直接的骗局，她在观众中间安插了一些同伙，通过制造效果让人们相信。不过还有第三种可能：那些点头、举手、起身甚至叫嚷的观众真的很惊讶，也相信通灵的发生，但其实也许是他们社交圈中的某人——也许是一位非常热诚，无论他人如何冷嘲热讽都坚定要传递信仰的灵媒——把这些人的个人信息透露给了组织者。乔治觉得这种情况的可能性更大，就像是伪证总是在半真半假时效果最佳一样。

"现在，有一位先生想要说话，他是一个很正派也很杰出的绅士，大约在十年，十二年前去世。我弄明白了，他是1918年去世的，他和我说了。"这是父亲去世的年份，乔治想。"他去世时大约七十五岁。"真奇怪，父亲去世时七十六岁。她停顿了很久，又接着说："他是一个很高尚的人。"此时，乔治发现自己开始战栗，从胳膊一直延续到脖颈。不，不，不是他。他钉在座位上无法动弹，肩膀也非常僵硬。他紧紧盯着舞台，等待着灵媒接下来的话。

灵媒抬起头，开始望向大厅高层介于顶层包厢和走廊中间的位置。"他说自己早年生活在印度。"

乔治陷入了极度的恐慌。除了莫德，并没有人知道他会来。也许这只是一个随意的猜测——或者是一个精确些的猜测——某些人研究出很多曾和亚瑟先生有来往的人都有可能到场。但并非如此——因为其中大部分人都很有名，也很尊贵，比如奥利弗·洛奇爵士就只发来了电报。难道有人在他进场时认出了他吗？倒是有这个可能——可他们怎么会知道父亲具体是哪一年去世的呢？

罗伯茨太太伸出手，指着大厅另一侧的上层包厢。乔治已经开始浑身颤抖，仿佛他被赤裸着丢进了一簇荨麻中。他想，我忍不下去了。可她正朝我这边看，我又不能逃走。灵媒的目光和手臂正缓缓环绕着圆形剧场，保持着同样的高度，仿佛正在追随着一个逐个包厢奔走的魂灵。乔治几分钟前得出的理性结论现在变得毫无用途。他的父亲，一个在英格兰教会做了一辈子牧师的人，竟会通过一个……不可信的女人和他讲话。他怎么会这样做呢？有什么话这样紧急？和莫德有关吗？指责儿子放弃信仰？灵媒有做出什么指向他的可怕判断吗？乔治在恐慌中，忽然希望母亲陪在他身边，可母亲已经去世六年了。

随着灵媒渐渐转头，手臂又始终指着同一个高度，乔治感到异常恐慌，甚至比那天坐在办公室里，隐约知道等下会有人敲门，警察会以某个他从未犯过的罪行为名逮捕他还要恐慌。现在，他又成了一个嫌犯，将要在一万个目击者面前被指认。他觉得自己应该站起来，大叫一声"这是我的父亲"，来结束这漫长的煎熬。也许他会晕倒，并从包厢跌落到楼下的堂座去。也许他会惊厥。

"他的名字……他正在告诉我他的名字……是S开头。"

灵媒的头继续转动，不断转动，搜寻着上层包厢中那一张脸，期待着认出那个人的光辉时刻。乔治很确信每个人都在看着他——他们很快就会知道他的确切身份。但是乔治现在并不像刚才那样急于站出来，而是想要躲进最幽深、最可怕的地狱深处。他想，这应该不是真的，不可能是真的，我的父亲不会这样做，也许我会像小时候走在放学回家路上那样吓得尿裤子，或许这便是他来到这里的原因：他想提醒我我现在依然是个孩子，即使他死去了，可他的权威依然在延续。不，他不是这样的人。

"我知道他的名字了——"乔治感觉自己差点叫出声，甚至快要晕倒了，他会跌倒，把头撞在——"他叫斯图尔特。"

随后，一个和乔治年龄相仿，坐在他左边不远处的男子站起身来，向舞台致意，证实这位七十五岁的老人出生于印度，于1918年去世，并像表彰般叙述了他的生平。乔治感觉死亡天使的影子正投向他，他全身战栗、大汗淋漓、极度疲惫、饱受惊吓，却又如释重负，而且感到非常羞耻。与此同时，他又有些感动，有些好奇，而且还惶恐地期待着什么……

"现在这里有一位女士，年龄在四十五至五十岁之间，去世于1913年。她提到了莫佩思。她没有结过婚，但她想要传话给一位先生。"罗伯茨太太的视线开始朝下望向平台，"她说的内容和一匹马有关。"

罗伯茨太太停顿了一下，随后又低下了头，面部微倾，仿佛在听人说话。"我知道她的名字了。她叫艾米丽，全名是艾米丽·怀尔丁·戴维森。她有话要说，她来到这里是想要和一位先生说话。我想她已经通过占卜写板或灵应盘告诉过你她今天会来吧。"

一个穿着敞领衬衫、坐在舞台附近的男子站起身，好像有意识地面对着整个大厅，用他那富有感染力的声音说道："是的。她和我说过她今晚会出现。艾米丽是一位女性参政支持者，她在国王的马前跌倒，负伤去世了。她是一个精神领袖，所以我对她很熟悉。"

大厅中的众人仿佛一同深呼了一口气。罗伯茨太太开始传达女士的留言，但是乔治并没有听进去。他仿佛忽然重新变得清醒起来，理性之风再次从他的脑海中吹过。正如他一直怀疑的，这完全是个骗局。确实存在一位艾米丽·戴维森。她打碎玻璃，乱扔石子，给邮箱点火，不遵守监狱的规则，并在多个场所强行施加暴力。乔治认为她是一个愚蠢、疯癫的女人，为了彰显自己的目标刻意寻死，尽管有人说她当时只是想在马身上挂一面旗子，却低估了马的速度。如果是这样的话，她不仅疯疯癫癫，而且不大聪明。你不能通过违反法规来推进某项法规，这是毫无意义的。你可以请愿，可以论争，如果有必要甚至可以示威，但要保持理性。那些为了争取投票权不惜违反法律的人，他们的行为便证明了他们不配拥有这项权利。

然而，重点并不在于艾米丽·戴维森是否是一个愚蠢、疯疯癫癫的女人，以及她的行为能否获得乔治完全赞同的结果——让莫德获得选举权。重点在于，亚瑟先生反对妇女选举权众人皆知，所以这样一个魂灵来参加他的追悼通灵会是很荒唐的。除非这些逝者的魂灵都很任性、很不合逻辑。也许艾米丽·戴维森想要像曾经毁掉赛马会那样毁掉今天的集会。如果是这样，她的话应该传给亚瑟先生，或他的遗孀，而非某个和她感同身受的朋友。

快停下来，乔治想，不要再用理性的思维思考这些事情了。或者说，不要再向这些人灌输怀疑的益处了。你被一个巧妙却虚假的警示给予了当头一击，但你不能因此失去自己的理智和勇气。他还想，如果我这么害怕，这么惶恐，如果我认为自己可能就要死去了，那么这对那些脆弱和愚钝些的人会产生怎样的影响？乔治开始思索他完全不熟悉的《巫术法》是否还应该保留在法律条文中。

罗伯茨太太又讲了半小时左右。乔治看见平台上的人们站了起来。但是他们并没有在寻找某位走失的亲人，或是和自己深爱的人的魂灵打招呼。他们正在往外走。也许艾米丽·怀尔丁·戴维森的出现也是压垮他们的最后一根稻草。也许他们是亚瑟先生生活中或文学上的崇拜者，但不再想和这个公开的魔术戏法产生什么关系。有大约三十、四十，甚至五十人站起身果决地朝出口走去。

"我可不想和那些走掉的人待在一起。"罗伯茨太太说，她的声音听起来有些恼怒，或是气馁。她后退了几步。某人在某处给了一个信号，舞台后那台巨大的管风琴忽然响起了尖锐的声音。这是为了掩盖那些怀疑者离开时的嘈杂吗，还是为了宣布通灵会到达了尾声？乔治困惑地看向他右侧的那个女子。她皱了皱眉，仿佛因为通灵被干扰而有些不满。至于罗伯茨太太，她低着头，用胳膊环抱着自己的身体，努力驱除着这个声音对她和对面魂灵世界之间微弱连线的干扰。

此时，乔治期待的最后一件事情发生了。管风琴在圣歌的一半忽然切断，罗伯茨太太张开手臂，抬起头，自信地走到麦克风跟前，用她那响亮、热情洋溢的声音说：

"他来了！"随后又重复了一遍，"他来了！"

那些走在半路上的人停下了脚步，有人回到了自己的座位。不管怎样，没有人留意他们。所有人都专心注视着舞台，注视着罗伯茨太太，注视着那个贴着标签的空座椅。也许管风琴的响声是一种提醒，是这个特别时刻的序章。整个大厅里的人都沉默着、注视着、等待着。

"我一开始看到他，"她说，"是在两分钟默哀的时候。"

"他起初站在我身后，不过和其他的魂灵是分开的。"

"接着我看见他穿过平台，来到了自己的座椅前。"

"我看得很清楚，他穿着晚礼服。"

"他看起来和近些年的样子没什么区别。"

"很显然，他对自己的去世有所准备。"

每一句简短却激动人心的话语间，她都会停顿一下。乔治趁着停顿观察了舞台上亚瑟的家人。除了一个人，其他所有人都望向罗伯茨太太，因她的话语而怔住。只有柯南·道尔太太没有转身。乔治离得太远，看不清她的表情，但是能看见她的双手交叉放在腿上，肩膀挺得很直，举止端庄；她的头骄傲地昂着，视线超出观众席望向遥远的地方。

"他是我们的英雄，无论在这里还是世界的另一边。"

"他现在已经准备好向我们呈现他的魂灵。他走得很平静，并且自己对此早有准备。他的魂灵没有感到痛苦，也没有感到困惑。他已经开始在世界的另一边为我们做事了。"

"在两分钟默哀时，我第一次看到他，只是一次闪现。"

"而当我开始传话时，我才初次清晰地看见了他。"

"他走过来，站在我身后，当我工作时他一直在鼓励我。"

"我不止一次听见了他那明朗、清晰的声音，我不可能弄错。他一如既往表现得十分绅士。"

"他一直和我们在一起，两个世界之间的鸿沟只是暂时的。"

"死去没有什么可怕的，我们的大英雄通过今晚出现在这里证实了这一点。"

乔治左边的女子倚靠在天鹅绒的扶手上，小声说："他真的来了。"

很多人为了更清楚地看见舞台，都站起身。所有人都定睛注视着那个空座椅，注视着罗伯茨太太，也注视着道尔一家。乔治感觉自己又一次被某种足以打破沉默的强烈情感淹没了。他不再沉浸在之前担心父亲会来找他的恐惧中，也不再沉浸在艾米丽·戴维森出现时的怀疑中。尽管十分谨慎，他还是感到了某种敬畏。毕竟他们说起的是亚瑟先生，那个愿意用自己全部的侦探技能来帮助乔治的人，那个不惜用自己的名声冒险来挽救乔治名声的人，那个帮助他成功恢复了曾被夺走的人生的人。亚瑟先生是一个非常正直、富有智慧的人，他曾笃信乔治刚刚目击的这类活动的真实性，乔治认为他在此时不该否认他那伟大恩人的信仰。

乔治并没有丧失自己的理智和常识。他问自己：他刚刚见证的过程是否真假参半呢？如果某些部分是吹牛，而另一些部分是真实的会怎样？虽然罗伯茨太太这个人很夸张，可她是否真能带来某些来自远方的消息？虽然我们不知道亚瑟先生现在身在何方，以哪种方式存在着，可如果他致力于与现实世界产生联系，他是否会采用某些有时在骗局中也会使用的方式呢？这难道不是一种解释吗？

"他真的来了。"乔治左边的女士重复道。她的声音很正常，仿佛在与人对话。

接着，一个与乔治隔着若干座位的男子也说道："他真的来了。"他说这句话时，语气极为平常，似乎只打算让周围的人听到。但大厅中神秘的气氛似乎扩大了他的音量。

"他真的来了。"走廊里的某人也重复道。

"他真的来了。"楼下平台上的一个女人说。

接着，堂座后方的一位男子大喊起来，那声音仿佛一位宗教复兴的布道者："他真的来了！"

乔治本能地站起身，把望远镜从盒子中拿了出来。他用望远镜抵着自己的眼镜，专注地望向舞台。他用手指紧张地调着焦，朝各个方向转动镜头，最终停在了中点。他仔细打量着狂喜的灵媒、空荡的座椅以及道尔一家人。柯南·道尔太太自从听到亚瑟出现的消息，便一直保持着同样的状态：脊背挺直，肩膀端正，头部高昂，望向远方——乔治现在可以看到——她的脸上似乎露出了一抹微笑。他曾经见过一面的那个金发、有些娇媚的年轻女子现在已经变成了深色头发的稳重主妇。他只见过她在亚瑟身边的样子，她说自己现在依然在亚瑟身边。他再次前后移动望远镜，望向座椅、灵媒和这位遗孀。他发现自己的呼吸变得急促而困难。

有人碰了他的右肩一下。他放下望远镜，那个女人摇摇头，轻声说："你这样是没法看见他的。"

她并没有指责他的意思，只是在解释这是怎么回事。

"只有用信任的眼睛才能看见他。"

信任的眼睛。他们在查令十字街的大饭店见面时，亚瑟便是用信任的眼睛看着乔治。他相信乔治，那么乔治现在应该相信他吗？他的英雄曾说：我不是认为，也不是相信，而是知道。亚瑟带给他的，是一份全心的信任，他说他知道乔治是无辜的。可乔治呢，他知道什么？他究竟知道什么？他在自己五十四年的生命中都积累了哪些经验？大部分时候，他都处于学习，或是等着别人告诉自己的状态。别人的权威对他来说很重要，可他有没有自己的权威呢？五十四年来，他思考过很多事情，也相信过一些事情，但他真正知道的是什么？

人们关于亚瑟先生出现的欢呼声渐渐弱了下来，也许是因为舞台上并没有确证的回答。活动开始时，柯南·道尔太太是怎么说的？尽管我们的双眼无法看见宇宙以外的东西，但我们拥有上帝赋予我们的特殊力量——这种力量会让我们看见我们深爱的人。既然这么多人依然坐在大厅的不同地方，而亚瑟先生依然可以展现出自己的灵力，也许这真的是某种奇迹吧。

此时，罗伯茨太太又开口了。

"亲爱的，我有一句话要对你说，是来自亚瑟先生的。"

柯南·道尔太太依然没有转过头。

穿着飘逸黑缎衣服的罗伯茨太太向左走了走，面向道尔一家和那个空座椅。她来到柯南·道尔太太面前，站在她左侧靠后一点的地方，面向着乔治所坐的方向。虽然距离很远，但乔治可以清晰地听到她的声音。

"亚瑟先生告诉我，你们中的某个人今天早上到小屋去了。"她等待着，见那位遗孀并未回答，便询问道："我说得对吗？"

"对。"柯南·道尔太太答道，"是我去的。"

罗伯茨太太点了点头，接着说："他要说的是：告诉玛丽——"

此时，管风琴再次响起了巨大的声音。罗伯茨太太靠得更近了些，在乐声的掩盖下继续传递着亚瑟的话。柯南·道尔太太一次次点头。接着，她望向她左侧那高大、着装正式的儿子，似乎在向他询问什么。而他也转向罗伯茨太太的方向，她开始同时询问他们两个人。随后另一个儿子也站起身，加入了他们。管风琴依然在发出巨大的响声。

乔治不知道，这淹没了话语声的管风琴究竟是对家庭隐私的保护，还是一种舞台管控的方式。他也不知道自己看到的一切是真实的还是虚假的，又或者是真假参半的。他还不知道，今晚身边这些人直接而让人吃惊的非英国式热情，展现出的究竟是一场骗局，还是一份信仰。如果是信仰，这信仰究竟是真实的还是虚假的。

罗伯茨太太已经停止了传话，转向克里兹先生。管风琴声依旧在继续，却没有什么可以掩盖。道尔一家人正望着彼此。接下来还要做什么？圣歌已经全部唱完，敬意也都已表达完毕。这场伟大的试验成功进行，亚瑟先生也出现在他们身边，而且他的话语得到了传递。

管风琴声还在继续，现在这音乐似乎变作了婚礼或葬礼后的集会中常用的旋律：绵延不绝而不知疲倦，把人们拉回日常、琐碎、平凡的世俗世界。道尔的家人离开了舞台，紧接着是马里波恩灵媒协会的官员们，演讲者们和罗伯茨太太。人们纷纷起身，女士们弯下腰到座位下方取手包，穿着晚礼服的男士们想起了他们的高礼帽，接着是绵延不绝的踱步和细语，朋友熟人间的道别，以及每条通道上平静、不慌不忙的排队离场。乔治身边那些人也都在收拾物品，起身，向他点头并致以真诚的微笑。乔治回以没那么热烈的笑容，而且并未起身。当他的包厢中大部分座位都空了时，他再次向下探头，用望远镜抵着他的眼镜。他再一次望向舞台、绣球花、那一排空座椅，以及贴着标签的那一张特殊的座椅，那里也许是亚瑟先生刚刚待过的地方。他透过镜片仔细望着，望向外面，望向远方。

他看到了什么？

他曾看到过什么？

他将会看到什么？

后记：关于亚瑟

接下来的数年中，亚瑟持续出现在世界各地的通灵会中，尽管他的家人仅能证明他在1937年奥斯本·伦纳德太太的私人通灵会中出现过，并提醒大家英国将发生"最为剧烈的变化"。自从琼的哥哥在蒙斯战役中去世，她也成了一位热诚的通灵论者，且一直坚持着自己的信仰，直至1940年去世。亚瑟的母亲1917年离开了玛逊吉尔，桑顿–朗斯代尔的教民们送给她"一个装在皮革盒子中，带有闪光刻度盘的大型手表"作为礼物。尽管最终也来到了南方，她却没有与儿子同住。1920年，她逝于自己在西格林斯特德的小屋，当时亚瑟正在澳大利亚宣扬通灵论。布赖恩·沃勒晚亚瑟两年去世。

　　威利·霍宁于1921年在圣让德吕兹去世。四个月后，他在一场道尔家族的通灵会中出现，为自己过去对通灵论的怀疑道歉，并宣称自己"不再受可怕的老毛病哮喘折磨"。康妮1924年死于癌症。尊贵的乔治·奥古斯都·安森在斯塔福德郡担任警察局局长长达四十一年，最终于1929年退休。1937年，他在加冕典礼授勋名单中被封为爵士，于1947年在巴斯去世。他的妻子布兰奇1941年死于敌人的报复。夏洛特·埃德尔吉在沙帕吉去世后回到了什罗普郡，她于1924年在什鲁斯伯里附近的阿查姆去世，享年八十一岁。遵照她的愿望，她被埋葬在当地而非丈夫旁边。

乔治·埃德尔吉比所有人活得更久。截至1941年，他一直在伯勒高街79号生活和工作，1942—1953年，他在阿盖尔广场拥有一间办公室。他于1953年6月17日逝世于韦林花园城，布罗克特克洛斯9号，死因是冠状动脉血栓。莫德一直和他生活在一起，并为他进行了死亡登记。1962年，她最后一次回到大威利，把父亲和哥哥的照片交给了教会。如今，它们悬挂在圣马克教堂的祭具室。

亚瑟·柯南·道尔去世后四年，一位五十七岁的劳工伊诺克·诺尔斯在斯塔福德皇家法庭承认自己曾撰写带有威胁和污秽内容的信件长达三十年，并因此获罪。诺尔斯承认他的行为是从1903年开始的，当时他参与了署名"G. H. 达尔比，大威利团伙的上尉"的信件迫害活动。诺尔斯获罪后，乔治·埃德尔吉曾给《每日快报》写过一篇文章。这篇刊登于1934年11月7日的文章，是此案最后一次进入公众的视野。乔治并没有提到夏普兄弟，也没有提到种族偏见是此案的动机。他是这样结尾的：

> 这起极其神秘的事件最终也未能得出结论。人们曾提出各种各样的可能，有人说那些暴行是某个嗜血的精神病人在屡次作案。也有人说，这些事情是为了让教区和警方陷入不光彩的境地，所以可能是某个被解雇的警察干的。还有人向我提出过一种有趣的可能。一个斯塔福德郡的居民说，也许这些暴行根本就不是人干的，而是一只或多只野猪。他说也许这些野猪被灌了某些足以导致疯狂的药剂，然后在夜里被放了出来。他还说自己曾见过其中的一只野猪。这种看法在当时的我看来太过荒唐，不足以作为参考——当然现在我也依然这样认为。

玛丽·柯南·道尔，亚瑟的第一个孩子，去世于1976年。她一直对父亲保守着一个秘密。图伊临终时，不仅仅提醒自己的女儿亚瑟会再婚，还说出了他未来新娘的名字——琼·莱基。

朱利安·巴恩斯

2005年1月

　　除了琼写给亚瑟的信，文中引用的全部信件，无论是否匿名，都是真实存在的。这些信件引用自报纸、政府报告、议会文件以及亚瑟·柯南·道尔本人的文字。我想要对以下各位表示感谢：斯塔福德郡警察局的艾伦·沃克中士、伯明翰中心图书馆的城市档案馆、斯塔福德郡房产局、保罗·奥克利牧师、丹尼尔·斯塔肖尔、道格拉斯·约翰逊、杰弗里·罗伯逊以及苏马亚·帕特纳。

马上扫二维码，关注"**熊猫君**"

和千万读者一起成长吧！

图书在版编目（CIP）数据

亚瑟与乔治 /（英）朱利安·巴恩斯著；赵安琪译
. -- 上海：文汇出版社，2020.3

ISBN 978-7-5496-3115-5

Ⅰ. ①亚… Ⅱ. ①朱… ②赵… Ⅲ. ①长篇小说—英

国—现代 Ⅳ. ①I561.45

中国版本图书馆CIP数据核字（2020）第022582号

亚瑟与乔治

作　　者 / （英）朱利安·巴恩斯
译　　者 / 赵安琪

责任编辑 / 徐曙蕾
特邀编辑 / 霍　伟　　王　品
封面装帧 / 苏　哲

出版发行 / **文汇**出版社
　　　　　　上海市威海路 755 号
　　　　　　（邮政编码 200041）
经　　销 / 全国新华书店
印刷装订 / 北京中科印刷有限公司
版　　次 / 2020 年 3 月第 1 版
印　　次 / 2020 年 3 月第 1 次印刷
开　　本 / 890mm × 1270mm　1/32
字　　数 / 353 千字
印　　张 / 15

ISBN 978-7-5496-3115-5
定　　价 / 59.90 元

侵权必究
装订质量问题，请致电010-87681002（免费更换，邮寄到付）